Déjate llevar

Déjate llevar

Maya Banks

Traducción de Iolanda Rabascall

TERCIOPELO

Título original: *Letting go*

© Maya Banks, 2014

Primera edición: junio de 2014

© de esta edición: Roca Editorial de Libros, S. L.
Av. Marquès de l'Argentera 17, pral.
08003 Barcelona
info@terciopelo.net
www.terciopelo.net

Impreso por LIBERDÚPLEX, S.L.U.
Crta. BV-2249, km 7,4, Pol. Ind. Torrentfondo
Sant Llorenç d'Hortons (Barcelona)

ISBN: 978-84-15952-26-8
Depósito legal: B. 10.606-2014
Código IBIC: FRD

A Lillie y Katie
por mantenerme en la buena senda.

Uno

Josslyn Breckenridge examinó su aspecto en el espejo, nerviosa pese a saber que no iba a verla nadie. Salvo Dash. Estaba segura de que él estaría allí, como en los dos últimos años, dispuesto a acompañarla al cementerio para depositar las flores en la tumba de su esposo en un día tan señalado.

El ramo descansaba sobre la consola del recibidor. Josslyn solo tenía que cogerlo y salir de casa. Pero vaciló, porque aquel año... aquel año era diferente.

Pese a la sensación de reticencia que la embargaba, estaba decidida: tenía que pasar página y seguir adelante con su vida. Le dolía y, sin embargo, al mismo tiempo sentía una suerte de alivio, como si le hubieran quitado un enorme peso de encima. Había llegado la hora. Lo único que quedaba por hacer era ir al cementerio y despedirse de Carson.

Se alisó la camisa y deslizó las manos por los pantalones vaqueros, hacia las rodillas. No era la prenda que había llevado en los anteriores aniversarios de la muerte de su esposo. Los dos años anteriores había ido vestida de negro riguroso. No le había parecido correcto ir ataviada con ropa informal, como si la visita al cementerio no revistiera importancia.

Pero también sabía que Carson no desearía que ella viviera así. Él querría verla feliz, y no le gustaría que siguiera llorando su ausencia.

Suspiró, se aplicó un poco de brillo en los labios y se recogió la larga melena en una coleta, en forma de moño despeinado.

Esa era la verdadera Joss: nada puntillosa, más cómoda

con un par de vaqueros y con una camisa desenfadada que con los caros vestidos y joyas con que Carson la agasajaba. Solo había hecho una excepción: llevaba puesta la ropa interior sexy que a su marido le encantaba que se pusiera.

Entornó los ojos, negándose a mirar atrás, a recordar el tacto de sus caricias, de sus manos deslizándose por su cuerpo, un cuerpo que Carson conocía mejor que ella misma. Él sabía exactamente cómo complacerla, cómo tocarla, besarla, hacerle el amor…

Carson le había dado todo lo que ella habría podido desear: amor y respeto; todo, excepto lo que más necesitaba, algo que jamás se le habría ocurrido pedirle. Lo amaba demasiado como para pedirle algo que él no podía darle.

Joss se zafó de aquel sentimiento de tristeza, decidida a enfrentarse al nuevo día y a la vida, su nueva vida.

Cogió las flores, sus favoritas, se las acercó a la nariz y cerró los ojos al tiempo que inhalaba su aroma. Eran las flores que Carson siempre le regalaba, para su cumpleaños, su aniversario o por cualquier otro motivo especial. En aquella ocasión, Joss las depositaría sobre su tumba, después cerraría una página de su vida y no volvería a pisar el cementerio nunca más.

No necesitaba ver la fría lápida de mármol con el epitafio para pensar en su esposo. No era así como deseaba recordarlo. Estaba harta de torturarse plantada allí, de pie, delante de la tumba, llorando su ausencia sin consuelo.

Carson siempre viviría en su corazón, siempre, y allí sería donde lo visitaría en el futuro, no en la loma de hierba que cubría el féretro enterrado justo debajo.

Enfiló hacia la puerta con paso decidido, y al franquear el umbral parpadeó por el baño de luz del sol. Aunque era primavera, la temperatura en Houston ya era cálida, y Joss se alegró de haberse puesto la camisa de manga corta en lugar del vestido negro que solía ponerse en aquella ocasión.

Vio a Dash, apoyado en el coche, esperándola tal y como ya suponía. Él irguió la espalda al verla, y Joss detectó un fugaz gesto de sorpresa en su rostro antes de que él relajara las facciones y le ofreciera la mano.

Joss enredó los dedos con los de Dash y él le estrujó la

mano con suavidad. Sobraban las palabras. Los dos estaban apenados por la pérdida del esposo y del mejor amigo.

—Estás muy guapa —comentó Dash mientras la acompañaba hasta la puerta del pasajero.

Ella sonrió, consciente de que en realidad no tenía muy buen aspecto aquel día. Dash parecía visiblemente sorprendido de su indumentaria informal, pero no comentó nada al respecto. Tomó el ramo y lo depositó con cuidado en el asiento trasero; acto seguido, tras confirmar que Joss estaba cómodamente instalada, cerró la puerta del pasajero.

Ella lo observó mientras rodeaba el vehículo por delante. Las largas piernas del hombre recorrieron la distancia en apenas unos segundos. Cuando se sentó en el asiento del conductor, Joss aspiró su intenso aroma. Dash siempre olía igual, una esencia absolutamente masculina, aunque ella sabía que nunca usaba colonia ni ninguna loción para después del afeitado. Era un tipo sobrio, muy similar a Carson, aunque su marido usaba trajes caros y hasta mandaba que le arreglaran la ropa informal a medida para que encajara con su personalidad.

Incluso el coche de Dash casaba con su personalidad: un elegante Jaguar negro. ¡Qué apropiado que condujera un vehículo con nombre de depredador! Dash encajaba a la perfección con esa imagen.

Carson y Dash eran socios en el negocio que habían montado juntos, si bien Carson ejercía de cabeza visible, como portavoz comercial: él era quien se ganaba a los clientes y cenaba con ellos, quien sellaba los tratos y asistía a todos los eventos sociales. Dash, en cambio, se ocupaba de los asuntos tras los bastidores, del papeleo y de apagar los fuegos.

Carson solía reírse y decir que él era la cara amable mientras que Dash era el cerebro del negocio. Pero Dash tampoco carecía de atractivo ni encanto. Los dos eran la noche y el día: Carson era rubio, en cambio Dash tenía el pelo castaño oscuro; Carson tenía los ojos azules, y Dash de un marrón profundo, que resaltaban en su piel morena. No era menos atractivo que Carson; simplemente la suya era una belleza más discreta, casi sombría.

Joss recordó cómo Dash la había intimidado el primer día que lo vio, cuando ella y Carson empezaron a salir. Lo suyo fue un verdadero flechazo. Carson la conquistó de buenas a primeras, y Joss fue consciente de que a Dash le preocupaba que su amigo fuera demasiado deprisa y se metiera en un berenjenal. Por eso Joss receló de Dash al principio, pero con el tiempo, él acabó por convertirse en su punto de apoyo, especialmente desde la muerte de Carson.

Mientras se alejaban del exclusivo barrio residencial donde vivía Joss, Dash le tomó la mano y entrelazó los dedos con los de ella, y tal como ya había hecho antes, le apretó la mano con suavidad, un gesto para infundirle ánimo.

Joss se dio la vuelta hacia él y le sonrió, expresando sin palabras que se sentía bien. Cuando se detuvieron en el semáforo, Dash la estudió con interés, casi como si intentara descifrar por qué la veía diferente.

Visiblemente satisfecho con la respuesta en sus ojos o en su expresión, Dash le devolvió la sonrisa, pero no le soltó la mano mientras se abría paso entre el tráfico de camino al cementerio, situado a pocos kilómetros del barrio donde Joss y Carson habían vivido.

Circularon en un cómodo silencio, aunque la verdad era que nunca conversaban demasiado el día que Dash la llevaba al cementerio. Joss iba en otras ocasiones, pero Dash siempre la acompañaba en el aniversario de la muerte de Carson.

Sin embargo, no era la única ocasión en que Joss veía a Dash. Desde la muerte de su marido, él se había convertido en su firme punto de apoyo. El primer año, especialmente, había dependido de él por completo, y Dash nunca le había fallado, fuera lo que fuese lo que necesitara: descifrar el papeleo y realizar los trámites burocráticos tras la muerte de su esposo, o simplemente un poco de compañía los días en que se sentía más abatida.

Joss siempre le estaría agradecida por su apoyo incondicional en aquellos últimos tres años, pero había llegado el momento de retomar las riendas de su vida. Ya era hora de valerse por sí misma y de que Dash dejara de hacerle de niñera.

Aquel día no solo iba a liberarse de Carson, sino también de Dash. Él merecía algo más que estar maniatado con la responsabilidad de encargarse de la viuda de su mejor amigo. Él tenía su propia vida. Joss no sabía qué amistades frecuentaba Dash ni si mantenía una relación sentimental con otra mujer. Se había dado cuenta con brusca claridad de lo egoísta y egocéntrica que había sido desde la muerte de su esposo. Dash había sido un firme pilar, un punto de apoyo que ella había dado por sentado; pero se acabó. Sería un milagro que su amigo lograra mantener una relación sentimental estable, dado que no muchas mujeres tolerarían que él lo abandonara todo para correr a ayudar a la viuda de su mejor amigo.

Al llegar al cementerio, Dash aparcó y Joss salió inmediatamente del coche, sin esperar a que él bajara primero para abrirle la puerta. Acto seguido, abrió la puerta del asiento trasero y se inclinó para sacar el ramo.

—Ya me encargo yo de las flores.

Joss oyó su voz ronca como una caricia en la oreja y sintió un leve cosquilleo en la nuca. Tomó el ramo y se dio la vuelta con una sonrisa reconfortante.

—No te preocupes; ya lo tengo. Gracias de todos modos.

Él la miró con ojos inescrutables, y Joss tuvo la impresión de que la estaba estudiando de nuevo, en un intento de penetrar en sus pensamientos. Era como si él detectara algún cambio pero no acertara a deducir de qué se trataba. Lo cual era de agradecer, ya que Joss se habría muerto de vergüenza si él le hubiera leído los pensamientos, si él supiera lo que planeaba hacer y cómo pretendía seguir adelante con su vida.

Dash se horrorizaría, sin lugar a dudas. Se preguntaría si se había vuelto loca y probablemente la arrastraría hasta la consulta de un psicólogo sin darle ni la oportunidad de explayarse. Por eso precisamente no tenía la intención de informarle acerca de sus propósitos.

Sus amigas eran otra cuestión. Chessy lo comprendería perfectamente; a lo mejor incluso la animaba. Kylie… quizá no tanto.

Kylie era la cuñada de Joss, la única hermana de Carson.

Ambos habían tenido una infancia difícil, y del mismo modo que Carson jamás podría darle a Joss lo que ella anhelaba —necesitaba—, Kylie tampoco podría comprender lo que la motivaba.

Quizá se ofendería al oír su decisión. Quizá se lo tomaría como una traición a su hermano. Joss solo esperaba que su amiga le brindara su apoyo aunque no comprendiera sus motivos.

Pero se estaba adelantando a los acontecimientos. Primero tocaba la visita al cementerio, para despedirse de Carson, y luego ya abordaría la cuestión con sus amigas durante el almuerzo. Necesitaba estar ocupada tanto tiempo como fuera posible, porque aquella noche…

Aquella noche empezaría todo.

Joss esperó a que la asaltara la traicionera estocada de las lágrimas cuando se acercaron a la tumba de Carson. Pero sorprendentemente, se sintió en paz por primera vez en tres largos años. Sí, había llegado la hora.

Se arrodilló y apartó con suavidad las hojas y el polvo que cubrían la lápida antes de depositar el ramo de flores frescas. A continuación, desvió la vista hacia los números que indicaban el nacimiento y la muerte de Carson, y recorrió lentamente con el dedo las letras que conformaban su epitafio: QUERIDO ESPOSO, HERMANO Y MEJOR AMIGO.

Aquellas palabras lo expresaban todo. Eran un recordatorio de aquellos que habían quedado atrás y que seguían llorando su ausencia. Joss había insistido en que Dash también fuera incluido en el epitafio, ya que lo consideraba de la familia, tanto como ella misma y Kylie.

Joss se lamentaba de no haber tenido hijos con Carson para que su legado subsistiera después de su muerte. Pero como todas las parejas jóvenes, creían que tenían todo el tiempo del mundo. Carson era reticente respecto a tener hijos. Temía que poseyeran los mismos rasgos genéticos que su padre. Por más que Joss le decía que él no se parecía en nada a su progenitor, a Carson le aterraba hacer daño a aquellos que más amaba.

Ella comprendía sus temores. Sabía cuánto la amaba; también sabía que moriría antes de hacerle daño a ella o a cualquier hijo que engendraran. Pero la sordidez de su pasado siempre empañaba el presente; el pasado seguía atormentándolo en forma de pesadillas nocturnas. Pese a que Kylie, su hermana, no hablaba de ello, Joss sabía que también era víctima de las mismas pesadillas que Carson y que compartía con él numerosas noches de insomnio.

La embargó una ola de tristeza. ¡Qué pena que el padre de Carson hubiera destrozado las vidas de dos criaturas inocentes! Peor aún, que siguiera habitando en sus vidas adultas, influyendo en sus decisiones, permaneciendo en sus temores a pesar de estar muerto. Todavía los tenía en sus manos desde la tumba, torturándolos con su recuerdo y con el de las atrocidades que les había hecho.

—¿Joss?

Dash pronunció su nombre con suavidad, interrumpiendo sus pensamientos. Ella se dio cuenta de que llevaba un buen rato arrodillada a los pies de la lápida, recorriendo aquellas palabras con los dedos.

Dash parecía preocupado y un tanto desconcertado, algo inusual, dado que siempre se mostraba completamente seguro de sí mismo.

Joss se dio la vuelta e inclinó la cabeza hacia atrás para poder mirarle a los ojos.

—Dame un momento, por favor. ¿Te importa esperarme en el coche? Solo necesitaré unos minutos.

De nuevo, los ojos de él expresaron sorpresa. Ella nunca le había pedido que la dejara sola ante la tumba de Carson. Habría resultado muy duro, demasiado emotivo. Dash siempre se quedaba con ella, como un pilar firme y seguro en el que Joss se apoyaba sin vacilar. Permanecía a su lado todo el tiempo que ella deseaba estar en el recinto, y luego la acompañaba al coche y la llevaba a casa, donde pasaba el resto de la tarde con ella, sentado a su lado, mientras Joss lloraba en su hombro.

Pero se acabó. Nunca más.

—Si es lo que quieres… —respondió él, vacilante.

Joss asintió con firmeza, procurando no sucumbir a la amenaza de las lágrimas. No pensaba hundirse delante de Dash. Llevaba demasiado tiempo haciéndolo.

—De acuerdo —cedió él—. Quédate todo el tiempo que necesites, cariño. Me he tomado el día libre.

Ella sonrió. Ya sabía que se había tomado el día libre. Pero Joss no pensaba pasarlo con él tal como había hecho en el pasado. Había muchas cosas que hacer antes de la noche, y no deseaba tentar la suerte, romper su resolución y confiarle a Dash su secreto. No solo no resultaba apropiado, sino que seguramente él no estaría de acuerdo. Pensaría que había perdido el juicio por completo.

Y quizá era cierto. O quizá simplemente lo estaba recuperando.

Le dio la espalda al tiempo que él enfilaba hacia el coche, y entonces Joss se inclinó hacia delante para incorporarse. Ya de pie, clavó la vista en la lápida, con la mandíbula tensa, conteniendo las emociones para iniciar la conversación que pensaba mantener con su esposo.

—Te amo, y lo sabes —dijo, casi como si él estuviera de pie delante de ella—. Siempre te amaré, Carson. Pero quiero que sepas que he tomado la decisión de pasar página —añadió—. Empezaré esta misma noche. Ya sabes que había ciertas… cosas… que no podías darme, y quiero que sepas que jamás me molesté por ello. Te amaba demasiado como para esperar que me dieras algo que no podías. Pero ahora ya no estás aquí…

Se le quebró la voz cuando pronunció las últimas palabras y tragó las lágrimas con dificultad.

—Me siento sola, Carson. Te echo mucho de menos. No pasa ni un solo día sin que te eche de menos. Eras tan bueno conmigo… El amor de mi vida. Sé que nunca volveré a encontrar a nadie como tú. Encontrar la perfección una vez en la vida es magnífico, ¿pero dos veces? No, sé que nunca habrá otro hombre como tú. Pero hay cosas que… necesito —susurró—. Cosas que tú no podías darme. Cosas que nunca te pedí. Y quería venir a verte para decírtelo, para anunciarte que no volveré a pisar este cementerio. No porque no te quiera ni porque vaya a olvidarte, sino porque esta no es la forma en que quiero recordarte. Quiero recordarte con vida, y a nosotros dos enamorados. Y me resulta excesivamente doloroso venir aquí y hablar contigo, sabiendo que nunca te recuperaré.

Aspiró hondo y siguió con su monólogo.

—He encontrado un sitio especializado en... dominación. Necesito saber si eso es lo que me falta, si ha sido lo que siempre me ha faltado. Quizá encuentre la respuesta o quizás no, pero he de intentarlo. He de saberlo. No podía ir sin antes decírtelo, sin explicarte que nunca me faltó nada mientras estuvimos casados. Jamás dudé ni por un momento de tu amor, y sé que tú me habrías dado la luna si te la hubiera pedido. Pero... no, había algo que no podía pedirte. Y en estos momentos necesito llenar el vacío que siento. Sí, hay un gran vacío en mi corazón, Carson, un vacío que quizá nunca consiga volver a llenar. Pero en estos momentos aceptaría incluso un vendaje, un consuelo transitorio, si prefieres llamarlo así.

Suspiró antes de proseguir.

—Solo quería que lo supieras. No te preocupes por mí; no me meteré en ninguna situación peligrosa. He tomado las debidas precauciones para no correr ningún riesgo. Y por más doloroso que me resulte decirte esto, finalmente me despido de ti. Llevo demasiado tiempo ofuscada por tu ausencia; no puedo seguir así. La vida sigue a mi alrededor, no se detiene. Ya sé que te sonará a frase trivial, pero es cierto. Chessy y Tate están preocupados por mí, y Kylie también. Y Dash. ¡Cielos! ¡Me sorprende que no se haya desembarazado todavía de mí! Durante estos tres últimos años he sido una verdadera carga para él —para todos—, y no deseo seguir siéndolo.

»Me diste confianza e independencia para volar. Quiero recuperar mi libertad, Carson. Me enseñaste tantas cosas... Pusiste el mundo a mis pies. El problema es que, cuando te fuiste, te llevaste mi mundo contigo, y quiero recuperarlo; quiero vivir y dejar de ser este caparazón vacío de mí misma que he sido durante estos tres últimos años.

Aspiró hondo en un intento de estabilizar la respiración, consciente de que lo que iba a decir a continuación era una estupidez. Pero tenía que decirlo, tenía que soltarlo para poder desprenderse de la acuciante emoción.

—También quiero decirte que te perdono. Ya sé que te sonará ridículo; no necesitas mi perdón. Pero he pasado

tanto tiempo enfadada contigo por haberme abandonado...
He sido tan egoísta... Me he pasado los últimos tres años
enfadada y resentida, pero a partir de hoy prometo que dejaré de ser tan egocéntrica.

Deslizó distraídamente la mano sobre el mármol de la lápida, calentado por el sol.

—Te quiero. Te echo de menos. Siempre te querré. Pero
ahora me despido, Carson. Estés donde estés, espero que hayas encontrado la paz, y también espero que sepas lo mucho
que te amé. Gracias por quererme.

Entornó los ojos mientras las lágrimas pugnaban por
salir y no los abrió hasta que estuvo segura de que podía
regresar al coche donde Dash la esperaba sin mostrarse
abatida.

Tras un último vistazo a la tumba y a las flores que ya
habían perdido algunos pétalos por el viento, se dio la
vuelta, irguió la espalda y se alejó. El viento arreció y el sol
asomó a través de las nubes, iluminándole la cara. Joss alzó
la cabeza y se solazó con su calor mientras un sentimiento
de paz la envolvía en un delicado abrazo. Era como si Carson
le estuviera enviando un mensaje, o quizá simplemente estaba imaginando que él aprobaba su decisión.

Dash le mantuvo la puerta abierta, sin apartar la vista de
su cara como si intentara discernir su estado anímico. Ella
procuró ocultar cualquier atisbo de emoción. Estaba segura
de que él pondría alguna objeción cuando oyera lo que iba a
decir a continuación, y si Dash creía que estaba angustiada,
no se separaría de ella el resto del día.

Joss esperó a que él se sentara al volante y se pusiera a
conducir antes de darse la vuelta hacia él.

—He quedado para almorzar, así que no tienes que quedarte conmigo. Además, también tengo planes para esta noche —murmuró, dejando que él asimilara las palabras.

Dash frunció el ceño y no se esforzó por ocultar su
desconcierto. Le cogió la mano cuando se detuvieron en
un semáforo.

—¿Qué te pasa, cariño?

Su tono denotaba preocupación y la miraba sin parpadear.

Ella le regaló una sonrisa fugaz.

—He quedado para almorzar con Kylie y Chessy. Ya es hora de que deje de comportarme como una viuda desolada, en esta fecha tan señalada. Han pasado tres años, Dash. Carson está muerto y no volverá.

Joss hizo una breve pausa. El dolor de su afirmación la había dejado momentáneamente sin aliento. Pero tenía que decirlo, reconocerlo, y quizá si lo decía en voz alta conseguiría admitirlo de una vez por todas.

Le pareció ver un destello de alivio en los oscuros ojos de Dash, pero este desapareció tan rápidamente que no estuvo segura de si se lo había imaginado.

—¿Estás segura de que no quieres que pase a verte después del almuerzo con tus amigas?

Ella sacudió la cabeza.

—No, no es necesario. Ya te has ocupado de mí durante demasiado tiempo. Ya es hora de que empiece a valerme por mí misma. Estoy segura de que te sentirás aliviado al saber que ya no has de ocuparte de mí por miedo a que pierda la cabeza. Solo puedo decirte que siento mucho haber sido una carga durante tanto tiempo.

En aquella ocasión, un destello de rabia refulgió en los oscuros ojos de Dash.

—No eres ninguna carga, maldita sea. Era mi mejor amigo, Joss. Carson y tú significáis mucho para mí.

Ella le apretó la mano mientras él aceleraba después de que el vehículo de detrás hiciera sonar la bocina de forma insistente ante el semáforo en verde.

—Y lo valoro mucho, de verdad, valoro todo lo que has hecho por mí. Pero ha llegado la hora. He de hacerlo. Carson ha muerto, y he de aceptarlo.

Dash no contestó. Desvió la vista hacia delante, y la tensión se instaló en el interior del vehículo. ¿Acaso se había enojado por lo que le acababa de decir? Joss se había limitado a ser honesta, y, sinceramente, creía que él se sentiría aliviado al saber que ya no tendría que tratarla como una frágil figurita de cristal, que podría retomar su propia vida sin tener que concederle a ella una atención prioritaria.

Llegaron a casa de Joss. Ella se apeó, y Dash la imitó. La

acompañó hasta la puerta y ella entró, no sin antes girarse hacia él para darle las gracias y despedirse.

—No es un adiós —apostilló Dash, visiblemente tenso—. Solo porque creas que ya no me necesitas no significa que esté dispuesto a desaparecer de tu vida. Será mejor que lo tengas en cuenta, Joss.

Con esa frase tajante, dio media vuelta sobre sus talones y enfiló hacia el coche a grandes zancadas. Joss se quedó boquiabierta mientras el vehículo se perdía de vista.

Dos

Joss entró en el aparcamiento del Lux Café en Westheimer y aparcó su BMW Roadster junto al Mercedes descapotable plateado de Kylie. Carson le había regalado el coche a Kylie cuando cumplió veintiún años, justo un año antes de sufrir el accidente mortal que lo apartaría para siempre de su esposa y de su hermana.

Carson y Joss solían ir a Las Vegas. A Carson le encantaba el juego, y había enseñado a Joss a jugar a cualquier modalidad habitual de los casinos. Había pulido tanto las habilidades de Joss en el póquer que había acabado por convertirse en una formidable adversaria en las mesas. Carson siempre se reía por lo bajo cuando ganaba más que él, aunque Joss se negaba a jugar en la misma mesa porque su marido tenía una vena tan competitiva que no soportaba perder. Ni siquiera contra su esposa.

El hotel favorito de ambos era el Venetian, donde Joss había descubierto el Lux Café y su espléndido menú. Estuvo encantada cuando la cadena abrió un establecimiento en Houston, y muy pronto pasó a convertirse en su restaurante favorito, cuando quedaban con amigos para comer.

Joss echó un vistazo al reloj de pulsera y esbozó una mueca de fastidio. Carson siempre se reía de su impuntualidad, y llegaba quince minutos tarde al encuentro con Kylie y Chessy.

Las dos la estaban esperando dentro, cuando Joss atravesó el umbral con paso apresurado. Enseguida fijó la vista en su cuñada. El aniversario de la muerte de Carson le resultaba a Kylie tan doloroso como a ella, ya que Carson era la única familia que le quedaba. Joss se había esforzado para que ella y Kylie siguieran unidas después de la muerte de Carson. Se habían aferrado la una a la otra, ambas desoladas por la gran pérdida.

En el rostro de Kylie se evidenciaban las ojeras, pero sus ojos se iluminaron al ver a Joss, e inmediatamente se levantó para abrazarla.

—¿Cómo estás? —susurró Kylie.

Joss la abrazó con ternura y luego se apartó con una sonrisa en los labios.

—Bien —contestó con sinceridad.

Acto seguido, se dio la vuelta hacia Chessy y la envolvió en un abrazo.

—¿Qué tal, cómo estás? —preguntó Chessy en un tono sosegado.

—Sentémonos y hablemos. Me muero de hambre —contestó Joss con una sonrisita maliciosa.

Las dos parecían encantadas con su buen estado anímico. Joss se sintió avergonzada de haber sido una carga no solo para Dash a lo largo de los tres últimos años sino también para sus mejores amigas. Pero se acabó. Aquel día... bueno, aquel iba a ser el primer día de su vida, de recuperar la normalidad y llenar el vacío que le había dejado la muerte de su esposo.

Estaban sentadas en un espacioso reservado —Joss odiaba las largas hileras de mesas prácticamente apiñadas unas sobre otras—. Aunque su conversación fuera desenfadada, odiaba que alguien la oyera. Y ese día, precisamente, deseaba disponer de la más absoluta intimidad.

—Se te ve... distinta —reflexionó Chessy mientras abrían los menús.

Joss no abrió el suyo porque sabía lo que quería. Las otras se burlaban de ella porque con la maravillosa selección del enorme menú, ella siempre pedía lo mismo, y aquel día no iba a ser una excepción: ensalada vietnamita tibia de berros y ternera salteada. Su plato favorito del Lux Café.

—Es que me siento diferente —admitió Joss en voz baja.

Kylie abrió los ojos como platos.

—¿Qué ha pasado?

—No ha pasado nada, pero es por lo que pasará —terció Joss con firmeza.

—Uy, uy, uuuy... No sé si queremos oír esta historia —bromeó Chessy.

El silencio se instaló en la mesa cuando el camarero apareció para tomarles nota. Solo después de que se alejara Kylie exhortó a Joss a explicarles a qué se refería.

Joss suspiró y lanzó una mirada a Chessy.

—Quería preguntarte... bueno, ya sé que es una pregunta personal, pero alguna vez has hablado de ello. De todos modos, si crees que es muy personal puedes decirme sin rodeos que no me meta en tus asuntos, aunque la verdad es que me gustaría hacerte algunas preguntas respecto a ti y Tate.

Una sombra oscura se extendió por las facciones de Chessy, y la tristeza empañó sus ojos durante un breve instante antes de que volviera a recuperar la compostura. Pero Joss y Kylie se habían fijado en su cambio de actitud, por lo que ambas intercambiaron miradas desconcertadas.

—Sabes que puedes pedirme lo que quieras —contestó Chessy con suavidad, aunque a Joss le pareció forzada la dulzura de su tono.

Decidida a intentar averiguar más tarde qué había detrás de aquella reacción, Joss prosiguió con sus pesquisas.

—Nos has contado que Tate y tú mantenéis una relación de dominante y sumisa, o sea, que él manda tanto en la cama como fuera de ella. Quería saber si... quiero decir, ya sé que suena ridículo porque a ti te satisface, sin duda. Cualquiera que os vea se da cuenta de lo enamorados que estáis, pero quería saber cómo funciona.

Kylie palideció. Joss odiaba exponer la cuestión delante de ella, pero no deseaba ocultar algo tan importante a su cuñada —no solo su cuñada, sino una de sus mejores amigas—. No podía dejarla al margen en aquella cuestión tan relevante, en aquel salto monumental hacia delante, en comparación con la vida que había llevado durante los tres últimos años.

—¿Por qué me lo preguntas, Joss? —inquirió Chessy

en un tono desconcertado, mezclado con una perceptible preocupación.

Joss aspiró hondo y entornó los ojos. Buscó la mano de Kylie porque sabía que lo que iba a decir le resultaría duro a su cuñada.

—Ambas sabéis que quería a Carson con toda mi alma. Me lo dio todo; pero yo siempre había tenido esta... necesidad, ansia, deseo... no sé cómo llamarlo. La cuestión es que siempre he deseado... experimentar sumisión, y todo lo que ello conlleva. Sé que eso era algo que Carson no podía darme. Le quería demasiado para pedírselo. Hablamos de ello una vez, al principio de nuestra relación, antes de que me contara el trauma de su infancia. Él tenía tanto miedo de ser como su padre... La idea de hacer algo que pudiera herirme o que pudiera ser interpretado como un maltrato lo horrorizaba, y creo que al principio temió perderme porque no podía ofrecerme la clase de relación sentimental que a mí me interesaba.

Kylie había bajado la vista, pero Joss podía ver las lágrimas que se habían formado en sus ojos. Joss le apretó la mano con energía, para transmitirle la fuerza que le había faltado hasta ese momento.

—¿Y lo deseas ahora? —preguntó Chessy, frunciendo el ceño.

Joss asintió despacio.

Kylie alzó la cabeza y torció el gesto, a punto de protestar, pero Joss la silenció con otro apretón de mano.

—No deseo una relación formal; quiero decir, no busco una relación estable. Ya encontré la perfección una vez y sé que nunca encontraré esa clase de amor de nuevo; pero necesito llenar el vacío, un vacío que siempre he sentido dentro de mí, pero que mientras estaba con Carson no resultaba tan acuciante. No me sentía sola. Él me daba lo que necesitaba, a pesar de que una pequeña parte de mí siempre anhelaba y necesitaba más. Sé que suena terrible. Amaba a Carson con toda mi alma, y jamás habría hecho nada que pudiera herirlo. Pero él ya no está. Tengo que aceptar el hecho de que, aunque sea lo que más deseo en el mundo, Carson no volverá.

Se le formó un nudo en la garganta por la emoción y pestañeó varias veces seguidas mientras se le humedecían los ojos. Se secó rápidamente las mejillas; no deseaba montar una escenita en público. Kylie volvió a hundir la cabeza y una lágrima se deslizó despacio por su pálida mejilla.

—Me siento sola —susurró Joss—, y necesito algo, alguien que llene ese vacío que Carson ha dejado en mí. Ha llegado el momento de pasar página, de dejarme llevar. He encontrado un sitio...

—¿Qué clase de sitio? —preguntó Chessy sin rodeos.

—Se llama The House.

Chessy relajó la expresión.

—Sí, conozco ese club. Tate y yo somos socios. Tate es amigo del dueño, Damon Roche. La esposa de Damon ha tenido un hijo hace poco, por lo que él ya no dedica tantas horas al negocio como antes, aunque sigue regentando el local.

—Precisamente hablé con él para hacerme socia —admitió Joss—. Fue muy amable conmigo. Quería asegurarse de que sabía dónde me metía.

—¿Y lo sabes? —intervino Kylie, alzando la cabeza bruscamente—. Joss, esto es muy serio. ¿Y si te hacen daño? ¿Y si entablas relación con el hombre equivocado? Ya sabes qué clase de monstruos circulan por ahí. ¡Lo sabré yo, que he tenido un padre que era un verdadero monstruo! ¿Cómo se te puede ocurrir meterte a ciegas en ese tipo de relación?

—No me meto a ciegas —respondió Joss con suavidad—. Llevo bastante tiempo dándole vueltas al asunto. He dedicado muchas horas a investigar, y así es como he dado con ese club. He estado allí en las horas de mayor afluencia de socios; sé lo que se cuece ahí dentro. Además, Damon me ha asegurado que estará pendiente de mí, sobre todo en mi primera cita.

El camarero las interrumpió al presentarse con los entrantes, pero en lo último que pensaban las tres amigas en esos momentos era en comer. Continuaron conversando, sin tocar los platos que tenían delante.

—Solo quería saber más detalles de tu experiencia con Tate —insistió Joss con suavidad.

De nuevo, el dolor se plasmó en los ojos verdes de Chessy. Se colocó un mechón negro detrás de la oreja, intentando ocultar su vacilación, pero Joss se fijó en su reacción y se preguntó qué era lo que le pasaba a su amiga. Parecía… infeliz. Quizá llevaba tiempo así, pero ella había estado tan centrada en sí misma que no había prestado atención a los que la rodeaban.

—¿Hay algo que no me hayas contado, Chessy? —se interesó Joss.

Chessy se mostró primero culpable y luego sorprendida.

—¡No, claro que no! Y en respuesta a tu pregunta, te diré que si se hace bien, puede ser la experiencia más maravillosa del mundo. Jamás me he arrepentido de someterme por completo a él. Tate siempre se ocupaba de mí hasta en lo más mínimo. Me cuidaba, me protegía al máximo. Yo siempre era su prioridad. Y él era tan exigente…

Joss frunció el ceño; su amiga estaba usando el tiempo pasado en todos los ejemplos.

—¿Acaso ya no es así? —quiso saber Joss.

Chessy esbozó una sonrisa radiante, excesivamente radiante.

—¡Claro que sí! Solo era una forma de hablar. Bueno, quizá nuestra relación no sea tan perfecta como solía ser, pero eso es normal. Tate está muy ocupado intentando dar un buen empujón a su negocio, y cuando una relación sentimental pierde la novedad, es fácil caer en la rutina. No te preocupes —soltó con una carcajada— no nos vamos a divorciar ni nada parecido.

Pero la alegría forzada incomodó a Joss. Se zafó de la sensación premonitoria para centrarse en el tema que las ocupaba.

—Vuelvo a decirte que no es necesario que hablemos de ello, si te resulta demasiado personal —aclaró Joss.

Con un gesto liviano de la mano, Chessy la instó a seguir.

—¿Qué clase de… prácticas realizáis Tate y tú? Quiero

decir, ¿practicáis el *bondage*, el dolor placentero, la flage-lación? ¿O simplemente se trata de obedecer y dejar que él dé siempre las órdenes?

Kylie tenía aspecto de ir a vomitar de un momento a otro, y empezó a empujar la comida con el tenedor en un intento de entorpecer la conversación. Se había puesto pá-lida, y Joss pensó que quizá había sido una mala idea sacar el tema a colación delante de ella. Pero no quería que Kylie no estuviera al tanto de sus intenciones. Apreciaba mucho a su cuñada; quería que supiera que por lo menos iba a in-tentar pasar página y quizá iniciar una relación, aunque solo fuera temporal, con otro hombre. No quería que Kylie se enterara por boca de otros; quería ser ella misma quien se lo anunciara.

—Creo que es cuestión de lo que tú desees —respondió Chessy despacio—. Sí, nosotros practicamos todo eso y más. Soy suya, me he entregado a él, por completo, y por lo tanto he de hacer lo que él desee. Él conoce los límites. Llevamos tanto tiempo juntos que sabe hasta dónde pode-mos llegar; conoce mis límites quizá incluso mejor que yo misma. Pero al principio es importante que seas muy sin-cera con tu compañero y establezcáis límites. Él ha de sa-ber exactamente con qué te sientes cómoda y con qué no, y tú necesitas un entorno seguro hasta que vuestra rela-ción progrese lo bastante como para que él sepa hasta dónde puede llegar.

—Me siento como una niña en una tienda de juguetes —resopló Joss, con una mueca traviesa—. Deseo probarlo todo. Por lo menos una vez. No conozco mis límites, y no los conoceré hasta que no los supere.

—Más razón aún para elegir a la persona adecuada; al-guien que comprenda que eres nueva en estas prácticas, que deseas experimentar pero que te reservas el derecho a retirarte en cualquier momento. Y por el amor de Dios, Joss, no aceptes ir a tu casa con un hombre hasta que no lo conozcas bien. Quédate en el club. Experimenta todo lo que quieras en un local público donde dispones de absoluta seguridad.

Joss asintió. Era un factor que ya había considerado, y

de ninguna manera pensaba llevar a un hombre a su casa, el lugar donde ella y Carson habían vivido y se habían amado. Sería el colmo de la falta de respeto, practicar lo que habría horrorizado a su esposo bajo aquel mismo techo. Tampoco pensaba acceder a salir del club con un desconocido. ¡Quién sabía qué podría suceder cuando se quedaran los dos solos y él la tuviera a su merced!

No era que Joss no hubiera considerado todos los riesgos. ¡Lo había hecho! Había ido al club en más de una ocasión, le había hecho un sinfín de preguntas a Damon Roche, y el propietario había mostrado una infinita paciencia y comprensión. Pero en esos momentos, al escuchar las advertencias de Chessy, la asaltaba un mar de dudas.

Pero no. Ya había tomado la decisión. Era en lo único que había estado pensando en los dos últimos meses. Y a pesar de que su deseo de seguir adelante con su nueva vida en el tercer aniversario de la muerte de su esposo pudiera parecer un tanto excéntrico, para ella asumía un cariz simbólico. No pensaba echarse atrás.

Se había estremecido cuando Chessy había afirmado que se había entregado totalmente a su marido. Joss anhelaba lo mismo, lo deseaba con una acuciante necesidad que no llegaba a comprender por completo. No era que no se hubiera entregado en cuerpo y alma a Carson. Lo había hecho, no se había reservado ninguna parte de sí misma.

Pero aquella necesidad de iniciarse en la senda de la dominación era más intensa que la simple idea de pertenecer a alguien. Deseaba sentirse… poseída, querida, totalmente idolatrada. Todo aquello que su esposo le había dado pero… más. Deseaba cruzar la línea gris, hacer añicos todos los límites, descubrir esos límites así como hasta dónde estaba dispuesta a llegar, hasta dónde deseaba llegar. ¿Cómo lo averiguaría si no lo intentaba?

—Estás decidida a hacerlo, ¿verdad? —comentó Kylie en voz baja—. Puedo verlo en tus ojos, Joss. Conozco esa mirada. Estás decidida a hacerlo.

Joss asintió, y la embargó un sentimiento de alivio tras aquella afirmación.

Chessy se inclinó por encima de la mesa para estrecharle la otra mano y se la apretó hasta que Joss se aferró también con fuerza a las manos de su amiga.

—Entonces te deseo mucha suerte —la animó Chessy.

—Oye, ¿no tienes que irte? —preguntó Joss, recordando de repente que Chessy había mencionado varios días antes que ella y Tate iban a pasar la tarde juntos—. ¿No te espera Tate? No quiero robarte más tiempo. Solo quería hacerte esas preguntas.

Nuevamente detectó el leve brillo en los ojos de Chessy, apenas discernible, antes de que su amiga bajara la mirada y le soltara las manos.

—No, Tate lo ha cancelado porque le ha salido una reunión de trabajo.

Joss esbozó una mueca de fastidio.

—¡Vaya! Lo siento. Sé que estabas muy ilusionada. Lamentablemente, yo sí que he de irme. Necesito tiempo para prepararme para esta noche. Pese a que he tomado la decisión, todavía estoy bastante nerviosa, así que necesito tiempo para prepararme y reflexionar más acerca de lo que me propongo hacer.

Chessy sonrió.

—Espero un informe mañana a primera hora, y si no lo recibo, iré a buscarlo. Y si no estás en casa, llamaré a la policía.

Joss sonrió.

—Claro que estaré en casa.

Se puso de pie después de depositar varios billetes en la mesa para pagar el almuerzo. Kylie también se puso en pie.

—Te acompañaré hasta el coche —se ofreció Kylie.

Chessy lanzó a Joss una mirada significativa y luego observó a Kylie con ojo crítico. Joss suspiró. Sabía lo que iba a suceder. Le dijo adiós a Chessy con la mano y salió del restaurante, con Kylie a su lado.

Cuando llegaron al aparcamiento, Kylie colocó una mano sobre el brazo de Joss.

—¿De veras lo has pensado bien, Joss? —le preguntó en un tono implorante—. Estoy muy preocupada por ti. No pareces tú. ¿Qué opinaría Carson? ¡Se moriría si lo supiera!

—Kylie, Carson está muerto —apuntó Joss con suavidad—. No resucitará. Te aseguro que si pudiera hacerlo, lo haría sin vacilar. Me olvidaría de mis deseos y necesidades si él pudiera estar de nuevo conmigo. Pero está muerto.

Las lágrimas se apiñaron en su garganta, unas lágrimas que llevaba todo el día intentando contener. Había decidido que aquel año sería diferente, que no pasaría el aniversario de la muerte de su esposo con esa actitud apática y desconsolada.

Los ojos de Kylie reflejaban su dolorosa consternación. Las lágrimas empezaron a rodar silenciosamente por sus mejillas.

—Le echo tanto de menos, Joss… Era mi única familia. Todavía no puedo creer que esté muerto.

Joss la abrazó con fuerza. A Kylie le temblaban los hombros.

—Te equivocas. Sí que tienes familia. Me tienes a mí. No pienso apartarme de tu lado. Lo que ha pasado no cambia las cosas entre nosotras dos, te lo aseguro. Pero he de rehacer mi vida y seguir adelante. Esta situación me está matando. La pena me está matando lentamente, y Carson odiaría eso. No desearía que me pasara el resto de mi vida llorando su ausencia. Él sería la primera persona que desearía que yo fuera feliz, aunque no sea con él.

Kylie se apartó y se secó las lágrimas con rapidez.

—Lo sé. De verdad, lo sé, y yo también deseo que seas feliz, Joss. ¿Pero ha de ser de este modo? No sabes lo que es estar a merced de un monstruo. Seguramente no querrás ponerte en una posición en la que te encuentres indefensa bajo el poder de un hombre. Podría hacerte daño, maltratarte. Créeme, seguro que no es eso lo que quieres. Nunca podrías comprender lo degradante e impotente que resulta ese sentimiento. No te lo deseo. Carson jamás querría eso para ti.

Joss le secó a Kylie las lágrimas con dulzura.

—No todos los hombres son como tu padre, Kylie. Entiendo tu preocupación. No niego que tú y Carson vivierais un infierno. Nunca permitiré que me pase lo mismo. Y fíjate en Chessy y Tate. Ya sabes qué clase de relación mantienen. ¿De verdad crees que Tate se atrevería a hacerle daño a Chessy? Él la quiere, respeta por completo el regalo de su sumisión. Y eso es lo que deseo.

—Pero le está haciendo daño —replicó Kylie con brusquedad—. Seguro que has visto lo mismo que yo, en el restaurante, lo que hemos visto en los últimos meses. Ella no es feliz, Joss, y estoy preocupada por ella. ¿Y si él la está maltratando?

Joss pestañeó, totalmente consternada por el comentario de Kylie. Sí, se había fijado que Chessy no estaba tan alegre, tan animada como de costumbre. Había notado que a su amiga le pasaba algo, pero ni por un momento había pensado que Tate pudiera hacerle daño.

—No sé exactamente qué es lo que pasa entre Chessy y Tate —comentó Joss con cautela—, pero lo que sí sé es que es imposible que él la maltrate. Chessy jamás lo aceptaría; es demasiado fuerte e independiente, a pesar de que haya decidido someterse a él. Y no olvides que ella nos lo diría, si él le estuviera haciendo daño. Hace muchos años que somos amigas. Lo sabemos, Kylie; lo sabemos.

—Nadie supo nunca el martirio que Carson y yo teníamos que soportar —espetó Kylie con pena—. Lo ocultábamos al mundo entero. Todos creían que mi padre era un ser adorable incapaz de hacernos daño. Pero en casa era un monstruo.

—Por favor, no te preocupes por mí —dijo Joss—. Y no te preocupes por Chessy. Hablaré con ella, si así te sientes mejor. Conozco a Tate. Las dos conocemos a Tate. Hace años que somos amigos. No es posible que esté maltratando a Chessy. Y ya sé que no te gusta mi elección. No espero que la aceptes, pero me gustaría que por lo menos respetaras mi decisión.

—Te quiero —dijo Kylie con la voz quebrada—. Nunca me lo perdonaría si por lo menos no intentara disuadirte de que no tomes el camino que pareces decidida a tomar. Pero si eso es realmente lo que deseas, si eso es lo que necesitas y es lo que te hará feliz, entonces intentaré respetar tu decisión. Simplemente no quiero perderte a ti también.

Joss la abrazó de nuevo.

—No me perderás. Eres mi hermana y mi mejor amiga. Carson no era el único vínculo contigo, y el hecho de que ya no esté con nosotras no significa que nuestra relación tenga que romperse. Eres mi familia, Kylie. Te quiero.

Kylie se apartó, con una sonrisa acuosa en sus labios temblorosos.

—Espero un informe mañana, igual que te lo ha pedido Chessy. Esta noche no dormiré porque estaré preocupada por ti. Solo espero que sepas dónde te metes.

—Yo también —murmuró Joss—. Yo también.

Tres

Dash Corbin aparcó el coche frente al club The House y permaneció sentado un momento, preguntándose de nuevo por qué diantre estaba allí aquella noche. Normalmente pasaba el aniversario de la muerte de Carson con Joss hasta que caía la noche. No es que no pasara otros días con ella, pero en los dos primeros aniversarios de la muerte de su mejor amigo había sido fiel a la cita para hacer compañía a Joss, consolarla y reconfortarla.

Lo que le suponía un verdadero calvario.

Le asqueaba estar enamorado de la esposa de su mejor amigo. Había vivido con aquel sentimiento de culpa durante todos los años que Carson y Joss habían estado casados. Carson lo sabía. Lo había descubierto, pese a que Dash había hecho todo lo posible por ocultar sus sentimientos. Pero su mejor amigo era perceptivo. Lo conocía mejor que nadie en el mundo. No eran simplemente socios en el negocio; estaban tan unidos como dos hermanos, aunque no conociera a Dash en la infancia, cuando Carson y Kylie habían tenido que soportar aquella gran pesadilla.

La familia de Dash era la antítesis de la de Carson —eso si se podía denominar así al pedazo de malnacido que había engendrado a «la familia» de Carson—. Los padres de Dash seguían todavía tan enamorados como cuarenta años antes, cuando se habían casado. Dash era el mediano de cinco hermanos. Tenía dos hermanos mayores y dos hermanas menores, totalmente mimadas y protegidas por los hermanos mayores.

Carson se había quedado desconcertado con la familia tan unida de Dash desde el momento en que se conocieron. No había sabido cómo reaccionar ante aquella estructura familiar normal, equilibrada. Pero la familia de Dash había acogido a Carson —y a Joss, cuando Carson se casó con ella—. Incluso a Kylie, aunque su hermana se mostraba más reservada y cauta que Carson con la extensa familia de Dash.

Dash suspiró nuevamente antes de salir del coche y enfilar hacia la entrada del local. No sentía el más mínimo interés por las posibilidades que le brindaba la noche, pero estaba inquieto y nervioso. Joss había llenado sus pensamientos todo el día, desde que la había llevado al cementerio y la había visto tan diferente.

No sabía cómo interpretar aquel cambio abrupto. Ella había salido de casa con vaqueros y camisa, con un aspecto tan jovial y hermoso que a él todavía le dolía el pecho al recordar su imagen.

Y entonces le había pedido que la dejara sola en la tumba y había permanecido allí, moviendo los labios mientras hablaba con Carson durante un buen rato. Cuando Joss había regresado al coche, notó una marcada diferencia en su actitud. Y luego ese discurso sobre que ya no lo necesitaba. ¡Y además le había pedido disculpas! ¡Joder! Se había disculpado por ser una carga, por robarle tanto tiempo de su vida. ¡Maldita fuera! ¡Joss no se daba cuenta de que ella era «su» vida! O, por lo menos, él esperaba que así fuera.

Saludó al portero y recorrió las salas sociales de la planta baja donde la gente se reunía para charlar y tomar una copa de buen vino antes de subir al gran salón o a una de las estancias privadas del piso superior.

Había un montón de mujeres bellas que no escatimaron miradas interesadas hacia él. Hacía tiempo que no iba al club en busca de consuelo y desahogo. Solía ir después de pasar un rato con Joss, para fantasear con la idea de que la mujer con la que estaba era ella. Se sentía sucio, pero se aseguraba de que la mujer se sintiera como una reina. De ninguna manera podía saber que tan solo era una mera sustituta de la única fémina que Dash no podía tener.

¿Por fin Joss había decidido seguir adelante con su vida? Le había hablado de ello en el camino de vuelta a casa. Se había mostrado contundente, aunque su dolor fuera más que evidente. Dash había visto la patente emoción en sus ojos cuando había dicho que Carson estaba muerto y que no iba a volver, por lo que tenía que aceptarlo y rehacer su vida, ¿pero hablaba en serio?

Dash tenía miedo de albergar esperanzas. Y tenía miedo de dar un paso equivocado. No podía permitirse joderlo todo por el hecho de presionarla demasiado pronto. Joss lo veía como a un amigo. Ella se veía como una carga para él, alguien a quien había tenido que cuidar durante la fase de luto. Nunca se había dado cuenta de que él solo vivía para los momentos que compartía con ella.

Carson sabía que su mejor amigo estaba enamorado de su esposa; lo sabía y lo aceptaba. Dash había temido que eso pudiera echar a perder no solo su amistad sino también su relación como socios en el negocio. Pero Carson lo había entendido. Confiaba en que Dash jamás daría un paso en falso, y además le había exigido la promesa de que si le pasaba algo, Dash cuidaría de Joss.

Se lo había pedido con una maldita nota en la que su mejor amigo le confiaba el cuidado de su esposa en el caso de que le pasara algo. Peor aún: Carson le había exigido tal promesa apenas unas semanas antes de perder la vida en un accidente. Casi como si lo supiera. ¿Acaso había percibido que le iba a suceder algo y que su esposa sería una viuda joven?

En aquel momento, Dash había desestimado la petición tan seria que Carson le había hecho.

> Si me pasara algo, quiero que me prometas una cosa: prométeme que te encargarás de Joss. Sé que la amas. Si algún día yo no puedo estar a su lado, quiero que me prometas que cuidarás de ella y la amarás como yo la amo.

Las palabras retumbaban en su mente. ¿Proféticas, o una mera coincidencia?

En aquel momento, la promesa le había supuesto un doloroso recordatorio de todo lo que Carson tenía y todo lo que Dash no tenía. Joss era… hermosa, pero no solo en términos físicos. Era capaz de iluminar una estancia con su presencia; su cálida sonrisa podía ablandar incluso el corazón más duro, además, nunca había mirado a otro hombre desde que estaba con Carson. ¡Y eso que no faltaban hombres que desearan seducir a la esposa de otro hombre! Pero Joss actuaba como si no se diera cuenta del efecto que ejercía sobre los hombres, lo que la hacía todavía más deseable a los ojos de Dash.

Tras pasar rápidamente por las salas sociales, Dash cogió una copa de vino —Damon Roche servía el mejor— y enfiló hacia las escaleras para ir al piso superior.

En el gran salón abierto había la típica mezcla ecléctica de aventuras sexuales. Aunque la amplia estancia no disponía de tabiques separadores, estaba dividida en secciones simplemente por los partícipes que ocupaban sus propios espacios para llevar a cabo sus actividades.

Se adentró en el salón, y lo envolvió una mezcolanza de sonidos y aromas: el olor de piel contra piel, el chasquido de un látigo, los suspiros, gemidos y gritos de éxtasis, algunos de dolor, otros de placer. El aire estaba enrarecido con el aroma a sexo.

Atravesó el salón, fijándose en los ocupantes, esperando que Tate y Chessy no estuvieran presentes aquella noche. No es que fuera un mojigato ni mucho menos, pero ver fornicar a sus mejores amigos no ocupaba un lugar destacado en su lista de prioridades. Aunque no tendría que haberse preocupado porque hacía meses que no los veía por el club. Las pocas veces que había coincidido con ellos, Dash había abreviado su propia visita para que Chessy no se sintiera incómoda con su presencia.

Ella era una mujer muy especial, y Tate un afortunado cabrón por el hecho de disponer de tal perfección. Sumisa, bella, entregada a Tate sin reservas. No había un regalo más preciado que una mujer que entregaba su sumisión a un hombre.

Eso era lo que él deseaba, lo que siempre había buscado en cualquier relación que había iniciado. Pero por Joss estaba dispuesto a negar esa parte de sí mismo, si era la única forma de tenerla. Conociendo el pasado de Carson, Dash sabía con absoluta certeza que él y Joss jamás habían experimentado esa clase de vida.

Lo cierto era que tampoco había mantenido ninguna relación sentimental estable desde que había conocido a Joss.

Desde que ella había aparecido en la vida de Carson con la fuerza de un huracán, Dash solo había tenido aventuras esporádicas. Saciaba sus necesidades, se aseguraba de satisfacer a su compañera ocasional y luego se apartaba de ella. No deseaba iniciar nada serio, pese a saber que Joss era inalcanzable. Sin embargo, la situación había dado un giro inesperado: Joss estaba libre. Pero ¿podría ella amar a otro hombre tal como había amado a Carson?

Esa era la pregunta del millón. ¿Y podría Dash contentarse con solo una parte del corazón de Joss?

Asintió antes de detenerse en seco. ¡Joder! ¡Claro que sí! ¡Aceptaría cualquier parte que ella le diera! La cuestión era: ¿cuándo pensaba dar el paso y declararse?

Aquel día había atisbado el primer rayo de esperanza en tres años al decirle Joss que estaba lista para abandonar su luto y rehacer su vida. Sería paciente. Sería todo lo que ella necesitara. Pero él anhelaba ser mucho más.

Avanzó hasta un rincón del gran salón, rechazando con una sonrisa educada a una mujer que se ofrecía para servirle. Quizá otra noche sí que aceptaría, cerraría los ojos e imaginaría que era Joss bajo su firme pero tierno encuentro. Pero aquella noche en su mente no cabía nadie más que Joss, y no podía aunar fuerzas para fingir tal como había hecho en tantas otras ocasiones.

Su familia lo tomaba por loco, por no haber dejado de lado sus sentimientos hacia Joss mucho tiempo atrás. Lo habían mirado con compasión durante los tres últimos años. Sus hermanos le habían incluso preguntado cuándo pensaba tomar la iniciativa. Pero él sabía que todavía no había llegado el momento. ¿Pero ahora?

Dash no podía evitar solazarse en el brote de esperanza que había germinado cuando había estado con Joss por la mañana. Había visto la diferencia en sus ojos y en su comportamiento. Pero entonces ella había soltado aquella estúpida disculpa por ser una carga, y había actuado como si ya no deseara seguir siendo una carga para él.

¡Al cuerno con ese pretexto! Si Joss pensaba que él se iba a apartar de ella, se equivocaba de lleno.

Dash permaneció de pie en un rincón, observando la escena que se mostraba ante sus ojos con una evidente falta de entusiasmo, sin siquiera estar seguro de por qué diantre había ido al club aquella noche. Deseaba estar con Joss, ver una película e intentar alejar la pena de su bella cabecita, que era lo que había hecho en los dos últimos aniversarios —y un montón de veces más durante aquellos tres años—. El día no había transcurrido tal y como había esperado. Había anulado cualquier posible visita en su agenda; se había asegurado de que los clientes estuvieran bien servidos para poder pasar el día entero con Joss.

No esperaba que ella se despidiera de él después de ir al cementerio.

Dash desvió la vista hacia la puerta, hacia la pareja que acababa de entrar, y clavó la vista en ellos.

¡Joder! ¿Qué diantre…?

Permaneció allí plantado, sin pestañear, incapaz de creer lo que veía. Joss acababa de entrar, acompañada por un hombre al que Dash conocía del club. Él la sujetaba por la cintura, con la mano sobre la cadera de Joss en actitud posesiva, sin dejar lugar a dudas de su… posesión. O inminente posesión.

Ella iba ataviada con un entallado vestido negro que resaltaba cada una de las perfectas curvas de su cuerpo, y llevaba unos zapatos de tacón de aguja que lanzaban el mensaje «fóllame». Sí, follarla subida a esos zapatos de tacón de vértigo hasta que ella gritara su nombre una y otra vez.

Joss llevaba el pelo recogido en un moño, con unos mechones que colgaban graciosamente sobre su esbelto cuello y atraían la atención sobre la delicadeza de sus rasgos.

Y parecía muerta de miedo.

Dash atravesó la estancia a grandes zancadas sin ser siquiera consciente de sus movimientos. ¡Joder! ¿Qué hacía Joss en The House? ¿En un local dedicado a todas las prácticas sexuales imaginables?

Y el tipo que la acompañaba era un cliente asiduo del club. Tenía debilidad por las sumisas, y casi nunca se le veía con la misma mujer dos veces seguidas. Sin embargo, abrazaba a Joss con ademán posesivo y una evidente lascivia en los ojos.

¿Qué diantre creía Joss que hacía?

Estaba a tan solo unos pasos cuando ella alzó la vista asustada y la clavó en él. Sorprendida, abrió la boca mientras la vergüenza se apoderaba de sus facciones. El pánico se adueñó de sus ojos y se apartó un paso del hombre que tenía a su lado.

El individuo, que se llamaba Craig, reaccionó con celeridad para volverla a sujetar por la cintura, lo que aún enfureció más a Dash, quien agarró a Joss por el brazo y la atrajo hacia sí, para ponerla a salvo a su lado.

—¿Se puede saber qué haces, Corbin? —ladró Craig con exasperación, al tiempo que intentaba coger a Joss por el otro brazo.

Dash se colocó enseguida entre Joss y Craig, escudándola con su cuerpo.

—¡Aléjate de ella ahora mismo! —rugió Dash.

Craig abrió los ojos desmesuradamente y observó a Dash un momento antes de alzar las manos en un gesto de rendición, lo que no era típico en un hombre como él, un dominante que no cedía ante nadie. Pero Dash estaba convencido de que debía ofrecer el aspecto de un desequilibrado a punto de explotar, a juzgar por la cautela con que Craig lo miraba. Y no iba desencaminado. Dash estaba al borde de perder el frágil dominio de su control.

—Tranquilo, ya buscaré otra compañía para pasar la noche —murmuró Craig.

—Será lo mejor —replicó Dash con los dientes prietos—. Y ni se te ocurra cometer el error de acercarte a ella otra vez o sabrás lo que es bueno. ¿Entendido?

—Sí, tranquilo, entendido.

Craig dedicó a Dash —y a Joss— un saludo teatral antes de adentrarse en el salón.

Dash se dio la vuelta hacia ella. Al verla tan pálida y sobresaltada, murmuró una imprecación entre dientes. La cogió de la mano y la llevó a la fuerza hacia el vestíbulo. Ella todavía no había dicho ni una palabra. Su cara mostraba un gran susto, y parecía tan humillada que Dash sintió deseos de propinar un puñetazo a la pared. Lo último que quería era avergonzarla, ¡pero al cuerno con todo! ¿Qué se suponía que tenía que hacer cuando aparecía en público como una mujerzuela a la que cualquier hombre anhelaría poseer? La mujer a la que se moría de ganas de poseer.

La condujo escaleras abajo tan rápido como pudo hasta el pasillo en dirección a la puerta principal, procurando que ella no tropezara con esos zapatos de tacón de vértigo. Estaba tentado de cargársela al hombro, como un saco de patatas, y sacarla de allí como un troglodita. No obstante, logró contener el acuciante arranque, aunque no con poco esfuerzo.

Tan pronto como estuvieron fuera del local, se dio la vuelta hacia ella, intentando contener la ira que se había expandido por sus venas.

—¿Dónde está tu coche? —le preguntó sin rodeos.

—No... no he venid... venido en mi coche —tartamudeó ella—. He cogido un taxi.

¡Joder! Eso complicaba más las cosas. ¿Acaso no esperaba volver a casa sola aquella noche? ¿Estaba planeando dormir con algún tipo que acabara de conocer en el club? ¿Pero cómo diantre iba él a saber si aquella era su primera vez? ¡Ni tan solo sabía si ella frecuentaba el local! Quizás incluso ella y Craig ya se lo habían montado en otras ocasiones. La verdad era que hacía tiempo que Dash no se pasaba por allí como para saber qué sucedía en el club.

La guio hasta su coche y abrió la puerta, luego la conminó a sentarse en el asiento del pasajero.

—¿Dash?

Aquella única palabra, expresada con miedo e incertidumbre, lo dejó helado. ¡Lo último que faltaba: que ella le tuviera miedo! Tenía que calmarse antes de perder la cabeza y destruir cualquier posibilidad de iniciar una relación con ella.

—Te llevaré a casa —explicó él en un tono más conciliador.

Enfiló hacia la puerta del conductor; arrancó el motor y dio marcha atrás casi antes de cerrar la puerta. Recorrió la sinuosa senda que conducía hasta la salida de la finca y esperó impacientemente a que se abriera la valla mecánica para alejarse del club.

Ya en la carretera, aceleró al tiempo que notaba que Joss lo fulminaba con una mirada nerviosa. Vio cómo se mordía el labio inferior en un obvio esfuerzo por hallar las palabras adecuadas.

Dash le cogió la mano y se la apretó para tranquilizarla.

—Ya hablaremos cuando lleguemos a casa —le dijo en un tono autoritario que jamás había utilizado antes con ella.

Pero funcionó. Joss cerró la boca inmediatamente, aunque siguió mordisqueándose el labio inferior con evidente nerviosismo. La vergüenza todavía se plasmaba en sus facciones. A Dash le dolía saber que estaba sufriendo, avergonzada, como si pensara que él pretendía arrancarle una confesión. Y quizá esa fuera su intención. Todavía no estaba seguro sobre qué narices pensaba decirle.

Hicieron el resto del camino en un tenso silencio, con la mano de ella firmemente atenazada por la de Dash. Él podía notar su temblor, y le partía el corazón pensar que pudiera tenerle miedo. Cortaría esa angustia de raíz tan pronto como llegara al fondo de la cuestión.

Joss se mostró sorprendida cuando se adentró en el barrio residencial de él, que quedaba a poca distancia del barrio donde vivía ella. Se dio la vuelta para mirarlo, con una clara pregunta en los ojos.

—Ya hablaremos cuando estemos en mi casa —dijo él brevemente mientras aparcaba.

Ella volvió a sumirse en el incómodo silencio, cabizbaja y con la vista fija en la falda. Afligido por la actitud de derrota de Joss, Dash se inclinó hacia ella y la agarró por la barbilla ejerciendo una leve presión para obligarla a alzar los ojos.

—Tranquila, cariño. Entremos y hablemos con calma.

Ella asintió, él se apeó del coche y se dirigió al otro lado con rapidez para abrirle la puerta; a continuación, la invitó a entrar en su casa. De repente se apoderó de él una enorme satisfacción. ¡Por fin ella estaba en su terreno!

Pese a que habían pasado mucho tiempo juntos durante los últimos tres años, siempre había sido en algún sitio neutral. O en casa de Joss, la que había compartido con Carson. La última vez que ella había estado en su casa, Carson todavía estaba vivo; por entonces, la pareja solía ir a visitarlo a menudo.

Dash pasó un brazo por su cintura cuando entraron en el recibidor y luego la guio hacia el salón. Ella irguió la espalda pero no hizo ningún movimiento para separarse de él. Estaba demasiado tensa, como si esperara que le cayera encima una lluvia de críticas feroces.

Entraron en el salón, Dash dio un paso adelante y se pasó una mano crispada por el pelo. Después se dio la vuelta hacia ella, sin estar seguro de cómo expresar la pregunta que le quemaba la lengua. ¡Joder! Solo se le ocurría una forma de hacerlo: directamente, sin rodeos.

—¿Se puede saber qué hacías en The House?

Ella vaciló al oír la furia en su tono.

—No tienes ni idea de dónde te metes. En absoluto —continuó él—. ¿Sabes lo que podría haberte pasado? ¿Lo que Craig podría haberte hecho? Deja que te lo diga: te habría pedido que te inclinaras para poder flagelar tu culito y luego te habría follado sin miramientos, sin pensar en ti, pendiente solo de su propia satisfacción. Te habría usado como un trapo sucio, sin importarle un comino tu placer. ¿Se puede saber en qué narices estabas pensando?

Joss se humedeció los labios. Le brillaban los ojos por las lágrimas que apenas podía contener. Maldición. Lo último que quería era que ella rompiera a llorar cuando había conseguido aguantar el día entero, o por lo menos el rato que había compartido con él, sin derramar ni una sola lágrima.

—Sé lo que estaba haciendo, Dash —respondió despacio—. Te lo aseguro; mejor de lo que crees.

Él frunció el ceño.

—¿Habías estado antes en The House?

Ella sacudió la cabeza.

—No, era mi primera vez.

—¡Joder! ¿Pero qué diantre te pasa? ¿Tienes idea de lo que podría haberte sucedido de no haber estado yo allí? ¡No pienso permitir que vuelvas a poner los pies en ese club! No es un sitio adecuado para ti.

Joss frunció los labios hasta formar con ellos una fina línea. Recapacitó un momento antes de fulminarlo con una mirada decidida.

—Sé exactamente lo que hacía. No lo entiendes, Dash. Nunca lo comprenderías.

—Intenta explicármelo —la retó él.

Ella se lo quedó mirando durante un largo momento, con ojos indecisos, como si intentara decidir si podía confiar en él. Él estaba impaciente, porque... ¡Maldita fuera! Deseaba tanto que se lo explicara todo, sin omitir detalle; deseaba tanto ganarse su confianza...

Joss cerró los ojos y se hundió en el sofá antes de inclinarse hacia delante y esconder la cara entre las manos. Le temblaban los hombros y Dash tuvo que contenerse para no sentarse a su lado. Quería consolarla, abrazarla y decirle que todo saldría bien. Pero esperó. Porque fuera lo que fuese lo que ella iba a decirle, tenía el presentimiento de que era importante, que su confesión podría cambiar para siempre la relación que existía entre ellos, la posibilidad de estar juntos.

Joss alzó la cabeza, con los ojos anegados de lágrimas.

—He amado a Carson con todo mi corazón. Él era mi alma gemela, lo sé, y sé que nunca encontraré esa clase de amor de nuevo.

Dash contuvo el aliento porque eso no era lo que deseaba oír: que ella se había resignado a una existencia sin amor porque no creía que otro hombre pudiera amarla tanto como Carson, cuando, en realidad, Dash era ese hombre. La amaba; siempre la había amado, y si le daba la oportunidad, le demostraría que sí que era posible encontrar a otro hombre dispuesto a entregarse por completo a ella.

—Carson me dio todo lo que podía querer o pedir. Excepto...

Joss hizo una pausa y volvió a bajar la vista. Sus hombros se hundieron en señal de derrota.

—¿Excepto qué? —le preguntó Dash en un tono conciliador.

El comentario lo había desconcertado. Sabía perfectamente que Carson le habría dado la luna, que habría hecho cualquier cosa que estuviera en su poder con tal de complacer a Joss.

—Dominación —susurró Joss.

A Dash se le erizaron los pelos en la nuca y se estremeció con un escalofrío de… ¿esperanza? Se le aceleró el pulso y tuvo que hacer un esfuerzo para recuperar la calma. ¿Lo había entendido bien? Porque había un montón de matices que no entendía.

—¿Dominación?

Ella asintió. A continuación, alzó la vista, y sus bellos ojos se empañaron de tristeza.

—Ya sabes cómo fue su infancia, lo que tuvo que soportar. Me refiero a los malos tratos que sufrieron él y Kylie. Al principio, cuando nos conocimos, hablamos acerca de mi… necesidad, de lo que yo creía que necesitaba y deseaba. Pero él no podía de ningún modo convencerse a sí mismo para hacer algo que pudiera interpretarse como un abuso. Siempre estaba preocupado por si había heredado la naturaleza abusiva de su padre, por si era algo genético, y se moriría antes de hacerme daño. ¡Como si eso pudiera ser posible! Por eso Carson se negaba a tener hijos. Los deseaba, tanto como yo. Mi mayor remordimiento es no haber tenido un hijo suyo, una parte de él que viviera ahora que lo he perdido. Pero a Carson le aterraba la idea de ser capaz de maltratar a sus propios hijos.

La última parte de la confesión emergió entre sollozos, y Dash no pudo por más tiempo mantener la distancia. Atravesó el salón, se sentó en el sofá a su lado y la rodeó con sus brazos. Joss hundió la cara en su pecho mientras él le acariciaba el pelo con ternura.

—Carson jamás te habría hecho daño, ni a ti ni a sus hijos —sentenció Dash con absoluta seguridad.

Joss se apartó y clavó sus ojos llenos de lágrimas en los de él.

—Lo sé. Tú también lo sabes. Pero él no. Y no podía convencerlo. Su padre lo traumatizó, Dash. A él y a Kylie. Jamás se recuperaron de todo lo que les había hecho, y eso afectaba su vida adulta. Todavía le afecta a Kylie. Cuando le conté lo que planeaba hacer, le entró el pánico.

—Me gustaría saber qué era lo que planeabas hacer —la exhortó Dash—. ¿Qué pretendías hacer en The House?

Joss se dio la vuelta y apretó los puños hasta que los nudillos se le pusieron blancos.

—Ya sé que crees que no tengo ni idea de lo que iba a hacer, pero no soy tonta. No es una locura que se me ocurriera de sopetón. Llevo meses dándole vueltas e investigando. Hablé varias veces con Damon Roche. Él quería asegurarse de que sabía dónde me metía y que no se trataba de una decisión apresurada.

¡Joder! ¡Pues aún gracias por ello! Damon era un tipo serio. Podía regentar un club en el que se llevaba a cabo cualquier forma imaginable de conducta sexual retorcida o fetichismo, pero se lo tomaba muy en serio y elegía a sus clientes con mucho esmero.

—Pero es lo que te he dicho hoy, Dash. Carson está muerto. No volverá. Y yo he de seguir adelante con mi vida. No puedo pasar el resto de mi vida llorando su muerte. Necesito... deseo...

Se le quebró la voz, y Dash simplemente esperó a que Joss aclarara los pensamientos porque lo que le estaba diciendo era realmente importante. Estaba conociendo una faceta de ella que jamás había sospechado que existiera. ¿Cómo habría podido saberlo?

—He de saber si lo que creo que deseo y necesito es cierto. Siento esta necesidad dentro de mí, Dash. Es como una gran tensión, un vacío en mi alma que desde la muerte de Carson no ha hecho más que acrecentarse. Le amaba tanto que jamás se me habría ocurrido pedirle o exigirle que me diera algo que él no podía darme. Suena como si no fuera feliz con él, pero no es verdad. Le amaba, Dash. Le amaba con todo mi corazón, y no me arrepiento ni de un solo momento de nuestro matrimonio.

—Lo sé, cariño, lo sé —murmuró Dash.

—Pero siempre he sentido esta necesidad, y no logro hallar una respuesta, así que ¿cómo puedo hacerte comprender que no se trata de un juego? No es que me haya vuelto irracional y que esté intentando llenar el vacío que me ha dejado la muerte de Carson. Siempre ha sido así. Siempre.

—Confía en mí. Dime qué es lo que deseas, lo que necesitas. Te escucharé, Joss. Y no te juzgaré. Me limitaré a escucharte; podemos hablar de ello.

Los ojos de Joss se iluminaron con una nota de alivio. ¿Acaso esperaba una reprimenda? ¿Esperaba que él la acusara de ser desleal a Carson o a su recuerdo?

—Deseo... dominación.

Sintió un escalofrío en la espalda al pronunciar aquellas palabras, y con la escasa distancia que lo separaba de ella, Dash también percibió su alteración.

—Deseo la relación que mantienen Tate y Chessy. Deseo que un hombre me posea, que sea mi dueño. Deseo someterme a él y que él se ocupe de mí, que me proteja. Sí, ya sé que quizá te parezca una pobre imbécil desesperada, pero no es así. Carson me enseñó a valerme por mí misma, a ser independiente. No es que necesite esa sumisión para sobrevivir. Es lo que deseo; es mi elección.

Dash emplazó un dedo sobre sus labios.

—Chist, cariño. No tienes que justificarte. Estoy aquí para escucharte. No te excuses. Solo explícame qué hay dentro de esa bella cabecita.

Dash notaba que el corazón se le estaba a punto de salir del pecho. ¿La fortuna se había apiadado de él después de todo? ¿El destino le estaba depositando en las manos un regalo que jamás habría soñado recibir? ¿Lo sabía Carson? Sí, por supuesto que lo sabía. Carson estaba al corriente de las preferencias sexuales de Dash: sabía que era dominante y que deseaba mujeres sumisas. De repente, la promesa que Carson quería arrancarle cobraba más sentido. Carson sabía que su esposa deseaba algo que él nunca podría darle, y quería asegurarse de que si le pasaba algo, Dash tomaría la iniciativa y le daría a Joss aquello que él nunca le había podido dar. ¡Por Dios! ¡Se sentía apabullado por aquel impresionante gesto de altruismo! ¡Carson le había dado su bendición!

—No se trata de una decisión que haya tomado arrebatadamente, Dash. Estaba preparada. Hasta que te he visto en el club. Entonces me he sentido tan avergonzada... y culpable, porque al verte he tenido la impresión de estar traicionando a Carson. No quería que lo supieras. Chessy y Kylie sí que lo saben; se lo he contado. Están preocupadas por mí, pero también saben que había tomado todas las precauciones necesarias antes de entrar en The House esta noche. Y estaba preparada. O por lo menos creía estarlo. Pero has aparecido tú y…

Joss frunció el ceño súbitamente, como si acabara de darse cuenta por primera vez de ese detalle, de que él también estaba en el club. Dash podía ver la pregunta en sus ojos antes de que ella la expresara con palabras.

—¿Qué hacías allí, Dash?

Por un momento, él rechazó la pregunta porque había un montón de otros aspectos importantes que quería abordar. Le costaba mucho contenerse, frenar el impulso de besarla, de tomar la iniciativa, seducirla y darle todo lo que ella decía que deseaba, que necesitaba…

—Antes quiero que me contestes una pregunta, Joss. Necesito saber si para ti esto es tan importante como dices. Necesito saber si estás convencida de que es lo que realmente deseas, lo que necesitas, y que no se trata simplemente de un experimento ni estás intentando llenar un vacío.

—Hablo totalmente en serio —respondió ella en un tono resuelto que convenció a Dash de que realmente estaba decidida a probar.

Él se inclinó hacia delante. Su respiración se mezcló con la de ella. Sus labios estaban tan cerca que Dash podía notar la calidez de su aliento. Solo unos milímetros y podría besarla.

—Estaba allí porque me gustan las prácticas que se llevan a cabo en ese club, Joss —confesó, animado al ver que ella no se apartaba ni un milímetro de él, atento a cualquier posible cambio en sus ojos—. Siempre me han gustado. Y déjame que te lo diga sin rodeos: si esto es lo que deseas, si esto es lo que necesitas, entonces te juro que yo seré el único hombre al que ofrezcas tu sumisión.

Cuatro

Joss contuvo el aliento hasta que notó que se le nublaba la vista y tuvo miedo de quedarse sin sentido. Los labios de Dash estaban tan cerca que podía notar su respiración entrecortada. Podía ver el brillo de determinación en sus ojos. Y por primera vez, se fijó en él como en alguien más que un amigo, el amigo de su marido, alguien a quien había acudido en busca de apoyo un sinfín de veces durante tantos años.

Ni tan solo era capaz de procesar su declaración enardecida, pero sabía que él hablaba totalmente en serio. Había un destello en sus ojos, una firmeza resolutiva en su rostro. Podía ver la vena del pulso en su cuello, latiendo aceleradamente, y se impregnó de su aroma embriagador.

¿Dash dominante? No es que le costara creer en esa posibilidad. Él era un hombre acostumbrado a salirse con la suya. Emanaba una autoridad tranquila y silenciosa. No necesitaba alzar la voz para que le hicieran caso. Ella había estado presente un montón de veces cuando él hablaba y había visto cómo todos se callaban de inmediato y escuchaban lo que tenía que decir.

No era alguien que diera órdenes a voz en grito. No necesitaba hacerlo. Había una intensidad en él que provocaba que todos fueran conscientes del poder que emanaba de su persona. Joss no era ciega, ni tampoco inmune. Tal como había recordado aquella mañana, al principio se había sentido intimidada por él. Ella había notado su preocupación y desaprobación por la rapidez con que progresaba su relación sentimental con Carson. Sin embargo, cuando Dash se convenció de que era la mujer adecuada para su mejor amigo, su lealtad hacia ella se tornó sagrada.

Pero las palabras seguían resonando en sus oídos. Ese tono enardecido. Joss se estremeció bajo la intensidad de su mirada, aquellos ojos oscuros que la devoraban, que la desnudaban, consiguiendo que se sintiera vulnerable.

—No… no lo comprendo —tartamudeó totalmente desorientada, subiendo y bajando la mano mientras intentaba darle sentido a lo que había sucedido aquella noche.

Y entonces, las siguientes palabras de Dash desalinearon el universo de Joss incluso más allá de su eje.

—He esperado mucho tiempo para estar contigo, Joss. Pensaba que nunca serías mía, y lo aceptaba porque hacías feliz a Carson y yo sabía que él te hacía feliz. Pero tal como has dicho, ahora está muerto, y he esperado lo que me ha parecido toda una eternidad el momento adecuado, a que estuvieras lista. Quizá he esperado demasiado, quizá ha llegado el momento. Pero si crees que me quedaré de brazos cruzados y permitiré que otro hombre toque lo que considero que es mío, vas muy equivocada.

Ella sacudió la cabeza, abrumada por la confesión. Dash hablaba como si la deseara, como si hiciera tiempo que la deseaba. Pero no, no podía ser posible. Él nunca traicionaría a su mejor amigo. ¿Había desarrollado Dash esos sentimientos hacia ella después de la muerte de su marido? ¿Pretendía ocupar el sitio de su mejor amigo, deseaba ocuparse de la viuda de Carson?

Joss no deseaba ser una carga para Dash. Ya lo había sido durante demasiado tiempo. Aquel día marcaba su separación, no solo de Carson sino también de su dependencia de Dash.

Y lo que más la asombraba era que Dash era todo lo que ella había dicho que deseaba, si tenía que creer su apasionada declaración. Dominación. A él le gustaban las mujeres sumisas. Y deseaba introducirla en aquellas prácticas. Deseaba poseerla, ser su dueño.

—No sé qué decir —contestó abrumada—. Nunca imaginé… Jamás me di cuenta de…

—No, supongo que no te dabas cuentas —murmuró Dash—. No era algo que pudiera decírtelo a la cara. Pero Joss, tú has dado el primer paso. Ahora me toca a mí hacer el resto. Has expuesto lo que deseas, lo que necesitas. Yo seré el hombre que te dé todo lo que pides.

Ella lo miró sin pestañear, todavía desbordada por las emociones del día, por el momento, por la situación. ¿Cómo era posible que todo hubiera cambiado tan rápidamente? Sacudió la cabeza en una negación automática, pese a que una parte de ella, la parte que sentía tan vacía, le gritaba que por fin había hallado lo que había estado buscando. ¿Pero Dash?

No, ellos dos solo eran amigos. Dash había sido el mejor amigo de su esposo. ¿Qué diría la gente? ¿Cómo reaccionarían sus amigos, la familia de él? ¿Cómo se tomaría Kylie ese giro de pasar de ser amigos a convertirse en amantes? ¡Más que amantes! Ni tan solo podía hacerse ilusiones de hasta dónde le proponía él llegar en aquella relación sentimental. No se trataría de un rollo de una noche, de dos personas dándose un revolcón llevados por la excitación del momento. Lo que Dash le proponía era... ¿permanente?

—Deja de analizar con lupa las posibilidades, Joss —la amonestó él en un tono impaciente.

Dash seguía con la mandíbula tensa, y sus ojos refulgían con una resolución inamovible. ¡Cielos! ¿Hablaba en serio? ¿Cómo podía ella cuestionárselo cuando todo el cuerpo de él gritaba que estaba completamente seguro?

Y Dash no era impulsivo ni remotamente frívolo. No se trataba de quién o de qué era. Joss le conocía lo bastante bien como para saber que todos sus movimientos, ya fueran en el negocio o en su vida personal, estaban cuidadamente medidos. Pero la idea de que llevara tanto tiempo pensando en ella en tales términos la había pillado totalmente por sorpresa.

—¡Pero Dash, no podemos!

Lo dijo con tanto énfasis que incluso ella se cuestionó por qué motivo no podían. Aunque, por supuesto, no podían. ¿No era así? Había muchos aspectos a tener en cuenta, aparte de él y ella: sus amigos, Kylie, la familia de Dash... A Joss la embargó un leve dolor de cabeza por la vertiginosa velocidad con que su mundo se había visto irrevocablemente alterado. No había experimentado tal sensación de vértigo desde el día que le comunicaron que su esposo había fallecido.

—¿Por qué no? —preguntó él simplemente, sin perder la calma, como si no acabara de trastocar su existencia cuidadosamente ordenada.

Bueno, quizá eso sería una mentira. Su mundo se había visto totalmente alterado el día que murió Carson, y ya nunca había vuelto a recuperar la normalidad. ¿Hasta ese momento? ¿Era eso lo que necesitaba para recuperar su vida? ¿Reivindicarse a sí misma? ¿Era Dash la persona que necesitaba, o cualquier hombre serviría? Incluso mientras se planteaba la última pregunta, Joss sabía que no era cierto. Con otro hombre no se sentiría de esa forma —totalmente desconcertada— porque no sería una cuestión tan personal. Seguro que con otro hombre no experimentaría ninguna clase de sentimientos imposibles de dominar.

—¿Qué significa esto, Dash? No lo entiendo. Has dicho que llevas mucho tiempo esperando. ¿De qué estás hablando? Te comportas como si me desearas, como si llevaras mucho tiempo deseándome, pero yo no tenía ni idea de tus sentimientos. ¿Cómo podría haberme dado cuenta? Eres... eras... el mejor amigo de mi esposo.

—Ten cuidado con lo que me pides —la previno Dash—. Quizá no estés preparada para la respuesta.

Ella parpadeó, sin saber cómo interpretar el aviso. ¿Estaba ciega? ¿Era una completa idiota por no haberse dado cuenta antes? Repasó mentalmente las ocasiones en que Dash había estado con ella durante los últimos años, pero lo único que vio fue su apoyo incondicional, su apoyo emocional. Recordó todas las veces que la había consolado cuando estaba al borde del abismo.

Dash siempre la había mantenido a flote. La había animado incluso cuando no deseaba que la alentaran, pero jamás se había tomado sus arranques de rabia o ira de modo personal. Parecía increíble que Dash no la hubiera enviado a paseo. Pero si lo que sugería era cierto...

¡Ay madre! ¿Qué se suponía que tenía que hacer? Le estaban ofreciendo en bandeja de plata lo que tanto anhelaba. ¿Pero con Dash?

Volvió a mirarlo a los ojos, esta vez sin titubear. Sin la impresión de que él era un amigo intocable, el mejor amigo de su marido, alguien a quien jamás se atrevería a mirar de otra forma.

Y lo que vio la dejó sin aliento.

Delante de sus ojos tenía un espléndido espécimen de macho alfa, vivito y coleando. En sus oscuros ojos brillaba la promesa de dominación y de un montón de sorpresas. Joss se estremeció al darse cuenta de cómo la miraba. ¿Siempre la había mirado así? ¿Cómo no se había dado cuenta de la intensa atracción que existía entre ellos, tan poderosa como una descarga eléctrica?

Repasó lentamente los rasgos de su cara y luego bajó la vista hacia su cuerpo; se fijó en sus fornidos hombros, su pecho musculoso, incluso en sus voluminosos muslos bien modelados. Ni una pizca de grasa en todo ese cuerpo macizo.

De repente, sintió un intenso calor en las mejillas y desvió la vista, avergonzada de que él la hubiera pillado mirándolo con tanto descaro.

Pero Dash no parecía molesto. Al revés, parecía… encantado.

—Eso es, Joss. Mírame —resopló él—. Por fin, fíjate en mí, en quién soy, lo que soy, y cómo te deseo.

—¿Hace mucho tiempo que me quieres? —susurró ella, recordando su aviso de que quizá no le gustaría saber la respuesta a tal pregunta. Pero tenía que saberlo.

—¿Desde siempre? —apuntó él, encogiéndose levemente de hombros.

Intentó decirlo en un tono jocoso, pero Joss podía ver las sombras que de repente habían empezado a expandirse por sus oscuros ojos; sombras de dolor, de deseo. ¡Cielos! ¡No podía ser verdad! Simplemente, no podía ser.

—¿Desde siempre? —repitió ella con un hilo de voz—. Te refieres a antes… ¿Cuando Carson y yo estábamos juntos?

Dash hizo un leve movimiento afirmativo con la cabeza y Joss se hundió en el sofá, consciente de que súbitamente se había quedado prácticamente sin aire en los pulmones. Él intentó sujetarla al ver su desfallecimiento.

—No lo sabía —murmuró ella débilmente.

—Claro que no. No deseaba que lo supieras —espetó Dash—. No te habría puesto en tal compromiso, Joss. ¿Qué habrías hecho? Estabas enamorada de otro hombre, casada con otro hombre, mi mejor amigo. Si lo hubieras sabido no habría servido de nada, y habría puesto en peligro nuestra relación de amistad, la amistad que manteníamos los tres.

Ella alzó la vista hacia él, atormentada por la pregunta que le iba a hacer a continuación:

—¿Carson lo sabía? —susurró.

Dash dudó solo un instante, como si estuviera decidiendo hasta qué punto podía hablarle con franqueza. Entonces asintió bruscamente con la cabeza. Había decidido que era mejor que ella lo supiera todo, como si pensara que por fin estaba preparada para escuchar todo lo que llevaba tanto tiempo ignorando.

—Él lo sabía —afirmó Dash con porte sombrío.

—¡Ay, cielos! —Joss se estremeció—. ¿Lo sabía? ¿Y erais amigos? Lo siento, pero no lo entiendo.

Dash suspiró y la atrajo con suavidad hacia él. Ella apoyó la cabeza en su pecho. Él le besó el pelo y empezó a acariciarle los mechones que se habían soltado de la pinza que los mantenía sujetos.

Su abrazo expresaba mucho más que el simple apoyo que él le había brindado durante los últimos tres años. Joss era plenamente consciente, pero hasta ese momento no se había dado cuenta. Todo su cuerpo estaba tenso, en alerta máxima. Se le había desbocado el pulso; le dolían los pechos y los pezones se le habían puesto duros, pegados al vestido. No llevaba sujetador, y sabía que Dash podía ver la erección de sus pezones a través de la tela.

—Carson lo comprendía —dijo Dash con voz gutural—. Y sí, éramos amigos y seguimos siéndolo porque él sabía que yo jamás le traicionaría y que tú nunca le traicionarías. Carson sabía que yo no iba a dar ningún paso en falso. Pero sí, lo sabía. Y creo que en cierto modo le provocaba una especie de alivio saber que, si le pasara algo, yo estaría contigo, que siempre estaría a tu lado y te daría cualquier cosa que posiblemente desearas o necesitaras.

Joss se apartó para mirarlo a los ojos.

—Pero Dash, eso debe de haber sido…

Al ver el fuego en su mirada, no pudo terminar la frase. Sus ojos febriles desvelaban todo aquello que Dash había contenido, su necesidad y deseo durante tanto tiempo reprimidos.

—Ha sido un verdadero calvario —confirmó Dash sin alterar el tono—. Era el paraíso y el infierno a la vez. El paraíso cuando conseguía pasar un rato contigo, cuando podía verte, ver tu sonrisa. El infierno cuando me marchaba a casa por la noche, consciente de que tú estabas en los brazos de Carson y no en los míos.

—No lo sabía —resopló ella—. ¡No lo sabía, Dash!

La expresión en su rostro varonil se suavizó, y él alargó el brazo para acariciarle la mejilla con ternura.

—No quería que lo supieras. Me hallaba en una situación imposible, y no deseaba lo mismo para ti. Ni para Carson. Os quería a los dos, y jamás habría hecho nada que pudiera destrozar vuestro matrimonio o ponerlo en peligro. Así que esperé. Pero estoy harto de esperar, y tú necesitas saberlo.

A Joss se le cortó la respiración al ver aquella expresión tan sincera.

Dash deslizó la mano hasta que le rozó los labios con los dedos. Ella se sintió tentada a lamérselos. Deseaba probarlo con su boca.

—Pero ahora me siento como si me acabaran de entregar un regalo que jamás habría soñado recibir. Estaba preparado para negar mis sentimientos hacia ti. Por ti. Jamás imaginé que desearías precisamente lo que solo yo puedo darte. Por ti habría reprimido esa necesidad de dominar. Jamás te habría pedido nada que no estuvieras preparada para ofrecer con absoluta libertad. ¿Pero ahora que sé lo que deseas? Será mejor que te prepares, cariño, porque ahora que lo sé, no pienso contenerme por más tiempo. Puedo darte todo lo que deseas y necesitas, y más, te lo aseguro, mucho más. Solo has de decidir si confías en mí, y si consideras que puedes llegar a quererme de la misma forma que yo te quiero.

Joss se lamió los labios, nerviosa. Un escalofrío le recorrió la espalda, por las expectativas, por la ilusión. Se sentía liberada, abriéndose lentamente como una flor, como los pétalos frente a la primera caricia de la primavera, calentándose bajo el sol después del largo invierno, esperando a florecer en todo su esplendor, libre de cualquier atadura.

—No sé por dónde empezar —se sinceró ella—. Esta noche… nada ha salido como había planeado.

—No sabes cómo me alegro —murmuró Dash—. Por Dios, cuando pienso en lo que podría haberte sucedido si yo no hubiera estado allí. Es la fortuna, Joss, sí, la fortuna, esa arpía caprichosa que por fin se ha apiadado de mí.

—¿Y qué pasará ahora? —preguntó ella incómoda, sin apartar los ojos de él.

Dash se inclinó, tomó la cabecita de Joss entre sus manos con una exquisita ternura y reverencia. Sus labios se acercaron con cautela a los de ella, calentándole la piel con su aliento. Y entonces la besó.

El calor explotó en las venas de Joss, extendiéndose por todo su cuerpo a tal velocidad que a ella le pareció incluso oír su victorioso rugido. Fue como una descarga eléctrica, algo totalmente inesperado si bien maravilloso. El deseo, durante tanto tiempo dormido, se despertó con una furia incontrolable y se instaló en la parte inferior de su vientre, luego se expandió por todo su ser como un fuego abrasador.

A Joss se le erizó el vello en todo el cuerpo con tal intensidad que empezó a temblar, pegada a él.

Dash intensificó el beso, humedeció los labios parcialmente abiertos con su cálida lengua hasta que ella los separó más, entonces se hundió dentro hasta que sus lenguas se entrelazaron. Él gimió suavemente contra su boca. Ella engulló el sonido gutural, con una súbita avidez, presa de un hambre que parecía insaciable.

Jamás había imaginado que volvería a sentir aquella sensación, a experimentar la acuciante sed, el deseo que se apoderaba de ella por completo. Durante tanto tiempo había sido tan fría, tan pragmática, y ahora toda ella era un volcán en erupción. El calor de Dash la consumía. Su olor, su gusto, la esencia primitiva. ¿Cómo era posible que no se hubiera dado cuenta antes? ¿Cómo no se lo había imaginado antes?

¿Cómo era posible que jamás se hubiera fijado en él como un hombre tan deseable, como el macho alfa que la estaba dejando prácticamente sin sentido con sus besos?

Cuando él se apartó, tenía los párpados entornados y las facciones bañadas en un deseo embriagador.

—Lo que pasa ahora, Joss, es que eres mía. Por fin eres mía. Y si todo lo que has dicho es verdad, si lo que deseas y necesitas es dominación, puedes estar segura de que la tendrás. Seré tu dueño, tu amo y señor, y nunca conocerás a otro hombre más que a mí.

Cinco

*D*ash observó la miríada de emociones que reflejaban los ojos de Joss. Era tan expresiva... Siempre lo había sido. Aquella era una de las cualidades que más le gustaban de ella. Solo había que mirarla a los ojos para saber su estado de ánimo: feliz, triste, emocionada.

Excitada.

Aquella aseveración le produjo una inmensa satisfacción. Joss nunca lo había mirado como lo hacía en ese momento. Embriagado por el triunfo, tuvo que hacer un esfuerzo por serenarse. No todo estaba ganado, aún quedaba un buen trecho por recorrer. Las palabras que pronunció Joss a continuación confirmaron sus temores.

—Necesito tiempo para pensar... sobre esto, acerca de nosotros —dijo ella con voz temblorosa—. No me lo esperaba, Dash. No quiero tomar una decisión precipitada de la que más tarde me arrepienta, de la que nos arrepintamos.

Su sinceridad era otra de las cualidades que Dash siempre había admirado.

—Por supuesto —murmuró—. No hay prisa.

Dash no quería que ella le leyera los pensamientos, ya que su mente le gritaba que sí, que había toda la prisa del mundo. Pero no deseaba que ella se echara atrás. No podía echarlo todo a perder, no cuando estaba tan cerca de conseguir lo que había deseado durante tantos años.

—No sé cuánto tiempo...

Ella lo acalló con un gesto brusco: se llevó la mano a la sien como si le doliera, antes de volverla a dejar sobre la falda. Dash le tomó la mano y frotó la yema de su pulgar contra aquella piel sedosa. ¡Qué dedos tan finos y delicados!

Como el resto de ella. Le costaba contenerse para no tocarla. Ya lo había hecho en el pasado, pero siempre en calidad de amigo. Con afecto; nada que pudiera interpretarse como un gesto excesivamente íntimo. Ambos sabían que en ese momento su caricia era íntima, lo que a Dash le provocaba una avidez imposible de controlar.

—Tómate tu tiempo, cariño. Pero quiero que me prometas una cosa.

Al ver que Joss no alzaba inmediatamente la cabeza, Dash le sujetó la barbilla con delicadeza con su mano libre.

—Mírame, Joss. Es importante.

Ella alzó la vista, y nuevamente fue testigo del torbellino de sentimientos que reflejaban sus bellos ojos azules.

—Quiero que te tomes todo el tiempo que necesites para recapacitar sobre nosotros, pero quiero que me prometas que no volverás a The House. No sin mí. Sea por la razón que sea. No hasta que lo nuestro quede claro, y solo espero que, aunque no me elijas a mí, no vuelvas a ir sola a ese club. No quiero imaginarte en los brazos de otro hombre, que te toque las partes más íntimas de tu cuerpo que tanto deseo tocar. Prométemelo, por favor.

—Me estás planteando un ultimátum —replicó ella en voz baja—. Quieres que te prometa que, si no te elijo, cierre la puerta a lo que mi corazón desea. ¿Consideras que es justo?

—El amor no es justo —respondió él sin rodeos, fijándose en los ojos de Joss, que se habían abierto desmesuradamente con sorpresa ante tal declaración.

Dash decidió no seguir por esa vía. Sabía que era demasiado pronto para abordar aquella cuestión, después de todo lo que le había deparado la noche a ella. Necesitaba tiempo para ponderar otras cuestiones sin que él la atosigara con declaraciones de amor que seguramente no consideraría sinceras.

—Lo que te pido es una oportunidad, Joss. Elígeme. Deja que sea yo quien te inicie en el mundo que tanto anhelas. Como mínimo dame esa opción. Si no es lo que deseas, si resulta que no es lo que habías esperado, entonces replantearemos nuestra relación. Lo que quiero es la oportunidad —la oportunidad exclusiva, por decirlo de algún modo—, porque ya te he dicho que estaba dispuesto a reprimir mi necesidad dominante si esa era la única forma de tenerte. Me has desestabilizado cuando te he visto atravesar la puerta del gran salón en The House, y desde ese momento no he logrado recuperar la serenidad. Todo lo que te pido es una oportunidad, cariño, sí, una oportunidad, y que no vuelvas a pisar ese local, no sin mí, no con otro tipo, hasta que haya tenido la oportunidad de demostrarte que soy todo lo que necesitas. ¿Acaso es pedir demasiado?

Joss lo miró sin pestañear durante un largo momento antes de sacudir lentamente la cabeza en sentido negativo.

Él se inclinó hacia delante y le estampó un beso efímero en la frente, intentando relajar las arrugas que se le habían formado a causa de su intensa concentración.

—Te daré tiempo, todo el tiempo que precises. Pero no esperes demasiado. Has esperado mucho tiempo antes de tomar la decisión; no hay necesidad de que malgastes más tiempo cuando es algo que llevas tanto tiempo meditando. Sabes que puedes confiar en mí. Espero que lo sepas, de verdad, lo espero. Se trata de un gran paso para ti, elegirme frente a cualquier otro hombre, y el hecho de que no te hayas ido con el tipo con el que entraste en el gran salón es un paso de gigante. ¿Y por qué, cariño? Porque me importas y quiero complacerte. En cambio, Craig no, y no te habría dado placer. Si me concedes la oportunidad, te juro que pondré este maldito mundo a tus pies. No hay nada que no esté dispuesto a hacer con tal de que seas mía, de ser tu dueño. Solo necesito una oportunidad para demostrártelo.

A Dash le costaba contener sus impulsos, al ver el deseo en los ojos de Joss. Estaba seguro de que su apasionada declaración había conseguido calar hondo en ella.

—No tardaré —dijo Joss en un tono ronco—. Solo necesito tiempo para pensar. Es un gran cambio. Quiero decir, no tenía ni idea, Dash. Hoy iba a ser el día de mi liberación. No solo de Carson sino también de ti. Me sentía como si llevara tiempo siendo una carga para ti, y pensaba que había llegado el momento de dejar de apoyarme en ti, de no interferir más en tu vida. Me cuesta imaginar que hayas podido mantener una larga relación seria a lo largo de estos últimos años. A la mayoría de las mujeres no les haría ninguna gracia que lo dejaras todo por reconfortar a la viuda de tu mejor amigo. Creía que te hacía un favor —y a mí también— con mi decisión de empezar a valerme por mí misma. Y ahora dices que me deseas. No me resulta fácil aceptar tu proposición, y tal como ya he dicho, no quiero tomar una decisión precipitada de la que luego tengamos que arrepentirnos. Me importas mucho, Dash, de verdad, muchísimo. Me parece que nunca te he dado las gracias como es debido por todo lo que has hecho por mí.

—No quiero tu agradecimiento, solo te deseo a ti, así de sencillo. Y tu sumisión. Pero, si al final no es eso lo que deseas, podemos cambiar los términos de nuestra relación. Estoy dispuesto a sacrificarme por completo con tal de tenerte.

Los ojos de Joss se llenaron de pena.

—No es eso lo que deseo para ti, Dash. No deseo que cambies por mí, que te conviertas en una persona que no eres; sería tan malo como si esperara —exigiera— algo de Carson que sabía que él no estaba preparado ni quería darme. Jamás se lo habría pedido, así que no puedo pedirte que cambies tu forma de ser por mí.

Dash la abrazó con fuerza y le selló la boca con sus labios para acallarla. Ella se derritió entre sus brazos de una forma tan dulce que Dash tuvo que hacer un enorme esfuerzo por contenerse y no llevarla a la cama en brazos. Pero había esperado mucho tiempo, por lo que podía esperar un poco más, hasta que estuviera preparada.

—¿Qué tal si me dejas decidir qué sacrificios estoy dispuesto a hacer por ti? ¿Acaso tú no hiciste sacrificios por Carson? De eso se trata el amor, cariño. Tú deseabas y necesitabas algo que él no podía darte, pero no por ello le amabas menos.

Ella se arrebujó entre sus brazos y hundió la cabeza en su pecho, debajo de la barbilla. ¡Qué bien! Su cuerpo se adaptaba perfectamente a las curvas de Dash, como dos piezas de un rompecabezas. Él la estrechó con más fuerza, inmovilizándola, simplemente gozando de la sensación de tenerla entre sus brazos de una forma que jamás había podido disfrutar hasta ese momento. Porque ahora ella sabía cuáles eran sus sentimientos, y le estaba permitiendo que la abrazara. Joss sabía perfectamente que él la abrazaba y la tocaba no como un amigo sino como un hombre que la deseaba en cuerpo y alma.

—¿Qué hay de la promesa?

Lentamente, Joss se apartó de él y lo miró a los ojos.

—Te lo prometo, Dash. Solo te pido que me des un poco de tiempo para aclarar las ideas. Ha sido un día increíblemente complejo para mí. Nada ha salido tal como esperaba; necesito asimilar lo que ha sucedido.

Él asintió y empezó a hablar, pero ella lo interrumpió.

—No quiero utilizarte, Dash. Quizá no había nada malo en utilizar a un desconocido, a alguien que no significa nada para mí. Pero no pienso utilizarte, a ti no. No te usaré para desahogarme ni para realizar ningún experimento. Significas mucho para mí. Tu amistad significa mucho para mí.

Él sonrió, le apartó un mechón de la mejilla y se lo colocó con ternura detrás de la oreja.

—Pero, cariño, no me importa si me utilizas. Me contento con saber que el resultado será que por fin eres mía. Yo he utilizado a un sinfín de mujeres a lo largo de los últimos años. No me enorgullezco de ello, pero es la verdad. Todas no eran más que meras sustitutas de la persona que en ese momento no podía tener: tú.

—¿Te imaginabas que ellas eran yo? —susurró Joss con sorpresa.

Dash asintió.

—Repito que no me enorgullezco de ello, pero es la verdad. No podía tenerte, así que saciaba mi sed y mi deseo por ti con otras mujeres. Y quizás eso cambie la forma en que me veas a partir de ahora. Es un riesgo que he de asumir, pero no pienso mentirte. Quiero que sepas que ha habido otras mujeres; pensaba que estaba en una posición en la que jamás conseguiría lo que tanto deseaba, así que buscaba la forma de conformarme.

—No te recrimino que hayas estado con otras mujeres, ¿cómo podría hacerlo? Yo estaba casada. Nunca habría esperado que fueras fiel a una mujer que ni tan solo era tuya.

—Me alegro —contestó él simplemente—. Porque, cuando seas mía, cariño, jamás habrá ninguna otra mujer en mi vida, te lo prometo.

Joss abrió los ojos como un par de naranjas, asombrada. Parecía haber asimilado por fin la declaración de Dash. Notó un leve mareo a causa de la gran impresión. Se estremeció de los pies a la cabeza, y entrelazó los dedos de las manos en un intento de ocultar el incontenible temblor.

—Quédate conmigo esta noche, Joss.

Dash alzó la mano al ver que ella se disponía a protestar. Luego le apresó la mandíbula y se la acarició con el dedo pulgar.

—Sé que esta noche ha estado plagada de cambios inesperados para ti, y no te pido que te acuestes conmigo. Todavía no; esta noche no. Pero quédate y duerme en la habitación de invitados. Me sentiré mejor si sé que no estás sola. Te prepararé el desayuno por la mañana y luego te llevaré a casa. Después te daré todo el tiempo que necesites. Por la mañana decidiremos cuándo volveremos a vernos. Para salir a cenar, a bailar, lo que quieras. Entonces podrás darme la respuesta, y en función de la respuesta, edificaremos nuestra relación.

Joss tragó saliva visiblemente incómoda. Dash detectó la indecisión en sus ojos, cómo sospesaba las opciones e intentaba asimilar los sucesos del día.

—Quédate —le suplicó él, ladeando la cabeza para volver a besarla.

Ella emitió un dulce gemido cuando notó la lengua de él en sus labios. Besarla resultaba adictivo. Ahora que la había besado por primera vez, Dash sabía que nunca se sentiría saciado. Deseaba probar todo su cuerpo: sus pechos, colocarse entre sus piernas y saborear cada centímetro de su piel más íntima, y deseaba poseerla de todas las formas posibles que se pudiera poseer a una mujer. Hasta que a ella no le quedara duda de que él era su dueño, de que él sería el último hombre que le haría el amor.

—Quédate —repitió al tiempo que se apartaba de ella a regañadientes.

Joss aspiró hondo y luego exhaló lentamente. Sus hombros reprodujeron el movimiento de la acción.

—De acuerdo —accedió—. Me quedaré.

Seis

Cuando Joss entró en la cocina de Dash a la mañana siguiente, él supo que no había dormido bien, por no decir que no había pegado ojo. Él tampoco. ¿Cómo podía, cuando se la imaginaba en la habitación contigua? ¡Joder! Tan cerca y, sin embargo, en un mundo aparte, fuera de su alcance. Dash yacía tumbado en la cama, con la vista clavada en el techo, alternativamente dando las gracias y maldiciendo a la fortuna.

Estaba tan cerca de conseguir lo que tanto había anhelado, y no podía dejar de preguntarse si todo aquello no era más que una mala pasada que el destino le estaba jugando, como si le mostrara la zanahoria proverbial delante de las narices para luego arrebatársela sin clemencia. ¿Y si Joss se echaba atrás? ¿Y si había actuado por impulso y después de considerarlo detenidamente cambiaba de opinión?

No podría soportarlo. Bastante había sufrido ya al ser plenamente consciente de que no tenía ninguna oportunidad con ella. ¿Pero ahora? ¿Después de haberla besado, de haberla probado, de haberla estrechado entre sus brazos? No podría soportar perderla, incluso antes de que ella fuera suya una sola vez.

Y no era que se contentara con una sola vez. Con ella no. ¿Con otras mujeres? Eso era lo único que deseaba; no le interesaba establecer una relación duradera, por más que la brevedad de esos encuentros supusiera una tortura en sí misma. Veía a Joss y a Carson, y se torturaba pensando en lo que ellos tenían, sabiendo que él jamás podría optar a lo mismo.

La mayor parte del tiempo se resignaba y lograba sobreponerse. Pero las noches en que no lo lograba, cuando se sentía solo y desolado por lo que sabía que jamás podría tener, iba al club, saciaba sus necesidades y luego se instalaba de nuevo en su purgatorio autoinducido.

Solo esperaba que ese maldito calvario tocara a su fin. De una vez por todas. Solo le quedaba esperar. Si con la voluntad bastara, entonces ya se habría acostado con ella, y Joss estaría atada a su cama para que jamás pudiera irse.

¿Desesperado? ¡Desesperado era poco!

Dash perdía el orgullo cuando se trataba de Joss, pero eso le daba absolutamente igual.

Sirvió el café favorito de Joss en una taza y la deslizó por la barra de la cocina mientras ella tomaba asiento. Llevaba una de sus camisetas, lo que a él le provocó una absurda alegría, y con unos pantalones de pijama que había tenido que ceñirse a la cintura para que no se le cayeran, lo que a Dash no le habría importado.

—No has pegado ojo, nena —dijo él en tono cariñoso.

Ella parpadeó varias veces seguidas antes de cerrar los ojos, aunque no antes de que él pudiera detectar la aflicción que los empañaba.

—No me llames así, por favor —susurró Joss.

—Lo siento, lo he dicho sin pensar —se disculpó con extrema suavidad.

Así era como Carson siempre la llamaba.

—Hay un montón de apelativos afectuosos, cariño.

Joss abrió los ojos y las comisuras de sus labios se curvaron levemente hacia arriba.

—Eso está mejor. Pero dime, ¿has pasado mala noche? —volvió a insistir Dash.

Mientras formulaba la pregunta, ya sabía la respuesta. Para él había sido un infierno, y eso que no era el que había sufrido el impacto emocional más fuerte. Y encima en el aniversario de la muerte de Carson. Dash se estremeció al caer en la cuenta de aquel detalle, aunque, la verdad, hacer las cosas en el momento oportuno no era lo suyo. De todos modos, no pensaba quedarse de brazos cruzados porque coincidiera con la fecha de la muerte de su mejor amigo. El destino —y Joss— le habían obligado a jugar sus cartas.

—Tenía muchas cosas en las que pensar —admitió ella.

Se llevó la taza a los labios, tomó un sorbo y cerró los ojos mientras el placer borraba las líneas de fatiga de su rostro.

—Me mimas demasiado —alegó ella al tiempo que bajaba la taza.

—No tanto, aunque esa es mi intención.

—Entonces… anoche no fue un sueño…

Dash se inclinó por encima de la encimera para acercarse más a ella, y sus ojos quedaron a su altura.

—Fue un sueño. Mi sueño. Ahora lo único que queda es hacerlo realidad.

—Lo dices como si fuera la mar de sencillo —murmuró ella.

—Es que lo es. O quizá no. Eso dependerá de nosotros. Si por mí fuera, lo sería. No soy un tipo que se ande con rodeos, pero eso ya lo sabes. Llevo esperando demasiado tiempo, por lo que tendrás que perdonarme por tanta impaciencia, ahora que lo que deseo está a mi alcance.

—¿Cómo conseguiremos que lo nuestro funcione, Dash? Me he pasado toda la noche pensando, preguntándome qué significa. Antes era solo una fantasía para mí, algo irreal, una abstracción. Fantaseaba, sentía curiosidad, incluso imaginaba determinados escenarios. Pero ahora que es posible, ahora que lo tengo justo delante de mis ojos, no sé qué hacer, ni tampoco qué esperar.

—¿Qué tal si hablamos mientras desayunamos? Te prometo que contestaré a todas tus preguntas. Pero ya te lo dije anoche: si no estás preparada para las respuestas, será mejor que no preguntes.

Ella asintió.

—Quiero la verdad, toda la verdad. Necesito saber qué significa esto, me refiero a lo que pasa entre nosotros.

Dash alargó el brazo por encima de la barra para apretar su mano con ternura.

—Lo primero es lo primero: hora de desayunar. Llevaré los platos a la mesa. Vamos.

Él la observó mientras ella recorría la corta distancia, con la taza de café entre las palmas de las manos, como si intentara transferir el calor de la taza a todo su cuerpo. Dash la habría envuelto con un abrazo para darle el calor que necesitaba y mucho más.

«Paciencia, chico, no lo eches todo a perder. No cuando estás tan cerca de lograrlo. ¡Joder! ¡Llevas mucho tiempo esperando este momento!»

Reprimió el impulso y se tomó su tiempo para preparar los platos y llevarlos a la mesa donde ella lo esperaba. Joss parecía simplemente... encajar a la perfección en su casa, vestida con su ropa, todavía con aspecto soñoliento, casi recién salida de la cama, con el pelo húmedo de la ducha. La única cosa que podría mejorar aquellas circunstancias sería si ella acabara de salir de «su» cama.

Demasiado pronto.

Colocó el plato delante de ella y vio cómo lo miraba con deleite y que una amplia sonrisa curvaba sus labios.

—Mi desayuno favorito —comentó en un tono ronco.

Él le devolvió la sonrisa.

—Pues claro. ¿Qué otra cosa podría servirte? Gofres con mantequilla y un montón de sirope. Atácalos y disfruta. Voy a buscar la leche y las tiras de beicon a la plancha.

Joss suspiró.

—Me encantan los gofres, aunque no puedo comerlos a menudo. ¡Demasiadas calorías!

Él sacudió la cabeza cuando regresó a la mesa con las bebidas y el plato con las tiras de beicon a la plancha.

—Tienes un físico envidiable, perfecto, desde la coronilla hasta la punta de esos bonitos dedos sonrosados que luces en los pies.

El rubor tiñó las mejillas de Joss, adoptando un tono sonrosado casi igual al de sus dedos.

—No sé cómo tomármelo... este cambio en nuestra relación. Me siento desestabilizada. Ayer mismo planeaba liberarme de ti y despedirme de Carson. Pero ahora...

Joss alzó la mano con perplejidad y la dejó caer pesadamente sobre su regazo.

—Lo siento pero no es posible. Quizá habías pensado que ibas a desembarazarte de mí, cariño, pero yo no pienso ir a ningún lado. Estaba dispuesto a esperar todo el tiempo que fuera necesario, pero nunca me planteé tirar la toalla. Lo que pasa es que tú has dado el primer paso.

Dash observó cómo ella procesaba aquella información, el leve movimiento de consternación de sus cejas, como si intentara comprender todo lo que él le había dicho en las últimas veinticuatro horas. Entonces ella bajó la vista hacia el plato y salió de su estado de reflexión de golpe.

Él la miró mientras atacaba los gofres, solazándose al verla tan entusiasmada ante el desayuno que él le había preparado. Joss comía igual que hacía el resto de las cosas: con naturalidad, sin cohibirse. Era una mujer que no tenía miedo a mostrar su placer por —incluso— las cosas más sencillas. Y Dash tenía intención de darle mucho más placer que con unos simples gofres. Se le ocurrían mil formas de mimarla.

—Bueno, decías que sientes curiosidad por esa clase de prácticas, ¿verdad? ¿A qué te refieres exactamente? —se interesó él.

El tenedor de Joss se detuvo a medio camino hacia su boca. Volvió a depositarlo sobre el plato y se lamió los labios con nerviosismo.

—Has de saber… bueno, lo que quiero decir es que ya sabes que soy completamente novata en este tema. Te dije las cosas que deseaba, pero tú no me has dicho qué es lo que tú deseas ni cómo esperas que esto funcione, qué quieres de mí y qué piensas hacerme.

Joss se estremeció al expresar en voz alta ese último pensamiento. Dash esperaba que ella estuviera imaginándose todas las cosas que él pensaba hacerle, y que aquellas imágenes la intrigaran y la excitaran tanto como a él.

—Creo que la cuestión es: ¿qué deseas que haga… contigo?

A Joss se le iluminaron los ojos de impaciencia, una emoción que Dash conocía perfectamente bien.

—Por favor, Dash, no juegues conmigo. Esto es importante.

Dash se puso repentinamente serio. Se inclinó hacia delante y la atravesó con la mirada.

—No se trata de ningún juego, Joss. Ni se te ocurra pensarlo, ni por asomo. Lo que siento por ti, lo que deseo hacerte, no es ningún juego.

—Entonces ayúdame —volvió a decir ella en el mismo tono suplicante—. Me siento perdida, sin una hoja de ruta. Necesito que me hables con absoluta sinceridad; necesito saber lo que piensas, necesito saber qué crees que va a pasar entre nosotros.

—Creo —dijo él con medida prudencia— que si vamos a analizar los pormenores de nuestra relación sentimental, preferiría hacerlo en el salón, donde por lo menos podré tocarte cuando te cuente mis expectativas y tú descubrirás tus propias necesidades.

—¿Y qué pasa si yo no sé qué es lo que deseo?

Dash detectó que Joss tenía los nervios a flor de piel. Sabía que estaba a punto de desmoronarse. A pesar de la impaciencia que lo devoraba, a pesar de las ganas de adueñarse de lo que tanto deseaba y había deseado durante aquellos interminables años, ella necesitaba abordar el tema con delicadeza y con todas las garantías que él pudiera ofrecerle para no cambiar de opinión. Dash no podía —ni se le ocurriría— permitir que ella se le escurriera de los dedos, cuando por fin la tenía exactamente en su terreno.

—Anoche expusiste tus expectativas con claridad, cariño —dijo en un tono afectuoso—. Solo por el hecho de que no estés con un desconocido no significa que las cosas tengan que cambiar. Al revés, deberías sentirte más libre y desinhibida conmigo. Quiero conocer hasta el más mínimo pensamiento de tu bella cabecita. Y tú también sabrás mis pensamientos más ocultos, te lo garantizo.

Joss se puso de pie, muerta de impaciencia y nerviosismo.

—Entonces hagámoslo. Deseo saberlo. Necesito saberlo antes de tomar una decisión.

Dash le tomó la mano y tiró de ella para que se le acercara, con el anhelo de acariciarla tal y como había deseado desde el momento en que ella había entrado en la cocina. Le acarició la mejilla y contempló el creciente placer en sus ojos, una mirada que Dash saborearía el resto de su vida. Porque ella lo veía, por fin, como un hombre, y no como meramente un amigo.

La guio hasta el salón y se sentó en el sofá de piel, luego tiró de ella con suavidad para que se acomodara entre sus brazos. Joss irguió la espalda, visiblemente tensa, y Dash se limitó a esperar. No tardó en relajarse y fundirse entre sus brazos, hasta que al final apoyó la cabeza en su hombro.

Dash podía oler el aroma del champú que él usaba, podía notar la ligera humedad que todavía impregnaba su pelo, incluso después de habérselo secado. Le gustaba oler su propio aroma en ella. Si pudiera, haría que Joss oliera a él todo el tiempo. Entornó los ojos y saboreó el momento —y los pensamientos—, consciente de que por fin ella iba a ser suya. No, Joss todavía no había expresado su decisión, pero Dash se preguntaba si sabía que él podía leer la aceptación en sus ojos.

Estaba nerviosa, sí, pero Dash también veía su consentimiento en aquellos bellos ojos azules. Sintió un escalofrío en la espalda por las expectativas, que rápidamente se expandió hacia la parte inferior del abdomen hasta que le dolieron los testículos de la presión.

Joss ladeó la cabeza hacia arriba para mirarlo a los ojos, y acto seguido, para sorpresa de Dash, lo acarició. Deslizó los dedos por su mandíbula con ternura. Fue una caricia suave, casi como el aleteo de una mariposa, pero, sin embargo, él la interiorizó con una intensidad que le llegó al alma. Todo su cuerpo se había excitado con aquella caricia que parecía abrasarle la piel.

—Dime, Dash, y quiero que seas honesto: ¿qué supone el hecho de pertenecerte? ¿Qué esperas de mí? Necesito saberlo; necesito saber qué se supone que he de hacer, qué deseas que haga.

—Lo supone… todo —resopló él—. Para mí y espero que para ti también. Serás mía, Joss, en todos los sentidos de la palabra. Mía y de nadie más. Me ocuparé de todo lo que necesites, te daré todo lo que puedas desear. A cambio de tu sumisión, te serviré este maldito mundo en bandeja de plata. Te cuidaré, te protegeré, te mimaré y te malcriaré hasta la saciedad.

—Todo eso parece un trato insuperable para mí. ¿Pero y tú, Dash? ¿Qué obtendrás a cambio?

—Tú —contestó simplemente—. Solo tú, Joss. Y créeme cuando te digo que con eso me basta. Es todo lo que deseo, todo lo que necesito; solo tú.

A Dash se le cortó la respiración al ver la pasión en aquellos ojos tan amados. Joss no había exagerado; se había sentido tan sola y tan sedienta como él durante los últimos tres años.

—¿Y qué me harás? —susurró ella—. ¿Ejercerás tu dominio? ¿Deseas mi sumisión solo en la cama o la extenderás más allá de las paredes de la habitación?

—¿Qué prefieres? —le preguntó él, devolviéndole la pregunta.

Ella sacudió la cabeza y sus labios se fruncieron hasta formar una fina línea.

—Ya te he dicho lo que deseaba. Ahora te toca a ti: dime qué es lo que tienes en mente. Dímelo, Dash, sin reticencia; quiero saber exactamente qué es lo que deseas.

—Lo quiero todo, Joss. Y por todo me refiero a tu completa obediencia tanto dentro como fuera de la cama. Yo daré las órdenes. Quizá pienses que pretendo enjaularte, pero cariño, te aseguro que será la jaula de oro más impresionante del mundo, y no habrá ninguna otra mujer en la tierra más adorada y malcriada que tú.

Joss contuvo el aliento mientras abría los ojos como platos.

—Pero creo que lo que me preguntas y lo que deseas saber está más relacionado con los aspectos físicos de nuestra relación. ¿No es cierto?

Ella asintió, y sus mejillas volvieron a teñirse con ese delicioso tono sonrosado.

—Me gusta la sumisión total, pero la entrega va más allá de una entrega física. También es una entrega emocional, por completo, y en cierto sentido, la entrega emocional es un regalo mucho más poderoso y preciado. Es un honor, y no lo digo a la ligera. Una mujer puede entregar su cuerpo y nunca compartir su corazón, sus pensamientos, su verdadero yo; pero una mujer que se entrega deliberadamente en cuerpo y alma es el regalo más preciado que se puede recibir. No me estoy engañando cuando pienso que en todas las ocasiones en las que he estado con una mujer —que la he dominado— ella no me ha dado nada más que su cuerpo. Pero no me importaba, porque tampoco yo les entregaba mi corazón. Compartíamos los cuerpos y nada más.

Dash hizo una pausa para que pudiera asimilar su confesión. La observó mientras procesaba aquellas palabras. Sus ojos reflejaban una infinidad de emociones. Entonces la acarició, de una forma parecida a cómo ella lo había hecho antes, deslizando con gran ternura la yema de los dedos por la línea de su mandíbula hasta finalmente rozar sus labios sedosos.

—Contigo, Joss, será muy diferente, mucho mejor, una experiencia sublime. ¿Físicamente? Deseo acceso total y sin límites a tu cuerpo. Serás mía y podré hacer lo que me plazca contigo. *Bondage*, azotes… sin límites. Me gusta infligir dolor, dolor placentero. No hay nada que desee más que ver las marcas que te dejaré en la piel, el intenso color rojo después de haber fustigado tu culito. Deseo atarte para que estés a mi merced, completamente indefensa, pero cariño, te prometo que seré un amante tierno y clemente.

Los ojos de Joss se iluminaron durante unos instantes con concupiscencia, adoptando un tono más oscuro, lleno de deseo. Dash sabía que la estaba excitando. Él iba a darle todas las experiencias con las que ella había fantaseado, que tanto soñaba y por las que ardía en deseo. Y él disfrutaría con cada uno de aquellos minutos mientras ella hacía realidad sus fantasías.

Dash deslizó la mano por la curva de su cuello hasta apoyarla justo encima de su corazón.

—¿Sentimentalmente? Deseo tu corazón, tu alma, tu completa confianza y tu entrega absoluta. Deseo tu regalo de sumisión y lo veneraré tanto como te venero a ti. Lo respetaré y nunca te daré ningún motivo para que te arrepientas de tu decisión. Te lo prometo.

Ella lo miró fascinada, con los ojos encendidos de deseo.

—¿Cómo lo sabías? ¿Cómo podías saberlo, Dash? ¿Cómo puedes ver lo que solo yo he sido capaz de ver de mí misma en los últimos meses? ¿Cómo has conseguido meterte en mi cabeza y leerme los pensamientos?

Él sonrió y la besó en la frente, pasándole la mano por la

espalda arriba y abajo, despacio, solazándose en la sensación de tenerla entre sus brazos, por fin entre sus brazos.

—Porque es lo que yo también deseo, cariño. Llevo tanto tiempo soñando con tenerte… Y te haré otra promesa: no te incitaré a ir deprisa, no te abrumaré. Tenemos todo el tiempo del mundo. Te prometo que la tuya será una delicada iniciación a las prácticas de mi mundo. Ahora que sé que por fin serás mía, mi intención es saborear cada momento.

—Hablas como si ya hubiera tomado una decisión —murmuró Joss.

—¿Acaso no es así? Quizá necesitas tiempo para justificarla, pero ya has tomado una decisión. Lo he visto en tus ojos cuando has entrado en la cocina esta mañana, y me ha costado horrores contenerme y no abalanzarme sobre ti como un adolescente. Haces que me sienta así, Joss, como un niño al que le acaban de regalar el juguete más deseado en el mundo.

—Quiero —necesito— hablar con Chessy y Kylie; especialmente con Kylie. Se sentirá herida con mi decisión. No lo comprenderá.

Entonces sus ojos se abrieron con alarma y desvió la vista hacia el reloj sobre la chimenea.

—¡Ay, cielos! ¡He de llamarlas! ¡Lo había olvidado por completo! Prometí que las llamaría. Estarán preocupadas. Chessy me dijo que si no me localizaba llamaría a la policía. ¡Espero que no lo haya hecho!

Dash soltó una carcajada.

—Llámalas. Diles que estás en buenas manos. Ya tendrás tiempo más tarde para darles explicaciones, pero de momento llámalas para tranquilizarlas. Me gusta ver que tienes unas amigas tan leales y fieles, nuestras amigas. Estoy seguro de que lo comprenderán. Si te quieren —y sé que te quieren— solo querrán que seas feliz.

Ella volvió a sorprenderlo: esta vez enmarcó su cara entre las manos y lo besó en la boca. Dash se sintió embargado por un placer tan poderoso como nunca antes había sentido. Le cedió la iniciativa, se mantuvo pasivo y dejó que ella siguiera besándolo, explorándolo. Y cuando Joss se apartó, sus bellos ojos refulgían con pasión, seguramente un espejo de los suyos.

Oh, sí, ella ya no lo veía como un amigo sino como algo más. Dash se sintió embargado por una intensa satisfacción de triunfo. Por fin había caído la venda que Joss tenía delante de los ojos y lo veía no como un apoyo sino como un hombre que la deseaba con toda su alma.

Y ella también lo deseaba.

Frente a ellos se abrirían un sinfín de días maravillosos, pero Dash siempre recordaría aquel día en especial. No albergaba esperanzas de que todo fuera un camino de rosas y de que no toparan con obstáculos que tuvieran que superar, pero lo conseguirían. Él haría todo lo que estuviera en sus manos para lograrlo.

—No tardaré —dijo ella en un tono ronco—. Solo quiero decirles que estoy bien. Y sí, ya les contaré el resto más tarde. Querrán saberlo. De momento solo les diré que he desistido de mi idea de buscar relaciones esporádicas en The House. Kylie se alegrará; no quería que fuera.

—Se preocupa por ti —apuntó él.

—Sí, y no le faltan motivos para temer a los monstruos que corren por el mundo —alegó Joss con tristeza—. No me desea el sufrimiento que ella ha tenido que soportar durante tantos años. Tiene miedo de las prácticas de dominación, control, malos tratos y de estar en posición de impotencia.

—Claro, es comprensible —apostilló Dash—. Pero tú no me tienes miedo, ¿verdad?

Joss se mostró escandalizada, lo que lo llenó de una gran satisfacción.

—¡No, Dash! ¡De ningún modo!

La besó de nuevo antes de empujarla con suavidad para que se levantara del sofá.

—Ve y haz las llamadas antes de que la policía empiece a buscarte. Conozco a Chessy y sé que hablaba absolutamente en serio acerca de llamar a la policía. No me sorprendería que haya convencido a Tate para que se pase por tu casa. Llama a tus amigas. Yo llamaré a Tate para confirmarle que estás bien.

Siete

Joss se recostó en el sofá y suspiró hondo antes de inclinar la cabeza hacia atrás para contemplar el techo. Se sentía emocionalmente exprimida, y por primera vez no podía achacar su estado de ánimo a la muerte de Carson.

Se trataba de otra clase de zozobra, un desasosiego que nunca habría imaginado, cuando decidió asumir con valentía —o, por lo menos, pensaba que asumía con valentía— el control de su futuro. En esos momentos, sin embargo, el futuro era un enorme interrogante.

Volvió a suspirar y cerró los ojos, vencida por la fatiga. Se habría quedado dormida, a pesar del caos mental, si no hubiera sonado el timbre de la puerta, y luego otra vez, insistentemente.

Sabía sin confirmar que era Chessy o Kylie, o quizá las dos juntas. No se habían conformado con su llamada para decirles que ya las pondría al corriente más tarde; querían oír la historia con todo lujo de detalles.

Joss resopló con resignación, se obligó a levantarse del sofá y arrastró los pies hacia la puerta.

Dash la había dejado en casa apenas media hora antes, después de que ella hubiera hecho todas las llamadas pertinentes. Él le había dado un beso de despedida, y Joss tembló al recordar el intenso deseo que había visto en sus ojos. Volvió a notar el calor de su beso, recordó las yemas de los dedos de él deslizándose despacio por su cara hasta el cuello, antes de decirle «hasta pronto».

La promesa en su voz le había dado mucho en que pensar. Ahora que volvía a estar sola en su territorio, por decirlo de algún modo, Joss tenía muchas cosas que repasar y procesar.

Tan pronto como abrió la puerta, sintió el impulso de resoplar de nuevo. Chessy y Kylie —¡las dos!— la miraban sin pestañear. Los ojos de Chessy eran incisivos y exigentes; su amiga la escrutaba como si pretendiera llegar hasta el fondo de sus pensamientos. Kylie parecía más vacilante, y preocupada.

Chessy se abrió paso, seguida de cerca por Kylie.

—Vamos, desembucha, querida amiga. No nos tragamos esa excusa que nos has soltado de que simplemente decidiste descartar The House y pasar la noche con Dash.

Joss siguió a Chessy y a Kylie hasta el comedor y se dejó caer en el sofá del que apenas se había levantado unos segundos antes.

—Y no vamos a permitir que omitas ni un solo detalle —continuó Chessy—. Contrastaré tu información con Tate y con Dash si es necesario. De una forma u otra, me enteraré de los trapos sucios, así que será mejor que nos pongas tú misma al corriente.

—¿Estás bien? —se interesó Kylie, con semblante ansioso—. ¿Tuviste una mala experiencia anoche? ¿Alguien te hizo daño o te asustó?

Joss sonrió socarronamente. ¿Cómo contestar a tales preguntas? ¿Sí, no y sí?

—Estoy bien. De verdad —la tranquilizó—. Es complicado.

Chessy frunció los labios y puso una de esas miradas que parecen decir: «¡Ajá! ¡Sabía que pasaba algo!».

—¿Qué pasó? ¡Cuéntanoslo! —la apremió Kylie.

—Pero cuéntanos la verdad —insistió Chessy—. Nos vimos ayer; recuerdo que dijiste que estabas firmemente decidida a ir al club para llevar a cabo tu plan. Y de repente, esta mañana me llamas para decir que al final cambiaste de opinión, que no fuiste y que estás en casa.

Chessy esbozó una mueca de incredulidad.

—Sí que fui —contestó Joss con evasivas.

Kylie frunció el ceño.

—Pero si has dicho que no habías ido.

—No he dicho que no había ido —la corrigió Joss—, simplemente he dicho que cambié de opinión.

—¿Y? —preguntó Chessy sin perder la calma—. ¿Qué pasó?

Joss suspiró.

—Lo que pasó fue que Dash apareció.

Chessy abrió la boca con cara de sorpresa y sus ojos destellaron cuando, de repente, comprendió lo que había pasado.

—¡Oh, no! ¿Dash estaba en el club? ¡Madre mía! ¿Y se puso como un energúmeno?

Kylie las miraba totalmente desconcertada, girando la cabeza hacia Joss y luego hacia Chessy, y nuevamente hacia Joss, procurando no perder el hilo de la conversación.

Antes de que Joss pudiera contestar, Chessy se adelantó.

—Lo siento, Joss. Debería haberte advertido, pero es que Dash apenas se ha dejado caer últimamente por allí. Sé que es socio, pero ni se me ocurrió decírtelo, porque ¿qué posibilidades había de que apareciera por el club la misma noche que tú?

Kylie sacudió la cabeza, perpleja.

—¿Dash —nuestro Dash— es socio de The House? ¿Por qué?

A Joss le quemaban las mejillas. Ella y Chessy intercambiaron miradas de complicidad.

—Dash es un dominante, igual que Tate —explicó Chessy con delicadeza.

Kylie se quedó en silencio, procesando la revelación. Toda ella emanaba tensión, y Joss se sintió incómoda por lo que tenía que confesar a sus dos amigas, especialmente a Kylie.

Kylie tenía una visión muy limitada del mundo, y no solía aventurarse a franquear los parámetros que ella misma había establecido para sí. Tenía buenas razones para ser como era, pero eso a veces suponía un contratiempo. Kylie era inflexible, y probablemente aquella confesión la descolocaría.

—Cuando entré en el club con otro hombre, Dash estaba allí —explicó Joss en voz baja—, y la situación se complicó.

Chessy arrugó la nariz.

—Ya lo supongo.

—Me agarró del brazo y me sacó casi a rastras. A continuación, me llevó a su casa. Yo creía que su intención era sermonearme porque pensaba que no sabía dónde me metía.

—¿Y le dijiste que se equivocaba? —la interrogó Chessy. Joss asintió.

—Y entonces fue cuando la noche se puso… interesante.

La mirada de perplejidad de Kylie se acentuó más, y Chessy la observó con ojos desmesuradamente abiertos. Las dos amigas permanecían sentadas con la espalda muy erguida, sin desviar la atención de Joss.

Joss aspiró hondo, consciente de que sus amigas se enterarían tarde o temprano, y que más valía que fuera ella quien les diera la noticia.

—Dash dijo…

Le costaba encontrar las palabras adecuadas para explicarlo. Resultaba mucho más difícil de lo que había imaginado, porque ni ella misma había asimilado todavía todo lo que había sucedido.

—¿Qué dijo? —la exhortó Chessy.

—Dijo que si eso era lo que yo deseaba, lo que necesitaba, él sería el único hombre que me proporcionaría esa clase de experiencia.

—¡Vaya! —suspiró Chessy.

La reacción de Kylie fue un poco más explosiva.

—¿Qué? ¡No lo entiendo! ¿Que él qué?

—Me desea —anunció Joss en voz baja—. Desde hace mucho tiempo. Yo no lo sabía. Me siento como una tonta, pero es la verdad. ¡No lo sabía!

—¡Vaya! —repitió Chessy—. Es verdad que a veces había pensado que… bueno, por su forma de mirarte… pensaba que era evidente que sentía algo por ti. Pero a Carson y a ti se os veía tan felices… y Dash seguía siendo vuestro amigo… Y luego Dash no movió ficha cuando Carson falleció, por lo que pensé que eran imaginaciones mías.

La cara de Kylie se encendió de rabia.

—¿Él estaba enamorado de ti cuando tú estabas casada con mi hermano?

—Sí, pero nunca lo demostró —la apaciguó Chessy con tacto—. Uno no puede controlar la atracción que siente por alguien.

—Carson lo sabía —murmuró Joss—. Dash me dijo que Carson lo sabía, pero que eso no afectaba a su amistad.

—La verdad es que preferiría que salieras con Dash antes que con cualquier desconocido que eligieras en el club —admitió Kylie, con una nota de tensión en la voz—. Pero me preocupa vuestra relación. Jamás imaginé que Dash fuera de esa clase de personas. Me preocupa que pueda hacerte daño, física o emocionalmente, y me preocupa que lo vuestro tenga un efecto negativo sobre nuestra amistad.

Chessy se puso tensa.

—¿Qué clase de persona? ¿A qué te refieres? Tate es de «esa clase de personas», Kylie, y jamás me haría daño.

—Ya sabes que no lo decía en ese sentido —replicó Kylie a la defensiva—. Estoy preocupada por Joss, ¿de acuerdo? Me parece que últimamente está tomando muchas decisiones impulsivas, y no quiero que le hagan daño. Y me preocupa la relación que ha iniciado con Dash. No sé cómo encajar el hecho de que él se sintiera atraído por la esposa de su mejor amigo.

Joss esbozó una mueca de impaciencia y frustración.

—Ya he considerado esas cuestiones, Kylie —espetó—. He tenido en cuenta cómo lo nuestro podría afectar a nuestra amistad, especialmente si lo nuestro no funciona.

Tomó aire profundamente antes de continuar.

—Nunca antes había mirado a Dash de otra forma que no fuera como a un amigo, y no sé cómo me siento al respecto. No me gusta esa sensación de estar traicionando a mi difunto esposo por solo considerar esa posibilidad. Jamás habría sido infiel a Carson, ni siquiera si hubiera sabido lo que Dash sentía por mí. Y no me gusta que tú cuestiones su integridad por el hecho de que él se sintiera atraído por mí pero que hasta ahora nunca lo hubiera demostrado.

Kylie torció el gesto y desvió la vista. Chessy se inclinó hacia delante y tomó la mano de Joss entre las suyas.

—Sí, vuestra relación podría afectar a nuestra amistad —comentó Chessy con voz conciliadora—, pero no se puede vivir la vida sin asumir riesgos. Si eso es lo que deseas, por lo menos deberías probar. Es peor vivir con la duda que dar el paso y que luego no salga bien. No tienes nada que perder y, en cambio, tienes mucho que ganar.

—Pues a mí me parece que puedo perderlo todo —alegó Joss en un tono desabrido—. Perdí a Carson, y me devastaría perder la amistad de Dash. También me devastaría perderte a ti o a Kylie. No quiero perder a nadie más que quiero.

La cara de Chessy se llenó de amor y comprensión. Al verla, a Joss se le humedecieron los ojos, pese a que se había propuesto no derramar ni una lágrima más. Ya había llorado suficiente; no podía continuar siendo una persona emocionalmente frágil.

—En la vida hay que arriesgarse, y no hay garantías; ya lo sabes —animó Chessy a su amiga con ternura—. Contéstame a una pregunta: si hubieras sabido cuando te casaste con Carson que solo dispondrías de unos pocos años para estar con él, si hubieras sabido que él moriría, ¿habrías hecho algo de forma diferente? ¿Te habrías apartado de él para evitar el sufrimiento por su pérdida más tarde?

La cuestión sacudió a Joss profundamente. Sin apenas pensar, su respuesta fue inmediata:

—¡No, claro que no me habría apartado de él! Volvería a hacerlo todo igual, sin cambiar nada, aun sabiendo que lo perdería. Porque el tiempo que pasamos juntos fue maravilloso. No cambiaría ni un solo segundo por nada en el mundo —contestó apenada.

—Entonces, ¿por qué no estás dispuesta a probar con Dash? —planteó Chessy—. ¿Y si funciona? ¿Y si él te hace feliz? ¿Y si te da lo que deseas y necesitas? ¿Y si encuentras el amor de nuevo? ¿Y si disfrutas de un año maravilloso con él, si te da lo que necesitas y después decidís adoptar caminos separados? ¿Acaso no aceptarías disfrutar de ese año en vez de vivir lamentándote por no haberle dado una oportunidad? No puedes evitar correr el riesgo solo porque hayas perdido a alguien. No es forma de vivir, con constante miedo al sufrimiento.

—Chessy tiene razón —la secundó Kylie a regañadientes—, y yo quiero que seas feliz, aunque no sea con Carson.

Pase lo que pase con Dash, te apoyaré. Tal como dijiste ayer, somos hermanas, y muy buenas amigas.

—Gracias —contestó Joss aliviada—. Gracias a las dos. No sé qué haría sin unas amigas tan maravillosas; más que amigas, ¡hermanas! Las dos me habéis planteado la cuestión desde unos términos muy interesantes, pero todavía he de considerarlo con calma.

Chessy le apretó la mano.

—Entonces será mejor que te dejemos sola. Ya sabes, si me necesitas, llámame. Quiero que sepas que, pase lo que pase, te quiero. Tate y yo te queremos, y él mismo le propinará un buen puntapié a Dash si se le ocurre hacerte daño.

Joss sonrió, pero la tristeza le embargaba el corazón. No quería causar ninguna desavenencia entre sus amigos; no deseaba que Tate se enfadara con Dash por su culpa.

Kylie se puso de pie y se inclinó para abrazar a Joss enérgicamente. Joss le devolvió el abrazo y después también se levantó del sofá para acompañar a sus amigas hasta la puerta.

—Estaremos en contacto, ¿de acuerdo? —sugirió Chessy—. Y si necesitas hablar, llámame, ya sea de noche o de día, no importa.

—Lo haré —respondió Joss—. Y gracias de nuevo a las dós por preocuparos por mí. No haré nada que pueda herir a alguien; supongo que ya lo sabéis.

—Lo sabemos —aseveró Kylie—. Y siento mucho si te he ofendido con mis palabras. Te quiero, Joss, y quiero que seas feliz. Sé que Carson desearía que fueras feliz. Hace falta ser un tipo muy especial para no romper la amistad con un hombre que está enamorado de su esposa. Si Carson pudo soportarlo y vivir con ello, entonces yo también puedo.

Joss se fundió en un abrazo con sus dos amigas y luego las contempló mientras se alejaban acera abajo hacia el coche aparcado. Joss se quedó de pie en la puerta hasta que el vehículo desapareció de su vista; a continuación, volvió a entrar en casa para coger el bolso y las llaves.

Se metió en el coche y condujo sin ser consciente de hacia dónde se dirigía hasta que se dio cuenta de que estaba ante el recinto vallado del cementerio. Frenó y detuvo el coche delante de la verja, con la vista fija en las lápidas que salpicaban el paisaje.

Había ido a hablar con Carson, a explicarle lo de Dash y a pedirle su bendición. Tan solo un día antes había jurado que estaba dispuesta a pasar página, a despedirse de él y a no regresar a aquel recinto, nunca más.

Sacudió la cabeza, dio marcha atrás para dar un giro en forma de U y se alejó, tomando la dirección del barrio residencial donde vivía Dash.

Ocho

No debería haberla llevado a casa. No debería haberla dejado sola, después de soltarle una bomba como aquella. Debería haber insistido para que se quedara con él, en su casa, a una distancia prudente, en lugar de darle tiempo y espacio para que pudiera cambiar de opinión o desdecirse de lo que sabía que ella estaba a punto de aceptar.

Dash se masajeó la nuca mientras se servía otra taza de café y echó un vistazo a los restos del desayuno que había dejado Joss apenas unas horas antes, en una cocina que jamás había pisado ninguna otra mujer, al menos no para desayunar después de pasar la noche en su casa.

Le gustaba la marca que ella había dejado en su casa, en su espacio. Le gustaba recordarla entrando en la cocina, con su camiseta puesta y sus bellos ojos soñolientos.

Dash no quería dejarla marchar, no después de que por fin hubiera decidido dar el paso y decirle que la deseaba, pero era lo más adecuado.

«Tenías que dejarla marchar para comprobar si ella vuelve a tu lado.»

Sacudió la cabeza ante tamaña estupidez. Esas chorradas sentimentales no eran propias de él; Dash no era de los que buscaban consuelo en sandeces filosóficas tales como: «Si amas a alguien, has de darle libertad».

Él era más del estilo: «Si amas a alguien, no dejes que se vaya». Sin embargo, no había retenido a Joss. La había llevado a su casa y le había anunciado de la forma más civilizada posible que se verían pronto. Y luego la había besado, aunque no cómo deseaba. Joss parecía excesivamente frágil, al borde de desmoronarse, por lo que la había besado para infundirle ánimos y seguridad. El suyo no había sido el beso de un hombre consumido por la pasión que le despertaba la mujer que estrechaba entre sus brazos.

Alzó la vista cuando sonó el móvil, y recordó que aquel día tenía una llamada importante. Lanzó una maldición en voz alta porque no estaba precisamente de humor para pensar en negocios. Aunque era necesario buscar un nuevo socio, no le parecía el momento más oportuno. Habría preferido comentárselo antes a Joss, y entonces todo habría ido bien. Solo esperaba que su decisión no levantara una barrera entre los dos, cuando por fin ella lo veía como a alguien más que a un amigo.

Cogió el teléfono y avanzó a grandes zancadas hasta el despacho al tiempo que su mente cambiaba de sintonía para concentrarse en la llamada. Tenía que apartar a Joss de su mente, por lo menos hasta que zanjara aquel asunto en particular. ¿Y después? Después publicaría el comunicado de prensa. Él también echaba de menos a Carson, pero su mejor amigo había muerto. Su socio en el negocio había muerto. Había llegado la hora de empezar a pensar en sus propios intereses en lugar de ahogarlos, tal como había hecho durante los tres últimos años.

Carson y él habían fundado una consultoría que había tenido un enorme éxito. Las empresas los llamaban cuando necesitaban o querían reducir costes. La mayoría de sus contratos provenían de las numerosas compañías petroleras del área de Houston, y también ofrecían servicio de consultoría a otras grandes corporaciones e incluso a algunas pequeñas empresas.

La afinidad natural que Carson mostraba generalmente con toda clase de gente combinada con la mente analítica de Dash había sido la clave del éxito. Los dos trabajaban en tándem, Carson en la primera línea, ganándose y cenando con clientes potenciales, y Dash en la retaguardia, analizando y elaborando propuestas que Carson presentaría más tarde.

Pero desde la muerte de su socio, Dash se había visto obligado a hacerse cargo tanto de la primera línea como de la retaguardia. Si Jensen entraba en el negocio, Dash podría asumir de forma efectiva las responsabilidades de Carson y convertirse en la cara visible mientras que Jensen se ocupaba de los detalles tras los bastidores.

—Dash Corbin al habla —dijo cuando entró en su despacho.

Cerró la puerta a su espalda y avanzó hacia la mesa para abrir el portátil mientras Jensen Tucker lo saludaba.

—Gracias por llamar —dijo Dash—. Tenemos bastantes temas pendientes. ¿Has tenido tiempo de echar un vistazo a los documentos que te envié a través del servicio de mensajería?

Dash había conocido a Jensen Tucker en una reunión de negocios unos años antes. Él y Carson habían hecho tratos con él, y Dash y Jensen habían congeniado inmediatamente, incluso hasta el punto de que Dash considerara que podría ser el socio perfecto cuando decidieran ampliar el negocio. Pero eso fue antes de que Carson falleciera.

Dash había dejado de lado sus planes y se había centrado en mantener el negocio a flote porque quería asegurarse de que a Joss y a Kylie no les faltara nada. Kylie era una excelente secretaria, pero la muerte de Carson le había provocado una excesiva presión, por lo que Dash le sugirió que se tomara un descanso. Unas semanas de vacaciones para afrontar el dolor y la conmoción por la muerte de su hermano, pero ella insistió en que quería seguir trabajando. Necesitaba aquella vía de escape, alguna actividad que la mantuviera ocupada, pero Dash sabía que era un bálsamo transitorio. Dash no estaba seguro de si Kylie había llegado a afrontar el dolor o a aceptar la muerte de Carson.

Ni Joss ni Kylie se tomarían bien que Dash reemplazara a Carson, pero quizá Joss sería más comprensiva que Kylie, dado que esta sería quien tendría que trabajar con otra persona que no fuera ni Dash ni su hermano.

Los dos hombres expusieron sus puntos de vista. Jensen añadió algunas ideas propias que a Dash le parecieron muy acertadas. Ya se habían reunido varias veces antes, así que lo único que quedaba era que Jensen aceptara formalmente y fusionaran ambos negocios.

Lo que en su día había sido Breckenridge y Corbin se convertiría en Corbin y Asociados, quedando aún margen para expandir el negocio si él y Jensen elegían seguir por esa vía.

Jensen no era uno de esos tipos arrogantes e insoportables que insistían en que su nombre apareciera en letras mayúsculas por todos lados ni que esperara una lluvia de honores. A Dash no le habría importado darle a Jensen lo que le correspondía, pero su futuro socio se mostraba satisfecho con la idea de que el nombre de Dash apareciera en primer plano y con quedar relegado a un segundo plano.

Hasta hacía poco Carson había ocupado la posición más visible y Dash se había encargado de analizar y preparar presupuestos, pero en un futuro próximo Dash ocuparía el lugar de Carson y dejaría a Jensen el trabajo preliminar.

No lo había planeado como una solución para poder dedicar menos tiempo al negocio y pasar más rato con Joss. Después de todo, no tenía ni idea de que daría el paso decisivo tan rápidamente. Pero era el momento oportuno, porque si todo salía bien, el trabajo pasaría a ocupar una segunda posición y le dejaría tiempo para disfrutar de su relación con Joss, ahora que por fin la tenía donde la quería.

Los dos hombres departieron animadamente durante varios minutos más, confirmando lo que Dash ya sabía: que Jensen aceptaba asociarse con él. Lo único que quedaba por hacer era que se anunciara la fusión y que empezaran a trabajar juntos.

—Una cosa más, Jensen —dijo Dash al final de la conversación.

—Dime.

—Necesito tiempo, unos días, antes de anunciar la fusión. Antes quiero comunicárselo a Joss y a Kylie, en persona.

Hubo una pausa.

—¿No les gusta la idea?

Dash detectó el recelo en la voz de Jensen, la nota de irritación al constatar que Dash permitía que sus emociones se entrometieran en una decisión profesional. Pero Dash no era un desalmado.

—No les he comentado nada sobre ti —dijo Dash—, y quiero que se enteren por mí, no por otros medios.

—¿Crees que se opondrán?

—No —contestó Dash sin vacilar.

—Puedo darte unos días, pero no más.

—Es todo lo que necesito. Nos reuniremos el lunes, en mi despacho.

Jensen accedió y luego colgó, dejando a Dash sentado y sumido en un tenso silencio.

Le había dicho a Jensen que ni Joss ni Kylie serían un obstáculo. Y no lo serían, simplemente porque no les quedaba elección. Carson se había asegurado de que Joss pudiera vivir sin estrecheces el resto de su vida, pero el negocio había quedado en manos de Dash. Joss no tenía capacidad de decisión; tendría que aceptar el punto de vista de Dash. Y lo mismo pasaba con Kylie. Pero ni una ni otra tenían por qué compartir sus decisiones, y Dash no quería que eso abriera una brecha entre ellos, entre ninguno de los tres.

Cuando finalmente salió del despacho y enfiló hacia la cocina, oyó el motor de un vehículo que se detenía justo delante de su casa. Frunció el ceño, porque no esperaba compañía, y se acercó a la ventana que daba a la calle.

Para su sorpresa, vio el coche aparcado de Joss. Pero ella no se había apeado. Permanecía sentada en el asiento del conductor, con las manos sobre el volante.

Lo embargó un sentimiento de desasosiego cuando salió a su encuentro. Al verlo, Joss abrió la puerta del coche y se apeó.

Incluso a distancia era obvio que estaba angustiada. Se la veía pálida, con los ojos hundidos y afligidos, y cuando alzó la vista para mirarlo a la cara, el miedo se apoderó de él.

Dash había metido la pata; se había precipitado al haberla presionado tanto, tan pronto. Era evidente que Joss estaba allí para decirle que… no. Y esta vez, saldría corriendo para escapar de él para siempre. A lo mejor no volvía a verla en toda su vida.

La había perdido incluso antes de optar a ganarse su corazón.

Ella parecía desesperadamente infeliz. La tristeza empañaba sus ojos, y eso era lo último que él desearía para Joss.

Le dolía verla en aquel estado; le dolía saber que él era el causante de aquella tristeza.

—Joss… —empezó a decir.

Para su sorpresa, en el momento en que pronunció su nombre, ella aceleró el paso y se lanzó a sus brazos. Dash la estrechó con fuerza, sosteniéndola para que no se desplomara, para que los dos no se desplomaran. Saboreó la calidez de su cuerpo, la suavidad de su piel, pegada de una forma tan sensual a él.

Entornó los ojos un momento e inhaló el aroma de su pelo, preguntándose si aquello era una despedida.

—¡Oh, Dash! —exclamó ella, abatida.

—¿Qué pasa, cariño? ¿A qué viene ese aspecto abatido?

Le acarició el pelo con ternura, y le colocó varios mechones detrás de la oreja al tiempo que la apartaba un poco para poder mirarla a los ojos.

—Iba de camino al cementerio —explotó ella—, quería contárselo a Carson, pedirle su bendición o, quizá, intentar que me comprendiera. Ya sé que suena ridículo.

Dash sacudió la cabeza despacio.

—No suena ridículo, cariño. Era tu marido, le amabas con toda tu alma; es natural que quieras compartir tus pensamientos con él.

Ella cerró los ojos y una lágrima se deslizó por su mejilla. Aquella lágrima le partió el corazón a Dash. No quería verla triste de nuevo; ansiaba verla feliz, aunque fuera sin él.

—Al final no he entrado en el recinto; no he podido —confesó ella—. Ayer le prometí a Carson —y a mí misma— que no volvería a pisar el cementerio nunca más. No es cómo deseo recordar a Carson. No puedo volver a ese sitio; me afecta demasiado.

—En cambio, has venido aquí. ¿Por qué? —preguntó él, temiendo su respuesta.

Joss alzó la mirada de nuevo hacia él; sus bellos ojos ardían de emoción, unos ojos humedecidos por las lágrimas, llenos de desconsuelo. Dash se maldijo a sí mismo; no era lo que deseaba.

—Porque he de intentarlo —susurró ella—. No sabré las

normas hasta que no lo pruebe… quiero decir, hasta que no lo probemos.

Dash notó que su cuerpo entero se aflojaba y que la tensión se trocaba en alivio. Le temblaban las rodillas, por lo que tuvo que serenarse para que los dos no acabaran en el suelo.

Una vez recuperado el equilibrio, Dash la abrazó con fuerza, saboreando su tacto y su olor. Estampó los labios en su coronilla y cerró los ojos, dando gracias en silencio porque ella no lo había rechazado, porque Joss había demostrado tener suficientes agallas como para conceder una oportunidad a aquella relación.

Dash no podía pedir más. Si por fin lo conseguía, nunca pediría nada más en la vida.

—Mírame, Joss —le dijo tiernamente, a la debida distancia como para que ella pudiera inclinar la cabeza hacia arriba y mirarlo a los ojos—. Si esto te hace infeliz, quiero que sepas que no te pediré nada. Solo deseo que seas feliz, que seamos felices, preferiblemente juntos.

—No sabré si tú, si lo nuestro, me hará feliz a menos que lo intentemos —contestó ella con suavidad.

Se lamió los labios con nerviosismo antes de proseguir:

—Deseo intentarlo, de verdad. Pero quiero que me prometas que serás paciente conmigo. No sé qué he de hacer, cómo comportarme ni cómo reaccionar. No dispongo de ningún manual de orientación; no es algo que pensara que llegaría a suceder de verdad.

Dash le acarició la mejilla, borrando los restos de las lágrimas.

—Tenemos todo el tiempo del mundo, Joss. No hay prisa. No hay necesidad de impacientarnos. Confía en mí. Dame tu sumisión. Haré todo lo que esté en mis manos para que nunca te arrepientas de tu decisión.

Los ojos de Joss refulgieron expresivamente. Sus pupilas se dilataron, y Dash vio las primeras señales de deseo en sus profundas cuencas oscuras. El hecho de haberle pedido su sumisión había disparado su imaginación, le había recordado todo aquello que deseaba.

—¿Qué hacemos ahora? —susurró Joss.

—De momento, entremos en casa; te prepararé una taza de café. No hay nada que me apetezca más que sentarme contigo un rato, a charlar, de momento; hablaremos sobre nosotros, acordaremos una fecha. Quiero tomármelo con calma, Joss; esta cuestión es demasiado importante como para precipitarnos. He esperado mucho, así que estoy dispuesto a esperar todo el tiempo que sea necesario.

—Me gusta tu propuesta —murmuró ella, con ojos dóciles.

Él vio su aprobación. No solo a lo que él le proponía, sino a lo que era inevitable entre ellos, como pareja. Escrutó su rostro por si detectaba alguna señal de duda, de miedo o de vacilación, pero ella mantuvo la mirada serena hasta que Dash quedó satisfecho. Sí, verdaderamente, eso era lo que ella quería: darle la oportunidad de ser suya.

Dash quedó desarmado por las implicaciones. Joss en sus brazos, en su cama. Por fin suya.

—Hay otras cosas que he de comentarte —apuntó él, al recordar súbitamente la conversación que había mantenido con Jensen apenas unos minutos antes.

Joss ladeó la cabeza, desconcertada ante el brusco cambio de actitud de Dash.

—¿Qué pasa? ¿Va todo bien?

Él le cogió la mano y la guio hasta su casa.

—Sí, tranquila, pero hay algo que quiero decirte.

Ella se puso tensa pero permaneció en silencio mientras él la llevaba hasta la cocina, donde aún quedaba media cafetera llena de café del desayuno.

Sirvió dos tazas y las calentó en el microondas antes de regresar a su lado y ofrecerle una.

—Vayamos al salón; estaremos más cómodos —sugirió él.

Cuando Joss se hubo acomodado en el sofá, Dash ocupó la butaca que estaba situada en diagonal respecto al sofá, por más que lo que más deseara fuera tenerla entre sus brazos, pegada a él, sintiendo el calor de su cuerpo.

Dash tomó un sorbo de café distraídamente, preguntándose cuál de las dos cuestiones debía abordar primero. ¿Cimentar su relación, o darle la mala noticia de que iba a reemplazar a Carson en el negocio? Torció el gesto antes de decidir que retrasaría el segundo asunto y que primero hablarían de ellos dos.

—Sé que esto ha supuesto una bomba para ti, y encima coincidiendo con el día de la muerte de Carson —empezó a decir Dash—. Quiero que comprendas que no lo había planeado de ese modo. Me obligaste a mover ficha cuando te vi en The House. Sí, es cierto que mi intención era decírtelo, y pronto, pero no deseaba iniciar una relación sentimental contigo precisamente el mismo día del aniversario de la muerte de tu esposo.

—Lo comprendo —dijo ella en voz baja—, y lo siento. No recuerdo si ya te había pedido perdón o no, pero lo siento, de verdad. Te pido perdón por aparecer de esa manera en el club. Has de saber que no fue uno de los momentos de los que me sienta más orgullosa, cuando me viste en The House. Me sentí… tan avergonzada. Te aseguro que no era así cómo planeaba decírtelo.

—Pero si no pensabas decírmelo —replicó él con sequedad.

Joss arrugó la nariz, incómoda, y luego sacudió la cabeza despacio.

—Es cierto. ¿Cómo podría decírtelo? Eras el mejor amigo de Carson. Pensé que tu lealtad hacia él sería innegociable, pensé que si te enterabas, no lo aceptarías. Y no podía soportar tu condena, Dash. No quería perderte. No por una cuestión tan…

Joss se detuvo, sin estar segura de qué palabra utilizar para describir sus deseos y necesidades. Él se inclinó hacia delante y la miró fijamente a los ojos.

—Ante todo, espero que zanjemos de una vez por todas tu temor por mi condena. En segundo lugar, tus deseos no carecen de sentido; expresan tu forma de ser, y no puedes cambiar eso, ni por mí ni por nadie. No deberías hacerlo. Comprendo que hayas reprimido esa parte de ti mientras estabas casada con Carson, lo entiendo, pero él ya no está contigo, cariño, y no volverá; tú misma lo admitiste ayer. Así pues, no hay ninguna razón para que continúes negando tus deseos y tus necesidades, quién eres y qué eres. Aunque yo no fuera tal como soy, jamás esperaría que tú te comportaras de una forma diferente a cómo eres y cómo quieres ser. Pero dado que compartimos las mismas necesidades y deseos, tengo la esperanza de que podamos avanzar y descubrir un nuevo mundo… juntos.

Ella tragó saliva, visiblemente tensa; se arrellanó en el sofá al tiempo que se pasaba una mano por su sedosa melena.

—Así pues, ¿cuál es el paso siguiente, Dash? Era sincera cuando decía que no dispongo de ningún manual de orientación. De momento he llegado hasta aquí, he admitido tanto a mí misma como a ti lo que deseo y lo que quiero. ¿Qué hacemos ahora?

Dash sonrió y, dado que no podía soportar estar más tiempo separado de ella, se puso de pie y fue a sentarse en el sofá, a su lado. Le resultaba imposible controlarse para no tocarla. Después de haber mantenido una relación neutral durante tanto tiempo, la puerta se había abierto por fin. Los dos iban a entrar juntos en una senda de la que no había retorno.

Independientemente de si lo suyo funcionaba a largo plazo o no, ya no habría marcha atrás para regresar a ese punto de cómoda amistad que habían mantenido durante tantos años. En parte, Dash estaba entusiasmado con la nueva posibilidad, pero en parte temía que ello pudiera causarles un daño irreparable, que abriera una brecha entre él y Joss que nunca volviera a cerrarse.

Era un riesgo que estaba dispuesto a asumir, si bien requería la máxima precaución por su parte. Normalmente Dash era cauto; había incurrido en bastantes riesgos, pero siempre en su vida laboral. Su vida personal había permanecido siempre meticulosamente ordenada, estrictamente organizada. Su carácter dominante no le permitía otra opción, y siempre mantenía las emociones y acciones a raya. Excepto cuando se trataba de Joss. Ella estimulaba otra faceta de él, una cara que nunca había visto ni experimentado con nadie más.

Por ella Dash sentía el impulso de lanzar toda precaución al viento y gozar de la tormenta.

Jamás había imaginado que una parte de él, la que temía que Joss no pudiera aceptar, fuera lo que ella más deseara. Siempre había pensado que tendría que reprimir sus preferencias naturales si anhelaba disponer de una oportunidad con Joss. Jamás habría soñado que ella no solo aceptaría sus inclinaciones —y a él— sino que mostraría interés por esa clase de prácticas de forma manifiesta.

Dash no sabía si eso lo convertía en el tipo más afortunado del mundo o quizá en el más tonto. Solo el tiempo —y Joss— lo dirían.

Si dispusiera de una ventana abierta al futuro… solo para echar un vistazo a la senda que iban a emprender juntos, para saber si aquella relación florecería y prosperaría, entonces sabría si estaba tomando la decisión correcta para los dos.

Pero no, no había forma de consultar el futuro; solo existía el presente, así como sus instintos y el deseo de su corazón como guías. Solo le quedaba rezar para tener la suficiente sabiduría como para saber diferenciar entre lo que él tanto anhelaba y lo que ella deseaba y necesitaba.

El deseo y la frustración podían empañar la percepción de cualquiera. Se trataba de dos emociones con las que Dash estaba muy familiarizado, desde que vio a Joss por primera vez: el deseo, la necesidad de ella con toda su alma, sabiendo que nunca sería suya, que pertenecía a otro hombre, a su mejor amigo.

El destino, siempre tan caprichoso, finalmente le sonreía. Solo esperaba que no fuera una broma pesada del propio destino.

Estrechó a Joss entre sus brazos y se reclinó contra el respaldo del sofá, arrastrándola hacia atrás para poder acariciarla, pegada a su pecho, adaptándose a su cuerpo, impregnándose de su aroma mientras su pelo le hacía cosquillas en la barbilla. ¡Por Dios! ¡Qué bien olía! Dash se estaba torturando innecesariamente. Ella estaba allí, en el salón, entre sus brazos, preguntándole por el siguiente paso. Lo único que tenía que hacer era aventurarse, cerrar los ojos y dejarse llevar por sus instintos.

—Ya te he dicho que no quiero abrumarte —murmuró

él, intentando organizar sus pensamientos dispersos—, por lo que es importante que nos lo tomemos con calma. Lo último que quiero es asustarte o hacerte daño. Pero estoy cansado de esperar, Joss. Llevo tanto tiempo deseándote que ahora que estás aquí y que las cartas están sobre la mesa, estoy listo para dar el primer paso.

Joss deslizó la mano abierta sobre su torso y se detuvo justo encima del corazón. Él le tomó los dedos y le besó la punta de cada uno de ellos, solazándose al ver cómo se estremecía.

Qué reacción tan receptiva, tan expresiva. ¡Por Dios! ¡Cómo reaccionaría en la cama! En su cama.

Su miembro viril cobró vida y se inflamó contra la bragueta de los pantalones vaqueros. Lo que hasta ese momento había sido una postura cómoda se trocó en una tortura, mientras su cuerpo gritaba por liberarse.

—No me harás daño ni me asustarás —dijo ella en voz baja—. No te preocupes, Dash. Te conozco. Confío en ti.

Él contuvo el aliento porque notó que aquella declaración contenía algo más que las meras palabras. ¿Una petición?

—¿Qué intentas decirme, cariño? Háblame con franqueza; necesito que me lo digas.

Joss irguió la espalda para que sus ojos quedaran al mismo nivel que los de Dash. Su oscura melena, en sorprendente contraste con sus ojos de color zafiro, se desplomó hacia delante, sobre el torso de él. Dash se moría de ganas de hundir los dedos entre aquellos mechones y besarla hasta que los dos se quedaran sin aire en los pulmones.

Ella se lamió los labios y luego se mordisqueó el labio inferior delicadamente, una clara muestra de nerviosismo, pero sus ojos eran honestos mientras lo miraba sin pestañear.

—Ya sé que quieres que nos lo tomemos con calma, sé que no quieres precipitarte ni cometer ningún error. Pero yo no quiero esperar. Quiero «sentir», Dash, quiero volver a sentirme viva, volver a sentirme mujer. He estado tan sola y tan... insensible —susurró—. Sí, insensible durante mucho tiempo. Quiero recordar el goce sexual: qué se siente cuando un hombre me acaricia y me hace el amor. Y no quiero que me pidas permiso. ¿Suena ridículo? Quiero que asumas… el control. Solo deseo que hagas aquello que desees hacer. Quiero que tomes las decisiones por los dos.

Dash contuvo la respiración. Su corazón latía tan fuerte que se sorprendió que los latidos no fueran audibles. La sangre corría por sus venas con tanta energía que se sintió levemente mareado.

Joss le estaba ofreciendo en bandeja de plata aquello que tanto había soñado: su confianza, su sumisión, todo su ser. Ella; simplemente ella.

Puso la mano en su mejilla y le acarició la piel tan suave de bebé con el dedo pulgar.

—Has de estar segura de lo que me pides, completamente segura. Porque eso es lo que quiero. Lo quiero todo. Y lo tendré. Sin embargo, has de estar totalmente segura de que estás preparada para la experiencia.

—Estoy segura —susurró Joss.

Nueve

Joss sintió su corazón desbocado y el veloz martilleo de su pulso en las venas al ver la expresión tan seria de Dash. Había algo increíblemente seductor en la forma en que él la miraba en ese preciso instante, con aquella intensidad y decisión… Pero fue su expresión, la tensión en su mandíbula y en sus facciones, lo que le provocó una vertiginosa impresión.

Como si acabara de desatar a un león hambriento y ella estuviera a punto de ser devorada por el felino.

Joss se estremeció sin control ante la imagen de Dash devorándola, hincando esa impecable dentadura blanca en su carne tierna; poseyéndola, marcándola, dejando huella en su piel. Imágenes con las que ella había fantaseado, con un macho dominante. Salvo que jamás había imaginado a Dash en el papel del hombre que la dominaría. En esos momentos, en cambio, Joss no podía pensar, soñar, fantasear en nadie más.

Dash había conseguido que lo viera como el macho alfa increíblemente apuesto y viril que era. La había empujado a ver más allá del velo de la amistad, y le gustaba lo que veía, se anticipaba a lo que veía con la seguridad de que era verdad.

Joss había arrojado el guante. ¿Cómo reaccionaría él al desafío? ¿La tomaría tal y como ella le pedía, o se mostraría cauto e iría despacio?

Eso era lo último que quería. No ansiaba cautela ni reservas. Lo quería todo, todo lo que él tenía para darle y más. Podía ver la avidez en sus ojos, la lujuria y el deseo como si estuvieran estampados con tinta en su frente.

Dash la hacía sentir viva por primera vez en tres largos años, la hacía sentir femenina y deseable. Hermosa. Sí, hermosa.

Y ella había sido honesta: no quería pensar; no quería tomar decisiones. Quizá eso la convertía en una cobarde, pero deseaba someterse por completo. Deseaba… rendirse.

—Por Dios, Joss.

Dash pronunció su nombre en un ronco susurro que se le escapó de los labios con una poderosa exhalación. Al ver aquellos ojos súbitamente ardientes, Joss se deshizo como la mantequilla.

—Piensa lo que dices, cariño. Analiza lo que me pides, porque solo te lo preguntaré una vez. Si accedes, si eso es lo que deseas, entonces no habrá vuelta atrás. Serás mía y solo mía.

Ella asintió con la cabeza. Tenía la garganta tan tensa que no podía hablar.

—Dímelo con palabras, cariño. Dímelo para que tenga la certeza de que no hay ningún malentendido.

—Sí —farfulló ella—. ¡Cielos, Dash! ¿Qué es lo que he de hacer? ¿Enviártelo por escrito? No me hagas suplicar. Lo deseo, te deseo.

El remordimiento iluminó los intensos ojos oscuros de Dash, y él colocó un dedo sobre sus labios. Joss quería lamerlo, descubrir si su gusto era tan apetecible como parecía, como ella imaginaba.

—Nunca tendrás que suplicar, al menos no conmigo. Te daré todo lo que desees, de forma incondicional y sin reservas. Y nunca volveré a cuestionarte. Pero hay ciertos puntos que necesitamos aclarar —y son importantes— antes de que nos dejemos llevar por los sentimientos.

—De acuerdo —convino Joss, recuperando la calma.

Dash hablaba ahora en un tono serio, grave. Su mirada era siniestra y a la vez… esperanzada, casi como si tuviera miedo de que ella pudiera cambiar de opinión y salir corriendo. Joss no podía culparlo. Si era verdad que Dash había esperado tanto tiempo, que la había deseado durante todos aquellos años, probablemente temía que el sortilegio pudiera romperse en cualquier momento, o quizá creía que no era más que un sueño, un sueño del que despertaría de un momento a otro.

Ella comprendía ese sentimiento. Desde que lo había visto en The House, su mundo se había visto alterado irrevocablemente. Ya nunca sería igual, pasara lo que pasase entre ellos.

Aquella constatación le provocaba miedo. Su peor temor era que lo suyo no funcionara, que acabara mal; entonces no solo habría perdido a Carson sino también a un hombre al que consideraba un buen amigo, quizá no su mejor amigo, ya que ese lugar lo ocupaban Chessy y Kylie, pero era cierto que con Dash mantenía —o había mantenido hasta entonces— una forma diferente de amistad.

El día que había decidido liberarse de él así como del constante recuerdo de Carson, no se había sentido feliz sino todo lo contrario. Había tenido la impresión de que perdía a alguien importante en su vida de nuevo. Pero ahora, sin embargo, estaba en posición de ganar mucho más.

O de perderlo todo.

Quizá era absurdo iniciar ese juego peligroso. Quizá sería mejor que ella y Dash cerraran la puerta que acababan de abrir y se olvidaran de todo. Pero ¿podrían recuperar su amistad sin más, con normalidad?

No después de aquel cambio, no después de que él se hubiera sincerado con ella. Aunque Joss pusiera fin a aquella relación incluso antes de empezarla, ya no habría marcha atrás para recuperar el estado inicial. Imposible.

La única opción que quedaba era seguir adelante, abordar la cuestión tal como Dash había hecho, sin rodeos. Y pedirle a Dios que no acabara perdiendo más de lo que ganaría.

—Has especificado lo que deseas y necesitas —comentó Dash, con una voz más relajada mientras la observaba con una mirada penetrante—, pero no hemos hablado de mis necesidades, de mis expectativas. Ni tampoco hemos hablado de tus límites y de lo que pasará si los rebasamos.

Joss frunció el ceño. Se adentraban rápidamente en territorio desconocido. Era obvio que ella no tenía ni idea de las expectativas de Dash. ¿Cómo iba a saberlo, cuando jamás habría soñado que él fuera la clase de hombre que tanto deseaba? Un macho alfa, dominante, sin miedo a adueñarse de lo que quería, directamente, sin pedir permiso.

Ella no deseaba un hombre que pidiera permiso; no deseaba un hombre que la tratara como una frágil pieza de cristal. Carson la cuidaba, cierto, y ella lo quería precisamente por eso, lo quería por tratarla siempre como un tesoro. ¿Pero ahora? Ahora deseaba un hombre al que no le diera miedo cruzar la línea, porque ella no tenía ni idea de dónde estaban los límites de los que Dash hablaba —sus límites— y no lo sabría hasta que no los rebasara.

Quería saber hasta dónde era capaz de llegar. Se enfrentaba a una curiosidad irrefrenable, un vehemente deseo de explorar las aristas más oscuras del deseo: sexo, poder, dominación. Lo deseaba todo; deseaba someterse a la autoridad y control de un hombre. ¡Oh! ¡Cómo lo anhelaba! Con cada fibra de su ser.

—Empezaremos con tus deseos —matizó Dash, escrutando su cara como si pudiera leer sus pensamientos.

Quizá sí que podía leerle la mente. Él y Carson solían burlarse de que ella era un libro abierto. Le decían que nunca sería una buena empresaria, aunque, la verdad, Joss no sentía ni el más mínimo deseo de entrar en la compañía. No sabía cómo Kylie podía soportar trabajar para dos hombres tan adictos al trabajo. Ambos le habían dicho en más de una ocasión que bastaba con mirarla a los ojos para tener acceso directo a su alma.

Podría haberlo interpretado como una crítica, pero los dos se lo decían en un tono afectuoso, como si fuera un cumplido en vez de un defecto.

—Pero yo no conozco mis límites —objetó ella con una visible frustración—. ¿Cómo voy a conocerlos, Dash, si todo esto es nuevo para mí? Mi única experiencia proviene de mis fantasías.

—Lo sé, cariño, pero tenemos que acordar qué harás si rebaso tus límites. Comprendo que no lo sabrás hasta que suceda. Lo que quiero es establecer una señal por si pasa. Porque te empujaré hasta el límite, Joss. Sé que crees que soy muy bondadoso contigo, y quizá sea así. De momento. Pero cuando estés bajo mi control, te empujaré hasta el límite.

Ella asintió en ademán comprensivo.

—Mira, mucha gente que participa en esta clase de prácticas recurre a palabras de seguridad. No soy fan del método, pero entiendo su utilidad, especialmente para una mujer que accede a este mundo por primera vez. Cuando pase un tiempo ya no necesitarás una palabra de seguridad, porque mi obligación es descubrir tus límites y empujarte al máximo sin cruzar la línea. ¿Entiendes lo que te digo?

—Chessy me dijo que era importante establecer una buena comunicación con el hombre con el que... experimentara, dado que yo era novata, y que debía dejarle claro que me reservaba el derecho de retirarme de esas prácticas en cualquier momento.

—Chessy es una mujer inteligente. Conoce muy bien este mundo —apuntó Dash.

—Pues claro. Ella y Tate... bueno, ya sabes que son socios de The House.

Dash sonrió.

—Puedo leer la pregunta en tus ojos, incluso diría que puedo ver una pizca de celos, o quizá sea fruto de mi imaginación. Quieres saber si alguna vez he visto a Chessy y a Tate, y específicamente a Chessy... desnuda. ¿Me equivoco?

—Me interesa más saber si has estado con ella —balbució Joss.

La expresión de Dash se suavizó.

—¿Te ha dicho Chessy que Tate la comparte con otros hombres?

Joss abrió los ojos como un par de naranjas.

—¿Cómo?

Dash se echó a reír.

—Supongo que no estás tan al corriente como pensaba.

—¡No me has contestado!

—¿Te molesta la idea de que haya podido estar con Chessy? —se interesó él.

Joss se ruborizó.

—Sí. ¡No! ¡Sí, maldita sea, sí! Lo siento. Sé que no

puedo juzgar tu pasado. Pero sí, me incomoda. Quiero decir, sé que has estado con otras mujeres. Es más que comprensible que no ibas a esperarme toda la vida. ¿Cómo ibas a saber que Carson moriría y te daría esa oportunidad? Pero la idea de que hayas estado con mi amiga... sí, me molesta. No te mentiré.

Dash enredó las manos con las suyas y las estrujó con ternura.

—Lo siento, cariño, solo estaba bromeando; no debería hacerlo. Contestando a tu infinidad de preguntas, sí, en algunas ocasiones Tate comparte a Chessy con otros hombres; no, nunca he participado; sí, la he visto desnuda, aunque he intentado ser cauto y he evitado ir al club cuando sé que ellos están allí.

Joss se quedó pasmada al saber que Tate compartía a Chessy con otros hombres. Le parecía inaudito, dado que Tate siempre se mostraba tremendamente posesivo con Chessy. Cuando estaban juntos, Tate se mantenía a una distancia prudente, sin perderla nunca de vista. Aquella actitud había irritado un poco a Joss mientras estaba casada con Carson; no sentía la menor envidia por su amiga, aunque la verdad era que la impresionaba que Chessy estuviera casada con un hombre que la adoraba de una forma tan fanática. Pensándolo bien, quizá sí que sentía un poco de envidia por la relación sentimental que mantenían.

Tras la muerte de Carson, le había resultado doloroso ver a Tate y a Chessy juntos porque le recordaba aquello que había tenido y perdido, esa conexión tan íntima con un hombre, el hecho de saber que él la amaba con toda su alma, sin reservas.

—¿La comparte? —volvió a preguntar Joss, con un marcado tono de incredulidad en su voz.

Dash le regaló una sonrisa afable.

—Ellos son así, cariño. Es una práctica que les gusta a los dos. A Tate le gusta ver cómo otro hombre domina a su esposa —bajo su dirección, claro—. Así que, técnicamente, el dominante que entra en escena con Chessy es, de hecho, un sumiso, ya que cumple las órdenes de Tate.

Joss se estremeció ante la imagen mental y se preguntó

cómo debía de ser la experiencia. ¿Podría mantener relaciones sexuales con un hombre mientras Dash los miraba y daba órdenes? Notó un cosquilleo y los pezones se le pusieron erectos. Mientras las imágenes seguían pasando rápidamente por su mente, se le aceleró la respiración. No se lo esperaba. Sí, sabía qué clase de relación mantenían Chessy y Tate; sabía que Chessy había entregado su completa sumisión a Tate, tanto en la cama como fuera de ella, tal como había descubierto recientemente.

¿Qué había dicho Chessy? Que se había entregado a Tate para que él hiciera lo que deseara con ella. ¡Caramba! Joss no había considerado hasta qué punto de verdad entrañaba aquella declaración. Por más escandaloso que fuera, también le parecía extremadamente… excitante.

—¿Te excita esa clase de prácticas? —se interesó Dash.

Joss lo miró a los ojos y vio un destello felino que hizo que ella también se preguntara si a él lo excitaban esas prácticas. ¿Querría hacerlo con ella? ¿Entregarla a otro hombre mientras él disfrutaba viendo el espectáculo, sin intervenir? No habría imaginado que Dash fuera de esa clase de hombres que quisiera compartir nada, especialmente a una mujer.

—No lo sé —contestó ella con sinceridad—. En teoría suena… erótico. ¿Pero la realidad? No estoy segura de cómo lo encajaría. Lo que sí sé es que no es algo que desee probar de momento. Supongo que se necesita un cierto nivel de adaptación. Y de confianza.

Dash asintió.

—Tienes razón. El hombre y la mujer han de estar totalmente de acuerdo; han de cimentar la relación antes de introducir elementos de este tipo. La mujer ha de tener absoluta confianza en su pareja dominante para permitirle que la entregue a otro hombre. Esa clase de confianza no tiene precio.

—¿Y el hombre? —inquirió Joss, con una creciente curiosidad.

Se sentía terriblemente novata e ignorante, pero ahora que había iniciado el viaje en aquel mundo, su sed de saber no tenía límites. Todo le parecía fascinante.

—¿Qué obtiene el hombre? Supongo que ha de tener una fe absoluta en la mujer que entrega a otro hombre.

Dash asintió nuevamente.

—Así es. El hombre ha de tener mucha confianza en sí mismo, saber que es capaz de ofrecerle a su mujer todo aquello que ella desee, y que aquella experiencia con otro hombre no solo será placentera para ella y para él, sino que supondrá que él también habrá de confiar en que, después del episodio, ella se irá a casa con él y no con el otro, que seguirá entregada a él, y que la experiencia no le proporcionará la posibilidad de probar una fruta prohibida en la que ella encuentre goce cuando él no participe.

—Permiso para engañar —murmuró Joss—. ¡Vaya! ¡Alucinante!

—No, no se trata de engañar a nadie —la corrigió Dash—. De ningún modo. Engañar es una traición emocional. Cuando ambas partes dan el consentimiento, no existe traición. Por eso la relación ha de ser absolutamente sólida antes de aventurarse en ese territorio. No pueden haber dudas, ni reservas, y la confianza ha de ser absoluta entre la pareja. Si no, es un ejercicio condenado al fracaso.

Joss ladeó la cabeza.

—¿A veces no sale bien? Quiero decir, ¿conoces algún caso en que hayan intervenido los celos? ¿O en el que la mujer haya acabado engañando a su pareja, o no haya quedado satisfecha con lo que le da su pareja?

Dash se encogió de hombros.

—Por supuesto, claro que sucede. He visto parejas que, en la fase inicial de su relación, se lanzan a experiencias para las que no están preparados. Normalmente no acaba bien. He descubierto que, en la mayoría de los casos, el hombre se pone celoso del otro sujeto que le da placer a su mujer, y entonces empieza a dudar de sus propias habilidades. Mentalmente se compara al otro, se pregunta si aquel tipo le da más placer a su mujer que él, si ella prefiere al otro en lugar de a él. Tal como he dicho, se requiere un grado especial de compromiso y de confianza para que tales prácticas funcionen.

—En el caso de Chessy y Tate funciona —concluyó ella.

No lo planteó como una consulta, pero la inflexión al final de la frase sí que le confería un tono de pregunta.

—Sí, por lo visto, sí —replicó Dash—. Son felices. Tate es feliz y Chessy es feliz.

Joss frunció el ceño.

—Si quieres que te diga la verdad, ya no estoy tan segura. Estoy preocupada por Chessy.

Dash la miró con curiosidad.

—¿Por qué lo dices?

Joss sacudió la cabeza.

—No debería haberlo dicho. No quiero meterme donde no me llaman. Quizá no sea nada; solo es un presentimiento.

Dash seguía mirándola con el ceño fruncido.

—Nunca traicionaría tu confianza, Joss, ni tampoco me gustan los cotilleos. Además, te juro que jamás le diría nada a Tate que pudiera levantar sus sospechas acerca de su mujer. Pero me gustaría saber qué es lo que te ha provocado ese presentimiento.

Joss suspiró.

—La verdad es que no lo sé. Ella parece tan… infeliz… últimamente. No me ha dicho nada. Sé que Tate está muy ocupado con el trabajo, pero no creo que sean imaginaciones mías. Kylie también se ha dado cuenta. Ayer me dijo que le preocupaba que…

Se detuvo en seco. Le daba vergüenza expresar en voz alta los temores de Kylie. En realidad sentía simpatía por Tate, y no creía ni por un momento que él fuera capaz de maltratar a Chessy. Era posible que la relación entre ellos no fuera perfecta, pero Tate no se atrevería a hacerle daño a Chessy. No físicamente.

—¿Qué es lo que le preocupaba? —insistió Dash, con ademán preocupado.

—Será mejor que no diga nada más —murmuró Joss.

—Es demasiado tarde para eso. Dime, ¿qué es lo que dijo Kylie?

Joss se puso tensa.

—Temía que Tate estuviera maltratando a Chessy. Almorzamos juntas, ya lo sabes. No sé, qué quieres que te diga, últimamente Chessy no parece feliz. Y si le hablas de Tate, se pone nerviosa y adopta esa mirada...

Dash la miraba con incredulidad.

—¿Kylie cree que Tate maltrata a Chessy?

—No lo sé —dijo Joss—. Kylie es... bueno, ya sabes cómo es. Ya sabes lo mucho que sufrieron ella y Carson, así que es normal que ella saque conclusiones donde otros no lo harían.

Dash sacudió la cabeza.

—¡Joder! ¡Imposible! El sol sale y se pone a los pies de Chessy. Tate está loco por ella. Si ella no es feliz, debe de haber otra razón. Quizá se hayan peleado. ¿Quién sabe?

—Quizá —admitió Joss—. Yo tampoco creo que él la maltrate, ni por un minuto. Me gusta Tate, me gusta mucho. Y es muy bueno con Chessy. Los miro y siento tanta... envidia. Me avergüenza admitirlo, pero es verdad. Los miro y quiero —ansío— lo que ellos tienen.

Dash alargó la mano para acariciarle la mejilla. Con extrema suavidad, deslizó el dedo pulgar por encima de su piel.

—Ya lo tienes, Joss. Lo único que has de hacer es aceptarlo. Es tuyo. Soy tuyo. Tanto tiempo como quieras.

Ella contuvo el aliento. Sí, sabía que él la deseaba; Dash se lo había dicho sin rodeos. Pero por su forma de hablar, parecía como si su propuesta fuera... permanente. Joss no sabía qué pensar.

No buscaba una relación sentimental permanente. No la deseaba. Había encontrado el amor de su vida y lo había perdido. Sabía que nunca más volvería a encontrar nada similar. No se encontraba la perfección dos veces en la vida. Ya costaba encontrarla una vez, ¿pero dos? Imposible.

Se lamió los labios, súbitamente incómoda ante la dirección que habían tomado sus pensamientos.

—¿Y tú? —le preguntó ella con voz ronca, centrándose nuevamente en Dash—. ¿Alguna vez has compartido a una mujer? ¿Es una práctica que te guste?

—Con la mujer adecuada, sí, pero no puedo decir que esté dispuesto a hacerlo contigo. He esperado demasiado, fantaseando acerca de cómo sería tenerte en mi cama, bajo mi control. De ningún modo pienso compartirte de entrada con nadie. No digo que más adelante no cambie de opinión; si es algo que te excita y que deseas explorar, ya cruzaremos ese puente más adelante. De momento, mi único interés somos tú y yo, sobre todo tú. Soy un maldito egoísta, y muy posesivo con lo que considero que es mío. Y Joss, tú eres mía.

A Joss se le encendieron las mejillas otra vez, pero no pudo contener la sensación de placer que se iba apoderando de todo su ser.

—Y estoy encantada de serlo —susurró.

Dash sonrió.

—Eso está bien. Bueno, volvamos a tus límites y a mis expectativas.

Ella mostró un ávido interés. Estaba ansiosa por saber cuáles eran sus… propósitos.

—Para empezar, estableceremos una palabra de seguridad para ti. Es importante que solo la uses cuando estés realmente asustada, insegura o si te hago daño. Si alguna vez hago algo que te duela, quiero saberlo inmediatamente para que no vuelva a suceder nunca más. ¿Entendido?

Ella asintió.

—Con el tiempo conoceré tus límites incluso mejor que tú misma —dijo él en un tono confiado.

—¿Y tus expectativas? —insistió ella, con el pulso acelerado.

—Es la mar de sencillo —contestó Dash—. Con solo ofrecerme el regalo de tu sumisión, estás poniendo tu cuidado y tu bienestar en mis manos. Espero tu obediencia y respeto. Ya sé que el respeto es algo que se gana, y me lo ganaré. En cambio, la obediencia se enseña, y seré un buen maestro. Obedecerás mis instrucciones sin cuestionar ni vacilar. Si de verdad no entiendes una orden, pregúntamelo y te lo explicaré. Pero no preguntes simplemente porque estés nerviosa o dudes acerca de cumplir mis deseos, porque eso no me gustará.

Joss abrió los ojos desmesuradamente. Se sorprendió al constatar cómo la horrorizaba la idea de no complacerlo. Ella quería hacerlo feliz; quería que él se sintiera orgulloso de ella, plenamente. No quería hacer nada que pudiera avergonzarlo o que lo llevara a arrepentirse de haber iniciado aquella relación.

¿Quizá su naturaleza dócil la guiaba por esa vía? ¿Acaso siempre había sido sumisa pero había reprimido aquel aspecto de su personalidad porque no quería aceptarlo o porque no se daba cuenta de lo que deseaba? ¿O quizá solo lo había reconocido al entrar en contacto con otras personas que participaban en esa clase de prácticas? Era posible que le hubieran hecho ver lo que se perdía.

Se lamió de nuevo los labios que, de repente, notaba otra vez resecos.

—¿Habrá castigos? Sé que algunos dominantes… He oído que castigan a su pareja si desobedece o hace cualquier cosa que les desagrade. ¿Tú recurres al castigo?

Dash sonrió.

—Muchos consideran que los castigos son una forma de placer. En numerosos casos, el castigo es, de hecho, una recompensa. Ya sé que suena retorcido y contradictorio, pero el dolor puede resultar tan erótico como el control y la autoridad. Si me preguntas si me gusta aplicar castigos, la respuesta es sí. En determinadas circunstancias.

—¿En qué circunstancias? —se interesó Joss.

—¿Te excita la idea de que te dé unos azotes en el culo? ¿Te parece erótico que te ate para que estés absolutamente indefensa y entonces te fustigue para excitarte?

Joss notaba el cuerpo ardiendo, como si la envolviera una gigantesca ola de calor.

—¿Es malo si digo que sí? —susurró ella.

Los rasgos de Dash se suavizaron por completo y sus ojos se iluminaron con ternura.

—Cariño, no hay nada malo en tus deseos ni en tus necesidades, nada. ¿Lo entiendes? Necesito saber lo que te gusta, lo que te excita, tus fantasías más recónditas. Si no las conozco, ¿cómo podré darte lo que necesitas?

Ella no contestó.

Dash le acarició el pómulo con los nudillos y luego deslizó la mano hacia su cuello. El contacto era increíblemente seductor. La excitaba de una forma casi violenta. Joss nunca había anhelado tanto algo como que Dash la acariciara en ese momento; sí, sentir las manos por todo su cuerpo, la boca sobre su piel…

—Llegará un día en que no me ocultarás nada —continuó él—. No hay nada que no puedas compartir conmigo, ni nunca lo habrá. Conmigo puedes ser tú misma, Joss; te protegeré y te cuidaré como si fueras una diosa. Conmigo no necesitas erigir defensas a tu alrededor. De todos modos, de nada te servirían, ya que mi intención es dejarte totalmente indefensa, desnuda, hasta que entre nosotros dos no exista nada más que tu delicada piel.

—Tus expectativas parecen la mar de simples —murmuró ella—. Quieres mi confianza y mi obediencia.

Él sonrió.

—En teoría, sí, son muy simples. Pero la obediencia implica muchas cosas más. Jamás sabrás qué es lo que te voy a pedir de un día para el otro. El hecho de no saber tiene el efecto de un potente afrodisíaco. Las expectativas endulzan más la situación.

—¿Y los castigos, Dash? Hemos hablado de lo que me excita, pero ¿y tú? ¿Te gusta imponer castigos a tu sumisa?

—Si lo que quieres saber es si soy un sádico y si disfruto infligiendo dolor, te diré que no. No te tenderé trampas simplemente para que pueda castigarte, cariño; no es mi estilo. Me satisface mucho más tu obediencia, eso es lo que me provoca más satisfacción, y no que cometas un fallo que conlleve que tenga que castigarte. De todos modos, hay ciertos aspectos de los castigos que me provocan una inmensa satisfacción, aunque diría que no me refiero a verdaderos castigos, ya que los disfrutamos tanto yo como mi sumisa. Prefiero pensar en esas prácticas como una forma de placer sexual. De eso se trata. De mi placer y del tuyo.

—Te gusta el control —resumió ella—; no necesariamente infligir dolor, pero establecer tu voluntad y que tu mujer te obedezca.

—Veo que nos vamos entendiendo.

Joss sonrió.

—Lo lograré, Dash. Solo te pido que seas paciente conmigo. Quiero aprender, deseo explorar. Pero me siento insegura y desorientada. Tengo tanto miedo de cometer un error, de decepcionarte a ti y a mí misma…

La expresión de Dash se tornó más seria. Enmarcó la cara de Joss entre sus palmas, obligándola a mirarlo directamente a los ojos.

—Nunca me decepcionarás. Necesito que lo sepas. Encontraremos la forma de que lo nuestro funcione.

Ella resopló y luego sonrió.

—Te creo. Ahora que ya hemos dejado las cosas claras, ¿cuándo empezamos? ¿Y cómo empezamos?

Diez

—Quiero que vengas a vivir conmigo —dijo Dash sin rodeos.

Joss abrió los ojos con sorpresa y abrió levemente los labios; una bocanada de aire se escapó por la pequeña abertura de su boca.

—Pero Dash...

—No hay peros que valgan —la cortó él sin vacilar—. Lo nuestro no será una relación a tiempo parcial, ni tampoco será un secreto.

Ella arrugó la frente, abrumada, y sacudió la cabeza.

—¡Pero no quiero que nadie lo sepa! No es que me avergüence de salir contigo, no es eso, pero es una cuestión personal, íntima. ¡No quiero que nuestra relación, lo que supone nuestra relación, sea un tema de dominio público!

Dash se inclinó hacia delante y le estampó un beso en la frente.

—No será de dominio público, cariño. Por lo menos, en lo que concierne a determinados aspectos de nuestra relación. No haré alarde de ello. Pero quiero que estés aquí conmigo, las veinticuatro horas del día, los siete días de la semana. No creo que sea una buena idea que sea yo quien vaya a vivir a tu casa.

Dash soltó aquella reflexión despacio para que Joss asimilara su significado. Al instante, vio que ella comprendía sus motivos.

—Entiendo. No estaba pensando. Por supuesto no quieres estar en la casa que compartí con Carson. Eso no sería justo para ti —cedió ella en voz baja.

—Ni tampoco para ti —apuntó Dash con suavidad—. Se trata de una oportunidad para que partas de cero, Joss. Es importante que así sea, y, para conseguirlo, has de romper con tu pasado, para que puedas avanzar sin obstáculos hacia el futuro.

—Solo es que… el cambio es tan repentino… —murmuró ella—. Han cambiado tantas cosas, y con tanta celeridad, que apenas he tenido tiempo de procesarlas.

—Si te concedo más tiempo, solo conseguiré darte más oportunidades para que te eches atrás, y no pienso consentirlo. He esperado demasiado tiempo; no pienso dejarte escapar, no cuando estoy tan cerca de conseguir lo que siempre he deseado. Quizá te parezca muy egoísta por mi parte, pero es lo que siento; espero que puedas tolerar a un amante tan posesivo.

Ella sonrió con ademán travieso y se le iluminaron los ojos.

—Podré tolerarlo. Está bien, ¿me voy a vivir contigo y qué más?

—Eso es lo primero. Cuando estés aquí, ya abordaremos los aspectos físicos —y sentimentales— de nuestra relación. Descubrirás que soy un hombre muy exigente. Solo espero que estés preparada. No te lo pondré fácil. Seré implacable.

A Joss se le aceleró el pulso.

—Es lo que quiero —replicó ella en un tono ronco.

—Perfecto. ¿Qué tal si vamos a tu casa para recoger lo más básico? No has de llevártelo todo hoy; solo lo que creas que necesitarás los próximos días. Siempre estaremos a tiempo de ir a buscar más ropa o lo que sea.

Dash no comentó nada acerca de su preocupación de que, una vez instalada en su casa, cuando se hubieran embarcado en su odisea sexual, Joss pudiera cambiar de opinión y saliera corriendo, regresara a su casa y se negara a verlo nunca más. Esperaba que ella fuera tan fuerte como aparentaba ser, y que de verdad supiera lo que quería.

—Tendré que decírselo a Chessy y a Kylie —apuntó Joss—. Se preocuparán. Ya saben lo tuyo; me refiero a que les he contado lo nuestro. Sin embargo, se quedarán pasmadas cuando les diga que nos vamos a vivir juntos. Tendré que soportar el sermón de Kylie.

—¿Y de Chessy, no? —le preguntó él con el semblante divertido.

Joss sonrió y sacudió la cabeza.

—No, Chessy me mostró su apoyo cuando le dije que había decidido ir en busca de lo que deseo. Está preocupada por mí, no creas, pero lo comprende y me ha animado a seguir adelante. ¿Kylie? Bueno, seguro que piensa que he perdido la chaveta, y está muerta de miedo por dónde me meto.

—Entonces debería sentirse aliviada de saber que no te enrollarás con el primer desconocido que encuentres al que no le importas ni un bledo.

—Le molestó saber que estabas enamorado de mí mientras yo estaba casada con Carson —comentó Joss—. Creo que lo interpretó como si hubieras traicionado a Carson.

Dash torció el gesto.

—Jamás le traicioné. Él lo sabía; lo sabía perfectamente, sin embargo, seguíamos siendo amigos. Confiaba en mí. Sabía que yo jamás movería ficha. Era mi amigo.

—Lo sé —admitió Joss con delicadeza—. Lo que pasa es que Kylie es una persona de blanco o negro. Tiene una visión muy limitada del mundo. La noticia la tomó por sorpresa, y no le gustan las sorpresas.

Dash esgrimió una mueca de fastidio. Sabía que para Kylie supondría otra gran sorpresa saber que Jensen iba a reemplazar a Carson. Otra desagradable sorpresa.

—¿Por qué pones esa cara? —inquirió Joss—. ¿Estás enfadado porque Kylie se haya molestado?

Dash sacudió la cabeza.

—No, pero de repente me he acordado de la cuestión que quería comentarte, tanto a ti como a Kylie.

Joss lo miró desconcertada, y él se apresuró a calmarla. No deseaba que nada se interpusiera entre ellos, no cuando las cosas iban tan… bien.

—No sé si estabas al corriente, pero antes de que Carson falleciera habíamos hablado de buscar otro socio. No sé hasta qué punto Carson te hablaba de cuestiones relacionadas con la empresa. Sé que lo que él quería era que nunca tuvieras que trabajar ni que te preocuparas por si te faltaba el dinero.

La expresión de Joss adoptó inmediatamente una sombra de inquietud.

—¿Se trata de dinero, Dash? ¿Acaso el negocio no va bien? Puedo volver a trabajar, ya sabes. Aunque lo dejé un año después de que Carson y yo nos casáramos —debido a su insistencia— tengo el título de enfermería, además he tomado las clases necesarias para poder mantener la licencia al día, así que puedo ejercer. No quiero ser una carga económica para ti. Haz lo que sea necesario para que el negocio siga adelante. Es lo que Carson habría deseado.

Dash emplazó un dedo sobre sus labios al tiempo que sentía que la amaba más que nunca. Joss era tan generosa y altruista. La mayoría de las mujeres se habrían horrorizado ante el mero pensamiento de que pudiera peligrar su seguridad económica, pero ella no. Joss estaba preparada para volver a trabajar. De hecho, recordó que Carson había necesitado un año entero para convencerla de que dejara su puesto. No, no necesitaban el salario de Joss, ni por asomo, pero Joss no quería dejar de trabajar. No deseaba depender de Carson. Dash la admiraba por ese motivo.

—El negocio va viento en popa, cariño, y estoy segurísimo de que Carson no habría querido que volvieras a trabajar. Has de saberlo. Carson solo quería que fueras feliz, que no te pasara nada y que no te faltara nada. Y para asegurarse, te dejó un porcentaje en la empresa. No has de preocuparte por nada. Mi propósito es ampliar el negocio para obtener más beneficios. Es cierto que descuidé un poco algunas cuestiones cuando Carson murió. Tenía el corazón y la cabeza en otro lado, por lo que los proyectos se resintieron un poco el primer año. Pero tomé las riendas a tiempo.

Dash hizo una pausa antes de continuar.

—Lo que os quería decir a ti y a Kylie es que he decidido buscar un socio. Carson y yo habíamos planeado ampliar la empresa antes de que él muriera. Esos planes no se llevaron a cabo porque me centré en confirmar que el negocio continuara siendo rentable, pero ahora es el momento perfecto para que entre otro socio. No puedo ocuparme de todo, ni tampoco siento el deseo de hacerlo; prefiero centrarme en otras cosas: en ti. Y no podré hacerlo si tengo que pasarme el día en el despacho o viajando todo el tiempo.

Joss parpadeó varias veces seguidas, sorprendida.

—¿Vas a reemplazar a Carson?

Dash irguió la espalda porque, aunque ya suponía que Kylie llegaría a esa misma conclusión, esperaba que Joss no lo viera de ese modo.

Como si le leyera la mente, Joss se inclinó hacia delante, con una expresión franca y los ojos llenos de comprensión.

—No es un crítica, Dash. No me ofende que reemplaces a Carson. Supongo que no me había dado cuenta de las exigencias del negocio. Ya sé que Carson invertía muchas horas; lo que no sabía era que tú asumías más responsabilidades para que Carson pudiera disponer de más tiempo para estar conmigo. Te lo agradezco, de veras, sé que has hecho un montón de sacrificios, pero siempre te agradeceré que lo hicieras por él. Por nosotros. Gracias a ti pude pasar todo ese tiempo con él antes de que falleciera. Para mí, esos recuerdos serán siempre un preciado tesoro. Los viajes, los días en casa, disfrutando de una tarde juntos…

A Joss se le humedecieron los ojos, pero se negaba a llorar. Tuvo que hacer un enorme esfuerzo por no desmoronarse, pero el incontrolable temblor de los labios delataba su estado anímico.

—Y si el hecho de asociarte con alguien te permite no ir tan estresado y no tener que vivir volcado en el trabajo, entonces tienes todo mi apoyo. Me has dado tanto… a mí y a Carson. Es justo que recojas los frutos de tu éxito.

¡Qué mujer tan excepcional! Dash estaba tan orgulloso de ella… Ahora solo faltaba que Kylie encajara las noticias de tan buen grado como Joss. A decir verdad, tampoco había esperado menos de Joss. Ni se le había ocurrido que ella pudiera oponerse o manifestar resentimiento.

Pensaba que quizá se mostraría molesta, una reacción totalmente normal. Era una mujer que había amado a su esposo de una forma por la que la mayoría de los hombres estarían dispuestos a matar, y seguro que si pudieran tener esa clase de amor y devoción por parte de una mujer como Joss, nunca desearían nada más en la vida.

Eso era lo que Dash ambicionaba. Esa idea lo obsesionaba —eso y ella—. Estaba dispuesto a hacer cualquier cosa con tal de conseguir que Joss volviera a ser feliz. Le demostraría que un relámpago puede impactar dos veces en el mismo blanco, en la misma vida. Ella había mencionado en más de una ocasión, de pasada, que no esperaba encontrar de nuevo el amor, por lo menos no como el que había compartido con Carson. ¡Era imposible que Joss se hubiera resignado a tal posibilidad, que la aceptara sin más!

¡Joder! Si Joss le daba la oportunidad, le demostraría que era posible hallar de nuevo la felicidad, que no solo otro hombre podía ponerle el mundo a los pies, sino que también podía amarla y cuidar de ella. Pensaba envolverla en una nube de algodón y protegerla de cualquiera que pudiera hacerle daño.

—¿Has decidido ya quién reemplazará a Carson? —preguntó ella con calma.

Dash le tomó la mano y se la estrujó.

—Cariño, nadie reemplazará a Carson. Él fundó el negocio y lo hizo crecer hasta lo que es hoy. Yo ayudé, sí, pero se trataba de su visión, de su creación. Era un hombre con una excepcional mentalidad empresarial.

Joss sonrió.

—Te lo preguntaré de otro modo: ¿has decidido quién será tu nuevo socio? ¿O solo acabas de tomar la decisión?

—Sí y no. Conocí a Jensen hace unos años, cuando Carson todavía estaba vivo. Carson y yo ya habíamos hablado de proponerle ser el tercer socio cuando decidiéramos ampliar el negocio. Y planeábamos hacerlo el próximo año. Pero eso fue antes de que Carson falleciera inesperadamente.

—¿Jensen, dices? ¿Lo conozco? —preguntó Joss con cara de absoluta concentración.

Era obvio que estaba intentando ubicar ese nombre. Dash tuvo que contenerse para no reír. ¡Como si se fijara en otros hombres cuando Carson estaba con ella! Eso había sido uno de los puntos que más había envidiado de Carson: la absoluta devoción y fidelidad que Joss le demostraba a su esposo.

Cuando estaban juntos, Joss no tenía ojos para nadie más. Su amor por Carson se evidenciaba en la calidez de su mirada. Más de un hombre había mirado a Carson con envidia, y lo más curioso era que Joss no era consciente de su encanto. No tenía ni idea de que, cuando asistía a algún evento social relacionado con la empresa de su marido, los asistentes no apartaban los ojos de ella; la miraban con concupiscencia y sentían unos celos ciegos hacia Carson por la inmensa suerte que tenía.

—Es probable que estuviera en alguno de los congresos a los que asististe con Carson, pero no creo que os presentaran formalmente. Él sabe quién eres, pero dudo que le conozcas. No es una persona que se haga notar; es comedido, no le gusta llamar la atención. Suele quedarse en un rincón, desde donde se dedica a observar, una característica que lo convierte en una sólida opción para el negocio. Tiene buen ojo con la gente; es extraordinariamente astuto.

—¿Cuándo se lo dirás a Kylie?

Dash irguió la espalda.

—Pronto. Hoy he hablado con él para ultimar detalles. También le he pedido unos días antes de hacer pública la noticia y empezar a trabajar juntos. Quería decírselo a Kylie —y a ti— en persona. No quería soltárselo en el trabajo.

—Temes que no se lo tome bien, ¿verdad? —murmuró Joss.

Dash sacudió la cabeza.

—No creo que se lo tome tan bien como tú.

Joss suspiró.

—Kylie es muy leal. También es, tal como he dicho antes, una persona de extremos, no de un término medio. Ella y Carson estaban muy unidos. Durante mucho tiempo Carson fue todo lo que tenía, mientras vivían en el infierno de maltratos de su padre. Y sí, creo que tienes razón: de entrada no se lo tomará bien. Cuando haya tenido tiempo para recapacitar y asimilarlo, se avendrá a razones.

—Espero que tengas razón —suspiró Dash—. Porque el trato está cerrado. No puedo echarme atrás. Y es lo mejor para la compañía. Con el tiempo, Kylie se dará cuenta de que he obrado correctamente.

Esta vez fue Joss quien le tomó la mano y se la estrechó con cariño.

—Seguro que sí. Kylie es una mujer extremadamente inteligente, y Carson decía que era una excelente secretaria. Solía decir que ella os mantenía a los dos organizados y «bien engrasados».

Dash se echó a reír.

—Sí, así es. Espero que tengas razón. No me gustaría perderla por esta cuestión. Para Carson era importante que no os faltara nada, ni a ti ni a ella. Seguro que no le gustaría que Kylie trabajara en otra empresa.

—Entonces no permitas que tome ninguna decisión precipitada, de forma impulsiva —le aconsejó Joss—. Si reacciona airadamente y te presenta su dimisión, no se la aceptes; dale tiempo para que recapacite. Estoy segura de que se avendrá a razones.

Dash asintió.

—No te preocupes; no siento el menor deseo de contratar ni de tener que instruir a una nueva secretaria.

—Ya sabes, si necesitas ayuda, solo tienes que pedírmelo. No sé mucho acerca del negocio, pero aprendo rápido.

Dash la besó de nuevo en la frente, pero en esta ocasión desplazó los labios hasta la sien e inhaló su aroma dulzón.

—Lo sé, cariño, pero no me gusta la idea de que trabajes. Prefiero tenerte conmigo todo el tiempo; ya sé que soy un maldito cabrón egoísta sin remedio. No deseo compartirte con nadie, y menos con mi trabajo.

Ella sonrió y suspiró. Su expresión adoptó un aire de inquietud cuando Dash orientó de nuevo la conversación hacia ellos dos.

—¿De verdad crees que es una buena idea que vivamos

juntos? ¿No te parece que es demasiado prematuro? No me gustaría echarlo todo a perder antes de que lo nuestro funcione.

—Deja que sea yo quien se preocupe por esa cuestión —apostilló él con ternura—. Quiero que estés aquí, en mi territorio, en mi vida, en mi cama. Con determinados aspectos no pienso ejercer ninguna presión, y te aseguro que tendré una paciencia infinita. ¿Pero en otras cuestiones? ¿Como por ejemplo que te instales aquí y que estés conmigo todo el tiempo? Sí, ahí sí que te presionaré, porque es lo que deseo, y nunca desisto cuando deseo algo. No me gusta perder, Joss, y puedes estar segura de que no pienso perderte.

Once

Joss terminó de empaquetar y echó un vistazo a las tres maletas con una sonrisita traviesa. Daba la impresión de que se iba de viaje, y, de hecho, así era. Dash quería que estuviera con él, todo el tiempo. Todavía no estaba segura de cómo encajar aquella petición.

Había disfrutado de cada instante de su matrimonio con Carson. No le gustaba estar sola, y en los meses posteriores a su muerte no había querido quedarse sola ni un momento. ¡Ay! Cuando miraba hacia atrás, a la persona que había sido, a la persona en la que se había convertido, le entraban ganas de que se la tragara la tierra.

Un simple viaje a la frutería bastaba para que rompiera a llorar. Suerte que Dash iba a buscarla y la acompañaba a hacer las compras de modo que, por lo menos, no tuviera la despensa vacía. Nunca salía a comer; durante el primer año después del funeral de Carson, no pisó ni un solo restaurante.

Solo después empezó a aventurarse a salir. Presionada por Chessy y Kylie, quedaba algún día con ellas para almorzar. ¿Pero cenar fuera de casa? No lo había hecho desde que Carson había fallecido. Le habría resultado excesivamente doloroso. No le apetecía hacer vida social, verse atrapada en conversaciones triviales cuando solo podía pensar en la forma en que ella y Carson reían y se habían amado.

A Carson le encantaba salir a cenar. Era amante de la buena mesa, y por eso la había llevado a algunos de los mejores restaurantes del país —y de Europa—. Gracias a él Joss había desarrollado el gusto por el buen vino. Al principio no sabía diferenciar entre tinto y blanco, ni mucho menos reconocer los matices de las diferentes etiquetas y denominaciones de origen. Su bodega estaba repleta de botellas, ni una sola abierta, excepto el vino favorito de Carson. Joss se aseguraba de tener una siempre a mano. En el aniversario de su muerte, había abierto aquella botella y había brindado por su recuerdo. Había saboreado cada sorbo, deseando con toda su alma que él estuviera allí para compartir con ella aquel momento.

Suspiró. ¡Se acabó! No podía seguir así. Había decidido dejarse llevar y pasar página. Quizá era un error; quizá estaba tomando la peor decisión de su vida, pero siempre se había regido por los sentimientos. Tal y como Carson y Dash le habían dicho en más de una ocasión, bastaba con mirarla a los ojos para conocer exactamente su estado de ánimo.

Carecía del artificio o de la energía para proyectar una imagen falsa. Ni tan solo sabía cómo enmascarar sus emociones; por eso Carson siempre sabía si estaba preocupada o si se sentía infeliz. Y él era capaz de remover cielo y tierra con tal de enmendar cualquier posible equívoco.

Joss sabía que Dash era igual: bondadoso, tierno y comprensivo. Sería paciente con ella, y no le echaría las culpas de ningún error que cometiera. Pero Joss no quería cometer errores; deseaba iniciar una relación sentimental equilibrada, y no como una mujer débil que necesitaba que él la corrigiera.

Solo ella podría corregirse, encauzar su corazón destrozado, y eso solo podía conseguirlo ella, nadie más. Quizá solo fuera el primer paso hacia su intención de recuperar la independencia, lo cual sonaba absurdo teniendo en cuenta que lo que ansiaba era precisamente un hombre dominante, que no deseaba tener que tomar decisiones o verse obligada a adoptar elecciones difíciles.

No deseaba pensar. Solo quería… existir, eso era todo. Ser feliz, sentirse nuevamente llena o, por lo menos, tan plena como fuera posible, aun cuando le faltara su media naranja.

Quizá Dash podría proporcionarle lo que deseaba. Quizá le aportaría ese trocito que le faltaba a su alma, y quizá ella cometería un craso error. ¿Cómo lo sabría si no lo intentaba?

Tomó aire profundamente. Asió las maletas y las llevó al comedor, luego echó un vistazo al reloj de pulsera. Dash le había dicho que le daría dos horas antes de pasar a buscarla. También habían decidido que ella cogería su coche y lo aparcaría en casa de Dash, por si tenía que ir a algún sitio mientras él no estaba. Pero Dash le había dejado claro que, por lo general, estaría con él. Dash se encargaría de ella, de todas sus necesidades, y no planeaba que pasaran demasiado tiempo separados.

Joss no estaba segura de qué sentimientos le suscitaba esa prematura unión, pero la parte de su corazón que acusaba tanto la soledad se hinchó de alivio al pensar que ya no volvería a estar sola. ¿En cuanto al resto? Bien, iría abordando las cuestiones a medida que emergieran, día a día. De nada serviría obsesionarse por el futuro cuando, en realidad, lo que necesitaba era vivir el presente. Porque si algo había aprendido era que el futuro no estaba garantizado; el futuro era fruto de los actos en el presente.

Todavía faltaban quince minutos para que llegara Dash, tiempo más que suficiente para llamar a Chessy y a Kylie y anunciarles su decisión. Pero tendría que repetir la misma conversación dos veces, y no le apetecía. Tendría que soportar la misma serie de preguntas, incredulidad, sorpresa y dudas.

Resultaría más fácil enviarles un mensaje a las dos a la vez por correo electrónico en el que les explicara sus planes.

Satisfecha con la decisión, enfiló hacia el ordenador portátil que descansaba sobre la mesita rinconera y se sentó en el sofá. Acto seguido, lo encendió y entró en su cuenta de correo electrónico.

Después de considerar la mejor manera de exponer el notición a sus amigas, al final decidió lanzarse a la piscina y anunciarlo directamente, sin entrar en detalles; solo una explicación básica y cómo podían contactar con ella si la necesitaban. Estaba segura de que su móvil empezaría a sonar tan pronto como Chessy y Kylie recibieran el mensaje, por lo que les pidió por escrito que no lo hicieran.

Les dijo que necesitaba unos días para empezar a adaptarse a Dash; les prometió ponerlas al corriente y también quedar un día para almorzar a finales de aquella misma semana. Con todo, no le hacía ilusión aquel almuerzo con sus amigas porque sabía que sería un verdadero interrogatorio.

Hizo clic en «Enviar» justo en el momento en que sonaba el timbre de la puerta. Se le aceleró el pulso mientras se levantaba del sofá. Antes de dirigirse hacia la puerta, se secó el ligero sudor de las manos en los pantalones vaqueros desgastados.

Había llegado el momento. Dash estaba allí para recogerla.

Echó un último vistazo a su alrededor, la casa que había compartido con Carson, y el corazón se le achicó de tristeza. Quizá debería haberse mudado justo después de su muerte; seguro que mantener la casa tal y como estaba mientras Carson vivía no era una práctica muy saludable. Las fotos de ellos dos juntos y algunos retratos de él decoraban el comedor y otras estancias de la casa.

Joss y Carson felices, sonrientes, enamorados.

Por lo menos se había decidido a enfrentarse al armario de Carson para retirar la ropa. ¿Pero y el resto de sus enseres personales? Sus trofeos, placas, cuadros… Todavía seguían allí, colgados en las paredes o en las estanterías. No era de extrañar que Dash no quisiera ir a vivir allí. Resultaba duro competir con un hombre muerto, y con todos aquellos recuerdos de él expuestos por doquier, ¿cómo podía esperar Dash que Joss se centrara en él?

Abrió la puerta al tiempo que se prometía en silencio que haría algo al respecto, que se esforzaría por entregarse a Dash al cien por cien, sin reservas, sin mantener nada para sí misma, y que en ningún momento pensaba entrar en el juego de comparar a Dash y a Carson en lo que concernía al sexo. No sería justo para ninguno de los dos, ni tampoco para ella.

Dash estaba allí, de pie, con las gafas de sol, pero cuando ella alzó la vista para mirarlo, él se las quitó y se las colocó sobre la cabeza. Aquella mirada, con la intensa carga casi amenazadora, mezclada con un marcado triunfo, le provocó a Joss un escalofrío.

—¿Estás lista? —le preguntó en un tono gutural.

Ella sonrió, decidida a no mostrar renuencia alguna. Sí, estaba lista. No pensaba montar un numerito de vacilación ni darle a Dash motivos para que cuestionara su pacto.

—Tengo varias maletas. No estaba segura de qué llevarme, así que he cogido un poco de todo. En una de las maletas he guardado complementos femeninos y productos de belleza. Estoy segura de que no tendrás nada de eso en tu casa.

Él le devolvió la sonrisa.

—No te preocupes, cariño. Ahora que eres mía, es mi obligación y un honor que no te falte de nada. Así que si más tarde ves que necesitas algo, dímelo y te lo compraré.

Joss arrugó la nariz, visiblemente incómoda.

—Pero yo no quiero que me compres nada. Puedo hacerme cargo de mis gastos.

Dash achicó los ojos como un par de rendijas. Ella tuvo la repentina impresión de que había elegido la dirección equivocada y que aquella relación no empezaba con buen pie.

—Eres mía —espetó él—, y yo me encargo de sufragar todos los gastos, «mis» gastos. Me has entregado tu confianza y tu sumisión. Mi deber como amo tuyo es procurar que no te falte nada de lo que necesites y desees, así que vete acostumbrando, Joss. Mi intención es malcriarte de una forma ignominiosa. No estaré contento si me cuestionas cada regalo que te haga.

—¡Ah! —resopló ella, visiblemente tensa.

No lo había analizado de ese modo. Todavía le quedaba mucho por aprender sobre esa clase de relación.

De momento, parecía que salía ganando mucho más que él. ¿Mimada? ¿Consentida? ¿Cuidada? ¿Qué obtenía Dash a cambio? Había dicho que con su entrega absoluta le bastaba, que con su confianza y su sumisión se sentía plenamente recompensado; pero seguro que tenía que haber algo más para él.

—Bueno, ahora que hemos aclarado esa cuestión, dime, ¿dónde está tu equipaje para que pueda llevarlo al coche?

Ella empezó a decirle que le ayudaría con las maletas, pero Dash se anticipó y la silenció con una fulminante mirada de reprobación. Joss alzó el brazo y señaló hacia el comedor, donde estaban las maletas.

Dash tuvo que hacer dos viajes para llevar todo el equipaje al maletero del coche, luego le abrió la puerta para que Joss se acomodara en el asiento del pasajero y después se subió él. Antes de poner el vehículo en marcha, se inclinó hacia ella y la besó duramente, con hambre; no con la reservada ternura que le había demostrado antes, lo cual la sorprendió.

Devoró su boca hasta que Joss notó los labios hinchados, entumecidos. Cuando se apartó, Dash tenía los párpados caídos por el peso del deseo, y sus ojos llameaban con la intensidad del fuego.

—De verdad, espero que sepas dónde te metes —murmuró él al tiempo que arrancaba el motor—. Dijiste que no querías esperar, así que nuestra historia empieza ahora, Joss, en este preciso instante. Tan pronto como entremos en mi casa, serás mía, y podré hacer contigo lo que me plazca.

Las palabras, cálidas y estimulantes, la envolvieron como un manto. Joss notaba el pulso acelerado y la boca reseca. Ni lamiéndose los labios notaba alivio a la repentina sequedad.

—Estoy lista —respondió despacio—. Sé dónde me meto, o por lo menos, tengo una buena idea. Y lo deseo, Dash. Te… deseo.

Él la miraba con expresión felina, y Joss empezó a temblar de excitación de manera incontrolable, sobre todo por las expectativas. Estaba a punto de adentrarse en un territorio desconocido y posiblemente fascinante. O quizá no. Pero jamás lo sabría si no se atrevía a dar el paso.

Al llegar a la casa de Dash, Joss abrió la puerta e hizo amago de querer salir del coche, pero él le agarró la mano y tiró de ella para que se quedara sentada.

Sin una palabra, Dash se apeó y recorrió el espacio hasta la puerta del pasajero, le ofreció la mano y ella aceptó. Dash entrelazó aquellos dedos con los suyos.

Joss se iba a vivir a casa de Dash Corbin; iba a acostarse con Dash Corbin. ¡Cielos! ¡Dash iba a ser su dueño! Su reacción no se hizo esperar: empezó a temblar tan pronto como pisó el suelo.

Hasta ese momento, todo le había parecido tan irreal… en cambio, estaba allí, a punto de embarcarse en una aventura sexual, y estaba muerta de miedo. ¿Por qué iba Dash a querer estar con ella? Él tenía sobrada experiencia en esa clase de prácticas; probablemente albergaba ciertas expectativas, unas expectativas a las que Joss no estaría a la altura, seguro.

—Estás temblando como un flan.

Ella alzó la vista con un sentimiento de culpa. No quería que él se diera cuenta de su estado alterado, pero tal como Dash había dicho, temblaba de los pies a la cabeza. ¿Cómo no iba a darse cuenta? Joss tenía los dedos entrelazados con los suyos, y notaba la palma de la mano fría y pegajosa, a pesar de la cálida temperatura diurna.

Dash le estrechó la mano con ternura y le ofreció una sonrisa reconfortante.

—Todo saldrá bien. Sé que estás nerviosa, pero no hay motivos para ello.

—Es que tú tienes mucha experiencia en esas prácticas y yo no —balbució Joss—. ¿Qué puedo ofrecerte? Estoy segura de que una novata no es lo que precisamente buscas para satisfacer tus necesidades.

Él se detuvo frente a la puerta de su casa y volvió a fulminarla con una mirada acerada.

—Lo que tú puedes ofrecerme es algo que nadie más podría soñar con darme: tú, Joss, te estás entregando a mí, y eso es todo lo que deseo y necesito. Lo juro. No tienes ni idea de cómo he soñado con este momento; nuestro momento, los dos juntos, sí, quiero acostarme contigo, pero quiero mucho más que eso. Quizá todavía no lo creas, pero lo harás, te lo aseguro.

Su voz calmada la reconfortó. Joss le apretó la mano y luego sonrió.

—Nadie mejor que tú para levantarme la moral. Hace tanto tiempo que no me sentía atractiva, ni deseable… De hecho, ni yo misma sentía el mínimo deseo sexual.

—¿Y ahora? —se interesó él—. ¿Sientes deseo? ¿Me deseas?

—Sí —suspiró Joss—, lo cual me desconcierta, ya que

nunca habría imaginado que me sentiría atraída por ti. Jamás pensé que te desearía tanto, pero es la verdad.

—¡Joder! ¡Me alegro! —murmuró él—. Me encanta saber que no soy el único que sufre en este caso.

Joss sonrió con ojos traviesos.

—Entonces, ¿qué tal si hacemos algo para paliar ese sufrimiento?

Dash parecía sorprendido, tanto que al instante Joss se arrepintió de su atrevimiento. El bochorno le tiñó el cuello y las mejillas.

Entonces él resopló despacio al tiempo que se inclinaba hacia su boca.

—Me parece una idea genial. Entremos. Ya me encargaré de tus maletas más tarde. Quiero que te acomodes, que te instales en mi casa, que la consideres «tu» casa.

La invitó a entrar, y al atravesar el umbral Joss notó la agradable sensación de frescor en el ambiente y se le pasó el sofoco.

Había estado en casa de Dash un montón de veces, pero nunca se había atrevido a explorar más allá del comedor, la cocina o el cuarto de baño para los invitados. Atravesaron el comedor y él la guio hasta su cuarto, situado en el piso superior.

Joss sintió un escalofrío en la espalda mientras examinaba la habitación con ojo crítico. La cama era enorme, con una pila de cojines y con dosel. Joss no había imaginado que Dash tuviera esa clase de gusto. Parecía un mobiliario femenino, con los complementos que una mujer tendría en su cuarto.

—¿En qué estás pensando? —la interrogó Dash.

Ella lo miró a la cara y sonrió.

—Pensamientos absurdos. Estaba mirando tu cama y pensaba que no encaja con tu personalidad. Jamás habría imaginado que durmieras en una cama con dosel.

Los ojos de Dash destellaron divertidos, y las comisuras de sus labios se curvaron hacia arriba.

—Necesito un punto de apoyo donde atar a mi mujer. Es normal que disponga de los accesorios adecuados para tales prácticas.

Joss se ruborizó de nuevo. Seguramente estaba tan colorada como un tomate. Entonces pensó que no debía de ser la única mujer que había pasado por aquella cama. No debería importarle, pero no podía remediarlo. Dash no le debía ninguna explicación acerca de su vida sexual en el pasado. A fin de cuentas, ella estaba casada. De ningún modo podía esperar que él permaneciera célibe cuando ni tan solo creía que llegara a tener una oportunidad con ella.

—¿Se puede saber qué diantre estás pensando? —insistió él.

—Más pensamientos absurdos; chorradas —murmuró ella.

—¿Qué clase de chorradas?

Dash no pensaba zanjar el tema, y, lamentablemente, a Joss no se le daba bien disimular ni mentir. Suspiró incómoda.

—Estaba pensando en las otras mujeres que han pasado por tu cama, por esta cama —confesó con tristeza—. Ya sé que es ridículo, pero me incomoda.

Dash la agarró por los hombros para obligarla a mirarlo a los ojos.

—No ha habido ninguna otra mujer, Joss. No en esta cama. No diré que no haya estado con otras mujeres, pero ninguna ha entrado en mi casa. No podría haberlo hecho. Quizá alguna vez había estado tentado de invitar a alguna antes de que Carson muriera, ¿pero después? ¡Si ni siquiera era capaz de establecer una relación esporádica! Solo pensaba en ti.

—No sé qué decir —susurró ella—. No debería ser tan importante para mí, pero lo es. Para mí significa mucho que no haya habido ninguna otra mujer en tu vida últimamente.

Él se inclinó para besarla en la frente.

—Para mí significa mucho que no haya habido ningún otro hombre en tu vida desde Carson. Tenía miedo de que, al esperar tanto para declararte mis intenciones, te perdiera por otro hombre.

Joss adoptó un porte burlón.

—¿Cómo sabes que no ha habido ningún otro hombre?

Dash se echó a reír.

—Lo sabría. Quizá no nos veíamos todos los días, pero estaba al corriente de todo lo que hacías. Te observaba, expectante.

Ella esbozó una mueca de enojo pero sonrió, conmovida por el hecho de saber que él siempre había estado a su lado, esperándola.

Dash se acercó más, y Joss retrocedió hasta que chocó contra el dosel. Entonces la invitó a acomodarse en la punta de la cama. Cuando estuvo sentada, se arrodilló delante de ella y le estrechó las manos con ternura.

Era cierto que no sabía nada acerca del mundo de la dominación, ¿pero no tendría que ser al revés? ¿No debería estar ella en posición de sumisión?

—¿Qué haces, Dash? —le preguntó desconcertada—. ¿No debería ser yo quien estuviera arrodillada ante ti?

Él sonrió y le estrechó las manos.

—Estoy literalmente a tus pies, cariño. He de admitir que normalmente no me arrodillo ante nadie, pero contigo las normas cambian. Quería situarme en una posición más equitativa para poder hablar cómodamente sobre nuestra relación. Quería postrarme para subrayar algo que considero muy importante.

—¿A qué te refieres? —preguntó ella con curiosidad.

—Que por más que me cedas tu poder, la verdad es que eres tú la que ostenta todo el poder en esta relación que ahora iniciamos. Ya sé que te sonará contradictorio, pero es la verdad. Tienes todas las cartas en tus manos; eres tú quien dirige la partida, porque tú decides si quieres darme tu sumisión. Hay que ser una mujer muy fuerte y con mucha confianza en sí misma para entregar el control a su pareja. Y la cuestión es que sí, que deseas someterte a mí, pero mi deseo por complacerte va más allá que mi deseo por dominarte y controlarte. ¿Me entiendes?

Ella asintió.

—Supongo que sí, lo que pasa es que nunca lo había interpretado desde esa perspectiva.

—Pues quiero que a partir de ahora lo interpretes así —le ordenó él—, y que escuches todo lo que te digo. Voy a estipular las normas, aunque deteste esa palabra. No, no habrá normas en nuestra relación, cariño, por lo menos, no en el sentido estricto de tener que seguir una guía a rajatabla. Lo que deseo es que lo pasemos bien. Quiero darte placer y quiero que tú me des placer. Es un pacto beneficioso para los dos. Espero que ambos hallemos la felicidad.

—Me parece justo.

—Prefiero hablar de expectativas en vez de normas, de «mis» expectativas. Prefiero que las consideres como simples peticiones, unas peticiones que tú decidirás si aceptas o no. Pero quiero que tengas una clara visión de nuestra relación, porque quiero que tengas la oportunidad de echarte atrás. No se trata solo de lo que yo deseo; espero que tú también desees lo mismo, y la única forma de averiguarlo será establecer mis expectativas y partir desde ese punto.

—De acuerdo. Estoy lista. No me mantengas más en vilo. Me muero de ganas de saber qué es lo que se supone que he de hacer. Tengo tanto miedo de cometer un error, o de decepcionarte, no solo a ti sino también a mí misma.

La sonrisa de Dash era exquisitamente tierna; le transmitía calidez en todo el cuerpo, después de haber sentido un frío tan profundo durante tanto tiempo.

—No me decepcionarás. No creo que eso sea posible. La única forma de decepcionarme es si abandonaras sin antes darnos una oportunidad. No digo que al principio todo vaya a ser un camino de rosas. Los dos deberemos adaptarnos mutuamente, llegar a acuerdos, pero creo que juntos superaremos cualquier adversidad que se cruce en nuestro camino.

—Dices unas cosas tan maravillosas… —comentó ella en un tono apenado—. No sé cómo eres capaz de leer mis sentimientos más profundos, cómo es posible que me conozcas tan bien, cuando yo apenas sé nada de ti.

Dash le acarició la mejilla y luego enredó los dedos entre sus mechones sueltos.

—Norma número uno, y que conste que no siguen ningún orden específico, así que ten un poco de paciencia mientras te las voy exponiendo, ¿de acuerdo? Sé que tendrás preguntas, pero intenta contenerte hasta el final, cuando haya acabado con la enumeración. Luego, cuando haya especificado los aspectos básicos, podrás hacerme tantas preguntas como desees, plantearme cualquier aspecto que no te haya quedado claro. Te contestaré con la mayor franqueza posible, aunque no esté seguro de si la verdad te asustará o te intimidará.

—Adelante —dijo ella simplemente—. Te escucho, Dash. No te interrumpiré ni cuestionaré nada hasta que hayas acabado, por más que me cueste contenerme —matizó con una risita traviesa.

—De acuerdo. Lo primero es que, cuando estés conmigo en casa y estemos solos, quiero que vayas desnuda a menos que te ordene lo contrario. Empezaremos ahora mismo, bueno, cuando acabemos de repasar mis expectativas.

Joss abrió los ojos como un par de naranjas, pero mantuvo la promesa y se mordió el labio inferior para evitar protestar de inmediato.

—Segundo, cuando te diga que hagas algo, espero que lo hagas al momento, es decir, que me muestres una obediencia incondicional. Quizá no entiendas lo que te pido que hagas, pero espero que confíes en mí o que, por lo menos, lo intentes.

Ella asintió. Eso no parecía tan terrible, aunque no tenía ni idea de qué era lo que él le pediría. En cierto modo, suponía de qué se trataría, y eso la excitaba y a la vez la asustaba. Odiaba no saber exactamente dónde se estaba metiendo o a qué estaba accediendo.

—No espero que te arrodilles en mi presencia a menos que te lo pida. Únicamente esperaré que te arrodilles sin que tenga que ordenártelo cuando te convoque. Entonces te arrodillarás, con las manos reposando sobre los muslos y las palmas extendidas hacia arriba. Esta es la posición normal de sumisión. Con los muslos abiertos para que no quede ninguna parte de ti inaccesible a mí ni a mi vista. La única otra ocasión que espero verte arrodillada sin tener que pedírtelo es cuando regrese de trabajar o de cualquier viaje. Entonces esperaré encontrarte en el salón, de rodillas, esperándome. Quiero que seas lo primero que vea al atravesar la puerta. Quiero una razón para querer volver a casa, y si tú estás aquí, esperándome, créeme, cariño, ese será mi mayor deseo. Te deseo, esperándome, mi recompensa después de un largo día.

Joss tenía la impresión de que aquello era importante para Dash, que era algo que él anhelaba y le provocaba un profundo placer. Y si ese era el caso, deseaba hacerlo por él. Deseaba complacerlo y colmarlo de felicidad. No quería decepcionarlo, nunca. Era demasiado orgullosa. No, quizá no tenía la experiencia de otras mujeres con las que él había estado, pero eso no iba a ser motivo para no intentar esforzarse por ser la sumisa más deseable con la que él hubiera mantenido una relación.

Para Joss no existían las medidas parciales. Desde el momento en que había decidido embarcarse en aquel nuevo estilo de vida y explorar su sexualidad y sus necesidades, sabía que se lanzaría de lleno, sin retenciones ni reservas; se entregaría por completo, y esperaría que el hombre con quien estaba supiera apreciar el regalo que ella le ofrecía. Y nada en las palabras de Dash le había suscitado motivos para dudar de que él no apreciaría ni protegería su regalo de sumisión.

—Cuando te dé una orden, espero obediencia inmediata, sin vacilar, sin preguntas. Quiero que confíes en mí para llevarte hasta un lugar en el que te sentirás segura y gozarás plenamente. Nunca te pediré que hagas nada que crea que te pueda provocar rechazo. Eso no significa que no te empuje hasta el límite de tu cómodo entorno. Pero tal y como he mencionado antes, cuanto más nos adentremos en este mundo, más rápido conoceré tus límites, y te prometo que nunca los rebasaré deliberadamente a menos que sea algo que previamente hayamos pactado que hemos decidido probar.

Joss asintió de nuevo, porque al igual que el resto de las expectativas que Dash le había planteado hasta ese momento, no le parecía irrazonable.

—Hablemos ahora sobre dolor y castigos. El dolor puede ser muy erótico si se administra de forma correcta, tanto para el hombre como para la mujer. Muchas mujeres disfrutan cuando un hombre ejerce su dominación con látigos, correas o con cualquier otro juguete erótico para azotar, o con otros métodos que te iré presentando a su debido tiempo.

»Pero no quiero que interpretes un castigo como tal; prefiero que los veas como una recompensa. Ya sé que suena estúpido, pero después de haber experimentado diversos niveles de dolor, azotes y otras prácticas similares, creo que comprenderás lo que intento decirte.

»Llegaré al límite, a tus límites, sin cruzar la línea. Prestaré atención y con el tiempo conoceré tu cuerpo como si fuera el mío. Como tu amo que soy, mi obligación es saber exactamente qué es lo que deseas y necesitas, a veces incluso mejor que tú misma.

—Es lo que quiero —admitió Joss sosegadamente—. Quiero un hombre que asuma el control, un hombre que no pregunte, que no me obligue a tomar decisiones. No quiero tener que encargarme de ninguna decisión. Eso me excita. No puedo expresar con palabras la imperiosa necesidad que siento. Y lo deseo de ti, Dash. Estoy preparada para llegar muy lejos contigo, porque confío en ti y sé que nunca me harías daño a propósito.

—Aprecio tu confianza; me halaga. No sabes hasta qué punto valoro este regalo que me ofreces —respondió él con ternura.

—¿Queda algo, o ya hemos abordado todos los puntos?

Dash sonrió.

—Mi pequeña sumisa impaciente. Me encanta tu entusiasmo, tu disposición a depositar tanta fe en mí para saber lo que te gusta. Sí, hay más puntos, pero no deseo sobrecargarte el primer día, recién instalada en casa.

»Dormirás en mi cama todas las noches. Habrá días que te ataré a la cama para que te sientas indefensa y dependas de mí para cualquier cosa. Te haré el amor mientras estás despatarrada y amarrada a la base de la cama, para que tu cuerpo esté a mi disposición cuando me plazca para follarte, y te follaré a menudo, Joss, cada noche, antes de ir a dormir, durante la noche, y a primera hora de la mañana, antes de que estés completamente despierta. Penetraré tu bonito cuerpo y eso será lo primero que notes cada mañana. Seré lo último que sientas antes de quedarte dormida. De ese modo te acostarás sabiendo que eres mía, que me perteneces, en cuerpo y alma. Jamás te daré motivos de duda, porque no pasará ni un solo día sin que te dé pruebas de ello.

—De momento no he oído ningún aspecto negativo —comentó ella con una sonrisa burlona—. La verdad es que todo parece demasiado bueno para ser verdad.

Dash adoptó una expresión más seria.

—No todo será tan perfecto. Has de saberlo; has de estar preparada para aceptar que quizá no te guste todo lo que te proponga. Lo último que desearía sería asustarte o generarte un sentimiento de repulsa, obligarte a hacer algo con lo que no te sientas cómoda. Por eso es tan importante la comunicación. Quiero que seas absolutamente franca conmigo, aunque creas que se trate de algo que yo no quiera oír ni saber. Quiero que me prometas que me darás siempre tu opinión. Quiero saber qué es lo que sientes, qué te suscita lo que hacemos; no quiero que sacrifiques tu placer y goce porque temas decepcionarme. Créeme cuando digo que si no soy capaz de darte el máximo placer, entonces no quiero seguir adelante con esta relación.

»Quizá parezca que solo se trata de mí, y para algunos dominantes quizá sea así. No están interesados en el placer de su sumisa, ni en sus deseos, ni tan solo en su felicidad. Sin embargo, no soy tan egoísta. ¡Joder, solo espero no llegar a ser nunca tan egocéntrico! Me satisface complacerte, es todo lo que deseo, es lo que exijo, así que, sí, aunque también se trate de mi placer y de que tú me des placer, quiero que sepas que mi mayor deseo es hacerte feliz. Te necesito, Joss, te necesito.

Ella enredó los brazos alrededor de su cuello y lo estrechó con fuerza al tiempo que hundía la cara en su cuello.

—Creo que eres perfecto. Tan perfecto que me pregunto si no serás demasiado bueno para ser verdad. No solo la situación, sino tú.

—Lo mismo opino de ti —replicó Dash con una sonrisa—. Parece que digamos las mismas cosas, pero quizá de una forma diferente. Pero los dos deseamos lo mismo. Tú deseas ser feliz y deseas que yo sea feliz en nuestra relación, y yo deseo que seas feliz, eso ante todo, porque, de verdad, cariño, sí tú eres feliz yo lo seré el doble.

Joss resopló despacio.

—Es lo que deseo, Dash. Estoy lista para sumergirme y

explorar. Sinceramente, no sé si podré soportar muchos días más sin que tú te decidas a empezar, sin saber cuándo comienza todo. Estoy lista «ahora».

—Entonces, lo que quiero que hagas mientras saco tus maletas del coche es que te desnudes. Tómate todo el tiempo que necesites en el cuarto de baño; haz lo que sea necesario para sentirte cómoda. Deseo verte desnuda el resto del día; deseo prepararte una cena especial y darte de comer con mi mano, y deseo disfrutar viendo tu cuerpo espectacular mientras lo hago. Y luego, cuando hayamos acabado de comer, nos acostaremos y veré si eres tan dulce e increíblemente sexy como en mis sueños. Ha llegado la hora de que mis sueños se hagan realidad. Los míos y los tuyos.

Doce

*J*oss se examinó en el espejo y se asustó del miedo latente en sus ojos. Tenía las pupilas totalmente dilatadas, y era obvio que estaba muy tensa.

Desnuda. Él le ordenaba que fuera desnuda. ¡Ay, madre! ¡Pero estaría totalmente cohibida! Dash esperaba que se paseara por la casa sin ropa, que cenara con él desnuda, sin barreras, sin escudo, sin medidas protectoras.

Era el colmo de la vulnerabilidad y, sin embargo, también era una muestra de su afán por hacer todo lo que él le pedía —o más bien le ordenaba—, por más que Dash se lo exigiera de la forma más tierna.

Tomó aire profundamente y se cepilló el pelo, debatiéndose entre si dejárselo suelto o recogérselo. Si se lo dejaba suelto, al menos le ofrecería una pequeña medida de protección. Dejó el cepillo y se lo acabó de acicalar con las manos para que le cayera en cascada por encima de los hombros y le cubriera los pechos.

Los pezones asomaban entre los mechones, y se preguntó si no era una visión más erótica que si se recogía el pelo y dejaba los pechos totalmente a la vista.

Solo había una forma de averiguarlo: abandonar el refugio del cuarto de baño, dejar de esconderse como una cobarde y calibrar la reacción de Dash ante su desnudez.

Él había sido franco sobre cómo la deseaba. Joss había visto la evidencia en la excitación de sus ojos, en su forma de hablar. Pero aún no la había visto desnuda, ni la había tocado de una forma más íntima que con aquellas leves caricias en la cara y en los brazos.

A partir de ese momento, Dash tendría pleno acceso a

cualquier parte de su cuerpo, a sus pechos, a su coño… Joss arrugó la nariz ante aquella palabra malsonante, pero en realidad había términos más vulgares para la anatomía femenina que «coño». Palabras que odiaba, como «chocho». Solo esperaba que Dash no la usara nunca.

Le parecía absurdo mostrarse tan mojigata sobre su cuerpo o sobre cómo referirse a determinadas partes de él, pero no podía controlar su animadversión respecto a las palabras malsonantes. Le traían a la mente imágenes desagradables. El sexo reducido a un rápido revolcón, sin intimidad ni ternura. Joss quería esas atenciones, las deseaba.

A pesar de que estaba dispuesta a entregarse en cuerpo y alma a otro hombre, de que quería someterse y que soñaba con un hombre que la dominara, también quería ser tratada con respeto, y para ella era importante que no se tratara solo de una conquista sexual, que la usaran y luego se deshicieran de ella como si no significara nada.

Quería ser importante. Deseaba sentirse otra vez tal como se había sentido mientras estaba casada con Carson. Deseaba aquella conexión con otro hombre. Quizá era una ilusa por soñar con aquella posibilidad, pero no lo sabría si no lo intentaba, y confiaba en Dash. Aunque estaba plenamente decidida a dejarse llevar, el terror se había apoderado de ella en el momento en que aquel tipo se le había acercado en The House. Por más que había intentado convencerse a sí misma de que eso era lo que deseaba, se había sentido insegura y asustada.

Ahora sabía que, aunque Dash no hubiera aparecido en aquel instante para frenar aquella locura, no habría seguido adelante con su plan. Se habría acobardado, habría huido corriendo y nunca más habría vuelto a poner los pies en aquel local.

En cierto sentido, estaba agradecida de que Dash hubiera intervenido, por más humillante que le hubiera parecido la situación en aquel momento. Él se había visto obligado a mover ficha, a actuar respecto a sus deseos tanto tiempo reprimidos. Ahora Joss era plenamente consciente de que eso era realmente lo que ella también deseaba, y estaba dispuesta a experimentar con un hombre que sabía que jamás le haría daño.

Pero existían diferentes formas de hacer daño, no solo físicamente. Lo que Joss más temía era el dolor emocional, la posibilidad de echar a perder una amistad que tanto valoraba, una amistad a la que se había aferrado desesperadamente tras la muerte de Carson.

Si perdía también a Dash, ¿qué haría?

Sacudió la cabeza, negándose a ahondar en tales pensamientos. Ya había esperado demasiado tiempo. Si no espabilaba, Dash sabría que tenía serias dudas. Él se merecía algo mejor que una mujer que estuviera reconsiderando su decisión. Ella había accedido a aquella relación, se había mantenido firme en su compromiso; no iba a echarse atrás, ni en el presente ni en el futuro.

Aunó fuerzas, abrió la puerta del cuarto de baño y pasó a la habitación. Sus maletas estaban vacías y apiladas contra la pared. Abrió los ojos con sorpresa cuando se dio cuenta de que Dash había deshecho las maletas por ella.

Avanzó hasta el armario, con curiosidad, y cuando abrió la puerta vio toda su ropa colgada. Dash había apartado sus trajes hacia la izquierda para dejarle el espacio de la derecha.

Joss vio también sus zapatos perfectamente alineados en el suelo, debajo de la ropa colgada. A continuación, desvió la vista hacia la cómoda y supo sin necesidad de mirar en los cajones que Dash había guardado allí toda su ropa interior junto con los pijamas. Se ruborizó al imaginarlo organizando sus prendas más íntimas y luego guardándolas.

Dash le había dicho que la esperaría en la cocina, pero la idea de aparecer ante él desnuda le provocó un incontenible terror. De repente, se sentía completamente vulnerable, indefensa. ¿Pero acaso no era esa la idea? Ella le estaba cediendo todo el poder. Había insistido en que no deseaba tomar decisiones, que quería que Dash las tomara por ella. De todos modos, la idea de aparecer débil y sumisa la incomodaba. ¿Pero Dash no había dicho que hacía falta ser una mujer muy fuerte para someterse a un hombre?

Se repitió el mensaje mentalmente para recuperar la confianza, y decidió recurrir a aquellas palabras cada vez que se sintiera débil.

—De acuerdo, vamos allá, Joss —murmuró para sí al

tiempo que se preparaba para abrir la puerta de la habitación—. Ya no hay vuelta atrás. Cuando atravieses el umbral, ya no podrás desdecirte.

Se detuvo un momento, batallando contra sí misma, intentando aunar el coraje necesario para dar el paso. Su mano se crispó alrededor del pomo, abrió la puerta de golpe y franqueó el umbral con una gran zancada antes de cambiar de parecer y acabar con aquella locura.

Enfiló hacia las escaleras y miró hacia abajo, en busca de cualquier señal de Dash, por si estaba cerca y la veía bajar; pero no, él le había dicho que estaría en la cocina y que le daría todo el tiempo que necesitara para prepararse.

¿Cómo narices iba a estar preparada para entrar desnuda en la cocina sabiendo que allí había un hombre esperándola, un hombre que le había expresado sus intenciones sin rodeos?

—Deja de comportarte como una cobarde —se reprendió a sí misma con dureza mientras se obligaba a bajar las escaleras.

Al llegar al piso inferior, no vaciló. Había llegado el momento de dar el paso decisivo.

Enfiló hacia la cocina, dispuesta a zafarse de aquel primer momento embarazoso. Cuanto antes lo superara, antes desaparecerían los nervios y quizá también el miedo.

Dash estaba de espaldas, ocupándose de algo que tenía en el horno, cuando Joss entró en la cocina. Entró sin hacer ruido; sin embargo, él se dio cuenta al instante y se dio la vuelta. Al verla, sus ojos destellaron satisfechos.

La repasó de arriba abajo con un brillo incandescente en la mirada, y Joss se calmó cuando detectó su aprobación.

—Eres tan hermosa como había imaginado —murmuró él en un tono ronco—, incluso más. Has aparecido en un sinfín de mis fantasías, cariño, pero la realidad supera todos los sueños.

Ella sonrió, alentada por los halagos. Quizá no resultaría tan difícil, después de todo. Sus hombros se desplomaron y notó que la terrible tensión que la había tenido en vilo empezaba a disiparse. Joss volvía a respirar con normalidad.

Dash se apartó del horno para ir hacia ella. Se quedó sorprendida cuando, en un abrir y cerrar de ojos, él deslizó la mano alrededor de su cuello y acercó la cara a la suya en busca de sus labios, con avidez.

—No sabes cuánto tiempo llevo soñando con este momento —murmuró pegado a sus labios—. Tú, desnuda, en mi casa. Aquí en mi cocina, mientras preparo una cena que pienso darte yo, con mi mano. Es más de lo que jamás habría podido anhelar, Joss. ¡Joder! Espero que lo sepas.

—Lo sé —respondió ella con una sonrisa cuando él se apartó y la contempló con el agudo brillo del deseo.

—Ve al salón y ponte cómoda —le ordenó—. Yo no tardaré.

Dash la contempló unos momentos antes de darse la vuelta y acercarse nuevamente al horno.

Tal como le había ordenado, Joss fue al salón y se hundió en el suntuoso sofá de piel. No tenía frío, pero sentía la necesidad de cubrirse con una de las mantas. Sin embargo, eso no era lo que Dash quería; no se lo había ordenado, y no pensaba iniciar aquella relación con mal pie, desacatando la primera orden.

Al cabo de unos minutos, Dash entró en el comedor con una bandeja que contenía un único plato. Era evidente que hablaba en serio, cuando decía que pensaba darle de comer, porque solo había un plato. Se detuvo junto a la mesita y depositó la bandeja antes de acomodarse en el sofá, a su lado.

Para sorpresa de Joss, él tomó uno de los cojines y lo colocó en el suelo, a sus pies. Desconcertada ante aquella acción, lo miró con curiosidad.

A modo de respuesta, él simplemente alzó la mano hacia Joss, con la mirada firme y... ¿desafiante? ¿Se trataba de una prueba? Y si lo era, ¿qué se suponía que tenía que hacer?

Cuando Dash continuó con la mano alzada, Joss deslizó su mano hasta la de Dash y entonces él entrelazó los dedos con los suyos.

—Quiero que te arrodilles en el cojín para que pueda darte de comer —dijo él en un tono ronco.

Joss se contuvo para no formular las preguntas que le abrasaban los labios. En vez de eso, simplemente asintió y se puso de pie, con la ayuda de Dash. Se arrodilló en el cojín con tanta elegancia como fue capaz y, recordando sus órdenes sobre la posición que había de adoptar cuando se arrodillara, separó los muslos y colocó las manos encima, con las palmas mirando hacia arriba.

—Muy bien —murmuró él—. Veo que lo vas entendiendo. Asegúrate de que estás cómoda y empezaremos a comer.

Le resultaba un poco incómodo estar sentada en aquella postura, con los muslos abiertos, consciente de que él podía ver sus partes más íntimas. Sin embargo, sentía el clítoris hinchado a causa de la excitación. Los pezones se le habían puesto erectos, y resollaba; la respiración entrecortada se escapaba dificultosamente a través de sus labios parcialmente abiertos.

Con el tenedor, Dash ensartó un poco de pasta junto con una gamba y sopló con suavidad antes de acercarlo a sus propios labios para confirmar la temperatura. A continuación, dirigió el tenedor hacia la boca de Joss, y con un gesto le indicó que la abriera.

Mientras mantenía el tenedor en alto para que ella comiera, con la otra mano empezó a acariciarle el pelo, enredando los dedos entre los mechones. Continuó unos minutos más con ese suave asalto a los sentidos de Joss, mientras seguía alimentándola, cada vez llevándose el tenedor a sus labios primero.

Había algo decididamente íntimo en el acto de que él le diera de comer, en el modo en que se aseguraba de que ella no se quemaría probando él la temperatura. La idea de que la comida había tocado su boca primero antes que la suya resultaba tan sensual como si la besara.

Poco a poco, Joss se fue relajando, la tensión en los músculos desapareció a medida que continuaban en silencio con aquella cena tan íntima.

¿Qué sucedería a continuación? Dash había dicho que se acostarían. Le había dado a entender que tendrían relaciones sexuales, pero la mente de Joss estaba sobrecargada con las posibilidades. ¿La ataría a la cama aquella primera noche? ¿La iniciaría en la senda de la dominación inmediatamente, tal como ella le había pedido, o iría más despacio? ¿La introduciría en aquel mundo de forma gradual?

Joss no podía decidir qué opción le parecía más seductora. Deseaba experimentar todo el peso de su dominación, pero no deseaba saturarse de entrada; quería que aquella relación funcionara.

Confianza.

Dash le había pedido confianza; le había pedido que confiara en él, que él acabaría por conocer sus límites, sus necesidades y sus deseos mejor que ella misma. Para que aquella relación funcionara, Joss tenía que hacer caso y ponerse en las manos de Dash, sin reservas, y confiar en que él no llevaría esas prácticas excesivamente lejos.

Él le acercó una copa de vino a la boca y la inclinó levemente para que Joss pudiera tomar un pequeño sorbo. Se le formó un nudo de emoción en la garganta cuando reconoció el gusto, de tal modo que le resultó imposible tragárselo. Lo saboreó en la boca durante un largo momento antes de recuperar la compostura y ser capaz de ingerirlo sin atragantarse.

Era su vino favorito. ¿Cómo lo sabía Dash? Carson lo compraba para celebrar los cumpleaños y su aniversario de bodas. Y aunque todos los años Joss bebía el vino favorito de Carson en el aniversario de su muerte, llevaba mucho tiempo sin saborear el que ella prefería. La última vez lo había bebido con Carson.

—¿Está rico? —murmuró Dash.

—Sí —respondió ella con la voz ronca—. Es mi vino favorito. Lo sabías, ¿verdad?

Él sonrió.

—Por supuesto. No hay muchas cosas que no sepa, cuando se trata de complacerte. Te dije que estaba preparado para malcriarte de una forma indecente. Esto solo es el principio.

Una gota de vino resbaló por la comisura de su boca, y cuando Joss hizo amago de alzar la mano para secársela, él la detuvo y se inclinó hacia delante.

—Deja que lo haga yo —murmuró.

En lugar de secársela con los dedos, le lamió la comisura de la boca.

Joss sintió un calor abrasador en la piel. Dash no se la lamió rápidamente, sino que pasó la lengua despacio por aquella zona sensible y luego le mordisqueó los labios antes de apartarse.

—Mmm… Delicioso —murmuró él, y ella supo que no se refería al vino.

La intimidad los arropaba, envolviéndolos en un tenso círculo de deseo y calor. No existía nada más. La estancia se desvanecía a su alrededor. Solo estaban él y ella, y la sabrosa comida que él había preparado y servido de una forma tan íntima.

Joss había imaginado un sinfín de posibilidades, al pensar en el camino que había decidido tomar, pero no estaba preparada para la realidad. ¿Habría sido igual con otro hombre? Sabía que no, que nadie excepto Dash le podría proporcionar aquella experiencia tan sublime.

—¿Tienes idea de lo bella que eres? —dijo Dash en una voz bordeando el deseo y la excitación—. ¿Tienes idea de cuánto tiempo he soñado esto? De tenerte a mis pies, comiendo de mi mano, desnuda; tan increíblemente bella que tu visión me provoca un dolor casi insoportable, en lo más profundo de mi ser.

Joss ladeó la cabeza, con una incontenible curiosidad. Podía ver la inmensa satisfacción en sus ojos, y se preguntó cuál era el motivo. ¿Era la mujer a sus pies lo que le daba tanto placer?

—¿Puedo hacerte una pregunta?

—Adelante.

Él se arrellanó en el sofá para poder contemplarla mejor. Joss procuró mantener su posición porque deseaba que él la mirara tal y como lo hacía en ese momento. Con plena aprobación y… satisfacción.

—¿Qué es lo que tanto te atrae de una mujer sumisa? A menudo me he preguntado por Chessy y Tate. Es obvio que él la ama con locura; prácticamente la venera. Es tan… posesivo con ella… Por eso me cuesta entender que la comparta con otros hombres, pero me parece que me estoy desviando del tema —agregó con una delicada carcajada—. Quiero saber qué es lo que te atrae a ti. —Señaló su cuerpo con su mano, indicando su posición—. ¿Te gusta esto? ¿Yo, en posición sumisa?

Dash le acarició el pelo, enredando la mano en sus largos mechones, apartándolos con suavidad de sus pechos para poder admirarla por completo. Sin lugar a dudas, había una satisfacción viril en su mirada. Esa aprobación eliminó las dudas de Joss, le otorgó confianza donde antes solo había sentido vulnerabilidad.

—¿Cómo explicarte lo que siento? —musitó él—. No sé si existe una explicación precisa de por qué me gusta. No se trata de ejercer poder. En algunos casos sí, quizá sí que se trate de poder. Pero en mi caso, me provoca un enorme placer, y sí, satisfacción. Es una sensación embriagadora, que una mujer se entregue a mí por completo, confíe en mí, me permita que me haga cargo de todo lo que necesita, que me ceda el control. Me gusta ver que confía en que le daré lo que desea, que me encargaré de todo, que la protegeré incluso con mi vida.

—Entonces, te gusta sentir que alguien te necesita.

Dash hizo una breve pausa, como si reflexionara acerca de aquellas palabras.

—Supongo que es una forma de explicarlo, pero es algo más profundo. Mi instinto me empuja a cuidar, proteger, valorar, malcriar y mimar a mi mujer. En este caso, a ti. Pero eso es porque eres tú, Joss. Es cierto que con otras mujeres también he disfrutado colmándolas de atenciones; me complace ser capaz de complacer a una mujer. Pero contigo es diferente. No solo deseo tu confianza y tu sumisión, sino que los necesito. Te necesito, Joss. Nunca pienses, ni por un momento, que eres intercambiable con ninguna otra, que sería igual con otra mujer, porque no es cierto.

—¡Cuánto siento que hayas sufrido durante tanto tiempo! —se lamentó ella—. No lo sabía, Dash. De haberlo sabido, no sé qué habría hecho. Significas mucho para mí; incluso cuando Carson estaba vivo, significabas mucho para mí. Me habría dolido saber que estabas sufriendo; no lo habría soportado.

Él le sonrió con ternura. Le brillaban los ojos con calidez y afecto.

—Por eso estaba decidido a que no te enteraras, cariño. Tienes un corazón inmensamente bondadoso. Te habría puesto en una posición insostenible. Amabas a Carson y le eras absolutamente fiel; él lo sabía y yo lo sabía, por eso él nunca se preocupó por mis sentimientos hacia ti. Ante todo, él sabía que yo jamás movería ficha; los dos representabais demasiado para mí como para querer erosionar vuestra relación. Pero, además, él tenía una fe ciega en ti; él sabía que tú nunca le fallarías, que jamás se te pasaría por la cabeza la idea de serle infiel.

Dash hizo una breve pausa para tomar aire antes de continuar.

—Yo también lo sabía. Eso te habría destrozado, y era lo último que deseaba. Carson te hacía feliz. Tú eras feliz y él era feliz contigo. ¿Qué más se podía pedir? Parecía egoísta por mi parte querer inmiscuirme en vuestra relación, porque el resultado final habría sido doloroso para todos —para ti, para mí y para Carson—. Yo os quería a los dos. Y tú habrías sufrido, así que, ¿qué sentido tenía? No te habría seducido a expensas de Carson; eso lo habría devastado, y yo habría perdido a un amigo. En cuanto a ti, tú habrías perdido amigos, tu vida, todo. Y todo por mí. No, eso no era lo que quería, nunca deseé tal cosa; solo quería que fueras feliz. Así que esperé, esperé a que estuvieras lista. Pero nunca se me ocurrió entrometerme entre Carson y tú. Cuando Carson murió, supe sin dudar que yo sería el único hombre de tu vida.

—¡Menuda respuesta enrevesada para una pregunta tan simple! —exclamó Joss divertida—. La verdad es que me da mucho que pensar.

Dash le apresó la barbilla y se la frotó con ternura mientras le acariciaba el labio inferior con el dedo pulgar.

—No quiero abrumarte de forma innecesaria. No quiero que pienses en tales cosas. Solo quiero que sientas. Quiero que sientas lo mismo que yo, quiero que te abrase la misma necesidad que me abrasa a mí, que me consume. Y entonces todo irá bien, Joss. No quiero hacerte daño, nunca. Te daré todo lo que puedas necesitar.

—Lo que necesito es… eres tú —susurró ella, otorgando por fin voz a su más imperiosa necesidad.

La tarde —el día entero— había sido un ejercicio de frustración. Joss se sentía al borde del deseo, cuestionándose a sí misma, batallando contra sí, preguntándose si había tomado la decisión correcta.

¿Cómo iba a saberlo hasta que no hicieran el amor?

Él la invitó a levantarse y a sentarse en su regazo antes de que Joss tuviera tiempo de parpadear. Con sus manos varoniles presionó posesivamente los muslos para pegarla a su cuerpo. Las piernas de Joss cubrieron el regazo de Dash como una manta, hasta el suelo del sofá; se adaptaba a su cuerpo como un traje hecho a medida. El acoplamiento era perfecto: el cuerpo duro y musculoso de Dash como complemento de su cuerpo mucho más fino.

Las manos ascendieron hasta cubrirle uno de los pechos. Por un momento, Dash no las movió de allí, sintiendo el peso de aquellos hermosos pechos en sus palmas, luego los acarició suavemente con los pulgares, hasta las puntas erectas; Joss contuvo el aliento.

Fue como una descarga eléctrica, de una intensidad estremecedora. Si Joss había albergado dudas acerca de la química que existía entre ellos y de si eran compatibles en la cama, todas sus dudas se disiparon al instante.

Lo deseaba con toda el alma. Su cuerpo era dolorosamente consciente de ello: tenía los nervios a flor de piel, estaba excitada, mojada, y él ni tan solo se había aventurado a acercarse a su zona más erógena.

—¿Me deseas, Joss? ¿Estás lista?

—Sí —susurró ella—. Dime qué he de hacer. No quiero echarlo todo a perder. Quiero que nuestra primera vez sea… perfecta.

Dash sonrió, la besó en la nariz, en los párpados cerrados y en la boca, luego le mordisqueó el labio inferior con suavidad.

—Te aseguro que para mí será perfecto. ¿Tú en mi cama? No es posible que lo eches a perder. Pero haré todo lo que pueda para que para ti sea una experiencia perfecta, sublime.

Ella le enmarcó la cara entre las manos, obligándolo a mirarla a los ojos.

—No te contengas, Dash. No me trates como si fuera

una muñeca de cristal. Lo deseo… todo. No quiero que dudes ni tengas miedo de abrumarme. Quiero que me abrumes. Te deseo.

Dash emitió un suave gruñido que a Joss le erizó el vello en los brazos. Los pezones se le pusieron duros como piedras. Deseaba sus caricias, su boca.

Entonces él se puso de pie, y sin ningún esfuerzo la levantó en volandas. Joss contuvo el aliento al constatar con qué facilidad la había alzado.

Dash la devoraba con la mirada; sus ojos la abrasaban como las llamas.

—Tu palabra de seguridad, cariño. ¿Cuál es?

Joss pestañeó. Se le había quedado la mente en blanco.

—Piensa en una palabra, deprisa —la apremió él—. Y úsala si me excedo. Pero solo si me excedo, ¿entendido? No la uses a menos que estés absolutamente segura de que estás en un punto crítico. Confía en mí y deja que te lleve hasta el límite. No será fácil, pero en el momento en que pronuncies la palabra de seguridad, me detendré en seco.

Ella buscó frenéticamente la palabra adecuada, frustrada ante su alarmante estado en blanco. ¿Cómo era posible que no pudiera pensar en una palabra de seguridad? ¿«Para» o quizá «Basta»? No, esos vocablos no funcionarían, porque podría gritarlos en el calor del momento, sin pensar. Tenía que ser una palabra inconfundible, algo que detuviera a Dash al instante, pese a que le costaba imaginar que llegara al punto de querer que él parara.

—«Espíritu» —anunció con voz ronca.

Si su decisión lo sorprendió, Dash no lo demostró. Sus ojos no reflejaron ninguna muestra de emoción. ¿Objetaría a que ella utilizara una referencia a su esposo cuando estuvieran en la cama haciendo el amor?

—De acuerdo, la palabra será «Espíritu» —convino él en un tono sereno—. Si la usas, me detendré inmediatamente. Confía en mí, Joss. Me detendré por más que me cueste. Te protegeré. Lo juro.

Ella alzó la mano para acariciarle la angulosa mandíbula.

—Confío en ti, Dash.

La besó apasionadamente, desatando su deseo contenido

durante tanto tiempo, como una violenta tormenta, una locura que la excitó más. Joss no sentía miedo, ni tenía dudas; era lo que deseaba, y lo deseaba tanto que le provocaba un dolor físico.

—Me siento entumecida, Dash —susurró, expresando aquel pensamiento fugaz—. Haz que cese el dolor, haz que cese, hazme el amor.

Dash la miró con ternura, con el pecho henchido por la misma sensación de acuciante dolor que Joss experimentaba. Estaba tan desesperado como ella.

—Haré que te sientas bien, cariño, que los dos nos sintamos bien.

Trece

$\mathcal{D}$ash llevó a Joss hasta el piso superior. Pese a que la impaciencia lo consumía, no dejaba de decirse a sí mismo que tenía que ir despacio. Por más que Joss insistiera —exigiera—, por más que le repitiera que no deseaba que él se contuviera, tenía que controlar sus necesidades más imperiosas. No deseaba echarlo todo a perder, no cuando por fin tenía lo que tanto deseaba entre sus brazos.

Depositó a Joss sobre la cama con extrema suavidad y se retiró para contemplar aquel cuerpo glorioso. Ella lo miraba con los párpados caídos y las facciones embriagadas de deseo, con la melena extendida sobre la almohada y el pecho. ¡Por Dios! ¡Qué hermosa era! Ella le había dicho que se sentía entumecida, dolorida. Pero él se sentía igual.

Sentía la polla a punto de explotar, presionando contra los pantalones, como si quisiera liberarse. No le extrañaría que la fuerza de la erección rasgara la bragueta de los vaqueros.

Tenía que ser paciente porque, si no andaba con cuidado, en el momento en que la tocara, en el momento en que por fin se hundiera dentro de ella, eyacularía sin poderlo remediar y todo acabaría en cuestión de treinta segundos.

Dash deseaba que aquella experiencia fuera perfecta. Deseaba jugar y atormentar a Joss hasta llevarla al borde de la locura. Aunque ella le había dicho que no quería que él se contuviera, que deseaba su dominación, que él ejerciera el control y la autoridad desde el principio, Dash sabía que no podía hacerlo. Todavía no.

Aquella primera vez tenía que ser perfecta. Deseaba prodigarle su amor, quería hacerle el amor. Ya habría tiempo de sobras para follar duramente, apasionadamente, pero no, aunque se permitiera a sí mismo relajar un poco el férreo control, no pensaba follar así, sin más; con Joss nunca sería un acto tan crudo.

Cuando hicieran el amor, fueran cuales fuesen las circunstancias, aunque ella estuviera atada e indefensa o si él fustigaba aquel culito tan apetitoso hasta que quedara rosado y con marcas visibles, sería algo hermoso. Tan hermoso como ella.

—No sé cómo empezar —resopló Dash.

Él siempre mostraba control ante cualquier situación; nunca perdía la compostura. Confiaba en su habilidad para complacer a la mujer con la que estaba. Nunca fallaba, nunca vacilaba. Pero en ese momento se sentía como si fuera a hacer el amor por primera vez en la vida, como un chico virgen que no tenía ni idea de qué hacer con aquel increíble festín de femineidad que tenía delante.

Perdido en tales pensamientos, de repente se dio cuenta de que, de hecho, para él era la primera vez. La primera vez que hacía el amor; su primera experiencia sexual en la que su corazón, sus emociones iban a intervenir. Nunca antes había estado enamorado de ninguna mujer con la que había compartido momentos íntimos.

¿Las deseaba? Sí. ¿Lo excitaban? Por descontado. Pero su corazón jamás se había implicado hasta el punto que lo estaba con Joss. Dash se sentía aterrorizado de cometer un error, de tocarla indebidamente. La presión que sentía era abrumadora; el miedo a fallar, a no conseguir que aquella ocasión fuera tan perfecta como deseaba, lo asfixiaba.

¡Joder! ¡Qué fuerte! Tener aquello que tanto deseaba al alcance de la mano y, sin embargo, estar asustado de dar el paso.

Joss, su adorable y dulce Joss, parecía saber exactamente lo que estaba pensando, lo que sentía. Sonrió y le tendió la mano, una invitación para que se tumbara a su lado.

—Tranquilo, yo también estoy nerviosa. —Le regaló una sonrisa tan suave como su piel sedosa—. Confío en que harás que sea una experiencia bonita, perfecta. No podría ser de otra manera, contigo y conmigo.

Dash dejó escapar un gruñido, enojado consigo mismo

por permitir que su vacilación fuera tan patente. ¡Menudo dominante, paralizado por el miedo a tocarla!

Se tumbó encima de ella, permitiendo que una parte de su peso la presionara, pero se apoyó en los antebrazos para no aplastarla. Joss era menuda y delicada, tanto que parecía que fuera a romperse si él la manoseaba sin el debido celo. Pero no era su cuerpo lo que más le preocupaba, sino su corazón, sus emociones. Dash no deseaba abrumarla. No quería que le tuviera miedo. Nunca. Cualquier cosa menos eso. No podía soportar la idea de ver el miedo plasmado en aquellos bellos ojos.

Se recostó sobre un brazo y con la mano libre empezó a trazar el perfil de su cara, dispuesto a memorizar cada instante de aquella primera vez. Le costaba creer que por fin Joss fuera suya, que estuviera en su cama, desnuda, y que dentro de unos momentos harían el amor.

No había querido agobiarla, pero en realidad era él quien estaba totalmente abrumado.

—He esperado tanto tiempo este momento… —balbució, con la voz entrecortada por la emoción—. A ti.

Ella sonrió y emplazó la mejilla sobre su palma, ejerciendo presión para notar el tacto. Después le besó la mano; un simple gesto tierno que bastó para que a Dash el corazón le diera un vuelco de alegría.

—Hazme el amor —susurró Joss, con los ojos encendidos de pasión.

Él contempló aquella mirada luminosa, en contraste con la tenue luz matizada que bañaba la habitación. Bajó la boca hasta la de Joss e inhaló su aroma mientras probaba sus labios; se abrió paso con la lengua, lamiendo y explorando aquella boca tan sensual.

Tenía la polla tan dura que le resultaba doloroso. Tenía que zafarse de la barrera entre ellos. Quería sentir la piel de Joss contra la suya, deseaba sentir su suavidad y su calidez.

—Dame un minuto para que me quite la ropa —murmuró pegado a sus labios—. No te muevas.

Ella volvió a sonreír y estiró los brazos por encima de la cabeza. Era un gesto de rendición. ¿Lo había hecho a propósito, como una señal de sumisión?

Dash se quitó la ropa, prácticamente arrancándosela con las prisas. Joss abrió los ojos como platos al ver su erección, libre de los calzoncillos que la apresaban. Él bajó la vista y al momento comprendió la sorpresa de Joss. Nunca antes en toda su vida había estado tan excitado. Su pene se erigía firme, tan duro y voluminoso que se podían apreciar las venas perfectamente. El glande estaba amoratado, y por la punta ya empezaba a salir líquido preseminal.

No se atrevía a tocarse a sí mismo. No se fiaba de poder contenerse y no correrse ahí, delante de ella.

—Tienes un cuerpo muy bonito —comentó ella con timidez, mientras el rubor le teñía las mejillas.

Dash notó que el calor le teñía también a él las mejillas, incómodo con aquel escrutinio. Nunca antes había sido tan consciente de su cuerpo. Se mantenía en forma; se cuidaba. Normalmente no solía ser modesto, pero para él era importante que Joss apreciara su físico. Quizá eso lo convertía en un tipo vanidoso, pero deseaba su visto bueno; quería que ella deseara cada centímetro de su cuerpo igual que él deseaba el suyo.

—Tú sí que eres hermosa —resopló él—, tan increíblemente hermosa que verte me causa dolor.

Ella arqueó el cuerpo a modo de invitación silenciosa. Dash no quería hacerse rogar; se acostó nuevamente a su lado, sin ningún pensamiento de dominación, sin ganas de ordenarle que se colocara en posición de sumisión. Aquella noche lo único que quería era sellar la relación entre ellos. La dominación —la sumisión de Joss— podía esperar.

—Abre las piernas, cariño —le pidió en un tono ronco—. Déjame verte. Quiero probarte. Me muero de ganas por probarte. Quiero que te corras en mi boca, sobre mi lengua.

Joss sintió un escalofrío en la espalda; los pezones se le pusieron tan duros como dos perlitas que lo invitaban a probarlos.

Él lo quería todo. Y antes de que la noche tocara a su fin, probaría hasta el último centímetro de aquel cuerpo delicioso. No dejaría ni un solo centímetro sin explorar. Aprendería a complacerla, averiguaría sus puntos de mayor placer.

Dash se moría de ganas de que ella también lo probara, de sentir aquella boca alrededor de su miembro, la lengua lamiéndole los testículos. Pero ya tendría tiempo para gozar, todo el tiempo del mundo. Pronto, muy pronto, sería el amo de aquel cuerpo, tendría la obediencia y sumisión completa de Joss. Pero aquella noche no se trataba de él sino de ella, de saciar sus deseos, de enseñarle lo bien que podían pasarlo juntos.

Joss separó las piernas con indecisión, ofreciéndole una clara visión de sus partes más íntimas. A Dash lo embargó una inmensa satisfacción al ver la humedad que brillaba en los delicados pliegues. Ella lo deseaba; estaba muy excitada. Dash deseaba desesperadamente penetrarla, dejarse consumir por aquel envolvente calor, pero se contuvo.

Con un gran esfuerzo, en vez de dejarse llevar por sus impulsos, acortó la distancia con ella, avanzando a cuatro patas sobre la cama entre las piernas abiertas de Joss. Sin poder resistirse, pasó un dedo por sus zonas erógenas, frotándole con suavidad el clítoris antes de rodear el pequeño orificio.

Ella se arqueó al instante. Jadeó cuando Dash continuó con su lenta exploración. Hundió un dedo, apenas rozando el borde. Joss estaba muy mojada, consumida por el deseo, pero Dash deseaba llevarla hasta casi el límite de la locura antes de que los dos se perdieran por completo en el abismo del placer.

Saboreando aquel pensamiento de alcanzar con ella el placer absoluto, continuó tocándola, acariciándola, empujándola hacia el orgasmo. Cuando Joss empezó a temblar, Dash retiró la mano para darle un momento de relajación.

—Dash...

Joss pronunció su nombre como una súplica, con desesperación. Él le besó la parte interior del muslo, luego le mordisqueó la piel con una extrema suavidad. Joss volvió a estremecerse, a convulsionarse. Él planeaba tomarse su tiempo, saboreando cada segundo de aquella experiencia.

Le apartó los pliegues íntimos con los dedos, despacio, hasta dejarla más expuesta a sus ojos; entonces se inclinó e inhaló hondo para impregnarse de su aroma femenino. Resopló; no podía contenerse, la deseaba con frenesí. Quería penetrarla, primero devorarla con la boca y luego con la polla.

Le dolían los testículos por la acuciante necesidad de poseerla. Pero, de repente, un pensamiento indeseado se inmiscuyó en su mente, apartándole de un manotazo la fantasía de follarla con dureza. Resopló de nuevo, esta vez atormentado.

—¿Qué pasa, Dash?

Al oír el tono de preocupación de Joss, alzó la cabeza. Suspiró, enfadado consigo mismo por no haber caído en la cuenta antes, por no haber pensado en ese detalle tan importante. Se había obcecado tanto en obtener el consentimiento de Joss, se había obsesionado tanto en el acto en sí, que no había pensado en ningún método anticonceptivo.

—Lo siento, cariño. ¡Joder! ¡Menudo fallo! ¡No puedo creer que no haya caído en la cuenta antes! No he pensado en ningún método para protegerte.

Joss arrugó la frente, perpleja. No comprendía a qué se refería.

—Un preservativo —explicó él—. No tengo ninguna duda acerca de ti, no creas que me preocupa contraer alguna enfermedad, y tú no tienes nada que temer conmigo. No es que me apetezca usar un preservativo, de verdad, daría cualquier cosa por no tener que hacerlo. Pero hay que pensar en que podrías quedarte embarazada. Así que si prefieres que usemos un preservativo, me lo pondré, sin ningún problema. Lo que quieras.

A Joss se le encendieron las mejillas y desvió la mirada. Dash odiaba haber roto la magia del momento. Los dos estaban tan excitados que aquella desagradable intrusión tuvo el efecto de una bofetada en plena cara, aguando la fiesta de un plumazo.

—A mí tampoco me gusta hacerlo con preservativo —comentó ella con suavidad—. Con Carson… bueno, al principio los usábamos, en nuestras primeras relaciones, pero soy muy sensible y me provocan… sequedad.

Era obvio que Joss se sentía incómoda con aquella conversación. Tenía las mejillas sonrosadas, y no se atrevía a mirarlo a la cara.

—No quiero hacer nada que pueda causarte daño o incomodidad —dijo él—. Quiero que te sientas cómoda. Si tenemos que esperar, esperaremos. No utilizaré un método que no te guste.

—No te preocupes, tomo la píldora —apuntó ella—. Empecé a tomarla cuando Carson estaba vivo. Él no quería tener hijos, por lo menos al principio no, y tal como he dicho, los condones no eran una opción. Cuando Carson murió seguí tomándola; probablemente debería haberlo dejado. No es que pensara en tener relaciones sexuales con otro hombre; no habría podido. Pero era un hábito y jamás se me ocurrió dejarlo. Me regulaban la regla y me ayudaban a que el dolor menstrual fuera más soportable. Antes de que empezara a tomarlas, tenía unas reglas muy dolorosas e irregulares. Me afectaban incluso al estado de ánimo, ya que sufría calambres y unos insoportables dolores de cabeza. Durante un tiempo tomé analgésicos los días que tenía la regla. El médico me aconsejó tomar la píldora anticonceptiva incluso antes de que Carson y yo nos casáramos, pero no quise porque tenía miedo de no quedarme embarazada cuando quisiera tener un hijo. Había leído que algunas mujeres tardan mucho en quedarse embarazadas después de tomar la píldora, y yo deseaba tener hijos. Me decepcionó que Carson se opusiera a tener hijos, pero cuando fue evidente que él no daría el brazo a torcer, no me quedó otra opción, ninguna razón, para no tomar la píldora, especialmente porque los preservativos no eran una opción.

—Lo entiendo —suspiró Dash con gran alivio—. ¿Y no te importa hacer el amor conmigo sin preservativo? No tengo ninguna enfermedad venérea. Puedo mostrarte mi historial médico. Siempre he usado condones con todas las mujeres con las que he estado, sin excepción, y me hago revisiones médicas con regularidad. De todos modos, hace mucho tiempo que no tengo relaciones sexuales.

Ella relajó la mirada.

—No tienes que justificarme tu actividad sexual. Y sí, me parece bien que no usemos preservativos. Confío en ti. Y ya sabes que no ha habido ningún hombre en mi vida desde la muerte de Carson.

Joss volvió a sonrojarse y hundió la cabeza.

—Fue mi primer amor, el único. Yo era virgen cuando le conocí. Y cuando él lo supo, insistió en que esperáramos hasta que estuviéramos casados. Y ya que nuestro noviazgo fue tan breve, no tuvimos que esperar demasiado. Él quería casarse conmigo tan pronto como fuera posible. De haberlo hecho a su manera, nos habríamos casado al cabo de unas semanas de habernos conocido. Fui yo la que insistió en esperar; quería que él estuviera seguro.

—¿Y tú no? —se interesó Dash.

—Yo estaba segura de él —respondió Joss con suavidad—. Sabía que él era el hombre de mi vida. Le amaba; me enamoré de él desde el primer momento. Pero quería que él estuviera seguro. No deseaba que nos precipitáramos y nos casáramos si Carson no estaba totalmente seguro de que yo era la mujer que le haría feliz. Y yo quería que fuera feliz. Había tenido una infancia tan difícil… Merecía ser feliz.

Dash sintió una fuerte presión en el corazón. Estaba embrujado por el amor que sentía por aquella generosa fémina. La mayoría de las mujeres no habrían desaprovechado la oportunidad de casarse con Carson Breckenridge, un hombre rico, apuesto, con éxito. Además, a él le encantaba malcriar a Joss. Lo hacía con un absoluto descaro, desde el primer día. Sí, Dash había mostrado reticencias ante la vertiginosa relación de Carson con Joss. Carson era su mejor amigo, y no deseaba que nadie le hiciera daño. Él, al igual que Joss, conocía bien su pasado, su horrible infancia.

Pero todas las reservas se disiparon cuando comprobó de primera mano la absoluta lealtad y devoción que Joss le profesaba a Carson. Ella no tenía ni un ápice de mezquindad. Había insistido en seguir trabajando de enfermera, aunque Carson había intentado convencerla para que dejara de hacerlo desde el primer día.

Sin embargo, Joss había insistido que quería continuar, porque no quería que nadie pensara que estaba con Carson por su dinero. Solo después de un año de casados, Carson logró disuadirla para que dejara su trabajo, y la convenció alegando que su mayor deseo era tenerla solo para él y que, de ese modo, Joss podría acompañarlo en los numerosos viajes de negocios. Cuando Joss trabajaba, estaba atada a su horario y no podía abandonar su puesto sin más.

Carson se sentía frustrado, porque quería que Joss estuviera todo el tiempo con él; por eso insistió tanto en que ella dejara de trabajar.

Dash había temido que Joss no fuera feliz sin trabajar de enfermera. Le encantaba lo que hacía, y antes de casarse con Carson, planeaba ampliar sus estudios para especializarse en pediatría.

Sus planes cambiaron en el momento en que Carson apareció en su vida. ¿Se arrepentía de haber dejado su profesión? ¿Sentía deseos de completar los estudios y volver a trabajar? Dash ya abordaría esas cuestiones con Joss más adelante. De momento, su interés era restablecer el ambiente íntimo que se había roto a causa de su estúpido razonamiento.

—Mereces volver a ser feliz —dijo Dash con ternura—, y yo estaré encantado de aportar mi grano de arena para que suceda. Si me das la oportunidad, conseguiré que vuelvas a sonreír.

Aquel comentario la hizo sonreír. A Joss se le iluminaron los ojos y su cara se transformó en algo tan increíblemente hermoso que Dash se quedó sin aliento.

—Ya me haces sonreír, Dash. Consigues que me sienta… hermosa. Hace mucho tiempo que no me sentía atractiva. Gracias por devolverme ese sentimiento tan importante para mí.

Él le besó el vientre y después estampó una hilera de besos hasta el vértice de sus muslos.

—No necesitas que te haga sentir bella, cariño. Eres tan hermosa que a veces siento dolor con solo mirarte. Jamás lo pongas en duda. No necesitas que ningún hombre te haga sentir bella. Lo eres. Es la pura verdad.

Joss suspiró y acomodó las caderas cuando Dash volvió a separarle los pliegues íntimos y se inclinó sobre su clítoris. Acto seguido, se lo lamió con suavidad, solazándose ante la respuesta instantánea de Joss.

Le encantaba que ella se abriera a él de aquella forma, sin reservas, totalmente vulnerable. Dash la protegería siempre, le serviría de escudo ante cualquier situación dolorosa. La animaría a ser ella misma con él, siempre; la protegería en cuerpo y alma. Con él, ella podría ser cualquier cosa que deseara; jamás la juzgaría, jamás la increparía. La amaba demasiado como para querer cambiarla o convertirla en algo que no era.

¡Joder! Solo esperaba que Joss se diera cuenta de que ese era precisamente su deseo: que ella fuera tal como era.

Volvió a lamerla al tiempo que le clavaba los dedos en las caderas para obligarla a que siguiera abierta, totalmente expuesta a su boca. Animado por la respuesta de Joss, Dash se puso más agresivo, más brusco.

Empezó a embestirla con la lengua para probar aquel dulce maná. Se lo bebió con vehemencia, como un hombre sediento. Deseaba que ella se corriera sobre su lengua; deseaba tragarse todo su deseo, sin desperdiciar ni una sola gota.

Pero su afán cambió con la lastimera súplica de Joss.

—Por favor, Dash. No aguanto más, quiero sentirte dentro de mí. Necesito sentirte dentro. Quiero correrme contigo. Por favor, lo necesito.

Dash no soportaba oírla suplicar. Le había prometido que jamás tendría que suplicarle por nada que él pudiera darle.

Y su cuerpo estaba de acuerdo con aquella súplica desesperada. Dash quería estar dentro de Joss; deseaba sentir cómo ella engullía con codicia su miembro viril, deseaba sentir aquel envolvente calor sedoso, deseaba eyacular dentro de ella, llenarla con su esperma.

Dejó de lamerla. Apenas podía controlar su respiración jadeante a causa del esfuerzo y de la excitación. Sentía la polla a punto de explotar, tan dura que resultaba un tormento. El sudor le caía por la frente. Ansiaba —necesitaba— estar dentro de ella. Sin demora.

Se colocó encima; puso una mano en la frente de Joss y le apartó el pelo para mirarla a los ojos. Se acomodó entre sus piernas y colocó el glande hacia el orificio.

Dash apenas consiguió contenerse ante el primer contacto con aquel calor aterciopelado. Apretó los dientes y apeló a todas sus fuerzas para dominarse.

Se hundió dentro de ella despacio, reverentemente, con los ojos en blanco por el exquisito placer. Joss se arqueó, intentando envolverlo por completo.

—No te muevas —rugió él—. Estoy a punto de correrme. No quiero hacerte daño y tampoco quiero eyacular tan pronto. Quédate quieta. Deja que me encargue yo. Si te mueves, no lo soportaré, y quiero que lleguemos juntos. Quiero que nos corramos juntos, siempre.

Los ojos de Joss refulgieron y sus labios se curvaron con una sonrisa sensual, seductora y provocativa; una tentación que Dash sabía que no podía resistir.

Pero ella accedió a su petición. Se quedó quieta debajo de él, cediéndole el absoluto control.

Joss abrió los ojos desmesuradamente, con las pupilas en llamas cuando él se hundió un poco más. ¡Joder! Nunca había sentido nada parecido. Era una bendición, una absoluta bendición. Llevaba tanto tiempo esperando aquel momento, que no quería que se acabara nunca.

Podría pasarse el resto de la vida dentro de ella y morir feliz.

—Mmm… se está tan bien, dentro de ti… Tengo mucha imaginación, pero la realidad supera la fantasía.

Ella sonrió y se le iluminaron los ojos ante aquella adulación acalorada.

—Pues para serte sincera, yo jamás había fantaseado contigo —admitió ella—. No te lo digo para herirte, pero todo esto me ha pillado totalmente por sorpresa. Todavía estoy descolocada. Jamás me lo habría imaginado.

Dash le devolvió la sonrisa.

—No te culpo por no fantasear con otro hombre cuando estabas casada, pero no te mentiré: me encantaría si fantasearas conmigo a partir de ahora. Quizá suene egoísta, pero quiero que pienses en mí tan a menudo como yo pienso en ti. Y te aseguro, cariño, que pienso en ti constantemente.

Los ojos de Joss expresaron regocijo, y se incorporó un poco para apresarle la barbilla mientras él se seguía hundiendo dentro de ella, arropado por su calor.

—¿Quién necesita fantasías cuando puede gozar de la experiencia real? —susurró ella.

Aquel comentario bastó para llevar a Dash al borde del abismo. Podía notar la enorme presión en el glande, a punto de explotar.

—Espero que estés a punto —le advirtió—, porque yo ya no lo soporto más.

Joss le acarició la cara; su tacto era tan suave como una pluma. Dash apretó los dientes.

—Estoy a punto, Dash. Córrete conmigo.

Él se retiró y la embistió con fuerza. El cuerpo de Joss se balanceó con el embate. Dash se retiró, apenas unos centímetros, y volvió a embestirla, una y otra vez.

Ella entornó los ojos. Su cara reflejaba el placer, la tensión, su proximidad al orgasmo.

—Abre los ojos, cariño. Deja que vea cómo gozas.

Joss abrió los ojos y los clavó en él, embriagada, perezosa, como si estuviera en otra dimensión, en otro mundo.

—Dime qué necesitas, Joss. Quiero alcanzar el orgasmo contigo, a la vez; no me correré sin ti.

Incluso mientras lo estaba diciendo, Dash sabía que si ella no estaba al límite como él, no aguantaría. No podía soportarlo más, y deseaba que ella llegara al orgasmo. Se trataba de ella y de sus necesidades, de su placer. Más tarde —en otra ocasión— se trataría de él, de agradecérselo a Joss pero recibir el máximo a cambio.

Ella era suya, y Dash no pensaba dejarla escapar. Se había pasado los últimos días mostrándole, demostrándole, que ella era su primera y única prioridad. El resto no importaba.

—Estoy a punto —jadeó ella—. No pares, Dash, por favor, no pares.

Dash le tomó la palabra y se dejó llevar por su acuciante necesidad, la necesidad de ser su dueño, de poseerla, de marcarla. Había otras formas más severas de marcarla, pero ya recurriría a ellas más adelante. Tenían todo el tiempo del mundo, y su intención era sacar el máximo partido. Los años previos de frustración y penosa necesidad desaparecían al saber que por fin era suya.

La embistió con fuerza y se perdió en su satinado calor.

Sus miradas se cruzaron, ambos con el semblante tenso por la inminente explosión. Sin trampa ni cartón; solo un hombre y una mujer expresándose con sus cuerpos. Dash le estaba mostrando a Joss sus más profundos sentimientos sin necesidad de palabras.

Gritó sin contención cuando alcanzó el clímax. Su miembro lleno de semen explotó, una tormenta que resultó ser la mezcla perfecta de dolor y éxtasis. Nunca había sentido nada parecido.

Su nombre se escapó de los labios de Joss, como un desgarro. Ella se aferró a sus hombros y le clavó las uñas en la piel, marcándolo de una forma similar a cómo él pensaba marcarla. Se arqueó más, buscando sus embestidas mientras él se corría dentro de ella.

El orgasmo de Dash parecía no tener fin; con cada nueva acometida, la llenaba más de semen.

Dash había sacado a colación el tema de los métodos anticonceptivos, su preocupación por protegerla, pero en ese momento, se lamentaba profundamente de que Joss tomara la píldora. No había nada más seductor que la idea de verla embarazada de él.

Dash sabía sin lugar a dudas que si Joss no hubiera tomado la píldora, aquella noche habrían engendrado un hijo. Aquella unión perfecta de cuerpo y alma tenía que derivar a la fuerza en algo trascendental.

Un día. Dash le daría encantado el vástago que ella tanto deseaba. Tantos como quisiera. Le encantaría verla descalza y embarazada en su casa, atada a él de forma irrevocable. Quizá eso significaba que era un cabrón, pero le importaba un bledo.

Quería ocuparse de Joss el resto de su vida. Mimarla y malcriarla hasta la saciedad. Rodearla de su amor y de sus hijos. Quería formar una familia con ella, una familia que jamás habría soñado que fuera posible, pero que ahora estaba a su alcance, tras la muerte de Carson.

Lamentaba la muerte de su mejor amigo de todo corazón, pero no podía —ni quería— abandonar un sueño que estaba al alcance de su mano solo porque la mujer a la que amaba había estado casada con su mejor amigo.

La estrechó con fuerza entre sus brazos, desahogando toda la tensión, envolviéndola con su cuerpo. Su pene se movía dentro de ella, soltando los últimos vestigios de esperma. Joss estaba tensa y caliente a su alrededor, ejerciendo una ligera presión con los genitales contraídos por el orgasmo. Dash podría quedarse en esa postura toda la noche. Anclado profundamente dentro de ella, como si formara parte de su cuerpo.

Joss estaba llena de su semilla, y eso le producía una inconmensurable satisfacción. Quería marcarla de otras formas. Quería ver su semen sobre aquel esplendoroso cuerpo, sobre los pechos, el culo, goteándole por la boca.

Dash cerró los ojos y notó que se le endurecía de nuevo la polla, pese a acabar de experimentar el orgasmo más intenso de toda su vida. Ella ejercía ese efecto en él. Dash sabía que jamás se sentiría saciado de ella.

Con renuencia, se retiró de aquella cálida jaula femenina. A juzgar por los morritos que puso, a Joss le gustaba tan poco como a él su repentina separación. Pero Dash tenía que encargarse de sus necesidades para que pudiera dormir a gusto.

La besó en los labios hinchados.

—Enseguida vuelvo, cariño. Voy a buscar una toalla para que los dos podamos limpiarnos y no manchemos las sábanas.

—Me parece que ya es tarde para eso —rio ella burlonamente.

Dash sonrió radiante.

—He esperado mucho tiempo esta noche. Llámalo frustración oprimida. Eso es lo que me provocas, Joss. No creo que nunca haya derramado tanto semen en toda mi vida.

Se apartó a un lado, con cuidado para no manchar más las sábanas. No quería que Joss durmiera entre sábanas pegajosas; solo deseaba lo mejor para ella.

A partir de ese día, cambiarían las sábanas todos los días. Dash tomó nota mentalmente de que tenía que comprar más juegos de las caras sábanas que guarnecían su cama. Planeaba darles un buen uso.

Catorce

Dash regresó del cuarto de baño con una toalla húmeda. Era absurdo tener vergüenza cuando acababan de hacer el amor, pero cuando empezó a limpiarle los restos de semen entre las piernas, Joss notó un intenso calor en las mejillas y no fue capaz de mirarlo a los ojos.

Él sonrió con indulgencia. Era obvio que se daba cuenta de su estado de incomodidad.

—Será mejor que te vayas acostumbrando, cariño. Es mi deber —y un privilegio— ocuparme de ti. Cubrir todas tus necesidades, incluso las más íntimas.

Cuando acabó, lanzó la toalla a un lado y se tumbó en la cama junto a ella. La abrazó, la arrulló entre sus brazos y soltó un suspiro mientras Joss recostaba la cabeza en su hombro.

—Ha sido maravilloso —susurró ella—. No me lo esperaba.

Joss notó —o más bien tuvo la impresión— que él sonreía. Ladeó la cabeza para mirarlo y vio que tenía razón. Los ojos de Dash derrochaban ternura y... ¿alegría? Parecía extasiado, saciado y contento. Su sonrisa era perezosa y un poco petulante. La arrogancia le sentaba bien, decididamente bien.

—Tenía una idea de cómo gozaríamos juntos —comentó él—. ¡No sabes cuántas veces he soñado con hacerte el amor! Por suerte, la realidad ha superado incluso mis fantasías más vívidas.

Joss se apoyó en su pecho y se acomodó para quedar a la altura de los ojos de Dash. Él le apresó la mano como si sintiera la necesidad de tocarla. Joss agradecía aquella conexión, la intimidad de un abrazo después de hacer el amor. Se había sentido tan sola durante tantos años que saboreaba el hecho de no estar sola por más tiempo.

Tener a alguien con quien compartir su día a día, su vida. Quizá estaba montando castillos en el aire, pero no podía evitar pensar que lo mejor estaba aún por venir, y que cada nuevo día sería mejor que el anterior.

—Debe de haber sido terrible para ti —comentó ella—. Me cuesta imaginar que uno pueda desear a alguien durante tanto tiempo y pensar que nunca llegará a conseguirlo.

Dash le acarició la mejilla con el pulgar, con la palma de la mano apoyada en su barbilla.

—Valía la pena esperar, cariño.

Ella sonrió.

—Me gusta que opines así. Espero que no cambies de opinión. Me empieza a gustar… esto, lo nuestro. No te mentiré; todavía estoy un tanto desconcertada, pero me gusta.

Dash la agarró por la nuca y la acercó a su boca. La besó con avidez, hundiendo la lengua con lujuria, cálida, húmeda y exquisitamente tierna.

—Eso nunca sucederá —replicó con voz ronca—. No cambiaré de opinión, y si de mí dependiera, tú tampoco lo harías. Eres mía, y te aseguro que te costará mucho —muchísimo— deshacerte de mí. Puedo ser más terco que una mula, y nunca me echo atrás cuando deseo algo, nunca.

Joss pegó la frente a la suya. Sus respiraciones se mezclaron.

—Me alegra saber que me deseas; haces que me sienta especial. Hacía tanto que no me sentía especial para nadie… He estado tan sola… Por las noches me acostaba triste. Lo odio.

Él la estrechó entre sus brazos y le acarició el pelo con ternura. Esparció besos efímeros por su coronilla al tiempo que lentamente deslizaba la otra mano a lo largo de su brazo.

—Yo también me he sentido muy solo, cariño. Pero esos días ya han pasado a la historia, tanto para ti como para mí. A partir de ahora, nos tenemos el uno al otro.

Joss asintió pegada a él y luego bostezó exageradamente; casi le crujió la mandíbula inferior con el esfuerzo.

Dash se apartó de ella y se inclinó hacia la mesita de noche. Joss lo miró desconcertada cuando vio que sacaba un largo pañuelo de satén.

Sin pronunciar palabra, le agarró la muñeca y se la ató con el pañuelo, asegurándolo con un nudo. Examinó que no le apretara demasiado insertando un dedo entre la tela y su piel. Con semblante satisfecho, ató el otro extremo a su propia muñeca, de modo que ella y Dash quedaron unidos por las muñecas.

—A veces te ataré a la cama —murmuró él—. Otras veces, como esta noche, te ataré a mí.

—¿Y si he de levantarme para ir al baño?

Dash sonrió.

—En ese caso me despiertas para que pueda desatarte. Pero en ningún caso, a menos que no sea por una cuestión de tu seguridad, tocarás las ataduras que te imponga.

Joss asintió en silencio, consciente de que aquella era la verdadera primera prueba de su sumisión. Los ojos de Dash destellaron con aprobación, y se inclinó de nuevo para besarla.

—Ahora duérmete, cariño. Te prepararé el desayuno cuando te despiertes.

Ella se acomodó pegada a su pecho; tenía la muñeca atada de tal forma que se veía obligada a estar de cara a él. Sin saber qué se suponía que tenía que hacer con la mano o si tan solo podía moverla, Joss dejó que él le envolviera la mano con la suya y la colocara en reposo entre los dos.

Dash le había dicho que durmiera, pero a pesar de que se sentía saciada y contenta, no conseguía conciliar el sueño. La embargaba una sensación de letargo, la clase de agradable cansancio que no experimentaba desde que su esposo no le hacía el amor.

Había jurado no meter a Carson en su relación con Dash. No era justo, y, desde luego, no era justo comparar a los dos hombres. No era justo ni para Dash ni para Carson.

Además, ninguno era mejor que el otro. Solo eran… diferentes. A Joss le fascinaban las diferencias. Dash era el segundo hombre con el que hacía el amor, pero había tenido suerte en ambas experiencias. Dos hombres viriles y tan apuestos que quitaban el hipo. Uno la había amado, ¿y el otro? No estaba segura de si Dash la amaba. Era evidente que se había encaprichado de ella, y que la deseaba; había sido muy claro al respecto.

¿Quería que él la amara?

Esa era la pregunta del millón. Su respuesta instintiva era que no, que no quería que él la amara porque no quería tener que amarlo. Sonaba terrible, pero lo único que quería era una tregua a la dura carga de soledad que llevaba soportando desde la muerte de Carson. ¿Y cómo podía estar segura de que no era simplemente una conquista para Dash, la fruta prohibida?

No era una posibilidad disparatada que él la viera como un reto. No, Dash no había actuado movido por el impulso; había sido todo un caballero. Ni tan solo la había presionado después de la muerte de Carson. Había esperado. Pero durante la espera, su fijación había ido creciendo hasta trocarse en una necesidad de ganar.

Dash estaba acostumbrado a salirse con la suya. Era un negociante implacable. Carson había remarcado esa cualidad de Dash en numerosas ocasiones. Había admitido que, de no haber sido por Dash, el negocio no habría prosperado tanto. Carson reconocía sin problemas que él no tenía la misma naturaleza feroz. ¿Pero Dash?

Joss se estremeció; de repente se daba cuenta de que la personalidad, la actitud dominante de Dash, siempre había sido evidente; lo único era que no se había fijado hasta ese momento. Nunca se había dedicado a analizarlo. Al principio lo vio como alguien que desconfiaba de ella, y al final acabó por convertirse en su amigo. Pero nunca lo había visto como un hombre dominante, un verdadero macho alfa, y nunca habría soñado que terminaría entre sus brazos, atada a él después de hacer el amor.

Dash tenía el brazo libre doblado por debajo de su propia cabeza, y se dedicaba a acariciar relajadamente unos mechones sueltos de la melena de Joss mientras la miraba a los ojos. No había apagado la luz, y ella podía ver claramente su expresión.

Joss se lamió los labios a la vez que sus pensamientos viraban hacia la previa conversación acerca de Jensen Tucker. Sabía que no tenía derecho a pedir lo que deseaba. Dash no le debía nada, en lo que se refería al negocio que regentaba con Carson.

Sí, Carson le había dejado un porcentaje del negocio, pero Joss no tenía ni voz ni voto en lo que se refería a la gestión. Había recibido una porción de los beneficios, pero sabía que no tenía autoridad. Algunas mujeres se habrían sentido insultadas ante tal imposición, pero Joss no sentía el menor deseo —ni disponía de los conocimientos necesarios— para intervenir en la gestión de los negocios de su marido.

Todo estaba en buenas manos. Dash era el mejor. Ella tenía confianza absoluta en su habilidad para encargarse del negocio.

—¿Puedo pedirte algo? —susurró Joss.

Dash frunció el ceño como si adivinara su vacilación.

—Puedes pedirme lo que quieras, cariño.

—Me gustaría conocer a Jensen. No digo que me parezca mal que él ocupe el lugar de Carson ni que se convierta en tu nuevo socio, pero me gustaría conocerlo. Lo comprenderé si me contestas que no; ni siquiera tengo una razón sólida para desear conocerlo antes de que entre en el negocio.

—Por supuesto que puedes conocerlo, y no tienes que justificar tus motivos —contestó Dash en un tono conciliador—. Lo invitaré a cenar, o si prefieres que quedemos en otro sitio, podemos quedar para tomar algo en un bar.

—Como tú prefieras.

De repente, Joss se dio cuenta de que él le estaba dando la opción de no hacer pública su relación, ofreciéndole la posibilidad de quedar con Jensen en otro sitio que no fuera la casa de Dash. Porque si quedaban allí, sería obvio que ella y Dash estaban enrollados.

¿Le importaba? Ni siquiera conocía a Jensen, pero por lo visto pronto lo conocería y empezaría a tratar con él con regularidad, dado que iba a ser el nuevo socio de Dash.

Su relación íntima con Dash pronto sería de dominio público. No había motivos para ocultarla; no tenía nada de qué avergonzarse, y se moriría antes de darle a entender a Dash que se avergonzaba de él.

—Podemos invitarlo a cenar o a tomar algo en casa —contestó ella, pensando que a Dash le gustaría que ella también se incluyera en la decisión, en lugar de decir que él podía invitar a Jensen.

Y de hecho, Dash se mostró satisfecho con la insinuación de que aquella era también su casa.

—Perfecto. Lo llamaré mañana para invitarlo a cenar mañana por la noche. ¿Te parece bien? No podré fingir que no hay nada entre tú y yo, quiero decir, no podré ocultar que eres mía y que para mí significas algo más que la viuda de mi mejor amigo. Necesito saber si eso te molesta, porque no tengo intención de ocultar nuestra relación a nadie.

—No me molesta —contestó ella—. La gente que me importa ya lo sabe; lo que digan los demás no me importa. No pienso vivir mi vida según lo que opinen o piensen los demás.

Dash la besó.

—Eso significa mucho para mí, cariño. Aunque si necesitaras tiempo para adaptarte, lo comprendería. Sé que hemos decidido iniciar esta relación; es lo que querías, y también es lo que yo deseaba. No quiero esperar más. Pero te aseguro que si deseas mantener nuestra relación en secreto durante un tiempo, lo comprenderé. Por lo menos hasta que te sientas totalmente cómoda en esta casa y segura de ti misma.

Joss contuvo el aliento. ¿Dash pensaba que ella no estaba segura? ¿Le había dado algún motivo para dudar de su sinceridad? ¿O simplemente era que tenía miedo de que todo aquello fuera demasiado bueno para ser verdad?

Le costaba creer que ella pudiera ser el motivo de las esperanzas y sueños de alguien. Carson había sido muy feliz con ella. No pasaba ni un solo día sin que le expresara lo mucho que significaba para él. Joss se consideraba la mujer más afortunada en la faz de la tierra.

Carson era… lo era todo. Apuesto, rico, increíblemente afectuoso, generoso y adorable. No le preocupaba lo que pensaran los demás de él. Si estaban juntos en público, se prodigaba en caricias y en pequeñas muestras de afecto. Le cogía la mano, la rodeaba con el brazo o la besaba, para que nadie dudara de lo que sentía por ella.

Cualquier mujer habría deseado a alguien como Carson, y él la deseaba. Solo a ella. Joss no pertenecía a su círculo de amistades; no provenía de su mundo, pese a que él argumentaba que tampoco había heredado la riqueza ni su estado social de la familia. Había tenido una infancia difícil. Había luchado mucho para llegar donde estaba, para conseguir el estilo de vida que anhelaba tanto para él como para Kylie.

Joss amaba a Carson por la devoción que él profesaba por su familia, tanto hacia Joss como hacia Kylie. Carson era único. ¿Cómo iba a esperar encontrar esa clase de amor y devoción de nuevo?

Pero ahí estaba Dash, que era todo lo que Carson había sido y… más. Era demasiado perfecto para ella; la expresión de todas y cada una de las fantasías que Joss había tenido. No pensaba que existiera un hombre en el mundo que cumpliera sus criterios, y, sin embargo, Dash los cumplía.

—¿Qué pensará tu familia? —quiso saber ella.

Una de las cosas que Joss y Carson tenían en común era que ninguno de los dos tenía familia. Excepto Kylie. Y Joss había llegado a verla como su propia hermana; no solo como una hermana sino como su mejor amiga. Pero los padres de Joss se habían divorciado cuando ella era pequeña, y su madre falleció tras una larga enfermedad cuando Joss todavía estaba en el instituto. Su madre había sido el motivo por el que Joss había decidido estudiar enfermería.

Las enfermeras que se encargaban de ella habían sido maravillosamente atentas y afables. Habían hecho un esfuerzo adicional para que su madre estuviera lo más cómoda posible en sus últimos días, y Joss había jurado que ella también cuidaría con esmero a otras personas que se encontraran en la misma situación.

Sin embargo, había dejado la profesión después de casarse con Carson. En aquel momento no le había importado. Estaba entusiasmada con su nueva relación, y confiaba plenamente en su matrimonio. A decir verdad, Joss había anhelado esa clase de relación: sentirse protegida y querida. Carson le había dado todo aquello que deseaba. Excepto la experiencia de la dominación.

Quizá debería considerar la posibilidad de volver a ejercer de enfermera. Había realizado unos cursos de formación complementaria por si acaso, pero todavía no había dado los pasos requeridos para volver a trabajar.

—Mi familia se alegrará mucho por mí —contestó Dash—. Mis hermanos pensaban que estaba loco de remate por esperarte tanto tiempo. Sabían lo que sentía por ti. Mi madre estaba preocupada por mí; pensaba que no era correcto que me gustara una mujer casada. Y no cualquier mujer casada, sino la mujer casada con mi mejor amigo y mi socio en el negocio. La receta ideal para desembocar en un verdadero desastre.

—Espero que les caiga bien —susurró Joss.

La idea de volver a ver a su familia la ponía nerviosa. Sí, había tratado con ellos mientras Carson estaba vivo, y la habían acogido muy bien. Pero Joss desconocía que ellos sabían lo que Dash sentía por ella, y en el futuro la verían como… ¿la amante de Dash? Alguien que sabían que era importante para Dash. Eso lo cambiaba todo. Solo esperaba que ellos aceptaran su nuevo papel en la vida de Dash.

Él le apartó el pelo a un lado y le estampó un beso en la frente.

—Te querrán. Y se entusiasmarán cuando sepan que por fin estamos juntos.

Lo decía de una forma tan… inevitablemente segura, como si no pudiera ser de otro modo, aunque no habían hablado de nada más que de mantener una relación sexual y de que ella se sometería a él; pero sus acciones, su forma de hablar, denotaban algo más permanente, más formal.

Joss no estaba segura de cómo tomárselo. ¿Y si se estaba metiendo en una situación de la que solo era posible salir herida?

Chessy le había preguntado si preferiría gozar de un año perfecto con Dash y luego perderlo o si preferiría no darle ni tan solo una oportunidad. En aquel momento había pensado que valía la pena estar con Dash, aunque solo fuera por un tiempo limitado, sin que importara el resultado final. Más o menos como su experiencia con Carson. No daría marcha atrás ni cambiaría nada, ni siquiera si hubiera sabido que solo iba a estar con él tres años. Tres de los mejores años de su vida.

¿Pero ahora? Se preguntó si se había equivocado al pensar que era preferible estar unos meses con Dash en vez de nada. Había necesitado tres años para recuperar las ganas de vivir después de perder a Carson. ¿Podría sobrevivir a la idea de perder a otro ser amado por segunda vez? Y lo más importante: ¿qué era lo que en realidad sentía por Dash?

No estaba enamorada de él. Todavía no. Era demasiado pronto. Sus sentimientos la confundían. No estaba segura de cómo interpretar aquella situación. Todo había sucedido demasiado rápido, en un intervalo de tiempo tan breve que Joss no podía permitir que sus emociones guiaran sus acciones. No solo no quería salir herida sino que tampoco quería herir a Dash.

—Sé que he dicho que deseaba conocer a Jensen pronto, pero si no te importa, preferiría esperar un poco más para quedar con tu familia.

Él sonrió con ternura, llenándole de besos la cara, los ojos y la nariz.

—Disponemos de todo el tiempo del mundo, Joss. No hay prisa. Me gusta la idea de tenerte para mí solo durante un tiempo antes de que haya de compartirte con los demás.

Joss bostezó y se arrimó más a él, tanto como pudo, con sus muñecas atadas. Movida por el impulso, le dio un beso en el cuello e inhaló su aroma masculino.

Tantas noches sola, triste, con ese sentimiento vacío. Y ahora estaba en la cama con Dash, y él la apresaba posesivamente, con una pierna por encima de las suyas. Joss podía notar su erección, su respiración jadeante cuando ella le mordisqueó el cuello. Apenas tuvo tiempo de preguntarse qué planeaba hacer él cuando de repente se encontró con la espalda completamente pegada al colchón, con la mano que tenía atada a él por encima de la cabeza.

Sin un ápice de su previa paciencia y ternura, Dash le separó las piernas bruscamente con su mano libre y la penetró, con fuerza y hasta el fondo, antes de que ella pudiera siquiera recuperar el aliento.

El placer la inundó como un espectáculo de fuegos artificiales. Estaba tan sobresaltada que ni tan solo podía gritar, dar voz a la arrolladora sensación que le había provocado la brusca reacción de Dash.

—Esta vez me toca a mí —jadeó él al tiempo que la embestía—. Me vuelves loco, Joss. Había jurado que no volvería a tocarte otra vez esta noche, que me lo tomaría con calma, pero tu boca en mi cuello ha derribado la barrera de mi control.

Ella sonrió pero su visión era nublada. Lo único que sentía era la fuerza de sus movimientos, la dominación absoluta de su cuerpo. Su mano atada estaba pegada a la almohada. Dash la mantenía inmovilizada, y no le importaba; le gustaba la vulnerabilidad de su posición, le gustaba saber que estaba indefensa mientras él aplacaba su lujuria. Eso la excitaba, la acercaba al límite.

Ningún juego previo, ni caricias para excitarla, sin embargo, Joss estaba al borde del orgasmo. Lo único que Dash tenía que hacer era tocarla, ejercer su dominación, y ella era suya para lo que él quisiera.

—Mmm… se está tan bien dentro de ti —murmuró él, con la cara tensa mientras la embestía una y otra vez, como un animal en celo en pleno arrebato de apareamiento—. He soñado con este momento, Joss. Tú y yo juntos. Por fin juntos. Nunca permitiré que me abandones, cariño. ¡Joder! ¡Espero que no lo intentes! Si alguna vez intentas separarte de mí, lucharé con todos mis medios para no dejarte escapar, porque eres mía. ¡Sí, mía!

Joss se arqueó hacia él, consumida por el deseo, deseando más, con desesperación. Su cuerpo estaba totalmente sensible, vivo, al filo del dolor y del sumo placer.

Aquella declaración apasionada le había llegado a lo

más hondo de su corazón, había aplacado cualquier temor. Dash hacía que se sintiera deseada y... amada. Y llevaba demasiado tiempo sin sentirse amada ni adorada.

Pese a que él le había dicho que en aquella ocasión le tocaba a él, Dash introdujo los dedos, en busca de su clítoris para acariciarlo. Joss estaba muy mojada, con el cuerpo tenso, rígido con agónica necesidad.

—Córrete —le ordenó él—. Córrete para mí, Joss. Ahora.

Para su sorpresa, su cuerpo obedeció. No podía hacer otra cosa que obedecer. Joss no pensaba que estuviera a punto, por lo menos no del todo, pero en el momento en que oyó la poderosa orden, empezó a correrse. El placer la fue inundando, extendiéndose por todo el cuerpo hasta que ya no notó nada más que un intenso goce.

Él eyaculó dentro de ella, llenándola con su cálido líquido. Durante unos momentos, el único ruido que podía oírse era el choque de un cuerpo contra el otro y los jadeos que escapaban de sus bocas.

Y entonces, Dash se desplomó sobre ella, jadeante, cerró los ojos y apoyó la frente contra la de Joss, con las fosas nasales ensanchadas mientras intentaba recuperar el aliento.

Cuando se apartó apenas unos centímetros, Joss gimió suavemente. El sonido era en parte de placer y en parte de dolor. Sentía algunas partes de su cuerpo entumecidas, unas partes que no había utilizado desde hacía tiempo. Le temblaba todo el cuerpo, después de la intensa descarga del orgasmo. Notaba palpitaciones en el clítoris, como un pequeño indicador de su pulso acelerado entre las piernas.

—Debería ir a buscar otra toalla para que nos limpiáramos —murmuró—. Pero no quiero desatarte de mí ni tampoco quiero separarme de tu cuerpo. Me gusta estar así, sentirte unida a mí no solo por el pañuelo sino porque estoy dentro de ti, y quiero permanecer así tanto rato como sea posible.

Joss lo rodeó con su brazo libre, frotándole la espalda y las nalgas con la palma de la mano.

—A mí también me gusta —susurró—. Ya cambiaremos las sábanas por la mañana, ¿no te parece?

Él sonrió y la besó en los labios. El suave sonido del beso resonó en la habitación.

—Voy a dar la vuelta despacio para que quedes encima. No hay nada que desee más que te quedes dormida sobre mí. Normalmente mi erección no aguanta tanto como para permanecer tanto rato dentro de una mujer, pero contigo... basta con que respires para que me excite. He tenido los dos orgasmos más increíbles de mi vida, y tengo el pene tan duro como una piedra.

—Me gusta sentirte dentro —dijo ella con timidez.

—Pues me alegro, porque a partir de ahora pienso pasar mucho tiempo dentro de ti.

Quince

Joss se despertó de golpe, excitada. Su cuerpo respondía incluso en el sueño profundo en el que había caído sumida. Dash estaba encima de ella, con las manos libres de cualquier atadura emplazadas a ambos lados de sus caderas mientras se hundía dentro de ella.

Jadeó y al abrir los ojos vio la mirada felina de Dash. Su expresión era selvática, y mantenía la mandíbula tensa mientras la embestía.

—Buenos días —murmuró, inclinándose hacia ella para besarla.

—Uy, tengo el aliento matutino —se lamentó ella al tiempo que apartaba los labios para que él no pudiera probar sus dientes sin cepillar.

Dash se echó a reír y la obligó a ofrecerle su boca.

—No tienes mal aliento, no te preocupes. Será mejor que te vayas acostumbrando, porque de ningún modo pienso esperar por las mañanas a que hayas acabado con tu aliño femenino.

Dash se apartó y ella estuvo a punto de protestar, pero rápidamente él le dio la vuelta y Joss quedó de cara al colchón. ¡Vaya! ¡Sí que era exigente! ¡Y con qué pasión! Le encantaba cómo la trataba.

Dash le alzó el trasero justo lo suficiente como para poder penetrarla desde atrás. Joss agarró las sábanas con dedos crispados y cerró los puños mientras él la embestía con brusquedad, aplastándola contra el colchón.

Esta vez lo notaba más grande, más profundamente dentro de ella, llenando todo el espacio, dilatándola, una sensación exquisita, entre una mezcla de placer y de dolor. Joss entornó los ojos, entregándose con abandono a la deliciosa sensación, entregándose a Dash, rendida por completo a él, permitiéndole gozar de ella siempre que quisiera.

Dash le apresó las nalgas con las palmas, masajeándolas y acariciándolas para que se relajara y se abriera más antes de volver a embestirla. Le rozó el orificio anal con el dedo pulgar y Joss se estremeció mientras pensamientos oscuros se apoderaban de su mente.

Con Carson nunca habían probado el sexo anal. ¿Sería una práctica que Dash desearía? Aquella idea no la asustaba, al revés, la excitaba aún más, y Joss ya estaba a punto de perder el mundo de vista devorada por la llama del placer.

Como si interpretara la pregunta no formulada, Dash se pegó a ella, cubriéndola como una manta, cesando el ritmo de sus movimientos para hundirse dentro de ella más profundamente. Le besó el hombro y después estampó una hilera de besos a lo largo de la curva de su cuello hasta que Joss se estremeció de placer.

—Tu culo me pertenece, Joss. No lo dudes ni por un instante. Pienso poseer cada parte de tu cuerpo; no podrás evitarlo. Eres mía, toda mía.

Las palabras la excitaron hasta llevarla casi al límite. El sexo era algo mucho más mental, por lo menos para las mujeres. El deseo empezaba en la mente; su cuerpo se limitaba a seguir el ejemplo. Y aquellas palabras la habían excitado de una forma increíble. No podía controlarse. Llegó al orgasmo inmediatamente; corcoveó con desesperación, deseando más.

—A mi novia le gusta esto —murmuró Dash moviéndose con la rapidez y brusquedad que ella necesitaba con desespero.

Joss se desplomó sobre el colchón, sin fuerza, con la mente totalmente en blanco. Dash no había terminado todavía, y se tomó su tiempo, acariciando y atormentando su piel hipersensible. Pasó el pene por encima de sus zonas erógenas y luego volvió a hundirse dentro de ella hasta que alcanzó el clímax, propulsándose, cubriendo el cuerpo de Joss con el suyo.

Cuando hubo terminado, apoyó todo el peso en el

cuerpo de ella, aplastándola contra el colchón. Joss podía notar cómo su pecho subía y bajaba aceleradamente mientras intentaba recuperar el aliento. Y su pene todavía se movía dentro de ella.

—¿Te he hecho daño? —le preguntó él pegado a su cuello.

Joss intentó negar con la cabeza pero no podía ni moverse.

—¡Qué va! —susurró—. Ha sido maravilloso.

Él se quedó en aquella postura un momento más antes de apartarse. Le dio un beso en la parte baja de la espalda antes de estrecharla entre sus brazos y alzarla en volandas para llevarla al cuarto de baño.

Abrió el grifo de la ducha y después de comprobar la temperatura, la colocó bajo el chorro de agua, luego se metió él, y acto seguido empezó a enjabonar cada centímetro de su piel. Aquello era un tormento. Dash prestó una atención especial a la piel todavía contraída entre sus piernas. Cuando le lavó la cabeza, Joss estaba excitada y preparada para deshacerse en otro orgasmo.

—Arrodíllate —le ordenó con voz ronca.

Ella obedeció al instante, arrodillándose sobre el suelo mojado de la ducha. El suave chorro caía en cascada sobre ellos. Dash tenía el pene dolorosamente erecto, enorme y duro.

—Dame alivio, Joss —le ordenó—. Pero quiero que tú también te masturbes. Tócate. Pero no te corras hasta que lo haga yo. Si no te castigaré.

Ella se estremeció ante su voz autoritaria. Valía incluso la pena desobedecer solo para averiguar cuál sería el castigo que él le aplicaría. No obstante, no quería empezar a desobedecerlo sin más, y tampoco quería que la castigara. Deseaba placer. Y Dash ya le había dicho que la azotaría aunque ella no desobedeciera sus órdenes.

Dash guio su erección hacia sus labios y ella deslizó los dedos entre las piernas para buscarse el clítoris. Su cuerpo entero se tensó en el momento en que tocó su zona más erógena, y supo que tenía que ir con cuidado o acabaría corriéndose antes que él.

—He soñado tanto con este momento —suspiró él—. Tu seductora boca alrededor de mi pene.

Ella alzó los ojos, prendada por la imagen de él desnudo, empapado, con el agua brillante escurriéndose por su bonito cuerpo. Parecía un dios, totalmente perfecto, con una musculatura cincelada en los sitios correctos; ni un gramo de grasa. Se notaba que se preocupaba mucho por su aspecto físico.

Joss succionó con más fuerza, solazándose ante la reacción instantánea que obtuvo. Aunque él era quien daba las órdenes y ella era la sumisa, se dio cuenta del enorme poder que realmente poseía. Le gustaba la sensación de tenerlo en la palma de la mano, de que fuera ella quien controlara el placer de Dash.

Se afanó en la labor, succionando rítmicamente, saboreando el gusto y la sensación de tenerlo en la boca: caliente, tan vivo, empujando con fuerza. Dash podría hacerle daño fácilmente, pero controlaba sus embestidas. Sus caricias eran tiernas, sus movimientos calculados, movido por la idea de protegerla.

—Estoy a punto de correrme, ¿y tú?

Joss se frotó su punto más sensible, ejerciendo la presión correcta, y entonces empezó a dibujar pequeños círculos. Notó que el orgasmo crecía y se expandía por su vientre, pero aguardó unos momentos, recordando la orden de que no se corriera hasta que no lo hiciera él.

Dash apoyó la mano en su cabeza y con la otra se agarró la base del pene.

—Chúpala una vez más, hasta el fondo; luego la sacaré y me correré sobre tu boca.

Las palabras eróticas, la imagen que él le había inspirado, casi provocaron que Joss se corriera de inmediato. Su mano se quedó quieta, a milésimas de segundo del orgasmo. Succionó el pene con toda su boca, engulléndolo hasta que lo notó casi en la garganta, y ejerció presión en la punta, pensando que eso le daría placer.

El prolongado jadeo de Dash le indicó que no se había equivocado. Él se retiró bruscamente de su boca y empezó a masturbarse.

—Córrete, Joss.

Su orden era gutural, como si apenas pudiera formar las palabras. El primer chorro de semen fue directo a su mejilla, el segundo le salpicó los labios, y el tercero, la barbilla. Un líquido caliente, mucho más caliente que el agua, que le escaldaba la piel. Joss se frotó el clítoris con más fuerza, más rápido, intentando alcanzar también el orgasmo.

Cuando el último chorro de semen le salpicó la barbilla y se escurrió por su cuello, rápidamente arrastrado por el agua, Joss se convulsionó con un orgasmo. Las rodillas le fallaron y habría resbalado de no haber sido porque Dash pasó ambas manos por debajo de sus axilas y la mantuvo firme mientras ella temblaba de placer.

La levantó despacio, con cuidado, aguantando el peso de su cuerpo hasta que Joss recuperó el equilibrio. A continuación, la expuso al chorro de agua para limpiar el semen de su cuerpo.

El calor del agua combinado con el descomunal orgasmo que acababa de experimentar la habían dejado temblorosa. Dash la ayudó a salir del plato de la ducha y la envolvió en una toalla enorme. Le secó el pelo con brío y luego se aseguró de secarle la humedad del resto del cuerpo.

Cuando terminó, la besó en la frente y le propinó una palmadita en el trasero.

—Sécate el pelo con el secador y péinate mientras preparo el desayuno. Normalmente me encargaré de atender todas tus necesidades. Me encantará secarte el pelo y peinártelo. Pero estoy seguro de que estás tan hambrienta como yo. Pero no te pongas nada de ropa. Desayunaremos en el comedor, tú sentada a mis pies.

Joss vaciló, preguntándose si Dash se irritaría ante su pregunta.

Él ladeó la cabeza y la miró con curiosidad. Entonces le apresó la mejilla y la besó en los labios.

—¿Qué te pasa, cariño? Me parece que quieres preguntarme algo. No tengas miedo; puedes preguntarme lo que quieras. Quiero que confíes en mí, que tengas plena confianza en nosotros, así que adelante, suelta la pregunta que es evidente que te mueres de ganas de hacer.

Ella sonrió incómoda.

—Solo estaba… indecisa. Quiero decir, me has pedido que no me ponga nada, pero Jensen vendrá hoy, ¿verdad? ¿Tendré que ir desnuda incluso cuando tengamos visita?

El rubor le tiñó las mejillas y agachó la cabeza. Quería que aquella relación funcionara. Le gustaba aquella faceta de Dash que jamás habría imaginado: un magnífico ejemplar de macho alfa, dominante y poderoso. Nunca se había sentido tan… libre… en la vida, lo cual sonaba absurdo, dado que había cedido todo su poder y control a otro hombre. Debería sentirse limitada, confinada; sin embargo, se sentía como si finalmente hubiera dado rienda suelta a una parte de ella que siempre había deseado liberar. Ahora que había probado la experiencia de la dominación de Dash, no sentía deseo alguno de volver a su existencia aburrida y estéril de los últimos tres años.

La expresión de Dash se volvió totalmente seria. Le enmarcó la cara con las manos, obligándola a mirarlo a los ojos.

—Jamás haría nada que pudiera avergonzarte o humillarte en público, cariño, jamás. Sí, cuando estemos solos espero que lleves puesto lo que yo te diga; pero nunca te pondría en una situación en la que te sientas incómoda. Si vamos a The House, sí, seguirás a rajatabla mis instrucciones, y te mostrarás desnuda delante de los demás. Pero no aquí en mi… en nuestra casa, tu santuario, el único lugar por encima de cualquier otro en el que te sentirás segura y protegida a todas horas. Nada podrá hacerte daño aquí, Joss.

—Gracias —respondió ella con la voz entrecortada.

Dash se inclinó hacia ella y la besó, deslizando la lengua dentro de su boca para probarla.

—Ahora sécate el pelo y luego baja al salón para que pueda alimentar a mi mujer.

Ella sonrió. Un escalofrío le recorrió el cuerpo ante aquellas palabras: «Mi mujer». Como si le perteneciera. Pero sí, en realidad le pertenecía, aunque todavía le costara asimilarlo.

—Quiero que lo nuestro funcione —anunció ella con firmeza, sorprendiéndose a sí misma por su tono vehemente.

—Funcionará —apostilló él—. Hemos superado la parte más difícil. Tomar la decisión de regalarme tu sumisión era la parte más difícil, cariño. El resto déjamelo a mí, y confía en que te proporcionaré todo lo que desees y necesites. Y lo haré, Joss, o moriré en el intento.

Ella contuvo la respiración, aunque sabía que aquella frase era solo una figura retórica.

A Dash se le iluminaron los ojos con un súbito arrepentimiento, y su expresión se suavizó.

—Lo siento, cariño. No debería hablar así. No volverá a suceder.

Ella le tomó la mano y se la llevó a los labios. Estampó un beso en su palma y luego se lo quedó mirando, sonriente.

—Lo sé. Y yo intentaré no ser tan sensible. No deberías medir tus palabras por miedo a herirme. Me esforzaré, Dash, te lo prometo. Solo es que el pensamiento de perderte a ti también…

Dash la estrechó entre sus brazos y ella también lo abrazó, saboreando la cercanía, la intimidad que todavía era nueva y luminosa.

—No me perderás, Joss. Créeme.

—De acuerdo —susurró ella.

A pesar de su respuesta, rezó mentalmente para que las cosas salieran bien y que no le pasara nada malo a Dash. No podría soportarlo de nuevo. La muerte de Carson casi la había destrozado. Si algo le pasaba a Dash, estaba segura de que esta vez no sobreviviría.

Dieciséis

Joss se reclinó en el sofá y aceptó la copa de vino que le ofrecía Dash. Tomó un sorbo, con un nudo en el estómago a causa de los nervios. Era absurdo que el hecho de conocer a Jensen, el sustituto de su esposo, la pusiera tan nerviosa, pero no podía evitarlo. Probablemente no volvería a tener contacto con él después de aquel encuentro, ya que ella no pintaba nada en el día a día de la empresa. A Kylie le afectaría más la llegada de Jensen, ya que tendría que trabajar con él.

Sabía que Kylie no se lo tomaría bien. Solo esperaba que aquel encuentro con Jensen para mostrarle su aceptación suavizara cualquier posible objeción por parte de Kylie cuando se enterase de que iba a haber un nuevo socio.

—Estás tensa, cariño. ¿Por qué?

Dash se acomodó en el sofá a su lado y le propinó una caricia con su mano libre. Ella se relajó, acunando la copa de vino en la otra mano mientras se acurrucaba en el abrazo de Dash.

—No lo sé —respondió con franqueza.

Él la estrujó cariñosamente y le dio un beso en la coronilla.

—Te gustará. Es muy bueno en su trabajo. Has de saber que nunca haría nada que pudiera poner en peligro tu futuro o el de Kylie, como por ejemplo, elegir a la persona indebida para el negocio.

—Kylie no se lo tomará bien, ¿verdad? —preguntó Joss, alzando la cabeza para mirar a Dash con ansiedad.

—Supongo que al principio no, pero no tendrá elección. Trabaja para mí, y no al revés. Tendrá que aceptarlo. No permitiré que Kylie cause problemas. Si llegáramos a ese punto, tendría que despedirla. No es lo que quiero, y espero que eso no suceda. Le prometí a Carson que siempre cuidaría de las dos. Es una promesa que deseo cumplir.

Joss ladeó la cabeza y lo observó con curiosidad.

—¿Él te pidió que hicieras eso? Quiero decir, ¿eso en concreto?

Dash torció el gesto.

—No debería habértelo dicho.

—Pero lo has hecho —insistió ella—. ¿Acaso habíais hablado de esa cuestión?

Dash suspiró.

—Sí, me habló de ello justo antes del accidente. A menudo me pregunto si Carson tenía algún presentimiento, si pensaba que le iba a suceder algo malo. Nunca habíamos hablado del tema y, de repente, él lo sacó a colación. Se puso muy serio; no fue una conversación improvisada, como «por si acaso». Quería mi promesa de que si le pasaba algo yo le garantizaba que cuidaría de ti y de Kylie.

Joss sopesó sus palabras durante unos momentos, incómoda con la idea de ser meramente una promesa que Dash había hecho a su mejor amigo. Pero no, él le había dicho que sus sentimientos se remontaban a mucho antes, cuando ella se había casado con Carson. Un montón de preguntas se agolparon en su mente, pero no estaba segura de formularlas.

—No me gusta esa mirada, Joss. ¿En qué estás pensando?

Ella suspiró al tiempo que bajaba la vista. Dash colocó los dedos debajo de su barbilla y volvió a obligarla a mirarlo a la cara.

—¿Es eso lo que soy para ti? ¿Una obligación?

Él torció el gesto, visiblemente irritado. Joss se arrepintió de haber expresado su temor en voz alta; era evidente que a él no le había hecho la menor gracia.

—No es necesario que contestes. Era una pregunta absurda —murmuró ella—. Pero tengo otra duda. Es algo que me he preguntado desde que empezó todo esto, ya que me dijiste que te gustaba desde que me casé con Carson.

—Pregúntame lo que quieras, cariño —dijo Dash—. Pero has de estar preparada para una respuesta sincera. Si crees que la verdad puede herirte, entonces será mejor que no preguntes, porque no te mentiré, nunca te mentiré.

Joss asintió. Sabía que Dash siempre había sido honesto.

—Cuando empecé a salir con Carson, tenía la impresión de que no te parecía bien que saliera con tu amigo o que nuestra relación progresara tan rápido. En aquellos momentos no le di importancia porque creía que estabas preocupado por tu amigo, pero últimamente me pregunto si...

—¿Qué es lo que te preguntas? —insistió Dash con suavidad.

Ella alzó la vista y estudió sus facciones.

—Dijiste que te sentías atraído por mí, pero no dijiste cuándo empezaste a sentirte así. ¿Fue desde el primer momento? ¿Por eso no te gustaba que Carson y yo estuviéramos juntos? ¿Estabas... celoso?

Dash se quedó en silencio durante un buen rato. Resopló pesadamente y dejó caer los hombros con desmayo. Desvió la vista y la clavó en la chimenea al tiempo que aflojaba su abrazo. Ella se apartó para poder verlo mejor.

—En parte era eso —admitió Dash—. Me moría de celos. La primera vez que te vi fue cuando Carson te invitó a la fiesta de Navidad de la empresa, ¿recuerdas? Tú estabas allí, tan bella. Eras adorablemente tímida, reservada. Te pasaste toda la noche aferrada al brazo de Carson. ¡Qué rabia me daba no haberte encontrado primero!

Joss abrió los ojos como un par de naranjas.

—No tenía ni idea.

—Lo sé. Me avergüenzo de haber sido tan brusco contigo al principio. La verdad es que esperaba que vuestra relación no prosperara porque te quería para mí. Había planeado invitarte a cenar en el momento en que Carson y tú cortarais, pero pronto quedó muy claro que Carson no tenía intención de perderte. Maldije mi suerte. Allí estaba la mujer de mis sueños, y ella estaba con mi mejor amigo. A Carson se le veía tan feliz contigo... He de admitir que buscaba fallos, cualquier evidencia de que no eras la mujer indicada para él. ¡Joder! Esperaba que él perdiera interés o que tú cometieras algún fallo que lo apartara de ti. Sé que pensarás que soy un cabrón, pero es la verdad.

Dash volvió a darse la vuelta hacia ella, con los ojos ensombrecidos por el arrepentimiento.

—Quería que lo vuestro fracasara para poder tenerte para mí. Pero veía con qué devoción tratabas a Carson. Veía cómo otros hombres te hacían propuestas de forma indirecta, flirteaban contigo, y tú nunca les dabas coba. Eras al ciento por ciento devota y leal a Carson. ¿Cómo no iba a desear eso para mi mejor amigo? Para mí suponía una tortura, Joss, una verdadera tortura; ver que él era tan feliz, y que yo no podía contener los celos… Y lo peor era que, cuando él lo descubrió, no se cabreó conmigo; se echó a reír y dijo que no podía culparme de que te deseara porque a él lo consumía el mismo deseo. Me dijo que qué suerte que él te hubiera conocido primero, porque yo te habría encerrado en mi habitación y no te habría dejado salir más. No se equivocaba.

Joss sacudió la cabeza, desconcertada, incapaz de procesar todo lo que acababa de oír.

—Durante bastante tiempo pensé que no te caía bien, por lo menos no al principio. Más tarde vi que habías acabado por aceptarme, pero siempre pensé que al principio no te caía bien. Me intimidabas.

Dash pegó la frente a la de Joss y le acarició el pelo con una mano.

—Lo siento, cariño. Nunca sabrás cuánto lo siento. Pero me hallaba en una posición imposible, y cada vez que te veía con Carson, los dos juntos, tan felices, era como si me dieran un puñetazo en pleno estómago. Pero has de saber, quiero que sepas, que jamás deseé ningún mal a Carson. Cuando falleció me quedé devastado, y si pudiera devolverle la vida, me alejaría de ti sin pensarlo, aunque eso supusiera matarme a mí mismo en el proceso.

Los ojos de Joss se llenaron de lágrimas. Pestañeó furiosa, decidida a no permitir que se le escaparan rodando por las mejillas.

—Gracias —susurró—. Significa mucho para mí saber que él te importaba tanto. Carson te quería, lo sabes. No tenía familia, solo a Kylie. Tú y tu familia significabais mucho para él.

—Su muerte me entristecerá el resto de mi vida, pero

has de saber que, por otro lado, no me apena tener la oportunidad de estar contigo. Daría cualquier cosa con tal de que él pudiera volver, pero soy feliz de tenerte en mi cama y en mi vida.

Ella sonrió, con una sonrisa inestable; le temblaban los labios por el esfuerzo. Dash la besó en las comisuras de la boca para calmar el temblor.

—A mí tampoco me apena —dijo ella en voz baja—. Quiero ver adónde nos lleva esto, Dash. Estoy dispuesta a correr el riesgo.

Sonó el timbre de la puerta, interrumpiendo la intimidad que los envolvía como una densa niebla. Él la besó otra vez y después le aderezó el pelo un poco despeinado. Joss se pasó precipitadamente los dedos por la melena cuando se puso de pie. Él le tocó la mejilla.

—Estás preciosa. Siéntate y relájate, cariño. Ahora vuelvo.

Ella se sentó en la punta del sofá mientras Dash desaparecía para abrirle la puerta a Jensen. Respiró hondo varias veces para calmarse al tiempo que maldecía su repentino ataque de nervios. Jensen solo era un hombre; su opinión acerca de ella no importaba. Pero Joss deseaba conocerlo porque sentía curiosidad por el hombre que iba a ocupar el puesto de Carson.

Un momento más tarde, Dash regresó con Jensen Tucker a su lado. Joss contuvo el aliento al ver al hombre que Dash iba a aceptar como socio. Si le había parecido que Dash era intimidatorio al principio, Jensen Tucker la asustó aún más.

Ofrecía un aspecto intenso, amenazador, totalmente autoritario y condenadamente atemorizante. La piel bronceada hacía juego con su pelo y los ojos castaños, como si hubiera pasado mucho rato al sol. Exhibía una apariencia tosca, como la de un militar o un policía. Joss se preguntó por su pasado y si tenía razón en su deducción de que ese tipo era un guerrero nato.

Kylie se escondería debajo de la mesa en el momento en que viera a Jensen. Joss sintió pena por ella, ya que Kylie tenía miedo de los hombres fuertes, dominantes, y Jensen Tucker encajaba en esa categoría, sin lugar a dudas.

Dash se detuvo delante de ella y le tendió la mano para ayudarla a ponerse de pie. Joss se levantó con elegancia, pese a que su corazón latía desbocadamente mientras miraba a Jensen. Él le regaló una sonrisa cordial que transformó su cara por completo: de tosco a afable. Era como si se diera cuenta de que la intimidaba e intentara remediarlo.

Joss tragó saliva con dificultad y alargó la mano.

—Soy Joss Breckenridge —se presentó—. Dash me ha contado muchas cosas acerca de ti. Encantada de conocerte.

La mano de Jensen se cerró sobre la suya, firme, fuerte, igual que su apariencia. Pero la sorprendió cuando se llevó la mano hasta la boca y se la besó con extrema suavidad.

Se la estrechó una vez más antes de soltarla. Inmediatamente, Dash reclamó la mano, como si declarara abiertamente su posesión. A Joss no le importó en absoluto, sino todo lo contrario: estaba encantada de que Dash mostrara públicamente que ella le pertenecía.

—Yo también me alegro de conocerte, Joss. Las fotos no te hacen justicia. Eres mucho más hermosa en persona.

Ella pestañeó sorprendida, preguntándose dónde había podido haber visto una foto suya. Decidió aparcar el tema para preguntárselo más tarde a Dash. Se sintió aliviada de que Jensen no hubiera mencionado a Carson. Sin condolencias, sin alusiones sobre el hecho de que él iba a reemplazar a su difunto esposo. Era lo que Joss temía, y de haberlo hecho, aquel encuentro habría sido la mar de incómodo.

Encantada al ver que todo empezaba bien, dirigió su atención hacia los dos hombres, recordando sus obligaciones como anfitriona. Habían transcurrido varios años desde que le había tocado atender a visitas. Cuando ella y Carson estaban casados, solían tener invitados en casa.

Ella era de naturaleza tímida, y le había costado superar su timidez y acostumbrarse a mostrarse abierta y cordial con desconocidos, pero con el paso del tiempo y con el estímulo de Carson, había logrado convertirse en una experta anfitriona.

—¿Qué os apetece beber? —preguntó—. Y por favor, sentaos y poneos cómodos. He preparado un aperitivo, está en la cocina, pero primero quiero serviros algo de beber.

—No has de servirnos, cariño —murmuró Dash, aunque sus ojos reflejaban su aprobación—. ¿Por qué no vas a buscar la bandeja con los canapés mientras yo me encargo de las bebidas para Jensen y para mí? ¿Y tú, Joss, quieres otra copa de vino?

Ella sonrió.

—Sí, gracias. Enseguida vuelvo.

Dash la observó mientras se alejaba. Los tacones acentuaban sus piernas proporcionadas. A Jensen tampoco le pasaron desapercibidas. El nuevo socio miró a Dash de soslayo, con un brillo en los ojos.

—Comprendo por qué os habéis ido a vivir juntos tan rápido —murmuró Jensen—. Cualquier hombre haría lo que fuera con tal de poseer a una mujer como ella.

—Sí —contestó Dash tajante—. Joss ya tiene pareja. No lo olvides.

Jensen ahogó una carcajada.

—No es necesario que te pongas a la defensiva. Prefiero a mujeres con unas características muy... específicas. No hay muchas mujeres que estén a la altura de mis exigencias. Dudo de que a Joss le gustara mi forma de ser.

Intrigado, Dash enarcó una ceja mientras estudiaba a su invitado. Se estaban adentrando en territorio personal, un terreno nuevo para los dos. Hasta ese momento su relación se había basado puramente en aspectos laborales, pero Dash pensó que si iban a ser socios, tarde o temprano tendrían que conocerse mejor.

—¿Te importa explicarme a qué te refieres? Ha sido un comentario muy poco claro —murmuró Dash.

Los rasgos de Jensen eran indescifrables.

—Sumisión. Exijo sumisión absoluta de la mujer que está conmigo. —Se encogió de hombros tranquilamente—. No hay muchas mujeres que estén dispuestas a entregarle a un hombre el control absoluto.

La confesión no sorprendió a Dash en absoluto. Jensen era un verdadero cabrón. Dash ya pensaba que tenían más cosas en común que solo un interés por el negocio, si bien nunca habían hablado sobre sus gustos personales.

—Creo que Joss te sorprendería en ese aspecto —replicó

MAYA BANKS

Dash con sequedad—, aunque no quiero que la pongas a prueba. Es mía.

—Por lo visto, tenemos más cosas en común de las que pensaba —admitió Jensen—. Y si te he entendido bien, entonces eres un tipo con suerte. Qué pena que Joss no esté libre. No solo es bonita e inteligente sino que además es sumisa. ¡Vaya! ¡Qué pena no haberla conocido antes!

—Acabas de describir la historia de mi vida —murmuró Dash—. Llegué tarde la primera vez. El destino quiso darme otra oportunidad, y no tengo intención de echarla a perder.

Los ojos de Jensen reflejaron comprensión.

—Así que ya te gustaba cuando estaba casada, ¿eh? Y con tu mejor amigo. Eso tenía que joder.

—Ni que lo digas.

Jensen adoptó un semblante pensativo.

—Soy nuevo en la ciudad. Tú y yo nos conocimos en Houston, en una reunión de negocios. Desde que he llegado no he tenido tiempo de disfrutar de la vida nocturna. ¿Me recomiendas algún club interesante?

—Sí, hay uno muy bueno, muy exclusivo. Se llama The House. El dueño es Damon Roche, un hijo de puta ricachón que atiende a una clientela muy selecta. En los últimos meses se ha apartado un poco del negocio: está casado y hace poco ha sido padre por primera vez; se ha centrado en su familia, pero sigue regentando el local. Puedo darte su información de contacto y recomendarte. Damon se toma la molestia de investigar exhaustivamente a los posibles futuros socios. Es un buen club; creo que te gustará. Hay espacio para cualquier proclividad sexual, y no faltan mujeres sumisas en busca de lo que un hombre como tú pueda ofrecerles.

—Gracias por la sugerencia.

—Solo hazme un favor. Dado que trabajaremos juntos —y no es que espere que me informes de tus idas y venidas—, quiero que sepas que mi intención es ir con Joss algunas veces a The House, y no me gustaría que se sintiera incómoda, así que te agradeceré que me informes cuando vayas a ir. Prefiero evitar las noches en las que podamos coincidir con gente que ella conoce.

—Entiendo —dijo Jensen.

—Hay otra pareja que también es socia. Tarde o temprano coincidirás con ellos porque son amigos míos y de Joss. Se llaman Chessy y Tate Morgan. Están casados y también van a The House, aunque no tanto como solían ir. Mi intención es quedar con Tate para confirmar que no coincidiremos las noches que yo lleve a Joss.

—¡Vaya! Por lo visto conoces a bastante gente que comparte nuestro estilo de vida —apuntó Jensen con sequedad.

—No somos tan pocos como la gente cree —contraatacó Dash—. Lo que pasa es que no es una práctica que muchas parejas anuncien abiertamente. Jamás soñé que Joss aceptaría esta clase de relación. He esperado tres putos largos años a mover ficha, y casi llego tarde. Ella apareció en The House una noche cuando yo estaba allí, y eso que hacía siglos que no me pasaba por el local. Fue una suerte que estuviera allí, porque si no, ella habría acabado con otro tipo que no la habría tratado tan bien como yo.

—Pues sí, una verdadera suerte —murmuró Jensen—. De haber estado yo allí, Joss no se habría ido a casa sola. Tendré que pasarme pronto por ese local; me has intrigado.

Dash miró a Jensen con cara de pocos amigos hasta que vio el brillo burlón en los ojos de su invitado. Ese cabrón lo estaba provocando, y Dash había mordido el anzuelo.

—Hay otra cosa que has de saber, o mejor dicho, has de estar preparado —apuntó Dash rápidamente, con el deseo de zanjar la conversación antes de que Joss regresara de la cocina.

Jensen enarcó una ceja.

—Ya te dije que deseaba decírselo a Joss y a Kylie personalmente antes de anunciar nuestra asociación. Joss se lo ha tomado bien, aunque, la verdad, no podía esperar otra reacción por su parte. Kylie, en cambio, no se lo tomará tan bien.

—¿Todavía no se lo has dicho?

Dash sacudió la cabeza.

—Pienso decírselo el lunes, en la oficina. La cuestión es que deberías saber que los hombres dominantes la asustan a más no poder. No sé si estás al corriente de su historia, la de ella y de Carson. Su infancia fue un verdadero infierno. Su padre era un hijo de puta, un tirano que los maltrataba.

Su forma de control era una salvajada: ningún dominante serio maltrataría nunca a su esposa ni a sus hijos. Pero Kylie no comprende la diferencia. Tiene miedo de los hombres fuertes, y… ¡Joder! Tú has aterrorizado a Joss cuando has entrado. Lo he visto en sus ojos, aunque ha disimulado y ha recuperado la compostura rápidamente. Pero deberías saber que Kylie se mostrará extremadamente reticente contigo.

—No seré un cabrón con ella, si es eso lo que te preocupa —alegó Jensen, con una nota defensiva en la voz.

—Lo sé, pero solo quería que supieras el motivo de su desconfianza. No te lo tomes a título personal. No tiene nada que ver contigo ni con su experiencia con los hombres en general. No se fía de nadie. Carson erigió un escudo y la protegió fieramente hasta el día de su muerte. No sé si eso fue positivo, aunque comprendo por qué lo hizo. Solo quiero que sepas que al principio vuestra relación no será fácil, y te pido que tengas paciencia y que seas comprensivo con ella.

Jensen asintió, su expresión se tornó más siniestra.

—¿Lo pasó muy mal?

—Mucho —contestó Dash en voz baja—. Su madre no pudo soportarlo y huyó, dejando a Kylie y a Carson a merced de ese monstruo. Él los maltrataba sin piedad. Kylie fue la que salió más mal parada porque le recordaba a su esposa. ¡Joder! ¡Hay que ser un malnacido de cojones! Carson no podía protegerla a todas horas, pese a que lo intentaba. Su padre la violaba y le propinaba palizas a menudo.

—¡Menudo hijo de puta! —bramó Jensen, sin poder contenerse—. ¡No me extraña que no se fíe de los hombres! No la culpo. Iré con sumo cuidado con ella. No quiero que me tema. Me da rabia que una mujer tenga esos motivos para temer a los hombres.

—En eso estamos de acuerdo —convino Dash—. Carson no podía dar a Joss lo que ella necesitaba: la experiencia de la dominación, y ella le amaba tanto que no podía pedírselo. Pero él lo sabía. Y ahora Joss ha accedido y desea lo que yo puedo darle. Haré todo lo posible por hacerla de nuevo feliz.

—Te deseo suerte —dijo Jensen con sinceridad—. Es una buena mujer. Eres un cabrón con suerte.

—Lo sé —respondió Dash en voz baja.

Los dos se quedaron en silencio cuando Joss entró nuevamente en el comedor con una bandeja de plata con los canapés que había preparado previamente.

Joss era una excelente cocinera. Cuando ella y Carson tenían invitados en casa, ella siempre se encargaba de preparar la comida a pesar de que Carson le decía que podían pedir un *catering*, pero Joss se echaba a reír y le decía que no era necesario, que disfrutaba cocinando. Dash deseaba que ella cocinara para él aunque planeaba mimarla precisamente haciendo lo contrario: cocinando para ella. Era una obligación que podrían compartir; le gustaba la idea de estar en la cocina con ella, en su cocina. Deseaba que Joss se instalara y se sintiera a gusto en casa, que dejara su huella en aquel ambiente estéril. Dash anhelaba que Joss iluminara toda la casa y la convirtiera en su hogar.

—Gracias, Joss. Está delicioso —comentó Jensen después de zamparse dos canapés.

—Nos hemos liado a hablar y al final no te he ofrecido nada para beber —se disculpó Dash—. Ahora mismo lo arreglo: pásame tu copa de vino, Joss, primero te serviré a ti.

—Oh, ya me encargo yo —se apresuró a ofrecer Joss—. Vosotros dos seguid con vuestra conversación. Puedo preparar prácticamente cualquier cóctel. Carson me regaló un libro y me propuse aprender a preparar cualquier bebida para nuestros invitados. Os lo demostraré. ¿Qué queréis tomar?

Jensen sonrió e intercambió con Dash otra mirada de complicidad antes de murmurar: «Cabrón con suerte». Dash sonrió y aceptó el cumplido de Jensen con un discreto movimiento de cabeza.

—Sorpréndeme —dijo Dash—. Sírveme lo que quieras. Seguro que me gustará.

—A mí también —se apuntó Jensen—. Lo único que no me gusta es el ron. Cualquier otra sugerencia me parece perfecta.

La sonrisa de Joss era imponente. Sus ojos se habían iluminado con ilusión y con una súbita timidez. Dash podía ver que estaba preocupada y a la vez entusiasmada, pensando qué podía preparar. No quería decepcionarlo. ¿Es que no se daba cuenta de que era imposible decepcionarlo? Podía servirle alcohol antiséptico, y mientras siguiera sonriéndole de aquella manera, él se lo bebería de un solo trago sin darse cuenta.

—Sentaos, por favor, y poneos cómodos —dijo Joss, señalando hacia el sofá—. Enseguida estaré con vosotros. Una pregunta, Dash: ¿guardas las botellas de licor en el minibar o en la cocina?

—Todo lo que necesitas debería estar en el minibar, y si no, dímelo y buscaré lo que necesites.

Joss le regaló otra sonrisa deslumbrante y se alejó hasta la barra del bar situada al fondo del salón. Él la observó, incapaz de apartar la vista de ella. Lo embargaba una intensa satisfacción.

—¡Tío, estás colado! —murmuró Jensen—. Pero es para estarlo. Esa mujer es una joya.

—Sí, lo es —admitió Dash en voz baja mientras los dos ocupaban sus asientos—. Ella quería conocerte. Fue ella quien me pidió que te invitara. Me pregunto qué opina de ti, y si la has deslumbrado tanto como ella a ti.

Jensen sonrió como un chico travieso.

—De ser así, no me importaría.

—Te corto las pelotas —espetó Dash.

Jensen rio y Joss alzó la vista desde el bar donde estaba preparando las bebidas, con cara de desconcierto.

Dash le sonrió al tiempo que, con un gesto liviano de la mano, se excusaba:

—Chorradas de hombres, cariño. No nos hagas caso.

—Volviendo a Kylie —empezó a decir Jensen, dirigiendo la conversación hacia derroteros más serios—, ¿crees que mi presencia supondrá un problema para ella?

—No lo sé —contestó Dash honestamente—. No creo que acepte de buena gana la entrada de un nuevo socio. Para Kylie, tú reemplazarás a su hermano. Estás acostumbrada a trabajar para mí y Carson, pero sobre todo para Carson. Fue él quien la metió en la empresa cuando Kylie se graduó, una medida protectora porque quería ocuparse de ella. Tal como he dicho, no creo que la actitud de Carson fuera positiva para ella, pero también comprendo por qué quería protegerla. Kylie es… frágil. Todavía arrastra las cicatrices emocionales de los maltratos que sufrió en la infancia. Carson estaba decidido a protegerla de cualquier daño en su vida adulta.

»Kylie se hundió cuando él murió; tuvo que pasar un tiempo antes de que se sintiera cómoda conmigo en el trabajo, pese a que yo estaba allí desde el principio. Pero ella tenía mucha más relación con Carson; yo era su segundo jefe. Cuando asumí el control, ella pasó a ser mi secretaria personal. Tenía una antes de que Carson muriera, pero la despedí para que Kylie pudiera ocupar el puesto.

»Supongo que puede ser la secretaria de los dos. Realmente tiene una gran capacidad para encargarse de muchas cuestiones a la vez, y conoce el negocio al dedillo. Es muy buena en su puesto, pero quizá prefieras contratar a otra secretaria, según cómo reaccione ella contigo.

—En otras palabras: entre los dos la habéis protegido y consentido —concluyó Jensen.

Dash asintió.

—Más o menos.

—Por favor, sé comprensivo con ella —intervino Joss.

Los dos hombres alzaron la vista y vieron a Joss de pie, con las bebidas en las manos. Su expresión no podía ocultar su preocupación. Sus ojos reflejaban una enorme angustia.

Les entregó las bebidas y después tomó asiento junto a Dash en el sofá. Le cogió la mano y él se preguntó si ella se daba cuenta de que lo que buscaba era su apoyo.

—No tengo ninguna intención de comportarme como un miserable con ella —confesó Jensen en un tono suave.

—No insinuaba eso, te lo aseguro —aclaró Joss, con las mejillas encendidas de vergüenza—. Solo es que Kylie es… frágil.

Sus palabras se hacían eco de la descripción de Dash justo unos momentos antes.

—Kylie es muy visceral: o todo es blanco o todo es negro; además, es muy desconfiada. No le faltan motivos —continuó Joss—. Y la asustarás. No te lo tomes como un insulto —se apresuró a añadir—, pero eres un hombre que intimida. Estoy preocupada por ella; cuando se siente amenazada, sale corriendo, y me preocupa que su reacción te irrite o quizá te empuje a sustituirla. Necesita ese trabajo, Jensen, no por el dinero. Por suerte, Carson fue muy generoso con ella y conmigo. Pero necesita la estabilidad, la rutina; es muy buena en su trabajo. Sé que la mayoría de la gente piensa que obtuvo el empleo por ser la hermana de Carson, lo que es verdad hasta cierto punto. Pero es muy inteligente y hábil. Se graduó en Empresariales con matrícula de honor. Kylie es de gran valor para la empresa; estoy segura de que Dash estará de acuerdo conmigo.

—Joss, no tienes que defenderla delante de mí. Dash me ha contado su triste infancia, y es comprensible que desconfíe de los hombres. Te doy mi palabra de que haré todo lo que esté en mis manos para que se sienta cómoda conmigo. Si trabaja bien y demuestra que es tan indispensable como dices, entonces no tendrá nada que temer.

—Gracias —suspiró Joss—. Para mí es más que una cuñada. Cuando Carson mu... murió, se quedó sin nadie, solo yo y Chessy, y por supuesto Dash y Tate.

Dash le apretó la mano, orgulloso por la forma en que había conseguido hablar de la muerte de Carson. Solo había tartamudeado al pronunciar la palabra «murió». Joss estaba progresando, y eso le daba esperanzas de llegar a ser más importante para ella, y que por fin Carson dejara de ser una brecha entre ellos incluso muerto.

—Eres una amiga muy leal —la ensalzó Jensen—. Espero que Kylie sepa lo afortunada que es al tenerte a su lado.

Las mejillas de Joss se sonrosaron adorablemente; era obvio que se sentía incómoda con el cumplido de Jensen. Dash deseaba estrecharla entre sus brazos. ¡Joder! Deseaba que Jensen se largara para poder llevarla a la cama y hacerle el amor durante toda la noche.

Su mente se estaba animando con todas las posibilidades. Rienda suelta. Había docenas de formas de someter a Joss. Apenas podía contenerse, y no veía la hora de enseñarle todas las formas en que pensaba ejercer su dominación.

—¿Cuándo se lo dirás a Kylie? —preguntó Joss, dirigiendo la pregunta a Dash, aunque también incluía a Jensen en la cuestión.

—El lunes por la mañana —dijo Dash—. En la oficina.

Joss frunció el ceño pero se quedó en silencio.

—¿Qué pasa, cariño? Es obvio que algo te ronda por la cabeza —trató de averiguar Dash.

—No soy yo quien ha de decidir el lugar más idóneo —empezó a decir ella.

—¿A qué te refieres?

Joss resopló.

—Pensaba que sería mejor tratar una cuestión tan delicada en otro lugar que no fuera la oficina. Para ella será una trastada, y somos amigos; quiero decir, eres algo más que su jefe. Creo que le debes una explicación en un lugar más reservado.

—¿En qué lugar estás pensando? —le preguntó él despacio.

Ella lo miró con un visible nerviosismo. Dash deseaba abrazarla y reconfortarla. Joss no tenía que temer nada con él. No la reprendería, no censuraría nada que ella pudiera hacer.

—La podrías invitar aquí —dijo Joss—. Se lo podríamos decir juntos. Será más fácil que en la oficina. Además, de ese modo, Kylie tendrá tiempo para hacerse a la idea antes de que tenga que ir a trabajar, más tiempo para asimilarlo; así lo tendrá asumido cuando vaya a la oficina el lunes.

—No es mala idea —apuntó Jensen—. Nadie desea herirla, y es obvio que es un tema delicado para ella.

—¿Y si tú también estás presente? —sugirió Joss.

Jensen la miró primero sorprendido y luego con recelo.

—No me refiero a cuando se lo digamos —se apresuró a aclarar Joss—, pero quizá sea una buena idea que os conozcáis en un territorio neutral. Ella verá que no eres un ogro. Podemos invitar a Kylie a cenar el domingo por la noche. También invitaremos a Tate y a Chessy, de ese modo, Kylie conocerá a Jensen en un entorno familiar, rodeada de sus amigos. ¿Qué te parece, Dash?

¡Joder! Si eso significaba que ella aceptaba tan rápidamente su relación con él, y si no le importaba que sus amigos lo supieran...

Estaba dispuesto a consentir casi en todo. ¿Joss deseaba

organizar una cena en su casa, como su pareja? ¡Por supuesto que sí!

Dash miró a Jensen y le preguntó:

—¿Te apetece cenar con nosotros el domingo?

—¡Di que sí! —exclamó Joss impulsivamente, inclinándose hacia delante para estrecharle la mano a su invitado—. Somos como una familia. Siempre ha sido así, con la empresa de Carson y de Dash. Me gustaría que formaras parte de ella.

Jensen parecía confundido y Dash soltó una estentórea carcajada. Otra víctima de la magia de Joss. Esa fémina podía ablandar incluso el corazón más duro. Nadie se atrevía a decirle que no, imposible, cuando lo pedía con esa carita. ¡Joder! Sería como darle un puntapié a un cachorro.

—Me gusta la idea —cedió Jensen, y se vio recompensado por una sonrisa deslumbrante de Joss.

Ella le tomó ambas manos y se las apretó, con la mirada ilusionada.

—¡Prepararé una cena fantástica! —exclamó—. Te gustarán Tate y Chessy, y también Kylie, cuando tengas la oportunidad de conocerla.

Jensen le devolvió la sonrisa. El entusiasmo de Joss y su evidente felicidad eran contagiosos. Jensen miró a Dash de reojo, y en aquella ocasión no fue necesario expresarlo con palabras: era más que evidente en su mirada. «Cabrón con suerte». Sí, Dash era muy afortunado. No sabía qué había hecho para merecer esa oportunidad con Joss, pero no pensaba malgastar el tiempo ponderando los motivos.

Se aferraría a aquella lotería con todas sus fuerzas. De ningún modo pensaba dejarla perder.

Diecisiete

—*M*i amada merece una recompensa —dijo Dash con voz ronca.

Joss alzó la vista al tiempo que él cerraba la puerta del recibidor, después de despedirse de Jensen.

—¿Qué he hecho?

Él sonrió y se inclinó para darle un beso.

—Has sido una fantástica anfitriona. Has hecho que Jensen se sienta a gusto y has aliviado cualquier posible tensión antes de que él entre en la empresa. Te lo agradezco.

Ella le devolvió la sonrisa y enredó los brazos alrededor de su cuello.

—Me alegra oírlo. Y ahora, veamos, ¿qué decías acerca de una recompensa?

A Dash se le oscurecieron los ojos, y Joss sintió un escalofrío en la espalda por las expectativas. Tenía la impresión de que no iba a ser la típica recompensa.

—Te contaré lo que tengo en mente —murmuró—. Con todo lujo de detalles. Y luego has de ser sincera y decirme si te apetece mi plan. Lo que no sé es quién se verá más recompensado, si tú o yo.

—¿Hay algún motivo por el que no podamos recibir la recompensa los dos? —preguntó Joss con carita inocente.

—Solo espero que no —rugió él.

—Entonces cuéntame tu plan y yo te diré si me apunto —replicó ella con una risita traviesa.

Dash la estrechó entre sus brazos, manteniéndola pegada a él. Ella seguía con los brazos ceñidos alrededor de su cuello. Dash empezó a avanzar, obligándola a caminar de espaldas a la marcha, hasta el salón. Le mordisqueó el cuello y el lóbulo de la oreja, y a Joss se le erizó el vello de los brazos.

—Primero te quitarás la ropa hasta quedar completamente desnuda —le susurró al oído—. Luego te ataré para que quedes totalmente indefensa, sujeta a todos mis caprichos.

—Mmm... de momento, suena bien —murmuró ella.

—Entonces te colocaré un dilatador anal para preparar la zona poco a poco. Después fustigaré tu culito hasta que quede totalmente sonrosado.

Ella tembló incontrolablemente; parecía que le iba a explotar la mente con las imágenes que evocaba Dash. Soltó un leve jadeo cuando él le lamió el lóbulo de la oreja. Mmmm... Podía correrse con solo oír sus palabras. Estaba excitadísima, con los pezones erectos y duros hasta el punto de resultar dolorosos. El clítoris se le encogía y palpitaba entre las piernas, y tuvo que apretar los muslos para aliviar el escozor.

—Y luego te follaré la boca, Joss. Pero no me correré. Todavía no. Cuando esté a punto de eyacular, volveré a azotarte hasta que tengas el culo escaldado y te abrases con la necesidad de sentir alivio. Y entonces me follaré ese bonito culo, sí, me lo follaré con ímpetu, duramente. No seré delicado, esta noche no. Te follaré hasta que estés al límite de tus fuerzas, y después me correré encima de tu precioso culo. Lo marcaré con mi semen igual que antes lo he marcado con el látigo. Y luego volveré a entrar en tu ano, llenándote de semen hasta que vea cómo se derrama por tus sensuales muslos. ¿Crees que podrás soportarlo? ¿Estás lista para una dominación completa y absoluta, para que te folle y te use solo para mi placer?

Las palabras sonaban como seda a los oídos de Joss, envolviéndola en una neblina onírica. Apenas podía articular una respuesta coherente, de tan excitada que estaba con aquella descripción. Era todo con lo que había fantaseado, la única diferencia era que no era fruto de sus sueños más oscuros; ahora era real y estaba a punto de suceder. ¿Estaba lista? ¿Era eso en realidad lo que deseaba, o era meramente una ilusión que quizá sería mejor dejar aparcada en el reino de las fantasías y nunca convertirla en una realidad?

—Dime, Joss, ¿estás lista o no? —insistió él, intensificando su abrazo posesivo.

Después de hacerle la pregunta, enredó los dedos en su pelo y tiró de él hasta que Joss notó la tensión en la coronilla. Era una faceta de Dash totalmente nueva para ella; jamás había soñado con que existiera. Se lamió los labios, con la boca reseca a causa del deseo y la necesidad, una imperiosa necesidad.

—Sí —carraspeó con nerviosismo—. Lo deseo, todo, te deseo.

—Tu palabra de seguridad —le recordó él con una voz gutural—. Quiero que repitas tu palabra de seguridad. Si ves que me excedo, úsala y me detendré de inmediato. Di la palabra para asegurarme de que la recuerdas.

Joss tuvo que hacer un esfuerzo para recordar qué palabra había elegido. No podía imaginar que Dash rebasara los límites, cuando parecía en plena sintonía con sus necesidades.

—Esp... espíritu —tartamudeó.

—Muy bien —dijo él con suavidad, y le volvió a lamer el lóbulo de la oreja—. Pero quiero que estés segura, Joss, porque cuando digas la palabra, todo se acabará y la magia se romperá. No volveremos a probarlo, así que quiero que estés totalmente segura de que quieres que me detenga y que no se trata de que te sientes desbordada por las sensaciones. Te empujaré hasta el límite. Eso es lo que quieres, un hombre que te lleve hasta el límite, ¿verdad? Es lo que me has dicho. Por eso te pido que no te acobardes. Has de entenderlo. Cuando digo que voy a marcar tu bonito culo, no lo digo en broma. Te azotaré duro hasta que te salgan moretones. No te romperé la piel, pero lucirás las marcas al día siguiente y recordarás que he sido yo quien te ha marcado. Quiero ver las marcas al día siguiente y recordar que he sido yo quien te ha marcado.

Ella asintió con la cabeza pero inmediatamente expresó su aceptación con palabras. Sabía que él la obligaría a decirlo, a aceptar en voz alta el paso que iban a dar.

—No usaré la palabra de seguridad a menos que esté completamente segura de que no deseo continuar —aclaró ella en voz baja—. Confío en ti, Dash. Sé que no irás demasiado lejos. Y lo deseo todo, absolutamente todo. No quiero que te contengas. Quiero que hagas lo que quieras sin temor a hacerme daño o a asustarme.

—Eso significa mucho para mí, cariño. Bueno, ¿qué tal si dejamos de hablar y te desnudas para que pueda atarte y quedes a mi merced?

—Lo estoy deseando —susurró ella.

—Ve a la habitación, desnúdate y arrodíllate a los pies de la cama. Mientras tanto, iré a buscar todo lo que necesito. Recuerda tu posición. Con los muslos abiertos y las palmas hacia arriba, descansando sobre las piernas.

—No es necesario que me lo recuerdes; no te fallaré.

Él le sonrió con ternura.

—Sé que no me fallarás, cariño. Ahora vete. No tardaré.

Joss enfiló rápidamente hacia la habitación, con el pulso desbocado. Estaba tan excitada que sentía un leve mareo. Las palabras de Dash resonaban en su mente, vívidas y eróticas. Estaba tan excitada que no podía quedarse quieta.

Incluso después de desnudarse apresuradamente y ponerse de rodillas a esperar, se movió inquieta con impaciencia. Sí, había fantaseado acerca de un hombre que poseyera el control absoluto de su cuerpo, de estar atada y vulnerable, de que un hombre la marcara, infligiéndole un dolor que rápidamente se trocaba en placer. ¿Pero la realidad estaría a la altura de sus fantasías más tórridas? ¿Le gustaría que él la azotara? ¿Disfrutaría o sería una experiencia dolorosa, sin un ápice del placer que imaginaba?

Solo había una forma de saberlo. Se había entregado a Dash para que hiciera con ella lo que quisiera. Solo esperaba que aquella aventura no degenerara en una pesadilla. Joss no deseaba acobardarse y recurrir a la palabra de seguridad la primera vez que él la ponía a prueba. Dash le había dicho que ella jamás lo decepcionaría, pero ¿cómo no iba a hacerlo, si se echaba atrás a la primera de cambio?

La espera le pareció interminable, aunque estaba segura de que solo habían transcurrido unos segundos desde que había dejado a Dash para esperarlo en la habitación. Se obligó a mantener la posición y a ser paciente. No haría nada que pudiera decepcionarlo, no cuando él se había mostrado tan paciente y comprensivo con ella.

Al cabo de unos segundos, Dash entró con unas cuerdas, un látigo y un dildo que parecía enorme. Joss abrió los ojos desmesuradamente mientras se lo imaginaba dentro de su cuerpo. ¡Parecía imposible!

Él sonrió al ver su reacción.

—No te preocupes, princesa. No te lo insertaré de golpe. Te masajearé y me lo tomaré con calma. Al final te entrará, y después estarás lista para que te penetre, hasta el fondo.

Joss volvió a estremecerse, con los ojos parcialmente entornados como si estuviera drogada. Dash ni siquiera la había tocado, pero ella ya estaba en otro mundo. La euforia intensificaba todos sus sentidos. Joss era dolorosamente consciente de la presencia de Dash; esperaba con expectación la primera orden, la primera caricia. No estaba segura de cómo reaccionaría. Se sentía tan excitada, y todavía no habían ni empezado. Él le había descrito muy vívidamente sus planes.

Dash depositó los instrumentos en el borde de la cama; a continuación, se desabrochó lentamente la cremallera de los pantalones y se sacó el pene rígido, liberándolo de aquella incómoda prisión. Entonces se colocó delante de ella, exponiéndole la gran erección. Lo agarró por la base y enfocó la punta hacia los labios de Joss.

—Mantén tu posición. No muevas ni un músculo. Abre la boca.

Con cuidado para permanecer totalmente quieta, Joss separó los labios y él le introdujo su miembro viril. No lo hizo bruscamente sino lenta y calculadamente, deslizándose sobre su lengua, permitiéndole a Joss probarlo y sentir todo su grosor.

Ella saboreó la intensa esencia varonil, inhaló su aroma. Dash enredó las manos en su melena, tirando de su pelo para mantenerla firmemente quieta mientras seguía con la felación. Una gotita cayó sobre su lengua y ella se la tragó, succionando con avidez a la espera de más. Él se rio, se apartó y le propinó unas palmaditas en la mejilla a modo de reprimenda.

Dash bajó la mano e hizo una señal para que ella la aceptara. Entonces la ayudó a ponerse de pie, sosteniéndola mientras ella se sentía desfallecer, al límite del deseo. Le temblaban las rodillas como un flan. Por suerte no tenía que andar mucho. Se sentía como borracha, eufórica con las expectativas, con ganas de experimentar todo lo que él le había prometido.

—Ponte en el centro de la cama, de rodillas, de cara al cabecero. Te ataré las manos por encima de la cabeza a los postes de la cama y luego te ataré los tobillos a los otros dos postes. Estarás indefensa, Joss, completamente a mi merced, y esta noche no pienso mostrar clemencia contigo. Te llevaré hasta el límite. Ya hemos hablado de eso y sabes que hasta que no lo experimentes no sabrás dónde están tus límites. Esta noche lo descubriremos juntos. Recuerda la palabra de seguridad. No ha de darte vergüenza usarla si realmente has superado tus límites, pero date un poco de tiempo. No te acobardes ante el primer momento de vacilación. Confía en ti —y en mí— para llegar hasta donde desees. Simplemente déjate llevar, Joss. Yo estaré a tu lado para ayudarte; siempre te ayudaré.

Ella entornó los ojos. Las palabras de Dash resultaban un bálsamo de lo más suave. Él le transmitía paz, seguridad, para que ella pudiera ser tal como realmente deseaba ser con él. Dash no la juzgaría ni se decepcionaría si se echaba atrás. Su ternura solo consiguió afianzar la resolución de aceptar todo lo que él le ofreciera y rogarle más, mucho más.

Joss se encaramó a la cama, con las piernas temblando y todo el cuerpo tenso a causa de una profunda necesidad, casi insoportable. Deseaba a Dash —todo lo que él le pudiera dar— más que había deseado cualquier otra cosa en toda su vida.

Aquel era el primer paso para reclamar su destino, para convertirse en la mujer que siempre había querido ser, para reclamar al hombre que siempre había deseado. Su pasado se fundía, el recuerdo de Carson desaparecía. Lo amaba —siempre lo amaría— y el paso que iba a dar no suponía ninguna traición a su matrimonio.

La paz la envolvió en su tierno abrazo, rodeándola, lle

nándole el corazón, tanto como Dash lo había hecho en tan solo unos días. Jamás se lo habría imaginado, y eso era porque nunca había abierto los ojos por completo. Nunca lo había observado con la debida atención. Y ahora que por fin lo veía, reconocía que él era la pieza que le faltaba en el alma.

—Levanta los brazos —le ordenó Dash.

Ella levantó los brazos por encima de la cabeza, apoyándose en los codos, pero alzó las manos para que él pudiera atarle las muñecas con la cuerda.

Dash deslizó una cuerda con suavidad alrededor de una muñeca y luego la tensó para atarla al poste. Luego tomó otra cuerda y repitió el proceso al otro lado para que ambas muñecas quedaran atadas. Las cuerdas estaban tan tensadas que Joss no podía mover los brazos.

Cuando terminó con las manos, se colocó al pie de la cama y aseguró cada tobillo antes de atar las cuerdas a los dos postes. Estaba totalmente inmovilizada.

Joss sentía los pensamientos difusos, mezclados; intentó recordar cuál iba a ser el siguiente paso. Entonces contuvo el aliento. El dilatador anal. Dash le había dicho que iba a insertarle un dilatador y que luego la azotaría.

Se le aceleró el pulso en el momento en que notó la mano de él sobre sus nalgas, masajeándolas y acariciándolas hasta que sintió que se derretía de deseo. Entonces él se apartó. Joss intentó mirar por encima del hombro pero la tensión en los hombros era insoportable, así que volvió a mirar hacia el frente, conteniendo la respiración, a la espera de lo que iba a suceder a continuación.

Notó la mano de Dash en el trasero, que le separaba las nalgas. Después sintió el frío impacto del lubricante. Dash se lo esparció por encima del culo y se detuvo en el orificio, untándolo generosamente de gel. Acto seguido le metió la punta del dedo. Joss contuvo el aliento.

Su cuerpo protestó ante aquella pequeña intrusión, aplastando y rechazando el dedo. Pero él insistió, ejerciendo una firme presión hasta que lo deslizó dentro hasta la mitad. Ella jadeó, sobresaltada por el repentino asalto.

Dash se inclinó y le besó la nalga, luego le mordisqueó la piel con ternura. Aprovechándose de aquella distracción, deslizó otro dedo dentro, con más lubricante para facilitar el acceso.

Empezó a meterlos y a sacarlos, lubricando el recto. Tras unos segundos que a Joss se le hicieron eternos, Dash sacó los dedos y esparció más gel. Entonces notó la fría cabeza del dilatador en el muslo. Dash se lo insertó, solo unos centímetros, antes de sacarlo y volverlo a insertar.

Deslizó la mano libre por debajo de su vientre y luego hacia abajo, hacia su zona más erógena. Empezó a frotarle el clítoris, dibujando pequeños círculos. Entre tanto, iba introduciendo el dilatador por el ano, poco a poco.

Su vulva se contraía de deseo, mojada, muy mojada. Instintivamente, Joss intentó abrirse más para amoldarse al dilatador, deseando, necesitando más.

—Muy bien, cariño —murmuró él—. Ya casi está. Acéptalo. El dolor pasará. Nótalo en su totalidad, permite que te invada el placer.

Dash deslizó los dedos más abajo, alrededor del orificio vaginal mientras empujaba el dilatador unos centímetros más. Había llegado a su parte más ancha, que iba a dilatarla hasta lo que parecía imposible. La quemazón era intensa, pero los dedos de Dash obraban maravillas en su clítoris y en el resto de sus zonas erógenas. Joss estaba a punto de perder el sentido, agitada y al borde del orgasmo, procurando contenerse porque sabía que sin ese absoluto estado de excitación el dilatador le dolería.

Justo cuando pensaba que no podía soportarlo ni un minuto más, su cuerpo cedió, rindiéndose completamente y permitiendo el acceso total del dilatador. Dash retiró los dedos de su clítoris y ella respiró hondo, procurando recuperar el aliento. El sudor resbalaba por su frente mientras jadeaba, sin poder contenerse.

Dash volvió a besarle el culo y luego estampó un beso húmedo en la parte baja de su espalda.

—Date un momento para calmarte —le ordenó él—. Quiero que estés al límite cuando finalmente me folle tu bonito culo, para que pierdas el sentido de tanto placer. Ahora toca el látigo. Quiero que imagines qué sensación te provocará el beso del látigo en la piel. No intentes ocultar el dolor.

Acéptalo. Porque después del dolor llegará el placer. Para cualquier mujer, el dolor es la puerta de acceso a un subespacio. Cuando alcances ese nivel, no sentirás nada más que un placer total, dulce y embriagador. Yo te llevaré hasta allí, Joss. Confía en mí.

Ella asintió, incapaz de hablar. Quería la marca de Dash en su piel. Deseaba sentir el fiero impacto del látigo sobre ella. Todo aquello sobre lo que había oído hablar, sobre lo que tanto había leído y fantaseado estaba a punto de suceder.

Entornó los ojos, escuchando con atención todos los movimientos de Dash. De repente, oyó el chasquido del látigo. Abrió los ojos al instante. El ruido la había sacado del estado de ensoñación, pero no sintió dolor. Necesitó un momento para comprender que Dash no la había azotado. Todavía no.

Se estremeció al notar la tira de cuero sobre la columna vertebral, cerca de la base del cráneo, deslizándose lentamente por su espalda hasta llegar a las nalgas, separadas por el dilatador anal. Contuvo la respiración, expectante. Pero no pasó nada.

—Respira, Joss. No contengas el aire. Te haré esperar más rato hasta que te relajes.

Ella soltó el aire, con suspiros entrecortados mientras se esforzaba por cumplir la orden. De repente, sintió una punzada aguda en la piel, como si la hubieran quemado con un soplete. Dio un respingo y se estremeció ante aquel primer impacto. Abrió los ojos como platos. ¡Qué daño!

Su reacción instintiva fue pronunciar inmediatamente la palabra de seguridad, escudarse en la seguridad que le confería la palabra. Pero se mordió el labio, decidida a aguantar.

El segundo latigazo no la pilló tan desprevenida como el primero. Respiró hondo hasta que la sensación de quemazón desapareció, y entonces, tal como él le había prometido, el placer reemplazó al dolor: sintió un diferente tipo de ardor en las venas, que se esparcía rápidamente por todo su cuerpo.

El tercero no le hizo tanto daño como los dos primeros, pese a que fue más enérgico. A esas alturas Joss ya sabía qué esperar, y no temía tanto los latigazos como al principio. El placer reemplazaba rápidamente la sensación incómoda, y lo aceptó tal y como él le había pedido que hiciera.

Dash continuó azotándola, sin golpear nunca en la misma zona dos veces seguidas. Aceleró el ritmo y la intensidad, hasta que Joss empezó a perder de vista el mundo a su alrededor. Lo veía todo borroso, con una sensación de euforia que se esparcía como un incendio sin control por todo su ser.

¿Aquello era lo que él había denominado «subespacio»? Había leído algo acerca de ese concepto; sabía que algunas sumisas lo experimentaban cuando entraban en trance y no sentían dolor, solo el más dulce de los placeres.

Era un estado de plenitud que jamás había experimentado antes. Intentaba elevar el trasero, en busca de los azotes antes de que llegaran. Los deseaba; anhelaba más, con más fuerza, más seguidos.

Joss necesitó un momento para darse cuenta de que él se había detenido. Sentía la piel irritada y abrasada por el intenso calor. Estaba hipersensible. Dio un respingo cuando Dash la tocó, acariciando los moretones que le acababa de hacer.

—Qué belleza —dijo él, con la voz llena de deseo—. Mis marcas en tu piel. Nunca había visto algo tan hermoso. Sé que te había dicho que te follaría la boca y luego el culo, pero me muero de ganas de penetrar este culo, y no lo conseguiré si cierras tus bonitos labios alrededor de mi pene.

Ella gimió suavemente, cerrando los ojos mientras imaginaba a Dash follándola por detrás, llevándola hasta un estado donde nadie había llegado antes, mientras permanecía totalmente indefensa; lo único que podía hacer era aceptar todo lo que él deseara hacerle, de la forma que él decidiera.

Dash le estampó un beso en una mejilla y luego en la otra; a Joss se le humedecieron los ojos ante la reverencia de sus acciones. Respiró hondo, inhalando el aroma del deseo en el aire, saboreándolo, con la intención de inmortalizar cada detalle de aquella noche. Sabía que habría muchas más noches en el futuro, pero aquella era la primera. No era la primera vez que hacían el amor, pero era la primera vez que él le demostraba realmente su dominación, y ella, su sumisión.

¡Qué acto tan bello! Joss jamás habría imaginado una belleza tan absoluta, tan perfecta. Ahora comprendía mejor por qué Dash le había dicho que era un regalo, un regalo que él apreciaba muchísimo. Pero ella no era la única que ofrecía el regalo de su sumisión; la demostración de poder de Dash también era un preciado regalo. Él podría abusar fácilmente de su poder, pero en cambio se movía en la fina línea entre insuficiente y excesivo.

Con cuidado, Dash comenzó a quitarle el dilatador. El cuerpo de Joss se contrajo, como si deseara retenerlo. Él ejerció una firme presión y, de repente, el orificio quedó libre, sensible después de tanta presión. Joss relajó las nalgas, notando una flojedad tras haber experimentado aquella plenitud. Se sentía dolorosamente vacía, privada de aquella tensión placentera que la dilataba alrededor del *plug* anal.

¿Cómo se sentiría cuando él la penetrara, en lugar de usar un objeto de silicona? Mejor, mucho mejor. Anhelaba que Dash se hundiera dentro de ella, hasta el fondo, que la poseyera por completo, demostrando su absoluta autoridad sobre ella.

La cama se hundió a la altura de sus rodillas cuando Dash se encaramó y se colocó entre sus piernas abiertas. Con las manos fue trazando una línea a lo largo de sus piernas, por la piel hipersensible detrás de las rodillas, y siguió ascendiendo hasta el culo. Le acarició y masajeó las nalgas, pasando los dedos con suavidad por encima de las manchas amoratadas antes de separarle las nalgas al máximo, abriéndola para su inminente invasión.

Ella se puso tensa de inmediato, una reacción automática. Él le propinó un manotazo en el culo, lo justo para que sirviera de aviso, pero no lo bastante fuerte para hacerle daño.

—Relájate. La penetración te dolerá mucho más si estás tensa. He usado mucho lubricante. Estás preparada para mí, lo veo. Relájate y déjame que me ocupe del resto.

Joss se esforzó por acatar la orden. Él esperó, manteniendo la posición detrás de ella, manoseando y acariciando su cuerpo hasta que finalmente la tensión empezó a ceder; los músculos se aflojaron y se volvieron nuevamente flexibles.

En ese momento, Dash le separó las nalgas y la penetró, no con contundencia ni dureza. Solo se hundió medio centímetro, pero ella contuvo el aliento y abrió mucho los ojos mientras notaba cómo se dilataba para acomodarlo.

Si había pensado que era imposible amoldarse al dilatador anal, con Dash le parecía aún más impensable. ¿Cómo diantre iba a caber dentro de ella? ¿Qué opciones tenía? Tanto si pensaba que podía como si no, Dash no iba a darle ninguna alternativa. La penetraría a la fuerza, si era necesario.

Aquel pensamiento le provocó un escalofrío, una sensación ardiente y oscura que la catapultó nuevamente al mismo subespacio que ya había visitado unos instantes antes. La experiencia adoptó una calidad onírica. Joss se debatía entre la fantasía y la realidad mientras él se abría paso dentro de ella, presionando con firmeza a medida que ella se iba dilatando para acomodarlo.

—Ya casi está —la animó, acariciándole la espalda con ambas manos—. Un poco más y estaré totalmente dentro de ti.

—Deprisa —susurró ella, mordiéndose el labio para evitar suplicar más.

Él se retiró, y ella dio un respingo de descontento, pero volvió a encularla. Con una brusca embestida la penetró hasta el fondo. El agudo gemido de Joss rompió la quietud, e instintivamente intentó echarse hacia delante para alejarse de aquella invasión, pero las cuerdas no le permitían escapar.

Dash la agarró por las caderas, clavándole los dedos en la piel, marcándola del mismo modo como antes lo había hecho con el látigo. Soltó un rugido y se pegó a su espalda, hundiéndose de nuevo hasta el fondo. Joss podía notar los testículos y la mata de vello que rodeaba el pene pegados a su trasero.

Jadeaba, con la respiración entrecortada, mareada y entregada a un estado de abandono total como nunca antes había experimentado. A continuación, Dash deslizó la mano por su vientre y le acarició el clítoris con suavidad. Ella volvió a gemir; estaba a punto de estallar. ¡Oh, no! ¡Todavía no! No quería correrse todavía. La experiencia tocaría a su fin, y eso no era lo que deseaba.

—¿Estás a punto? —preguntó Dash en una voz gutural.

—Sí —respondió ella, jadeando de desesperación y deseo—. ¡No me toques! Todavía no. No hasta que tú estés listo. Estoy a punto de explotar, Dash, a punto.

Él se inclinó y la besó entre los omóplatos, pero dejó de atormentarla con las caricias en el clítoris. Se movió sensualmente dentro de ella.

—Yo también estoy a punto —dijo guturalmente—. No quiero que esto se acabe. Es tan especial, Joss, tú eres tan especial... Tu culo es tan perfecto como el resto de tu cuerpo, tan tenso y caliente, succionándome como una boca codiciosa.

Ella entornó los ojos y respiró hondo por la nariz. Dash no la estaba tocando, sin embargo, seguía al borde de sus fuerzas. No necesitaba ningún incentivo más para explotar.

Dash deslizó ambas manos a lo largo de su cuerpo para apresarle los pechos. Jugó con sus pezones, acariciándolos y frotándolos con la punta de los dedos mientras seguía pegado a su espalda, totalmente inmóvil dentro de ella.

Al cabo, volvió a alzar el torso, apartó las manos de sus pechos y las apoyó en su cintura. Se retiró y volvió a embestirla con dureza, hasta el fondo. Repitió el movimiento varias veces, retirándose hasta que solo la punta permanecía dentro del orificio y luego arremetiendo con fuerza.

Le había dicho que no mostraría piedad, que la follaría duramente, que la empujaría hasta el límite, pero desde aquel primer latigazo que la había impactado por el dolor y la intensidad, Joss no se había planteado pedirle que se detuviera. Lo deseaba con todas sus fuerzas, con todo su cuerpo.

Ahora que había probado la dominación de Dash, se sentía adicta, como una drogadicta desesperada por la nueva dosis. Nunca se sentiría saciada de él, de su poder, de su control. Aquel reclamo resonaba en las partes más oscuras y profundas de su alma. Se sentía viva sabiendo que él era su dueño, su señor, como una flor en primavera después de haber pasado todo el invierno en estado latente.

—Esto te va a doler, Joss —dijo él, apretando los dientes—. Seré brusco y no me detendré a menos que uses tu palabra de seguridad.

Ella temblaba incontrolablemente. Pensaba que ya había sido brusco y duro. ¿Aún había más? ¿Dash se había guardado un as para el final?

Pronto obtuvo la respuesta cuando él irguió completamente la espalda hasta quedar en posición vertical, una posición de absoluta dominación. Le separó las nalgas con ambas manos, abriendo al máximo su orificio para prepararlo para una nueva invasión. Y entonces la folló con tanta fuerza que Joss se quedó sin aliento.

Con ímpetu, hasta el fondo.

Una y otra vez, la embestía sin piedad, arrollándola con el poder de su posesión. La habitación se volvió borrosa a su alrededor. Joss no era consciente de nada más que del poder que él demostraba. Le hacía daño, le abrasaba la piel; era el placer más intenso que jamás había experimentado.

De repente, Dash se retiró y los calientes chorros de semen bañaron su trasero. Algunos penetraban en su orificio dilatado a causa de la fiera penetración; el resto se derramó por su espalda y por su culo. Entonces, tal como le había prometido, volvió a encularla, todavía eyaculando, para acabar de vaciarse dentro de su cuerpo.

Joss sentía cómo el líquido caliente se derramaba por su orificio con cada nueva embestida, cómo se deslizaba por la parte interna de sus muslos en cálidos regueros. Entonces Dash se hundió hasta el fondo, ejerciendo una máxima presión contra su culo mientras su cuerpo temblaba sobre ella.

Deslizó nuevamente los dedos hasta su clítoris y Joss reaccionó con un respingo. Estaba tan empapada, tan extraordinariamente excitada, que aquel tacto resultaba casi doloroso, y, sin embargo, ansiaba más, necesitaba más. Necesitaba alcanzar el clímax.

—Me quedaré dentro de ti hasta que llegues al orgasmo —dijo él con tensión—. Quiero que sientas que pierdes el mundo de vista mientras yo te penetro por el culo hasta el fondo.

Dash ejercía más presión con los dedos, dibujando círculos torturadores alrededor de su clítoris. La sensación dual, su miembro viril en el culo, sus dedos acariciándole el clítoris, era excesiva, imposible de soportar.

Joss estalló en un orgasmo glorioso, que irrumpió con la fuerza de una gigantesca ola. Perdió el mundo de vista, perdida en las convulsiones del placer orgásmico. Estaba cubierta por el semen de Dash; sentía el pene en sus entrañas mientras se retorcía y se contraía sin control.

Dash rugió. Ella gritó. Y entonces se desplomó sobre el colchón, tanto como le permitían las cuerdas que la inmovilizaban, y Dash se desplomó sobre ella.

El pecho de Dash subía y bajaba violentamente, al mismo ritmo que el de Joss mientras ella intentaba recuperar el aliento.

—¿Estás bien? —le preguntó Dash al tiempo que le apartaba el pelo de la mejilla.

—Mmmm… —musitó ella.

—Voy a desatarte y luego te limpiaré rápidamente, ¿de acuerdo?

—Tranquilo. No pienso ir a ninguna parte —murmuró Joss.

Dash soltó una carcajada ante la ocurrencia.

—Lo supongo; te tengo atada a mi cama. No sabes cómo me gusta verte así. No me costaría nada acostumbrarme a tenerte siempre a mi entera disposición, todas las horas del día.

Joss no tenía fuerzas ni para replicar. Estaba hecha polvo, exhausta, pero más saciada y contenta que en toda su vida.

Al cabo de unos momentos, él la desató con delicadeza, después de limpiar el semen de su piel con un paño húmedo. Cuando Joss estuvo libre, la sentó al borde de la cama y le inspeccionó los tobillos y las muñecas por si tenía alguna quemadura. Acto seguido, besó cada rozadura —por más pequeña que fuera— que le habían provocado las cuerdas en la piel y le masajeó los pies hasta que Joss recuperó la sensibilidad.

La verdad era que apenas notaba ninguna parte del cuerpo. La experiencia la había dejado molida. Se sentía entumecida y fuera de combate, como si acabara de salir de un largo sopor. Quizá todavía estaba en medio del sueño.

Cuando Dash terminó con el masaje, se arrodilló y la alzó en volandas. Su hombro le servía de almohada a Joss. Le acarició la espalda mientras le besaba el pelo.

—Dime en qué estás pensando —se interesó él.

Ella intentó sonreír al tiempo que se apartaba unos centímetros, pero estaba demasiado cansada para pensar. En vez de eso, Joss le acarició la cara, trazando con los dedos su perfil, hasta llegar a la barbilla.

—Creo que ha sido la experiencia sexual más increíble de mi vida, eso es lo que pienso —confesó.

Dash sonrió, con un evidente alivio en los ojos. Se inclinó hacia delante y apoyó la frente en la de Joss. Era un gesto que realizaba a menudo. A ella le gustaba la intimidad de la acción, le gustaba que él se mostrara tan afectuoso; le encantaba que a él le gustara tocarla tan a menudo.

—Quería que durara mucho más —apuntó él con el semblante arrepentido—. Normalmente aguanto más, pero es que tú me provocas de una forma increíble, Joss, me vuelves loco. Te toco, te beso y siento la necesidad de poseerte hasta que me pongo prácticamente ciego de lascivia.

Ella le sonrió y se inclinó apenas unos centímetros para besarlo en la boca.

—Tendremos infinidad de ocasiones para gozar al máximo y durante más tiempo. Todavía nos estamos conociendo. Para mí todo esto es nuevo.

—Me apuesto lo que quieras a que te duele un poco el culito, ¿no es así? —comentó con una sonrisa de niño travieso—. Pues prepárate, porque pienso someterte a tantas pruebas que al final aguantarás mucho más que hoy.

—Tienes razón; sí que me duele —se lamentó Joss mientras cambiaba de posición.

—Entonces tendré que besarlo para aliviar la sensación de escozor —contestó Dash con voz sedosa.

Se inclinó hacia delante, sosteniéndola sin ningún esfuerzo entre los brazos, y luego la colocó sobre la cama. La cubrió con las sábanas; volvió a besarla y luego dio un rodeo a la cama para tumbarse a su lado.

Ella se dejó abrazar, disfrutando de la sólida calidez de su cuerpo. Aquella noche Dash no la ató. Quizá se olvidó, o quizá tenía miedo de que las cuerdas que había utilizado antes le hubieran lacerado la piel y le estaba dando un respiro. No importaba. Ella estaba tan cerca de él como podía, y él la envolvía con sus brazos y sus piernas. Con eso bastaba.

A media noche, Dash se despertó debido a la agitación de Joss, que sollozaba entre sueños; probablemente sufría una pesadilla. Se proponía despertarla, pero antes de que pudiera hacerlo ella murmuró una palabra: «Carson».

Dash se quedó paralizado. Aquella única palabra lo había dejado helado. Ella la había pronunciado con tristeza, como si lo echara de menos. No era lo que Dash deseaba escuchar justo después de hacerle el amor, cuando Joss lucía las marcas de su dominación y posesión.

Ella se dio la vuelta hacia la pared y se acurrucó sin despertarse. Dash permaneció tumbado en la cama, a escasos centímetros pero con la sensación de estar en otro mundo.

Y mientras ella recuperaba el sosiego y volvía a dormir plácidamente, Dash siguió despierto, en un siniestro silencio.

Dieciocho

Dash estaba muy callado y taciturno a la mañana siguiente. No se había mostrado muy dialogante desde que se habían levantado. Ella se había ofrecido a preparar el desayuno con una evidente indecisión, pero él había rechazado la propuesta y había preparado la comida para los dos. Pero no le había dado de comer tal como había hecho en las ocasiones anteriores. De hecho, se sentaron uno frente al otro, en la pequeña mesa situada en un rincón de la cocina.

Joss intentó entablar conversación varias veces, pero las respuestas de Dash eran cortas y distantes, como si tuviera la mente en otro lugar. Ella repasó la noche anterior una y otra vez, preguntándose si había hecho algo que le hubiera molestado. Pero él parecía completamente satisfecho con la experiencia; ella no se había acobardado ante el reto, no había recurrido a la palabra de seguridad; había soportado como una jabata hasta el final, y se había lamentado cuando habían acabado.

¿Por qué estaba tan distante?

Le estuvo dando vueltas a la cuestión durante todo el desayuno, y cuando terminaron de comer, se levantó y retiró los platos sin pedir permiso. La verdad era que quería estar sola unos momentos para reflexionar acerca del repentino cambio de humor de Dash.

Irguió la espalda con tensión cuando notó que Dash se colocaba detrás de ella. Amontonó los platos en una pila y se dio la vuelta para mirarlo.

—¿He hecho algo mal? —le preguntó sin rodeos.

Odiaba los jueguecitos de adivinanzas. No se le daba

bien ocultar sus sentimientos, y Dash se daría cuenta de que estaba preocupada por algo, aunque el problema fuera él.

Él pestañeó varias veces seguidas, sorprendido, y entonces sus facciones se suavizaron y relajaron; las arrugas de tensión en su frente se disiparon.

—No, cariño, ¿por qué lo preguntas?

—Porque apenas me has dirigido la palabra en toda la mañana —alegó ella—. No quiero ser pesada ni meterme donde no me llaman, pero me estoy poniendo nerviosa porque no sé qué he podido hacer para molestarte.

Dash suavizó aún más las facciones; acortó la distancia con ella y la estrechó entre sus brazos. Joss se apoyó en la encimera.

—No has hecho nada que me haya molestado. Solo estoy un poco pensativo, pero no tiene nada que ver contigo. Anoche fue maravilloso, y tú también estuviste maravillosa, Joss. Lo siento mucho, si he hecho que te sientas como si hubieras hecho algo indebido, de verdad. Estuviste —y eres— perfecta.

Por alguna razón, ella tuvo el presentimiento de que Dash no le decía la verdad, o, por lo menos, no toda la verdad. A lo largo de la mañana lo pilló varias veces observándola detenidamente, como si intentara averiguar sus pensamientos. A esas alturas Dash ya debería saber que ella era como un libro abierto, incapaz de ocultar nada cuando le rondaba algo por la cabeza: era evidente en su mirada o simplemente sacaba el tema a colación.

Esa era una de las virtudes que Carson más adoraba de ella, que no le gustaran los juegos en absoluto, que no reaccionara poniendo morros, con carita enfurruñada, por cualquier motivo imaginario. Si estaba preocupada por algo, él lo sabía. Carson jamás tenía que preguntarle porque ella era demasiado honesta y explícita, especialmente con las personas que le importaban.

—¿Estás seguro? —preguntó con el mismo tono sosegado—. Todavía estoy aprendiendo de qué va esto, y no quiero meter la pata. Si cometo algún error, dímelo para que pueda corregirlo.

Dash la besó y la abrazó con fuerza.

—No has cometido ningún error, Joss. Y de haberlo hecho, no me quedaría la menor duda de que habría sido sin querer. Eres demasiado honesta y directa; es una de las virtudes que más admiro de ti. Contigo no valen las suposiciones porque acostumbras a agarrar el toro por los cuernos.

Joss se relajó; sus temores se disiparon.

—Lo siento. Sé que parece que me haya puesto a la defensiva, pero para mí esto es muy importante. Necesito que lo comprendas. No me lo tomo a broma; no es que me interese tener una relación con cualquiera. Te he elegido a ti. Seguro que eso significa algo.

—Lo significa todo —apuntó él con ternura—, más de lo que posiblemente puedas llegar a comprender. Lo que no entiendes es que hay un sinfín de hombres que desearían darte lo que tú quieres; te mimarían y malcriarían hasta la saciedad, pondrían el mundo a tus pies, pero yo estoy enormemente encantado de que me hayas elegido a mí para que sea ese hombre, aunque haya contribuido en tu decisión a base de insistir mucho.

Ella sonrió.

—Por más que hubieras insistido, si no hubiera querido iniciar esta relación contigo, no habría aceptado. Carson me enseñó a ser independiente y a apañarme sola. Siempre le estaré agradecida por esa lección. Me enseñó que podía ser la persona que soy, y que jamás debería intentar cambiar para complacer a nadie. Él tenía razón, y es algo que he procurado hacer siempre, todos los días.

Joss vio que Dash torcía el gesto. ¿Acaso le molestaba que le hablara de Carson? ¿Se resentía por el hecho de que ella hubiera estado felizmente casada con otro hombre?

Joss lo comprendía, o por lo menos, creía comprenderlo. A Dash no le debía de hacer gracia que ella le recordara su relación anterior por la cara a la primera de turno, por más que solo hubiera habido un solo hombre.

En el futuro procuraría ir con más cautela a la hora de hablar de Carson con él. Pero era normal que necesitara cierto tiempo para adaptarse al repentino cambio en aquella relación. Dash había pasado de ser su amigo y confidente a ser su amante en cuestión de días. Antes, ella no mostraba ningún reparo a la hora de hablar de su relación con Carson, o simplemente de Carson, con un hombre al que consideraba su mejor amigo. Era agradable poder hablar sobre Carson con alguien que le había conocido tan bien como ella. Eso le permitía mantener vivo el recuerdo y hablar de los buenos tiempos compartidos.

—¿Qué haremos hoy? —preguntó ella impulsivamente—. ¿Has llamado a Tate, a Chessy y Kylie para ver si les va bien venir a cenar esta noche? Necesito saberlo, porque en ese caso debería ir al supermercado a buscar lo que necesito para la cena. Sé dónde encontrar unos bistecs divinos. Pensaba que podríamos prepararlos a la parrilla; yo me encargaré de la guarnición: patatas asadas, ensalada, empanadas caseras y un postre realmente delicioso.

Dash le buscó la boca y la besó con toda la ternura y afecto que no le había demostrado hasta ese momento aquella mañana.

—Me parece genial. Deja que antes llame a Tate. ¿Quieres llamar a Kylie para invitarla o prefieres que lo haga yo?

—Ya la llamaré yo —respondió ella despacio—. Pero esperaré a que tú le des las explicaciones cuando esté aquí. Pensaba pedirle que viniera como mínimo treinta minutos antes que los demás para que tengas tiempo de ponerla al corriente acerca de Jensen.

—Me parece muy buena idea. Tú haz tu llamada y yo haré la mía. Después iré a comprar todo lo necesario para la cena.

—Sí, mejor que tú te encargues de seleccionar el vino. Carson siempre decía que no sabía elegir el adecuado.

Casi se mordió la lengua con un sentimiento de frustración. Apenas unos momentos antes había jurado que dejaría de mencionar a Carson cuando hablara con Dash. Ningún hombre desearía sentirse en constante rivalidad con otro hombre, especialmente con un hombre muerto.

Joss esperó a experimentar la punzada de dolor que siempre sentía en el pecho cuando hablaba de Carson, pero en aquella ocasión no la sintió. Notó la tristeza que la invadía de vez en cuando, pero de una forma muy débil. Por primera vez, podía ver la hierba al otro lado de la valla, y desde su posición le parecía sumamente llamativa.

Diecinueve

*A*unque el papel de anfitriona de una cena no era nuevo para Joss, notaba unos nervios incontrolables porque era la primera cena en la que actuaba de anfitriona en casa de Dash. Los invitados eran todos amigos, así que no había motivo para estar nerviosa, pero lo estaba. A pesar de que sus amigos conocían su relación con Dash, no había hecho ostentación delante de ellos. Añadió los toques finales a la ensalada y metió el cuenco en la nevera antes de poner las patatas al horno. Los bistecs se estaban macerando, y Dash los asaría a la parrilla cuando faltara poco para cenar.

Primero hablarían con Kylie, y Dash le explicaría que se había asociado con Jensen. Joss detestaba la confrontación, pero sabía que era mejor hacerlo en privado, en un lugar donde Kylie se sintiera cómoda, en vez de que Dash se lo comunicara en el despacho, un lugar donde ella no podría reaccionar con absoluta honestidad.

Oyó el timbre de la puerta y se apresuró a salir de la cocina al tiempo que le gritaba a Dash que ya iba ella. Quería ser la primera en recibir a Kylie.

Cuando abrió la puerta, Kylie le sonrió y Joss la abrazó.

—Te preguntaría qué tal te va, pero con solo ver tu aspecto ya lo sé —comentó Kylie con sarcasmo—. Se te ve... feliz, Joss. Me alegro.

Impulsivamente, Joss volvió a abrazar a su amiga.

—Gracias. ¿Y tú qué tal? Solo han pasado un par de días, pero tengo la impresión de que hace siglos que no hablo contigo.

—Eso es porque nos pediste a Chessy y a mí que no te agobiáramos —espetó Kylie con sequedad.

Joss rio.

—Es cierto. Pensé que sería más fácil enviaros un correo electrónico a las dos en lugar de llamaros a cada una por teléfono, porque me freiríais a preguntas sin piedad.

A Kylie se le curvaron las comisuras de los labios hacia arriba cuando entraron en el salón de Dash. Echó un vistazo a su alrededor y cuando no vio a nadie se dio la vuelta hacia Joss y en voz baja le preguntó:

—¿Se porta bien contigo? Pareces feliz, ¿pero de verdad lo eres?

Joss sonrió, expresando abiertamente su felicidad mientras contemplaba a su amiga.

—Es muy bueno conmigo. Lo nuestro va mejor de lo que había imaginado. Soy muy feliz.

Kylie le tomó la mano y se la estrechó con energía.

—Entonces me alegro por ti. Ya sé que al principio no parecía estar de tu parte, y lo siento. Solo estaba preocupada por ti. Quiero que seas feliz, Joss. Espero que lo sepas.

—Lo sé. Te quiero; no lo olvides nunca.

Dash entró en el comedor y avanzó hasta Kylie para darle un beso en la mejilla.

—Me alegro de verte. ¿Quieres tomar algo? Hay un tema que quiero comentar contigo antes de que lleguen los demás.

Kylie le lanzó una mirada inquisidora.

—Una copa de vino, por favor. Elige tú, me da igual si es blanco o tinto.

Dash sirvió un par de copas para las dos mujeres.

—¿De qué querías hablar? —inquirió Kylie con curiosidad.

Dash suspiró; de repente parecía incómodo. Pero Joss sabía que él no era la clase de persona que se andaba con rodeos. Expondría la situación y luego se adaptaría a la reacción de Kylie, fuera cual fuese.

—Tenemos un nuevo socio en la empresa —anunció directamente, tal como Joss sabía que haría.

Kylie abrió los ojos exageradamente y separó los labios, pero no dijo nada. Simplemente se quedó mirando a Dash, paralizada ante tal información.

—Se llama Jensen Tucker —continuó Dash—. Carson y yo ya habíamos considerado aceptarlo como socio hace unos años. Cuando Carson murió, aparté esos planes y me centré en mantener el negocio a flote. Pero ha llegado el momento. Es un sólido valor añadido; Jensen será un componente positivo para la empresa.

—¿Vas a reemplazarlo? —espetó Kylie sin apenas voz—. ¿Por qué? Estás haciendo un buen trabajo, Dash. ¿Por qué necesitas a ese tipo? ¿Qué puede ofrecerte?

Kylie había ido alzando la voz, hasta que pronunció la última pregunta con un chillido colérico.

Joss se puso al lado de Dash, entrelazó los dedos con los de él y se los apretó para demostrarle su apoyo. Él le devolvió el gesto al tiempo que le dedicaba una mirada agradecida.

—¿A ti te parece bien? —preguntó Kylie a Joss en un tono acusador.

Joss se sofocó y por un momento se sintió incapaz de contestar. No esperaba que Kylie se lo tomara bien al principio, pero tampoco esperaba aquel tono acusador, dispuesta a enfocar su ira hacia ella. No era su empresa ni su elección. Sí, Joss era la propietaria de una parte del negocio, pero no tenía poder ni capacidad de decisión; eso era asunto de Dash, y muy pronto también sería asunto de Jensen. Ella y Kylie se beneficiaban de las ganancias; Carson se había asegurado de que así fuera, pero ninguna de las dos tenía voz ni voto en la gestión del negocio. Carson había confiado ese deber a Dash, y Joss estaba de acuerdo con la decisión.

—No puedo creer que le brindes tu apoyo en esta cuestión —le recriminó Kylie—. ¿Acaso ya has olvidado a Carson? ¿Estás tan obsesionada en tu nueva relación con Dash que le das la espalda a todo aquello que erigió tu esposo?

—¡Ya basta! —terció Dash, con la mandíbula tensa de rabia—. No tienes derecho a dirigir tu ira hacia Joss. Si tienes algo que decir, me lo dices a mí, ¿entendido? No permitiré que hagas que Joss se sienta culpable de nada. No ha sido su decisión, pero sí, me ha brindado su apoyo. Mira, Kylie, de ti depende que esto sea un asunto fácil o que se convierta en una situación difícil; tú eliges. Jensen vendrá esta noche a cenar y podrás conocerlo en persona. Espero que te comportes como una profesional y le ofrezcas un trato cordial.

Joss notó una cálida sensación de alivio en el pecho por la defensa instantánea de Dash. Él estaba enfadado, y eso que le costaba mucho perder la paciencia, pero se había mostrado implacable con la salida de tono de Kylie y había rodeado a Joss con un brazo protector para mostrarle su absoluto apoyo, tal como ella había hecho antes con él.

—¿Y si no lo acepto? —lo retó Kylie—. ¿Piensas despedirme si no me gusta la persona que has elegido para reemplazar a Carson?

—Si llegáramos a ese punto, sí —contestó Dash, procurando contener la voz—. Pero espero que no tengamos que llegar a ese punto, Kylie. Eres una secretaria excelente. Esta compañía te necesita, yo te necesito. Odiaría tener que optar por hacerlo, pero si creas problemas por Jensen, no me quedará más opción que reemplazarte.

Kylie palideció y sus ojos reflejaron su profundo malestar. Desvió la vista hacia Joss con la misma mirada acusadora. Joss se estremeció ante su reacción, consciente de que para Kylie aquello era el súmmum de la traición, no solo por parte de Dash sino también por parte de Joss. Probablemente esperaba que Joss se pusiera de su parte, que protestara por haber sustituido a Carson.

Su expresión y su lenguaje corporal no dejaban lugar a dudas de que estaba furiosa, no solo con Dash sino con Joss, quizá más con Joss.

—Me invitáis, me soltáis esta noticia como si nada y luego esperáis que me comporte con afabilidad con un hombre que va a sustituir a mi hermano —murmuró ella dolida—. ¿Cómo esperabais que reaccionara?

—Te hemos invitado porque pensábamos que sería más conveniente decírtelo en privado y darte tiempo para asimilar la noticia antes de que él llegue. La alternativa era decírtelo en la oficina el lunes, y creo que dado que nuestra relación va más allá de una simple relación profesional, prefería no tener que decírtelo en un entorno laboral. Quizá me haya equivocado.

La voz de Dash era fría; destilaba rabia por todos los poros. Kylie lo había provocado, y su ataque hacia Joss lo había sacado de sus casillas. Joss volvió a apretarle la mano, una señal silenciosa para que intentara contenerse.

—No pasa nada, Dash —intervino Joss en un tono conciliador—. Comprendo que esté enojada.

—Sí que pasa —espetó Dash—. No tiene derecho a tratarte de ese modo, y no lo permitiré en nuestra casa.

—¿Nuestra casa? —repitió Kylie con incredulidad—. ¿Vuestra relación ha progresado hasta ese punto, Joss? ¿Te has mudado aquí y has olvidado al hombre con el que estuviste casada durante tres años? ¿Pero se puede saber qué pasa aquí? ¿Es que todos tenemos que olvidar que Carson ha existido? Quizá vosotros podáis, pero yo no. Era mi única familia, y no se le puede sustituir tan fácilmente, al menos para mí no.

—Si no le pides disculpas a Joss ahora mismo, te pediré que te vayas; es más, el lunes pasarás por el despacho solo para recoger las cosas de tu mesa y presentar la dimisión —concluyó Dash en un tono gélido—. Lo que hay entre Joss y yo no es de tu incumbencia. Ella no necesita tu consentimiento ni tu bendición, aunque le gustaría tener ambas cosas. Te quiere y se cortaría un brazo antes de hacerte daño aposta. Pero tú le estás haciendo daño y por ahí no paso. Ni hablar. Además, no te permitiré que pongas más los pies en nuestra casa. Sí, «nuestra» casa, Kylie. Joss vive conmigo, así que tienes dos opciones: aceptarlo y alegrarte por ella o marcharte. ¿Qué eliges?

Joss se puso lívida, a juego con la palidez de Kylie. Temblaba incontrolablemente, y eso parecía irritar aún más a Dash. La abrazó con fuerza hasta el punto de que apenas podía respirar. No, no esperaba que Kylie se lo tomara bien, pero tampoco esperaba que la atacara de ese modo.

¿Era lo que Chessy pensaba, también? ¿Que había olvidado a Carson con una pasmosa facilidad y que se había tirado a la piscina a la primera de cambio? ¿Acaso ninguna de sus amigas se alegraba de verdad por ella? ¿Perdería su amistad porque deseaba volver a ser feliz? ¿Por qué tenía la impresión de que ser feliz era pedir demasiado? ¿Por qué

Kylie no podía aceptar que lo único que Joss deseaba era no estar más tiempo sola?

Las lágrimas le quemaban en los ojos, y Dash se dio cuenta. Su cuerpo se tensó y miró a Kylie furibundo.

—Has ofendido a Joss, y no pienso aceptarlo —terció él sin vacilar—. Discúlpate o vete, y decídete ya. No toleraré que la maltrates psicológicamente en su nuevo hogar.

Kylie lo miró horrorizada y a la vez afligida. Que la acusaran a ella de «maltratar» a otra persona le había causado una gran conmoción.

—Lo siento, Joss —balbució Kylie a punto de llorar—. No quería herirte ni ofenderte.

—Pues has hecho las dos cosas —replicó Dash con sequedad.

—No pasa nada —terció Joss en voz baja—. Sé que no lo has dicho a propósito, Kylie. Dale una oportunidad a Jensen. Yo ya lo he conocido y parece un buen tipo. A Carson le gustaba y lo respetaba, con eso debería bastarte.

Kylie cerró los ojos y luego, impulsivamente, se abalanzó sobre Joss para abrazarla, casi derribando a Dash sin querer.

—Lo siento, te quiero, de verdad, lo siento, Joss. Lo que he dicho ha sido horroroso. No tengo excusa. Solo es que me habéis pillado desprevenida. No me lo esperaba. Por favor, perdóname.

Joss también la abrazó, con el corazón todavía compungido por las acusaciones de Kylie. Creía que su amiga estaba realmente arrepentida, pero sus palabras todavía le dolían, como diminutos dardos que habían dado en el blanco. ¿Acaso eso era lo que todos pensarían? ¿Que se había olvidado tan rápido de Carson y que no le costaba nada sustituirlo por otro? ¡Habían transcurrido tres años! No era como si se hubiera liado con Dash una semana, un mes o incluso un año después de que Carson falleciera.

Dash miró a Joss por encima del hombro de Kylie, con expresión furibunda. Sabía que Joss estaba dolida por la salida de tono de Kylie, y era obvio que estaba dispuesto a hacer cualquier cosa con tal de evitarle el dolor.

Joss sacudió la cabeza, una señal de advertencia hacia Dash para que no hiciera nada. Kylie era muy emotiva, siempre lo había sido, y a menudo hablaba sin pensar. Joss sabía que Kylie la quería, y también aceptaba los fallos de Kylie. Y cuando se quiere a alguien, se aceptan todas sus facetas, incluso las no tan perfectas.

Dash asintió de mala gana, aceptando la silenciosa súplica de Joss de que zanjara el tema. Cuando Kylie se apartó de Joss, clavó su mirada angustiada en Dash.

—Lo siento, Dash. Por favor, perdóname. Intentaré aceptarlo. No haré nada que pueda ponerte en evidencia. Y si todavía mantengo mi trabajo, te juro que haré todo lo que pueda por ser tan profesional como hasta ahora.

La expresión de Dash se suavizó solo un poco y le propinó a Kylie un efusivo abrazo.

—Te lo agradezco, Kylie. Nadie gestionaría mi, nuestra, empresa mejor que tú, y solo espero que sigas haciéndolo. Pero te lo advierto: si te oigo utilizar de nuevo ese tono con Joss, te aseguro que la próxima vez no seré tan comprensivo.

El aviso surtió efecto. Kylie asintió para demostrarle que aceptaba la advertencia y miró de nuevo a Joss, con pena y arrepentimiento en los ojos.

—Te perdono, Kylie —dijo Joss en voz baja—. Por favor, olvidemos este mal rollo y disfrutemos de la velada. Chessy y Tate no tardarán en llegar, igual que Jensen. Por favor, dale una oportunidad.

Su tono era implorante, pero Joss siempre había sido la pacificadora del grupo. Odiaba los desacuerdos o los conflictos de cualquier tipo. Era su forma de ser, y Dash conocía perfectamente ese aspecto de su personalidad. Por eso había hecho callar a Kylie tan rápido y sin vacilar. A Joss le encantaba que él se mostrara tan protector con ella; con él se sentía segura, no solo física sino también emocionalmente, y quizá la faceta emocional era la más importante, porque ya había sufrido mucho en ese sentido. Necesitaba y deseaba que alguien protegiera sus sentimientos, que los tuviera en cuenta. Si eso significaba que era una mujer débil, qué se le iba a hacer. Era lo que Joss deseaba —o más bien necesitaba— y Dash parecía decidido a ofrecérselo.

—Le daré una oportunidad. Por ti, Joss.

Kylie había acabado por ceder, dejando claro que lo hacía

por Joss y no necesariamente por Dash, lo cual era curioso, dado que Dash era su jefe y era con él con quien le interesaba estar en buenos términos.

Pero Joss era su amiga —su hermana— y ese vínculo era sólido e irrompible, o por lo menos eso era lo que esperaba Joss. Rezó para que aquella discusión no marcara un antes y un después en su relación con Kylie.

—Apreciamos tu apoyo —comentó Dash con voz sosegada—. Significa mucho para nosotros. No eres una simple empleada; formas parte de la familia.

A Kylie se le humedecieron los ojos y se apresuró a secarse las lágrimas traidoras.

—Estamos desperdiciando un buen vino —dijo con la voz entrecortada, con una sonrisa temblorosa en los labios.

Era evidente que Kylie estaba haciendo un esfuerzo, y Joss se lo agradecía.

—¿Qué tal si vamos a la cocina y me ayudas a preparar los canapés? —sugirió Joss, ofreciéndole la mano a su cuñada—. Cuando llegue Chessy saborearemos una botella de vino entre las tres mientras los chicos se encargan de asar la carne.

Kylie sonrió, esta vez genuinamente, y aceptó la mano de Joss, estrechándola cariñosamente en señal de disculpa silenciosa.

Las dos se metieron en la cocina, y un silencio incómodo se instaló entre ellas. Joss se afanó por preparar la bandeja de canapés y luego dio la vuelta a los bistecs en la fuente donde se estaban macerando. Echó un vistazo al reloj, consciente de que los otros ya no tardarían en llegar. Esperaba a Chessy con impaciencia para aliviar la tensión existente entre ella y Kylie.

Suspiró aliviada cuando, al cabo de unos momentos, Chessy entró en la cocina, luciendo una sonrisa animosa en su bello rostro.

—¡Hola, chicas! —gorjeó.

Abrazó a Kylie y luego se acercó a Joss para ofrecerle un abrazo.

—¿Qué le pasa a Kylie? —le susurró Chessy a Joss al oído.

—Ya te lo contaré luego —murmuró Joss a modo de respuesta.

Chessy achicó los ojos como un par de rendijas cuando se apartó de su amiga, y rápidamente esbozó una sonrisa de nuevo y se dejó caer en un taburete junto a la barra, cerca de Kylie.

Kylie estaba visiblemente abatida, pese a ello, Chessy se puso a parlotear, llenando el incómodo silencio entre las dos amigas. Pero a Chessy no se le escapó el malestar patente que se extendía como un manto sobre ambas mujeres.

Cuando sonó el timbre de la puerta, Kylie palideció e inmediatamente se excusó alegando que tenía que ir al baño. Cuando Kylie salió de la cocina, Chessy se abalanzó sobre Joss, rodeando la barra para colocarse al lado de su amiga mientras esta sacaba los bistecs de la fuente y los agitaba para escurrirlos.

—¿Qué diantre pasa aquí? —la interrogó Chessy—. Kylie ha salido disparada como una bala cuando ha oído el timbre de la puerta.

—Es una larga historia —murmuró Joss—. Dash ha aceptado a un nuevo socio en el negocio; se llama Jensen Tucker. Kylie no se ha tomado nada bien la noticia. Es él quien acaba de llamar a la puerta. Le hemos invitado a cenar, para que os conozca a todos. Le habíamos pedido a Kylie que viniera un poco antes para que Dash pudiera hablar con ella en privado. Se lo ha tomado muy mal; ha explotado con un ataque de pánico y rabia, mucha rabia. Ha dicho cosas muy feas, sobre todo a mí.

Chessy abrió los ojos exageradamente.

—¿De veras?

Joss asintió.

—Dash se ha cabreado mucho, muchísimo, y la ha amenazado con echarla del trabajo si no se disculpaba. Kylie se ha disculpado, pero él le ha dicho que como se atreva a atacarme otra vez de ese modo, la despedirá en el acto.

—¡Vaya! —resopló Chessy—. Me parece muy bien que Dash te haya protegido, pero de todos modos, menudo mal rollo.

—Sí, eso mismo pienso yo.

Chessy agarró la bandeja cuando Kylie volvió a entrar en la cocina, como si se hubiera acercado a Joss para ayudarla.

—¿Puedes coger el vino, Kylie? —le pidió Chessy en un tono desenfadado—. Serviremos el aperitivo que ha preparado Joss. Por cierto, ¡qué buena pinta tiene todo esto!

Con su fingida indiferencia hacia la embarazosa situación, hasta casi convenció a Joss. Kylie parecía un cervatillo en medio de la carretera deslumbrado por los faros de un vehículo, pero prefirió morderse la lengua para no montar una escena. Suspiró pero tomó la botella de vino de la mesa y siguió a Chessy hasta el comedor sin rechistar.

Joss se quedó rezagada unos instantes antes de salir también de la cocina para saludar a Jensen. Deseaba que se sintiera tan cómodo como fuera posible, ya que era obvio que Kylie no se mostraría demasiado afable.

Jensen la besó en las dos mejillas y le regaló una afectuosa sonrisa.

—¿Ha hecho Dash las presentaciones? —preguntó Joss.

—Sí, solo me falta presentarle a Kylie y a Chessy.

Joss le tomó la mano a Jensen y lo llevó hasta las dos mujeres. Jensen parecía confundido; Dash, en cambio, le sonrió a Joss agradecido por encargarse de la situación.

—Chicas, quiero presentaros a Jensen Tucker, el nuevo socio de Dash. Jensen, estas son mis dos mejores amigas: Chessy y Kylie.

—Yo soy su cuñada —matizó Kylie.

—Encantado de conoceros a las dos, pero especialmente a ti, Kylie. He oído hablar mucho de ti. Dash opina que eres indispensable en el despacho. Para mí será un placer trabajar contigo.

Kylie se ruborizó al escuchar aquel halago y agachó la cabeza en un intento de evitar mirar a Jensen a los ojos.

—Yo también estoy encantada de conocerte —contestó Kylie con una más que evidente tensión.

Chessy alargó el brazo para estrecharle la mano a Jensen, pero él se la llevó a los labios tal como había hecho la noche previa con Joss y le dio un beso. Acto seguido, Jensen le tendió la mano a Kylie, y cuando ella la aceptó con reticencia, también se la besó, pero después de hacerlo no le soltó la mano.

Kylie la apartó bruscamente como si se acabara de quemar y la escondió detrás de la espalda como si quisiera protegerla. Si Jensen se dio cuenta de su reacción, no lo demostró. Esgrimía una cándida sonrisa, y apenas parpadeaba.

—¿Desde cuándo conoces a Dash? —le preguntó Chessy llena de curiosidad.

Chessy nunca perdía la oportunidad para entablar conversación. Era realmente encantadora, y Jensen parecía encantado con ella. ¿Quién no? A Joss no le extrañaba que Tate se mostrara tan terriblemente posesivo con ella. Pero Dash había dicho que Tate compartía a Chessy con otros hombres. A Joss todavía no le cabía esa imagen en la cabeza; incluso en aquellos momentos, Tate estaba totalmente atento, sin perder detalle de la reacción de Jensen hacia su esposa. Aunque se hallaba en la otra punta del comedor, no apartaba la vista de Chessy, y frunció el ceño cuando Jensen le besó la mano. Observaba la interacción entre Jensen y las tres mujeres en actitud desconfiada. Aunque Dash le estaba hablando, Tate no le prestaba la debida atención, controlando como estaba cualquier movimiento de Chessy.

Chessy era una coqueta nata; vivaz y atractiva, y tenía una risa contagiosa. Joss envidiaba la seguridad que siempre exhibía, así como su personalidad extrovertida. Joss era más callada y reservada, pero a Carson jamás le había importado; él adoraba su timidez. Estaba encantado de ser el primer amor de su esposa. Le había dicho lo mucho que significaba para él que ella lo hubiera esperado.

Joss apartó a Carson de su cabeza. No había pensado en él durante todo el día, no hasta que Kylie le había recordado a su difunto esposo. Y ahora Carson dominaba sus pensamientos sin poderlo remediar, y eso era lo último que quería; no cuando estaba en casa de Dash, actuando de anfitriona. Un papel que había desempeñado para Carson en numerosas ocasiones.

Pero los congregados eran sus amigos. Cierto, acababa de conocer a Jensen, pero le había caído bien desde el primer momento. Era un tipo tranquilo y silencioso; al principio la había intimidado, pero rápidamente había conseguido que se sintiera cómoda con él, y él se había mostrado comprensivo con los sentimientos de Kylie. Desde que había llegado no parecía tomarse su reacción a título personal. Permanecía de pie, conversando educadamente, como si no se diera cuenta del obvio malestar de Kylie.

—Disculpadme un momento —dijo Joss.

Enfiló hacia Dash y Tate, y este le sonrió afectuosamente; le propinó un rápido abrazo y le estampó un beso cariñoso en la mejilla.

—Hola, cielo, cuánto tiempo sin verte.

Ella le devolvió la sonrisa.

—Últimamente no te prodigas mucho, Tate. ¿El trabajo te mantiene todavía tan ocupado? Hace siglos que no te veía.

Él esbozó una sonrisa orgullosa.

—No pensaba que me echaras de menos. Sé que Dash te ha mantenido muy ocupada últimamente.

Joss se puso roja como un tomate, y los dos hombres estallaron en una carcajada. Tate le buscó la mano y se la apretó efusivamente.

—Me alegro por ti, cielo. Mereces ser feliz, y Dash es justo el hombre que puede hacerte feliz. Os deseo lo mejor.

Con la cara todavía abochornada, Joss miró a Dash con timidez antes de volver a dedicar su atención a Tate. ¿Qué le había contado Dash acerca de ella? ¿O quizás era Chessy quien había compartido los detalles de su relación con Dash?

—Gracias —dijo ella con franqueza—. Dash me hace feliz.

Dash se relajó ante tales palabras y Tate sonrió complacido.

—Mereces ser feliz, cielo. Y no encontrarás a otro hombre mejor que Dash.

—Lo sé —respondió ella en voz baja.

De repente, se acordó de por qué se había acercado a los dos hombres. Alzó la vista hacia Dash y dijo:

—Los bistecs están listos para asarlos a la parrilla. El resto está listo. Tengo las patatas en el horno, y estarán a punto cuando sirváis la carne. ¿Qué tal si los chicos os ocupáis de la parrilla? Yo me encargaré de la bebida: cócteles, cerveza o vino, lo que queráis.

Dash se inclinó para besarla en la frente y luego apresó su carita entre ambas manos.

—Gracias, cariño. Convenceré a Tate y a Jensen para que me ayuden en un deber tan propio de hombres: ocuparnos de la parrilla. ¿Va todo bien con Kylie?

Dash la escrutó sin parpadear, en busca de alguna señal de incomodidad.

Joss asintió.

—No se siente muy cómoda con Jensen, pero ya lo suponíamos. Puede ser realmente... intimidador, exactamente la clase de hombre capaz de llevar a Kylie al borde de un ataque de nervios.

Tate arrugó la nariz al tiempo que comentaba:

—Será muy duro para ella. Me sabe mal pero tarde o temprano tendrá que aceptar la muerte de su hermano. No puede continuar dejando que el pasado rija su presente y su futuro. Celebro que te hayas puesto duro con ella, Dash. Es lo que Kylie necesita.

Dash asintió en señal de conformidad y su expresión se oscureció. Desvió la vista hacia Kylie y las arrugas se acentuaron en su frente.

—Estaba totalmente fuera de sí, acusando a Joss de una manera inaceptable. No podía permitirlo. A mí puede decirme lo que quiera, pero no toleraré que insulte a Joss de ese modo.

Joss se sintió reconfortada de nuevo. Se arrimó a Dash y ladeó la cabeza para besarlo en la boca. Él se sorprendió con aquel gesto, pero rápidamente se mostró encantado con la espontánea muestra de afecto de Joss.

—Gracias —susurró ella—. Significa mucho para mí que te hayas puesto de mi parte tal como lo has hecho.

Él emplazó un dedo debajo de la barbilla para obligarla a alzar más la cara y mirarlo a los ojos.

—Siempre estaré de tu parte, cariño. Jamás permitiré que nadie te haga daño. Cuenta con ello.

Ella sonrió y entonces lo empujó hacia la cocina.

—Si no os ocupáis de la carne, no cenaremos ni mañana. ¡Tenemos hambre!

Dash soltó una carcajada y enfiló hacia Jensen. Tate lo seguía de cerca. Al cabo de un momento, los tres hombres desaparecieron en la cocina, y Joss oyó el chirrido de la puerta del patio al abrirse y luego cerrarse, cuando salieron para ocuparse de la parrilla.

Al ver las copas de vino de Kylie y Chessy prácticamente vacías, Joss fue en busca de una botella y les sirvió otra copa; luego se sirvió otra más para ella. Consciente de que todavía faltaba media hora para que los bistecs estuvieran listos, señaló hacia el sofá, para que se sentaran y se pusieran cómodas.

Era como en los viejos tiempos, solo que Carson no estaba con ellos. Era el único que faltaba en el grupo, y ahora estaba Jensen, llenando aquel vacío. Nunca sería lo mismo, y por primera vez Joss se sintió optimista acerca de esa realidad. No, nada volvería a ser lo mismo, pero era posible que incluso fuera mejor.

Veinte

Como si supiera lo agotadora que había resultado la velada para Joss y entendiera su frágil estado emocional, Dash le hizo el amor con tanta ternura que ella se quedó maravillada. Después, Dash le ató la muñeca a la suya tal como había hecho la otra noche, y luego la estrechó entre sus brazos. Joss apoyó la cabeza en su hombro, como si fuera una almohada.

Estaba encantada con aquel acto tan íntimo de estar atada a él. Suponía algo más que un simple vínculo físico; se sentía conectada a él en un sentido mucho más profundo, de un modo que acogía de buen grado y saboreaba con todo su corazón.

Joss cayó rendida en un sueño profundo, contenta y saciada; sin embargo, empezó a soñar de nuevo con Carson. En el inquietante sueño, él estaba allí, le sonreía y le ofrecía la mano. Dash se hallaba al otro lado, de pie, con cara de tristeza. Una vocecita interior le exigía a Joss que eligiera: si tuviera la opción de recuperar a Carson o permanecer con Dash, ¿con cuál de los dos se quedaría?

Su cuerpo se tensó incluso dormida. ¿Cómo podía tomar una decisión? Siempre había dicho que haría cualquier cosa con tal de volver a estar con Carson, cualquier cosa, pero ahora ya no era tan simple, ahora estaba con Dash.

Se hallaba en una encrucijada, entre dos hombres muy amados, y cada uno tiraba de ella en una dirección opuesta. El sueño no tenía sentido. No podía recuperar a Carson, así que ¿por qué atormentarse con aquella opción?

Sin embargo, los dos hombres le pedían que decidiera. A Carson se le borró la sonrisa de los labios y sus ojos se llenaron de desánimo. Bajó la mano y dejó caer los hombros en señal de derrota. Pero Dash tampoco la miraba en actitud triunfal; parecía torturado, como si estuviera dispuesto a hacer cualquier cosa en el mundo para librar a Joss de aquella dolorosa situación.

Dash le dio la espalda, para no influir en su decisión, pero eso no era lo que ella deseaba. No obstante, Joss no fue hacia Carson. Permaneció inmóvil, paralizada ante la imposibilidad de decidirse.

¿Cómo iba a elegir entre su pasado o su presente? ¿Su futuro? Carson estaba muerto. Joss no podía traicionar la fe que Dash había depositado en ella, ni tan solo en sueños. No podía permitir tal cosa.

Con el corazón hecho trizas, observó con abatimiento cómo Carson se daba la vuelta y empezaba a desvanecerse lentamente, hasta ser casi transparente, con una mirada que a Joss le partía el alma, que la dejaba sangrando por dentro.

—Lo siento, Carson, lo siento —susurró.

Las lágrimas rodaban por sus mejillas, cálidas contra su piel fría.

Dash la contempló en medio de la oscuridad, con un sentimiento de impotencia. Ella luchaba contra sus demonios incluso mientras estaba dormida, y Dash no podía hacer nada. Peor aún, ella lloraba por su esposo muerto, le pedía perdón. ¿Por qué motivo? ¿Por engañarlo? ¿Por traicionar su recuerdo tal como Kylie la había acusado de estar haciendo? ¿Acaso Dash podía albergar la esperanza de ganar su corazón, o este le pertenecería siempre a un hombre muerto?

En silencio desató el pañuelo que unía sus muñecas y esta vez fue él quien se dio la vuelta hacia la pared, dándole la espalda a Joss. De nuevo, le resultó imposible conciliar el sueño. Permaneció allí tumbado, luchando contra sus propios demonios mientras Joss bregaba contra los suyos, a escasos centímetros, aunque cada uno de ellos se encontraba en un mundo aparte.

Veintiuno

Joss se despertó a la mañana siguiente sintiéndose emocionalmente exprimida a causa de sus angustiosos sueños, repletos de conflicto. Automáticamente buscó a Dash, necesitada del confort que él le ofrecía, un refugio al torbellino emocional provocado por sus sueños.

Se sorprendió cuando vio que no solo no tenía la muñeca atada a la de Dash sino que además él no estaba en la cama. Se incorporó no sin esfuerzo y se apartó el pelo de la cara para examinar la habitación. Dash estaba frente al tocador, abotonándose las mangas de la camisa. Su expresión era solemne, como si estuviera absorto en sus pensamientos.

—¿Dash?

Pronunció su nombre con un suave temblor, pero él la oyó y se dio la vuelta inmediatamente, con una expresión indescifrable.

—He de estar a primera hora en la oficina —explicó él en un tono neutral—. Hay mucho por hacer antes de anunciar la asociación con Jensen. No estoy seguro de cuántas horas tardaré, pero te llamaré cuando esté de camino a casa.

Ella frunció el ceño. Dash mostraba el mismo talante que la mañana anterior, cuando ella no había sido capaz de discernir qué era lo que tanto le preocupaba. Era obvio que le pasaba algo. Joss podía ser un libro abierto en lo que concernía a emociones, pero se daba cuenta de que Dash era similar: solo con mirarlo a los ojos ya sabía si algo iba mal. Y era la segunda mañana que Dash no se mostraba tan tierno como de costumbre.

Ni tan solo se acercó a la cama para besarla, y Joss se sintió demasiado cohibida como para salir de la cama e ir hasta él. Tenía miedo de que la rechazara, así que permaneció bajo las sábanas, estudiándolo con los párpados parcialmente caídos.

—Ve con cuidado. Te estaré esperando. ¿Quieres que prepare la cena?

—Como quieras —contestó él con marcada indiferencia—. Podemos salir a cenar por ahí, si lo prefieres.

—Prepararé la cena —dijo ella con firmeza, deseosa de hacer algo por complacerlo.

Dash asintió y luego se dio la vuelta para coger el reloj de pulsera, el billetero y las llaves del coche.

Joss esperó a que le diera un beso, o que se despidiera con una palabra afectuosa, que le dijera que la echaría de menos. Algo, un gesto cariñoso, pero él simplemente recogió sus pertenencias y enfiló hacia la puerta. Ella se quedó en la cama, con la mandíbula desencajada por la sorpresa.

Se dejó caer sobre la almohada y se quedó mirando el techo. ¿Qué diantre pasaba? ¿De qué iba ese numerito de Dash a lo Jekyll y Hyde? Aquellos repentinos cambios de humor le resultaban irritantes; Joss no había hecho otra cosa que ser honesta y abierta desde el primer momento, en cambio, él no acababa de entregarse por completo.

En teoría las mujeres eran criaturas emocionales que cambiaban de humor repentinamente; bueno, eso según los hombres. Pero los hombres eran mucho más inestables, con constantes altibajos. Si no, que se lo preguntaran a Dash. Un minuto era tierno, dulce y absolutamente adorable, y al minuto siguiente se mostraba silencioso y taciturno por quién sabía qué motivos.

Quizá no era una persona de mañanas. Joss tenía que admitir que hasta hacía relativamente poco no tenía experiencia con Dash por las mañanas; nunca lo había visto ni se había relacionado con él a primera hora del día. Su contacto con él se había limitado a la tarde y al atardecer, y en aquellas ocasiones sí que era totalmente encantador.

Por lo visto, Joss tendría que sacar suficiente energía positiva matutina por los dos. Siempre le había gustado madrugar, y se consideraba una persona más diurna que nocturna. Carson se burlaba de ella por mostrarse tan abominablemente jovial desde el momento en que salía de la cama.

Al pensar en Carson recordó los sueños agitados de la noche anterior. Joss frunció los labios en una fina línea. ¿Qué significaban? Los sueños eran inexplicables, una manifestación del subconsciente. ¿Quién diantre sabía lo que significaban en realidad? Quizá no significaban nada. Quizás solo se trataba de una batalla entre su pasado y su presente, que colisionaban durante la noche, cuando ella bajaba la guardia y se relajaba.

En todo caso, ansiaba que cesaran. Carson ya no estaba, y no volvería a su lado. El sueño de la noche anterior la había angustiado enormemente. La pesadez la persiguió hasta el amanecer, como un pesado yugo sobre los hombros mientras recordaba la imposible elección a la que se había visto enfrentada en el sueño.

Era absurdo, porque nunca tendría que enfrentarse a tal elección. Ni tan solo valía la pena perder el tiempo pensando cuál sería su elección porque eso era algo que nunca iba a suceder. Joss no había tomado la decisión.

¿Elegiría a Carson si él pudiera volver? ¿Le daría la espalda a Dash y a todo lo que él le ofrecía? Sacudió la cabeza, negándose a seguir por esa vía. Solo la llevaría a sentirse culpable, porque en su sueño no había elegido a Carson.

—Deja de pensar en esa opción, Joss. Solo te estás angustiando más y sintiéndote innecesariamente culpable. Carson querría que fueras feliz; no desearía que te pasaras toda la vida llorando su ausencia. Has de superarlo y seguir adelante.

Por unos instantes se preguntó si debería iniciar terapia con un psicólogo. Ni hablar. ¡Vaya, cualquier cosa menos eso! Pero quizá el terapeuta le daría algo para ayudarla a dormir mejor, para que no la atormentaran esos sueños de su esposo y de su amante actual.

Descartó la idea y tomó nota mental de llamar a su médico de cabecera; luego se obligó a salir de la cama, preguntándose qué iba a hacer el resto del día mientras Dash estaba en la oficina.

¿En qué ocupaba su tiempo, antes de instalarse en casa de Dash?

Joss consideró de nuevo la posibilidad de volver a trabajar. Necesitaba mantenerse ocupada para no estar ociosa un día sí y al siguiente también. Todavía podía ejercer de enfermera. Sí, volvería a trabajar; era lo que le convenía.

¿Qué pensaría Dash? Él le había dejado claro que quería que ella le dedicara todo su tiempo, pero Dash tenía que trabajar; no podía abandonarlo todo para estar con ella las veinticuatro horas del día durante los siete días de la semana, y Joss tampoco esperaba que lo hiciera.

No pensaba volver a un trabajo por turnos, aunque era muy poco probable que encontrara un trabajo de día. Sí, en los turnos de noche se ganaba más, pero Joss no necesitaba el dinero; no tenía problemas financieros gracias a Carson, pero necesitaba hacer algo para ocupar el tiempo.

Quizá podría buscar trabajo en la consulta de un médico. De ese modo se aseguraría un horario laboral normal y no tendría que trabajar los fines de semana.

Además, también estaba la cuestión de retomar los estudios de enfermería para especializarse en pediatría. Había cursado algunas asignaturas y tenía créditos, pero lo había abandonado cuando había dejado de trabajar. Solo le faltaba un año para terminar y entonces seguro que dispondría de más opciones laborales.

Pensaba darle más vueltas a la cuestión. Estaba cansada de sentirse ociosa y ya iba siendo hora de retomar las riendas de su vida de nuevo. Era joven; ya había asumido el control de su vida sexual y había dado el paso con Dash. Lo único que le quedaba por hacer era decidir si volvía a trabajar.

Lo comentaría con Dash, a ver qué opinaba, cuando lo pillara de mejor humor. Tampoco era que necesitara su consentimiento; ella era perfectamente capaz de tomar sus propias decisiones. Sí, le había entregado su sumisión, deseosa de que él tuviera el control absoluto de ella, pero todavía mantenía la opción de adoptar decisiones importantes que afectaban a su felicidad. Y si Dash quería de verdad lo mejor para ella, no se opondría a su felicidad.

Sintiéndose levemente más optimista acerca de su futuro, Joss decidió encararse al día: pasó media hora navegando por Internet, buscando recetas. Quería prepararle a Dash algo especial. Encontró un guiso de pollo y queso que tenía un aspecto delicioso y cuya preparación parecía bastante simple. Después examinó la despensa de Dash y se dio cuenta de que tendría que salir para comprar los ingredientes necesarios.

La verdad era que Dash tenía la despensa prácticamente vacía, y la nevera no ofrecía mejor aspecto. Contenta con la idea de tener algo que hacer, preparó una lista y planeó una serie de platos para diferentes días, asegurándose de no dejarse ningún ingrediente necesario para todas aquellas recetas. Cuando tuvo la lista completa, echó un vistazo a los artículos de tocador.

Había dejado bastantes productos cosméticos en su casa. Pensó en pasarse por allí para recoger más cosas, ya que por lo visto Dash no tenía intención de que pasara la noche en otro sitio que no fuera su casa.

Cuando se puso en camino, ya estaba de mejor humor y se había zafado en parte de la incómoda carga que sentía en los hombros. Estaba cerca de la frutería cuando cayó en la cuenta de que no había avisado a Dash para decirle adónde iba. No estaba acostumbrada a informar a nadie acerca de sus movimientos, pero le parecía normal hacerlo ahora que vivía con Dash; por lo menos para que él supiera dónde estaba.

Le envió un mensaje a través del móvil comentándole lo que estaba haciendo y que pensaba prepararle una cena especial, y terminó añadiendo una cara sonriente y un corazón al final del texto.

De repente arrugó la nariz, preguntándose si a Dash le molestarían los emoticones. A Carson le parecían monísimos; opinaba que eran muy propios de ella, que reflejaban su personalidad. Joss suspiró, reprendiéndose por haber vuelto a caer en la trampa de las comparaciones. Tenía que abandonar ese hábito. Carson ya no estaba; se lo tendría que recordar todos los días. Ya no tenía sentido pensar qué era lo que le gustaba a Carson y lo que no, y seguro que a Dash no le haría ni la menor gracia. Por suerte no había expresado sus pensamientos en voz alta.

Oyó el zumbido del móvil y sonrió ante la pronta respuesta de Dash; también se dijo que era tonta por haberse preocupado por si le gustaban o le molestaban los emoticones.

GRACIAS, CARIÑO. CON GANAS DE QUE LLEGUE
LA HORA DE CENAR. UN BESO.

Hacía mucho tiempo que Joss no cocinaba para alguien. Sí, algunas veces había invitado a cenar a sus amigas, pero no había preparado una cena íntima y romántica desde... no, no pensaba volver a desviarse por esa vía, de ningún modo.

Disfrutó del trayecto hasta la frutería y a medio camino pensó que tendría que haber ido antes a su casa porque tenía que comprar productos frescos, y dada las elevadas temperaturas del día no le parecía conveniente dejar la compra en el coche demasiado rato.

Tendría que pasar rápidamente por su casa, sin perder tiempo.

Encendió la radio de camino a su casa y se puso a tararear la canción que sonaba mientras conducía. Con una sonrisa, se apeó del vehículo y entró corriendo para recoger las cosas que necesitaba.

Cinco minutos más tarde metió una maleta extra en el minúsculo asiento trasero —si podía clasificarse como tal, ya que allí no cabía ni una persona— porque tenía el diminuto maletero lleno a rebosar con la compra que había hecho previamente. A continuación, condujo de vuelta a casa de Dash. Su nueva casa.

Le llevaría un tiempo llegar a considerarla suya. Todavía la consideraba la casa de Dash. Pero si la relación funcionaba a largo plazo...

De repente cayó en la cuenta de que, por primera vez, estaba pensando a largo plazo. Al principio había tenido serias dudas de albergar esperanzas sobre una relación más duradera, permanente. Pero el inicio había sido muy sólido, si no contaba con los cambios de humor de Dash por las mañanas. De todos modos, Joss podía aceptar ese temperamento cambiante; se proponía ser lo bastante jovial como para contrarrestarlo.

Joss tuvo que hacer cinco viajes del coche a la casa para sacar todas las bolsas del maletero, y un último viaje para recoger su abultada maleta. Dash se reiría de todos los potingues que consideraba esenciales.

Después de guardar todo lo que había comprado en la nevera y en la despensa, sacó los ingredientes para la cena de aquella noche y se preguntó si debía empezar ya o esperar hasta que Dash regresara.

Unas finas arrugas surcaron su frente mientras consideraba las dos opciones. Dash le había dejado claro lo que esperaba de ella cuando llegara a casa después de trabajar, pero Joss no tenía ni idea de a qué hora regresaría. Echó un vistazo al reloj de pulsera. Solo eran las cuatro y media; la jornada laboral normal terminaba más o menos a las cinco, pero él le había dicho que quizá llegaría tarde.

Decidió empezar a preparar la cena, pero en ese preciso instante sonó la melodía de su móvil. Miró la pantalla y vio el número de Dash; sonrió y pulsó rápidamente la tecla para contestar.

—Hola.

—Hola, cariño. Ya voy de camino a casa.

Joss sintió un leve escalofrío en la parte superior de la espalda.

—Te estaré esperando —contestó ella con voz ronca.

—Tengo ganas de verte —dijo él con una voz tan ronca como la de Joss.

—Hasta pronto.

—Adiós, cariño.

Joss pulsó la tecla para finalizar la llamada y luego se apresuró a guardar los ingredientes para la cena. Necesitaría bastante rato para prepararla, así que pensó que ya lo haría cuando Dash estuviera en casa. De momento deseaba prepararse para estar tal como él quería: de rodillas, desnuda, esperando en el salón para que fuera lo primero que Dash viera cuando franqueara el umbral.

Veintidós

Dash detuvo el coche a la entrada de su casa y vio el coche de Joss aparcado en el garaje. Permaneció sentado un momento, agarrando el volante con manos tensas. No tenía ni idea de qué esperar cuando entrara en casa. Se había comportado como un verdadero imbécil aquella mañana, lo sabía, pero no había sido capaz de reaccionar con ternura cuando su mente estaba consumida por la imagen de Joss llorando por Carson justo después de haber hecho el amor con él.

No había dormido bien, y de resultas había actuado como un oso gruñón con una pata herida.

Suspiró, abrió la puerta del coche y se apeó, con la decisión de arreglar las cosas.

Abrió la puerta de la entrada y atravesó el umbral, después avanzó como un autómata hacia el salón.

El espectáculo que lo aguardaba lo dejó sin aliento. Joss se hallaba arrodillada en la alfombra delante de la chimenea, desnuda, con su bella melena cayendo en cascada por encima de los hombros y los pezones emergiendo eróticamente entre los mechones, como si jugaran al escondite.

Se había comportado como un verdadero gilipollas y, sin embargo, ella lo estaba esperando, tal como habían convenido, arrodillada y desnuda.

Joss estaba haciendo un esfuerzo. Fuera lo que fuese lo que le rondaba por la cabeza, lo estaba intentando. Intentaba que aquella relación funcionara. ¿Cómo iba él a ser menos y no poner toda la carne en el asador?

Borró de la mente la noche anterior al tiempo que asimilaba la imagen de Joss, hipnotizado por ella, arrodillada en sumisión.

—Mmm… cariño —suspiró mientras atravesaba la estancia para ir a su encuentro.

Ni un solo pensamiento de dominación; solo deseaba abrazarla, disculparse por el modo en que la había tratado aquella mañana. Deseaba estrecharla entre sus brazos y sentir su piel sedosa y suave. Pasó las manos por debajo de sus axilas y la ayudó a ponerse de pie. Ella lo miró sorprendida cuando él la abrazó con fervor.

Dash la besó apasionadamente hasta que los dos se quedaron sin aliento. Hundió ambas manos en su melena y enredó los dedos en la masa sedosa; solo quería tocarla, impregnarse de ella.

Volvió a besarla, devorándole los labios. Su cuerpo cobró vida, excitado, pegado al vientre de Joss. Tenía que hacer el amor con ella sin demora, no podía esperar.

La guio hasta el sofá y la acomodó entre los cojines antes de quitarse los pantalones atropelladamente. Su miembro viril emergió erecto, tan duro e inflamado que le dolían los testículos.

Cuando ella se inclinó hacia él, Dash retrocedió un paso y emplazó las manos sobre sus hombros.

—No, cariño. No quiero que me des placer en estos momentos. Esta mañana he sido un imbécil y quiero recompensarte. Deja que sea yo quien te dé placer, quiero que te sientas bien.

Joss le regaló una mirada llena de calidez, perdonándolo al instante. Así era ella; nunca guardaba rencor a nadie. Dash se sentía infinitamente indigno de ella en aquel momento. Incondicional y firme, así era la fémina que él amaba y adoraba, y Dash no paraba de meter la pata. De seguir así, lo echaría todo a perder incluso antes de que la relación prosperara.

Dash se apartó y se quitó la ropa, prácticamente incapaz de controlar la necesidad de hacerle el amor acaloradamente, pero le había prometido a Joss el máximo placer, y se lo daría aunque la espera lo matara.

—Abre las piernas y túmbate en el sofá —le ordenó con voz gutural.

A Joss le pesaban los párpados de deseo, alzó la vista y lo

miró con ojos embriagados. Dash trazó una línea sobre su vulva, acariciándole el clítoris y siguiendo hacia abajo para rodear su orificio antes de hundir el dedo índice en su interior apenas un centímetro.

Ella gimoteó suavemente y se humedeció alrededor del dedo. Tan sensible y receptiva. Su cuerpo se aferró al dedo cuando Dash quiso retirarlo, como si quisiera retenerlo. Acto seguido, él bajó la cabeza y le lamió la dulzona humedad.

—¡Dash!

Su nombre sonó como una explosión en medio del silencio. Su nombre, y no el de Carson, lo que provocó a Dash una inmensa satisfacción. Su marido podía morar en sus sueños, pero Dash era su dueño en el momento presente. Se aferraría a aquella suerte y le sacaría el máximo partido. Tarde o temprano, también ocuparía sus sueños, y no solo las horas que Joss estaba despierta.

Le mordisqueó las zonas erógenas con suavidad y pasó la lengua por el clítoris, ejerciendo justamente la suficiente presión para volverla loca bajo su boca. Joss clavó los dedos en el pelo corto de Dash y luego presionó el cuero cabelludo, animándolo a que siguiera dándole placer.

Joss tenía el control de la situación, y Dash pensó que no le importaba en absoluto. En aquel momento, ella llevaba la voz cantante y él se lo permitía. Dash era suyo para acatar cualquier deseo que ella tuviera.

Joss soltó un suave gemido de satisfacción y de deseo, todo a la vez. Se arqueó hacia el techo, guiando a Dash hacia las zonas más erógenas. Él demostraba ser un alumno avezado, y se fijaba en la reacción del cuerpo de Joss cuando le tocaba un punto sensible.

Aprendió tan rápido que pronto ella ya no tuvo que guiarlo. Dash empezaba a conocer su cuerpo y absorbía el conocimiento de lo que la hacía contraerse de deseo.

Le estampó un beso cálido en el orificio y después hundió la lengua tan hondo como pudo, saboreando la calidez de su flujo.

Dash quería que ella se corriera en su boca, un instante de locura sin igual. Se ayudó con los dedos, moviéndolos en círculos debajo de la boca antes de hundirlos en el orificio, acariciando las paredes sedosas.

Exploraba con suavidad, en busca del punto donde la textura era diferente, ligeramente más rugosa. Presionó hacia arriba, y Joss reaccionó al instante con un gemido. Se humedeció más y jadeó sin poder contenerse; aquellos sonidos tenían un efecto afrodisíaco a los oídos de Dash.

Él tenía la polla pegada al vientre, tan dura y rebelde que le costaba concentrarse en lo que hacía. Sentía una imperiosa necesidad de penetrarla, pero pensaba negarse aquella extrema satisfacción. Por ella. Se trataba de ella, solo de ella. Era su disculpa silenciosa por ser un gilipollas y descargar su mal humor en Joss.

No le gustaba sentirse celoso, especialmente de un hombre muerto, un hombre que había sido su mejor amigo. Pero así se sentía: increíblemente celoso de lo que Carson significaba para ella, incluso desde la tumba.

—¿Estás a punto de correrte, cariño?

—¡Sí! No pares, por favor, te necesito.

Aquella sincera súplica le llegó a lo más profundo del alma, provocándole un intenso calor, como un sol líquido. Dash se solazó en aquella sensación, en el placer y en la necesidad de Joss. Hundía y sacaba los dedos, ejerciendo una firme presión en su punto de placer mientras que con la lengua le rodeaba el clítoris y lo lamía con suavidad. Joss temblaba incontrolablemente debajo de él, contrayendo los muslos y las rodillas contra él.

—Dámelo —rugió él—. Dámelo ahora, Joss. Todo, lo quiero todo.

Ella se arqueó de nuevo y soltó un grito interminable y dolorido. Dash rápidamente pegó la boca a su piel y chupó con avidez mientras Joss se convulsionaba y vibraba en su orgasmo. Su melaza revestía la lengua de Dash, excitándolo aún más.

Dash reemplazó la lengua por el dedo pulgar y le frotó suavemente el clítoris, estimulándola todavía más. Su orgasmo parecía no tener fin.

Al final, Joss se dejó caer en el sofá, como un peso muerto. Dash alzó la vista y vio que lo miraba con los ojos parcialmente entornados, con cara de plena satisfacción. Le recordaba a una gatita satisfecha a la que solo le faltaba ronronear.

Cuando se puso de pie para ponerse la ropa, ella se incorporó rápidamente y colocó ambas manos en sus caderas para detenerlo. Entonces, sin decir ni una palabra, le agarró la polla y la dirigió hacia su boca; sus labios se cerraron alrededor del glande.

—No me niegues el mismo derecho a complacerte —le pidió ella, con una voz edulcorada con los vestigios de su reciente orgasmo. Hablaba como si lo necesitara, como si todavía pudiera volver a sentir.

—Quédate de pie, Dash. Déjame amarte.

Él entornó los ojos, con una sensación de insuperable bienestar. ¡Joder! ¡Por supuesto que sí! ¿Cómo no iba a permitirle que lo amara? ¡Era lo que siempre había deseado!

Dash enredó las manos en su melena y se la apartó para poder verle la cara, para poder ver sus labios cerrados alrededor del pene. Ella se lo tragó, hasta la garganta, y luego empezó a succionar con fuerza.

—No aguantaré mucho.

Los labios de Joss se curvaron en una sonrisa.

—Lo sé.

Y entonces empezó a masturbarlo con una mano mientras seguía succionando, a un ritmo destinado a llevarlo hasta el límite en cuestión de segundos. Y funcionó. Antes de que Joss se lo hubiera tragado hasta el fondo por cuarta vez, Dash se corrió en su boca.

Ella bebió el semen con avidez, succionando, ansiosa de más. Ni una sola gota se derramó de sus labios. Deslizó los dedos con suavidad hasta los testículos, los acarició y los envolvió con su palma. Dash estaba de pie, casi de puntillas, con la espalda totalmente erguida y el cuerpo tan rígido que sentía como si fuera a romperse de un momento a otro.

Joss lamió las últimas gotitas de semen con suavidad, hasta que Dash estuvo demasiado sensible para poder soportar sus tiernas caricias por más tiempo.

Él le tomó la mano, obligándola a detener el movimiento. Acto seguido, se apartó con cuidado de su boca.

Joss le pasó la lengua por debajo, a lo largo del pene, mientras él se apartaba.

Dash la levantó del sofá y la abrazó al tiempo que hundía la cara en su melena y le daba un beso tierno en la cabeza.

—No lo merecía —comentó él con voz ronca—. Pero no volverá a suceder, nunca. Gracias, cariño; gracias por perdonarme.

Joss se apartó y le regaló otra tierna sonrisa.

—No hay nada que perdonar.

Dash se sentía abrumado, indigno de ella. ¡Por dios! ¡Esa fémina era perfecta! Y él era un completo gilipollas que había desahogado su frustración en Joss dos mañanas seguidas. Pese a ello, Joss lo perdonaba con tanta ternura como solo una mujer podía demostrarle a un hombre.

—Si quieres te sirvo algo de beber; luego puedes hacerme compañía en la cocina, mientras preparo la cena —sugirió ella.

—Me parece una idea perfecta.

La imagen de estar sentado junto a ella, contemplándola relajadamente mientras cocinaba, se le antojaba tan poderosa que se sintió inmensamente feliz.

Se vistió rápidamente y Joss le tendió la mano.

—Vamos, te prepararé un cóctel. Luego, si no te importa, me vestiré. No quiero estar desnuda cerca de un horno caliente.

—Usa mi bata —sugirió él.

Nada le gustaría más que verla envuelta en su bata mientras trasteaba en la cocina.

—Está bien —accedió Joss—. Me pondré tu bata. Pero antes deja que te sirva algo de beber.

Veintitrés

*L*as últimas dos semanas habían sido un sueño. Dash no podía ser más feliz. Joss también irradiaba alegría. Se había adaptado a su papel de sumisa sin ningún problema, como si lo llevara en la sangre. Y quizá fuera así.

Quizá era lo que siempre había deseado —necesitado— y Dash se mostraba increíblemente arrogante y encantado de ser el hombre que le ofrecía lo que quería. Joss no volvió a mencionar el nombre de Carson en sueños ni volvió a sufrir pesadillas angustiosas. Por fin era suya, en cuerpo y alma.

Dash conducía más veloz que de costumbre, con ganas de llegar a casa. Aquella noche pensaba abordar el tema de llevar a Joss a The House por primera vez como pareja. No había querido llevarla hasta que su relación se estabilizara, hasta que Joss hubiera olvidado por completo su primera aparición en el club y no se sintiera avergonzada.

Ella estaba lista; él estaba más que listo, preparado para llevar la experiencia al siguiente nivel. Deseaba exhibir públicamente su relación con Joss, pero también quería darle lo que ella había estado buscando desde aquella primera noche.

Estaba seguro de que ella accedería, que incluso se mostraría animada ante la idea de experimentar con todos los placeres que The House ofrecía a sus socios.

Pero antes tenía que decidir qué noche irían. Dash quería asegurarse de que ni Tate ni Jensen estarían en el local. No pensaba causarle a Joss ni un momento de incomodidad. Jensen había solicitado ser socio, y después de pasar por el proceso de prueba, había recibido el carné justo unos días antes.

Según Tate, él y Chessy llevaban tiempo sin pisar el club. A Dash le había parecido extraño, y se acordó de la conversación con Joss acerca de Tate y Chessy y de su preocupación por si Chessy era feliz. Tate parecía increíblemente agobiado con el trabajo últimamente; su compañía estaba creciendo a grandes pasos y las exigencias se habían incrementado.

Dash no había abordado el asunto con su amigo porque no era asunto suyo. Además, no había forma de saber si la pareja atravesaba una etapa crítica. No había ninguna necesidad de plantar la semilla de la duda en la mente de Tate, y no había ningún motivo para preocuparse. Tate adoraba a Chessy, Dash lo sabía; seguro que Tate se volvería loco si sospechara que Chessy no era feliz.

Ya arreglarían sus problemas de pareja a su debido tiempo. A Dash no le cabía la menor duda. Tate bebía los vientos por su esposa; le daría la luna —siempre se la había dado—. Valoraba muchísimo el regalo de sumisión de Chessy. Era un cabrón con suerte.

Pero Dash también era igual de afortunado. Tenía a Joss, a su perfecta, sumisa y adorable Joss. Ella hacía lo imposible por complacerlo, pendiente todo el tiempo de no defraudarlo. ¡Como si eso fuera posible!

Dash sabía que aunque Joss no fuera capaz de darle lo que él necesitaba —deseaba— en una pareja sumisa, estaba dispuesto a renunciar a ese aspecto de su personalidad por ella. Estaba dispuesto a sacrificarlo todo con tal de conseguir aquello que su corazón tanto deseaba.

Solo con estar con Joss le bastaba; siempre le bastaría.

Aparcó delante de su casa, al lado del coche de Joss, y por un momento se preguntó si debería comprarle un coche nuevo, algo de su parte; una clara oportunidad para romper con su pasado. Joss ya había abandonado su casa, aunque no la había puesto en venta. Todavía no habían hablado del asunto, pero era un tema que Dash pensaba mencionar pronto. Quería que Joss viviera con él, para siempre; no quería que ella tuviera su propia casa, una casa que había compartido con Carson, una casa comprada por Carson, igual que el coche que conducía.

Joss podría vender la casa y depositar el dinero obtenido

en el banco para disponer de él cuando quisiera. Dash no quería ni un penique del dinero que a Joss le había dado su esposo. Eso y los ingresos generados por su parte en el negocio serían exclusivamente de ella. Y de los hijos que tuvieran en el futuro.

Una sonrisa bobalicona se expandió por su cara mientras se apeaba del coche y enfilaba hacia la puerta. La idea de darle a Joss los hijos que ella tanto deseaba —sus hijos— lo llenaba de una inmensa felicidad. Niñas que se parecerían físicamente a su madre, niños con la arrogancia del padre y la naturaleza afable de la madre.

¡Joder! ¡Qué bella era la vida! Y solo podía ir a mejor.

Sabía que había dos cosas que Joss deseaba y que Carson no le había podido dar. Dash ya le había dado una de ellas: dominación. ¿La otra? Hijos. Carson se mostraba reticente a tener hijos, en cambio Dash no tenía reservas.

Tan pronto como convenciera a Joss para legalizar su relación, tan pronto como le pusiera el anillo en el dedo, hablarían de tener hijos. No había necesidad de esperar. Joss ya había esperado suficiente. Dash solo quería que se cumplieran todos los sueños que ella tanto ansiaba.

Entró en casa y, tal como ya esperaba, encontró a Joss esperándolo, de rodillas, desnuda, con una cálida sonrisa de bienvenida en su rostro.

Dash fue hacia ella al instante, la ayudó a ponerse de pie y la estrechó entre sus brazos con ternura. La besó cariñosamente, dejando patente con aquel gesto todo el amor que sentía por ella. No se lo había expresado todavía con palabras, pero se lo hacía saber con sus acciones todos los días. Seguro que ella lo sabía. Y pronto pronunciaría las palabras. Cuando intuyera que era el momento oportuno.

—Hola —lo saludó ella conteniendo el aliento, con los labios hinchados por el beso apasionado que él le acababa de dar—. ¿Has tenido un buen día?

Él sonrió socarronamente.

—No hasta ahora; llegar a casa y encontrarte aquí es la mejor parte del día, de todos los días.

Ella sonrió y le apresó la mandíbula con una mano, luego se la acarició con suavidad. Dash se solazó en aquella caricia, totalmente extasiado. No había mentido: todos los días anhelaba la hora de regresar a casa después del trabajo. No se había retrasado ni un solo día porque eso significaría perder esos momentos tan preciosos con ella.

El atardecer les pertenecía. Sin interrupciones, sin ninguna interferencia del mundo exterior, solo su mundo detrás de las puertas cerradas de su casa, la casa de Joss y Dash.

—También es mi parte favorita del día —gorjeó ella con un adorable tono tímido—. Cuando me llamas por teléfono y me preparo en el comedor, la espera me parece eterna.

—Lo siento, cariño. ¿Te resulta incómodo estar arrodillada tanto tiempo?

Dash no quería que ella estuviera incómoda, no por culpa de él. Sí, quería que lo esperara, arrodillada, desnuda y totalmente sumisa. Pero no si eso le provocaba el más mínimo malestar.

Joss sonrió y sacudió la cabeza.

—No, cielo. Me encanta verte entrar en el comedor, me encanta cómo se te iluminan los ojos al verme. No cambiaría ese momento por nada.

Él se quedó absoluta y absurdamente encandilado con la expresión afectuosa que ella había utilizado. Era la primera vez que Joss se dirigía a él de otro modo que no fuera por su nombre. Le parecía inaudito que, a su edad, estuviera dispuesto a ponerse de rodillas ante ella por el simple hecho de que le hubiera llamado «cielo».

—¿Qué te pasa, Dash? —le preguntó ella, con el semblante preocupado—. ¿He dicho algo indebido?

Él la besó en la frente para relajar las arrugas que se le habían formado.

—De ningún modo, princesa. Has dicho algo que me ha encantado. Me has llamado «cielo».

Joss se ruborizó y agachó la cabeza, pero él la obligó a volverla a alzar, apresándole la barbilla para poder besarla.

—Me encanta, Joss —repitió él—. Sí, me encanta. Hace que me sienta especial, como si fuera especial para ti.

—Es que eres especial —susurró ella—. Espero habértelo demostrado los días que llevamos juntos.

—Lo has hecho, sí, pero me encanta oír cómo lo dices.

Joss le dio un beso y lo rodeó por el cuello con sus brazos mientras él la abrazaba con más fuerza. No quería soltarla, nunca.

—Hay algo que quería mencionarte. Quería que fuera una sorpresa, pero he pensado que quizá será mejor si estás preparada. Y si no te apetece, dímelo; no me enfadaré. No quiero que hagas nada que te provoque incomodidad.

Los ojos de Joss expresaron confusión, pero permaneció en silencio, esperando que Dash continuara. A él le encantaba aquella actitud: que ella no protestara de inmediato ni mostrara pánico. Joss confiaba en él, y Dash saboreaba la confianza.

—Pensaba que podríamos ir a The House mañana, como pareja. Tú estabas interesada en ese sitio, y yo puedo hacer que la experiencia sea realmente especial para ti. Confía en mí. Sé lo que te gusta.

Joss no expresó ninguna duda, solo un brillo de confianza en sus ojos cuando lo miró sin pestañear. Ni tan solo parecía nerviosa ni aprensiva.

—Confío en ti, Dash. Si tú quieres ir, entonces estaré encantada de acompañarte. Solo dime qué ropa he de ponerme. No quiero decepcionarte o avergonzarte.

—Tú nunca me avergonzarás —refunfuñó él—. No hay nada que puedas hacer que pueda avergonzarme. Eso es imposible.

Ella le regaló una sonrisa, con los ojos llenos de… ¿amor? ¿Acaso él podía esperar ese sentimiento de parte de ella tan pronto? Descartó el pensamiento porque no quería sufrir ninguna decepción, por más que acabara de decirle que jamás podría decepcionarlo. Pero si ella no le correspondía con su amor… eso sí que lo destrozaría.

—¿A qué hora quieres que vayamos? ¿Y qué quieres que me ponga? —le preguntó Joss.

En sus ojos se plasmaba un claro entusiasmo; Joss estaba deseosa de aquella experiencia. La mente de Dash se disparó con las posibilidades; tendría que repasar los planes para que todo saliera perfecto.

—Algo sexy —murmuró él—. Un vestido de fiesta

corto, para que luzcas tus espectaculares piernas. Y tacones, eso seguro. Quiero follarte delante de todo el mundo mientras llevas tacones de aguja.

La lascivia le enturbió los ojos a Joss. Se estremeció delicadamente bajo el abrazo de Dash como si la imagen la excitara tanto como a él. Dash esperaba que así fuera.

—Pero la verdad es que tampoco importa mucho lo que te pongas —añadió él—, porque tan pronto como lleguemos, te ordenaré que te desnudes y te ataré.

Joss contuvo el aliento y Dash la escrutó, en busca de cualquier señal de que no le hiciera gracia lo que él estaba proponiendo. Pero no vio ni un ápice de resistencia, solo intriga y excitación.

—¿A qué hora? —susurró ella—. ¿Cuándo quieres que esté lista?

—Cenaremos fuera. Quiero que estés lista cuando vuelva a casa. Cenaremos tranquilamente en un restaurante y luego, hacia las nueve, iremos a The House, que es cuando el local empieza a estar concurrido; quiero que todo el mundo vea lo que es mío. Quiero que a todos los hombres se los coma vivos la envidia y los celos al ver lo que es mío y nunca será de ellos. Podrán mirar, pero que ni se les ocurra tocar.

Ella sonrió, con los ojos iluminados de lujuria.

—Me encanta que seas tan posesivo conmigo. Hace que me sienta tan… segura y querida… sí, muy querida.

—Me alegro, porque es lo que siento por ti.

De repente, Joss abrió los ojos como platos y el pánico se apoderó de ella.

—¡Ay madre! ¡La cena! ¡Me había olvidado de la cena por completo! Me he olvidado cuando has entrado. Espero que no se haya quemado.

Mientras hablaba, se zafó de los brazos de Dash. Él la soltó riendo, divertido, y la contempló mientras ella salía como una flecha hacia la cocina.

La siguió y sintió pena cuando ella se dio la vuelta tras abrir el horno, cabizbaja.

—Se ha quemado. Lo siento, Dash. Había planeado una cena especial; lo había programado todo para que estuviera lista cuando llegaras y pudiéramos cenar inmediatamente.

Joss estaba tan adorable que Dash no pudo contenerse y atravesó la cocina para estrecharla entre sus brazos, pero antes cerró el horno con una mano y lo apagó.

—No pasa nada —murmuró—. Vístete. Saldremos a cenar. Me importa un pito lo que cene, siempre y cuando pueda estar contigo.

Veinticuatro

Joss estaba hecha un manojo de nervios, entusiasmada e increíblemente excitada. Sabía, sin petulancia, que estaba deslumbrante. Se había esmerado para tener un aspecto impecable, aunque Dash le hubiera dicho que cuando llegaran a The House no tardaría en quedarse desnuda.

Pero quería estar guapa, no solo para alimentar su propia estima sino para Dash. Quería que él se sintiera orgulloso de ella, de tenerla a su lado, colgada del brazo, cuando entraran en el club.

Dash la ayudó a apearse del coche y le ofreció el brazo; a continuación, enfilaron hacia la entrada.

¡Menuda diferencia, comparado con aquella primera visita a The House! En aquella ocasión, Joss estaba tan aterrorizada y nerviosa que tenía el estómago revuelto. Por lo menos, esta vez no tendría que pasar por las salas sociales de la planta baja donde la gente se reunía para buscar rollo para la noche. No tendría que preocuparse por si elegía al hombre incorrecto o a alguien que le hiciera daño.

Dash estaba con ella, su posesión evidente en su expresión y en cada uno de sus movimientos. Joss no tendría que elegir a otro hombre aquella noche; ya lo había hecho: Dash y solo Dash la llevaría por la senda de la dominación, fuera lo que fuese lo que había planeado.

El hecho de no saber lo que él había planeado añadía un elemento de intriga y solo servía para incrementar su excitación. Notaba los pezones duros y doloridos, y el clítoris tenso y mojado.

Dash la escoltó a través de las salas sociales, y se detuvo en una de ellas para pedir una copa de vino para ella. Pero

Joss sabía que la principal razón por la que se habían detenido un rato en la planta baja era porque quería presumir de ella, y eso le subía la autoestima enormemente, algo que en aquellos instantes le hacía muchísima falta.

Dash estaba orgulloso de ella; era evidente en su mirada. No la perdía de vista ni un segundo. La repasaba de arriba abajo, abrasándole la piel. Apenas se apartó de su lado cuando pidió la copa de vino. Se mantenía a una distancia prudente que le permitiera tocarla, estrecharla por la cintura.

Pero cuando Craig, el tipo con el que Joss había estado aquella primera noche, irrumpió en la sala, y empezó a barrer el espacio con una mirada depredadora en busca de alguna mujer, Dash se puso tenso y abrazó a Joss con más ímpetu.

Su actitud destilaba posesión por todos los poros, y recibió la mirada burlona de Craig con ojos gélidos.

—Corbin —lo saludó Craig con sequedad.

Luego desvió la vista hacia Joss y, mientras la repasaba con ojos apreciativos, dijo:

—Está usted preciosa, señora Breckenridge.

Al oír cómo la había llamado, Dash irguió más la espalda, y Joss le apretó el brazo con fuerza.

—Gracias —contestó ella educadamente—. Y ahora si nos disculpa, queremos estar solos.

Pero Dash no se alejó inmediatamente sino que se colocó delante de Craig, tan cerca que su nariz quedó a escasos centímetros de la de su interlocutor, bueno, un poco más arriba, ya que Dash era unos ocho centímetros más alto.

—No quiero verte en el gran salón —ladró Dash—. Como te vea, te echaré a patadas. Ni te atrevas a mirar a Joss, ¿entendido?

Craig se rio burlonamente.

—Tú no controlas mis movimientos, Corbin. Tengo tanto derecho a estar aquí como tú. Así que vete a la mierda. Miraré lo que me dé la gana.

—No vayas al piso de arriba —gruñó Dash amenazadoramente—. Te destrozaré vivo, y me importa un pito si después me prohíben volver a pisar este club. Habrá valido la pena, así que te reto a que no me provoques.

Craig palideció y retrocedió, con el miedo visible en sus ojos. Dash hablaba totalmente en serio. A Joss no le cabía la menor duda de que lo molería a palos, y era evidente que Craig pensaba lo mismo.

Sin decir ni una palabra, Craig dio media vuelta y abandonó la sala, no sin antes lanzar una mirada despectiva hacia Dash.

Dash estrechó a Joss con más fuerza y la guio hacia la puerta, a las escaleras que llevaban al piso superior.

—Vamos, cariño. No quiero que ese tipo eche a perder nuestra noche.

—No lo habría conseguido —replicó ella con suavidad—. No me importa si está en el gran salón. Estoy contigo, Dash, solo contigo. No me importa quién me vea, porque te pertenezco.

Dash se detuvo un instante al pie de las escaleras, la abrazó y le dio un beso febril.

—Gracias, cariño. Solo es que no me gusta ese tipo, y mucho menos pensar que te ha puesto la mano encima una vez, que ha tocado lo que considero mío y consideraba mío incluso antes de que iniciáramos nuestra relación.

Ella sonrió y le quitó la marca de pintalabios de los labios.

—Estás echando a perder mi maquillaje.

Dash emitió un rugido gutural.

—Pues se echará más a perder antes de que haya terminado. El recogido que te has hecho te queda precioso, mi amor, pero me temo que ese peinado tan delicado acabará destrozado.

Joss se estremeció y sonrió encantada.

—Me muero de ganas.

—Pues no esperemos más —murmuró él, invitándola a subir las escaleras.

El gran salón estaba muy concurrido. Dash observó la escena y a los socios. Damon Roche los vio aparecer en el umbral y se dirigió hacia ellos, con una cálida sonrisa de bienvenida en el rostro.

Damon iba acompañado de una espectacular mujer con el pelo negro, que no se apartaba de él ni un segundo. Joss supuso que debía de ser su esposa. Tenía una figura perfecta, aun cuando hacía poco que había tenido un hijo; no había ni rastro de los cambios producidos durante el embarazo.

—Dash, Joss, me alegro de veros —los saludó Damon con cordialidad.

Parecía increíblemente extraño estar allí, intercambiando saludos relajados mientras todo el mundo alrededor de ellos estaba disfrutando entregándose al hedonismo: desnudos, gimiendo, follando, practicando el sexo oral; gritos y gemidos de dolor y placer, latigazos. El aire estaba impregnado de un aroma a sexo y excitación. A Joss se le erizó el vello en los brazos.

¿Cómo iba a desnudarse tranquilamente delante de toda aquella gente?

Como si notara su incomodidad, Dash la estrechó suavemente por la cintura mientras conversaban con Damon y Serena, su esposa.

Al cabo de un momento, una impresionante mujer de rasgos asiáticos y los dos individuos que la flanqueaban se acercaron al grupo formado por Joss, Dash, Serena y Damon.

Al verlos, a Dash se le iluminó la cara con genuina alegría.

—Lucas, Cole, Ren, qué alegría veros a los tres. Ha pasado bastante tiempo desde la última vez.

Los dos hombres le estrecharon la mano a Dash, y Dash se inclinó para besar a Ren en las mejillas. Rápidamente Joss comprendió que la mujer estaba con los dos sujetos y sintió una gran curiosidad, imaginando qué se debía sentir al pertenecer a dos tipos dominantes tan fuertes a la vez. ¿Era permanente o solo buscaban una noche de placer en un refugio que les ofrecía la posibilidad de cualquier capricho sexual?

—Hemos pasado los últimos meses en Las Vegas —explicó Lucas—. Preséntanos a tu amiga, Dash; me parece que no la había visto antes por aquí.

Dash invitó a Joss a dar un paso hacia delante al tiempo que le ceñía la mano.

—Cariño, te presento a Lucas Holt, Cole Madison y Ren Holt-Madison. Chicos, os presento a Joss. Es mía.

Joss sintió un escalofrío en la espalda ante la simple presentación. No esperaba aquella forma de expresar en público que ella era suya, como si nada, que él era su dominante y ella su sumisa. Si Joss había pensado que se sentiría avergonzada al ser presentada de aquel modo, se equivocaba.

Estaba encantada.

—Un placer conocerte, Joss —dijo Cole con afabilidad, y luego le dio un beso en la mano.

Lucas tomó su mano a continuación al tiempo que la penetraba con su oscura mirada hasta que ella se sintió desnuda. Había algo en aquellos dos tipos que la hacía sentir... vulnerable. Miró a Ren de soslayo; ella parecía extremadamente satisfecha entre ellos, y Joss se preguntó si aquella diminuta mujer poseía suficiente fuerza para ser capaz de complacer a aquellos dos dominantes.

Cole atrajo a Ren hacia él mientras Lucas seguía sosteniéndole la mano a Joss, entrelazando los dedos con los suyos. Era evidente que ninguno de los tres tenía ningún reparo en mostrar al mundo su inusual relación amorosa. Dash le había presentado a Ren usando los apellidos de los dos hombres. ¿Estaba casada con los dos? ¿Vinculada a los dos?

La situación la intrigaba y la fascinaba. Más tarde le pediría a Dash que le hablara de aquel trío.

—Espero que os divirtáis esta noche —dijo Damon en un tono cortés mientras se colocaba más cerca de su esposa—. ¿Necesitáis algo en particular? Ya sabes, Dash, que solo has de pedírselo a mis hombres, y ellos te facilitarán lo que precises.

—¿Está ocupado el banco? —se interesó Dash, con destello en los ojos.

Tanto Serena como Ren miraron a Joss, y Joss tuvo la impresión de que la miraban con envidia. Fuera lo que fuese aquel banco, debía de ser placentero, porque las dos mujeres parecían querer estar en su puesto.

—No, está libre. Pediré que te lo reserven para esta noche, si quieres —sugirió Damon con una sonrisa.

—Perfecto, gracias. Necesitaré cuerdas y un látigo.

Damon asintió. A continuación, Dash se despidió del

grupo, y lo mismo hizo Joss, que además expresó que estaba contenta de haberlos conocido. Dash la guio hasta un rincón del salón.

—¿Son tus amigos? —se interesó Joss.

Dash asintió.

—Los conocí aquí.

—¿Cole, Ren y Lucas están juntos? ¿Los tres?

Dash sonrió.

—Sí. No es tan inusual ver tríos, aunque su relación se basa en un pacto permanente y no está confinado a las noches de diversión en The House. Ella les pertenece a los dos, y los dos la adoran.

—Tiene suerte —comentó Joss con cara risueña.

Dash achicó los ojos como un par de rendijas.

—¿Es esa tu fantasía, Joss? ¿Deseas estar con dos hombres a la vez, que te hagan el amor y te acaricien?

Ella sacudió la cabeza rápidamente.

—Con uno me basta —dijo con una carcajada—. Solo te necesito a ti. ¡No podría con otro como tú!

Dash parecía complacido.

—Me alegro, cariño, porque no tengo ninguna intención de compartirte con más hombres; por lo menos, no de forma permanente.

—Creo que eso es más que obvio, a juzgar por la forma en que has amenazado a Craig —replicó ella con sequedad.

Dash la guio hasta un banco acolchado que parecía una enorme silla de montar. Estaba curvado por el centro y tenía las patas en forma de uve. Delante había dos postes, y Joss se preguntó qué finalidad tendrían.

—Voy a desnudarte, Joss, delante de todo el mundo. No quiero que te fijes en nadie más que en mí, solo en mí. Olvida que hay otras personas a tu alrededor. Solo estamos tú y yo en esta sala, y lo que hacemos juntos.

Ella asintió, tragándose los nervios.

Dash la desvistió despacio y en actitud reverente. La fue despojando de cada prenda con cuidado. Se tomó su tiempo para saborear el proceso, exponiendo la piel de Joss centímetro a centímetro.

Cuando estuvo desnuda, Dash se puso de pie con la espalda totalmente erguida. Inhaló hondo mientras contemplaba su cuerpo desnudo.

Joss se sentía... hermosa. Digna y orgullosa.

Dash era un espléndido macho alfa dominante y la deseaba.

Nunca antes se había sentido tan femenina y poderosa. Sí, Dash ostentaba todo el poder, tenía el control; sin embargo, Joss se sentía poderosa a su manera, como si tuviera el placer y la satisfacción de Dash en la palma de su mano.

—Quiero que te tumbes en el banco, boca abajo. Ponte cómoda y si no lo estás, dímelo. Extiende los brazos hacia los postes. Te ataré las manos a los postes y luego los tobillos a las patas para inmovilizarte.

A Joss se le aceleró el pulso y empezó a respirar más rápido hasta que notó que casi se quedaba sin aliento. Ya entendía para qué servían aquellos postes. Iba a tumbarse con las piernas y los brazos extendidos, Dash la ataría para inmovilizarla y de ese modo tendría acceso a cualquier parte de su cuerpo.

Joss se colocó en la postura que quería Dash y él se dispuso a atarle las muñecas con la cuerda forrada en satén. Con las muñecas firmemente sujetas, Dash dedicó su atención a los tobillos: se los ató a las patas del banco, con firmeza.

Acto seguido, le acarició el trasero, masajeando y abriéndole las nalgas. ¿La penetraría por detrás? ¿Y por delante? ¿O por ambos orificios? La mente de Joss se había disparado con las posibilidades. El deseo fluía por sus venas como una poderosa droga. Estaba paralizada y excitada a la vez, preparada para perderse en el plano onírico en el que entraba cada vez que Dash la dominaba.

Pero entonces recordó que él había pedido un látigo. Contuvo el aliento, consciente de que pensaba fustigarla. Y estaba en la posición perfecta, con el trasero, la espalda y la parte posterior de las piernas vulnerables a los latigazos.

Dash pasó por debajo de uno de sus brazos extendidos y atados al poste y se colocó delante de ella; a continuación, se bajó la cremallera de los pantalones y liberó su erección. Su pene se agitó delante de los labios de Joss, entonces

Dash le apresó la cabeza con ambas manos para obligarla a que la levantara, de modo que su boca quedara abierta a su merced.

Hundió la polla en su boca con brusquedad, hasta el fondo desde la primera embestida. Era obvio que Dash estaba tan excitado como ella y que aquella noche no iba a ser delicado. Joss no quería que lo fuera; ansiaba su dominación, su fuerza, su absoluto poder sobre ella. Le encantaba la vulnerabilidad que sentía con él, extasiada con la idea de que iba a usarla a su voluntad, con brusquedad, con dureza. Joss lo quería todo.

Durante unos momentos eternos Dash le folló la boca con una precisión exacta e implacable. El líquido preseminal goteó en su boca y se derramó por las comisuras de sus labios hasta el suelo antes de que Joss pudiera tragárselo. A continuación, Dash se apartó, rígido y distendido, y le acarició la mejilla en señal de aprobación.

—Mmm… ¡Qué placer! Ahora te llevaré más lejos. Voy a flagelarte, Joss, y no pienso hacerlo con suavidad. Recuerda tu palabra de seguridad. No te amordazaré porque quiero que seas capaz de decir la palabra si es necesario.

Ella asintió, aunque ya había decidido que, pasara lo que pasase, no utilizaría la palabra. Estaba dispuesta a morir antes de permitir que se le escapara aquella palabra de los labios. No pensaba decepcionar a Dash ni a sí misma de ese modo.

Dash agarró el látigo y trazó una línea con él a lo largo de su espalda, acariciándole la piel con la punta. Entonces le propinó un azote en las nalgas, y Joss soltó un grito. Se mordió los labios, decidida a no soltar ni un solo sonido más. Aguantaría estoicamente todas las descargas de Dash.

Otro azote. Joss se mordió el labio para contener el grito que amenazaba con escapar. Dash no le había mentido: no estaba comportándose de forma contenida. Sus latigazos eran más duros que la vez anterior, más candentes, pero la sensación de abrasión se diluía rápidamente y era reemplazada por un creciente placer.

Al sexto latigazo, Joss entró en un estado onírico, reaccionando perezosamente a cada azote. Intentó arquearse hacia el techo, en busca del suave calor que le provocaban los repetidos azotes.

Él la fustigó más fuerte, como si notara que ella ya había entrado en un estado de inconsciencia. El octavo azote rompió la sensación de embriaguez y devolvió a Joss bruscamente a la realidad. Dash acribillaba cada centímetro de su espalda, de su trasero, incluso de la parte posterior de sus muslos, hasta que Joss tuvo la sensación de que todo su cuerpo ardía con las marcas rosadas que Dash imprimía en su piel.

Joss jadeaba mientras él seguía sin mostrar ni un ápice de piedad. Hasta los hombros, su piel sensible ardía mientras él le marcaba cada centímetro de la espalda. Notaba todo su cuerpo dolorido. Joss se contrajo, incapaz de quedarse quieta, intentando hallar alivio a aquel exquisito ardor.

Dejó caer la cabeza, resollando, incapaz de mantener la espalda erguida por más tiempo. En ese momento, Dash la agarró por el pelo con brusquedad y la obligó a levantarse, acto seguido le hundió la polla en la boca.

La folló durante unos momentos interminables, los sonidos mientras succionaba eran el único ruido que Joss podía oír. No era consciente de lo que pasaba a su alrededor. No tenía ni idea de si los demás contemplaban la escena, observaban el dominio absoluto de Dash sobre su cuerpo. Tampoco le importaba. Para Joss solo existían él y ella, y aquel momento.

Dash se hundió hasta el fondo, ejerciendo presión con las ingles en su barbilla, y permaneció así hasta que ella intentó desesperadamente respirar. Pero Joss se obligó a no sucumbir al pánico. Confiaba en Dash. Él conocía sus límites. No se excedería.

Entonces Dash se retiró despacio de su boca, y el fuego abrasador de los latigazos volvió a cobrar intensidad. Joss apenas estaba consciente, no porque estuviera desbordada por el dolor, sino porque el mundo había dejado de existir a su alrededor. Estaba rodeada de una neblina de placer que invadía todo su ser. Joss deseaba más, suplicaba más. Podía oírse a sí misma como si se tratara de una voz lejana a través de la densa bruma.

De repente, notó el cuerpo de Dash pegado a su espalda, cubriéndola con su fuerza y su calidez. Dash le susurró que cerrara los ojos.

—Mi querida Joss, tan hermosa y tan sumisa. No sabes cómo te venero; estás tan bella, con mis marcas en tu piel... Voy a follarte, y lo haré con brusquedad, primero por delante y luego por el culo, y haré que otro hombre te flagele mientras yo te follo.

Joss abrió los ojos desmesuradamente mientras su cuerpo cobraba vida. La imagen la había excitado de una forma increíble: otro hombre flagelándola mientras Dash la poseía, la penetraba, la follaba.

¿Cómo sobreviviría? Estaba al borde de perder la consciencia, tanto que apenas recordaba su propio nombre. Y ahora Dash la montaba y la invitaba a llegar hasta un punto inimaginable, mucho más allá de lo que jamás habría podido soñar.

Él la agarró por las caderas con brusquedad y la penetró con una brutalidad que la dejó sin aliento. Hasta el fondo, tan hondo como le fue posible. Joss estaba lista, más que lista para él. Sin embargo, Dash la sentía tan tensa alrededor de su polla... Estaba más excitado que nunca, con el pene más grueso, más largo y más abultado que en toda su vida.

La embistió sin piedad, una y otra vez, bamboleando a Joss contra el banco y dilatándola hasta el punto de dolor. Y ella lo aceptaba todo, ansiaba más, mucho más.

En ese preciso instante, el látigo cayó sobre ella al tiempo que Dash se retiraba. Los dos hombres se movían sincronizados, siguiendo un ritmo perfecto. El látigo caía cuando Dash se retiraba, y se alzaba cuando Dash volvía a embestirla.

Joss gimoteaba con impotencia, tan perdida en su placer que ni sabía si había alcanzado el orgasmo o no. Si lo había experimentado, eso significaba que estaba a punto de saborear otro orgasmo, ya que notaba la necesidad que iba tomando cuerpo en su interior con una alarmante intensidad.

Entonces Dash se retiró, le abrió las nalgas y untó el orificio con una generosa cantidad de lubricante. Acto seguido, la enculó, sin darle tiempo a ajustarse a aquella invasión.

Joss gritó a pesar de su promesa de no hacerlo. No podía evitarlo. El nombre de Dash sonaba como una letanía en sus labios mientras gemía una y otra vez, pidiéndole más, pidiéndole clemencia, aunque no la deseaba.

Ni por un momento pensó en usar la palabra de seguridad; eso era lo último que se le ocurriría hacer. De todos modos, no podía siquiera recordarla, no quería recordarla porque no deseaba que aquella experiencia tocara a su fin.

Dash seguía embistiéndola por detrás con dureza, pero de repente empezó a aminorar el ritmo.

—Quiero que te corras —le ordenó Dash—. Conmigo, Joss. Quiero que te corras al mismo tiempo que yo. Dime qué necesitas para llegar, y te lo daré.

Joss tenía la mente totalmente aturdida. No sabía qué necesitaba; notaba el cuerpo en llamas y dolorido con una necesidad insatisfecha.

Una mano desconocida le separó los pliegues de la vagina con suavidad, por debajo de donde Dash la estaba follando con furia y dureza. No era el tacto de Dash; Joss lo conocía perfectamente. Era la mano del hombre que la había flagelado. Le estaba acariciando el clítoris con suavidad, ayudándola a llegar al clímax.

Joss empezó a temblar inconteniblemente, excitadísima ante la idea de que dos hombres la estuvieran tocando. Dash le había dicho que jamás sería de ningún otro hombre, y la verdad era que Dash la poseía en esos momentos, penetrándola mientras el otro hombre meramente la tocaba con el fin de ayudar a Dash.

Sus piernas temblaban de forma incontrolable. Todo su cuerpo se convulsionaba mientras se acercaba a un orgasmo glorioso. Los dedos empezaron a acariciarla más deprisa, dibujando círculos y frotándole el clítoris antes de bajar hasta el orificio de la vagina, después se hundieron dentro de ella al tiempo que Dash la enculaba con toda su fuerza.

Joss estalló como una bomba, con un grito que la ensordeció. Gritó el nombre de Dash, corcoveando violentamente contra él, casi derribándolo de su posición, a pesar de que sus movimientos estaban limitados por las cuerdas que le inmovilizaban las manos y los pies.

Sintió los chorros calientes de semen sobre la piel, impregnándole los glúteos e introduciéndose por su orificio. Dash volvió a penetrarla y terminó de eyacular dentro de ella, acometiendo con fuerza hasta que el fluido empezó a resbalar por los muslos de Joss y a gotear en el suelo.

Entonces Dash le cubrió el cuerpo con el suyo, susurrando palabras de remanso cerca de su oreja. Pero ella no acertaba a entender lo que le decía porque solo oía los ensordecedores latidos de su propio corazón. Resollaba sin un ápice de fuerza, destrozada por la experiencia más explosiva de su vida.

Aquello era lo que había anhelado durante tantos años. No sentía ni una gota de culpabilidad ni de vergüenza por el hecho de haber deseado tanto lo que otros definirían como una verdadera depravación. Se hallaba en un espacio público donde todo el mundo podía verla practicando el acto más íntimo con Dash, sin embargo, aunque lo hubieran hecho en público, la intimidad no se había roto porque los espectadores no existían para ella; solo Dash y el placer que él le daba.

Dash la besó en el hombro, se despegó de ella y le fue estampando una hilera de besos a lo largo de la columna vertebral antes de apartarse de su cuerpo todavía tembloroso. A continuación, él y el otro individuo la desataron con cuidado y Dash la estrechó entre sus brazos, sosteniéndola con firmeza para que Joss no se desplomara sobre sus rodillas inestables.

El otro hombre apareció un segundo en su plano de visión, antes de que Joss fijara su mirada vacilante en Dash. Él la miraba con una increíble ternura, con unos ojos llenos de tanto amor que si no la hubiera sostenido tan firmemente, se habría desplomado.

Dash la besó y le susurró al oído lo satisfecho y orgulloso que estaba. Ella se empapó de aquellas palabras como un desierto falto de lluvia. Apoyó la cabeza en su pecho; necesitaba sentir aquella cercanía, ahora que se sentía tan vulnerable después del espectacular orgasmo.

—Date la vuelta y dale las gracias al hombre que me ha ayudado —le pidió Dash con suavidad—. Dale las gracias y luego vuelve a centrar toda tu atención en mí.

—¿Cómo he de hacerlo? —susurró ella—. Quiero decir, ¿qué se supone que he de hacer? ¿Debo darle pla... placer?

—No, cariño, de ningún modo. Él ha quedado más que satisfecho de poder participar en el acto, ver cómo te rendías y reaccionabas de una forma tan hermosa bajo el beso del látigo. He dicho que ningún hombre te poseerá, solo yo, y eso también va por tu placer. Él ha intervenido, sí, pero tú le darás las gracias y nada más.

Joss se dio la vuelta, todavía temblorosa, mientras Dash la sostenía. Alzó la vista hacia el hombre y se fijó en sus rasgos. Era mayor que Dash, quizá unos diez años más. En sus sienes vio unas pocas canas, pero era muy apuesto. Él le sonrió afablemente y ella murmuró una frase de agradecimiento. Él le tomó la mano, se la llevó a los labios y estampó un beso tierno sobre su piel.

—Dash es un tipo muy afortunado —comentó el hombre con solemnidad—. Eres realmente hermosa, Joss. No hay ni un solo hombre en este salón que no envidie a Dash en estos momentos.

Ella sonrió.

—Gracias, gracias por tu generosidad. Me has dado placer. Tú y Dash, los dos. Te estoy muy agradecida.

—Soy yo quien ha de darte las gracias por permitirme intervenir en un acto tan bello —dijo él con absoluta seriedad.

El individuo saludó a Dash con un leve gesto de cabeza y luego se dio la vuelta y se perdió entre la multitud que los rodeaba. Hasta ese momento Joss no había caído en la cuenta de que estaban rodeados por un nutrido círculo de curiosos.

Se le encendieron las mejillas al asimilar que ella y Dash habían sido el foco de atención de todo el salón. Todos habían dejado lo que estaban haciendo para dedicar su atención a ella y a Dash, al absoluto dominio de Dash sobre ella. Las mujeres la miraban fijamente sin decir nada, con evidentes celos en sus ojos, que desviaban de forma significativa hacia Dash. Lo deseaban; no hacían ningún esfuerzo por ocultarlo. Y los hombres... Joss contuvo el aliento, sorprendida por la lascivia manifiesta que vio reflejada en sus ojos.

Alzó la vista hacia Dash, sorprendida por tales reacciones. Él le sonrió con ternura y la estrechó entre sus brazos.

—Eres hermosa, una sumisa perfecta, y reaccionas ante el látigo de una forma maravillosa. ¿Qué hombre no te miraría con concupiscencia?

—Yo solo quiero que tú me mires así —susurró ella—. Llévame a casa, Dash. Quiero irme a casa contigo.

Dash la besó en la frente y luego recogió la ropa desperdigada por el suelo. La ayudó a vestirse después de limpiarle los restos de semen de la piel. A Joss le molestaba el tacto de la ropa sobre la piel incandescente, y se estremeció cuando Dash le abrochó la cremallera del vestido.

Él la besó en el hombro y le mordisqueó el cuello.

—Cuando lleguemos a casa, te quitaré la ropa y te prepararé un baño caliente para que puedas relajarte como es debido. Y mañana no llevarás ninguna prenda durante todo el día. No quiero que estés incómoda.

Veinticinco

*J*oss se hallaba en uno de los espaciosos reservados del Lux Café, esperando a Chessy y a Kylie. Por una vez era la primera en llegar. Tenía muchas ganas de ver a sus amigas. No tenía perdón; las había evitado a toda costa durante las últimas semanas, y se sentía culpable por no haber hecho el esfuerzo de verlas más a menudo. Especialmente a Kylie.

Dash la mantenía informada sobre cómo Kylie iba asimilando la posición de Jensen en la compañía. Según Dash, la situación era aún tensa en el despacho, pero Kylie aguantaba estoicamente. Joss no estaba segura de qué significaba eso; Dash le había dicho que Kylie estaba callada pero que hacía su trabajo sin protestar.

Aparte de varias llamadas y de unos pocos mensajes intercambiados por correo electrónico, Joss no había visto a sus amigas a solas desde el almuerzo en aquel mismo restaurante el día que les anunció su decisión de ir a The House.

¡Cómo había cambiado su vida desde entonces! Había estado tan absorta en su relación con Dash que apenas había mantenido contacto con el mundo exterior.

Alzó la vista cuando Chessy y Kylie entraron juntas. Se levantó para abrazarlas antes de volver a sentarse.

—¡Qué alegría veros, chicas! —exclamó con franqueza—. Os he echado de menos.

Los ojos de Chessy centellearon burlonamente.

—¡Ya! ¿Esperas que nos lo creamos, cuando estás completamente atontada con ese pedazo de hombre que tienes?

Joss rio pero estudió a Kylie detenidamente. Era obvio que la pobre estaba sometida a una gran tensión. Tenía unas ojeras terribles, lo que quería decir que las pesadillas recurrentes volvían a atormentarla.

Joss suspiró, preocupada por su amiga. Alargó el brazo y le estrechó la mano cariñosamente.

—¿Qué tal el trabajo? ¿Cómo va con Jensen?

Kylie esbozó una mueca de fastidio.

—Me agobia.

—¿Ah, sí? —se interesó Chessy—. ¡Pero si es otro pedazo de hombre, digno de mirar! Tan moreno y tan serio. Me provoca escalofríos, y eso que yo ya tengo a mi propio macho dominante y posesivo en casa.

Joss rio otra vez pero recuperó la seriedad al ver la cara de desaprobación de Kylie.

—Tú lo has dicho: es tan... serio, tan callado y circunspecto. No para de mirarme, fijamente, como si intentara leer mis pensamientos o algo parecido. Me agobia. ¿Y cómo se supone que he de reaccionar? No puedo pedirle que deje de mirarme; tanto él como Dash pensarían que estoy loca. Quizá lo estoy —concluyó al tiempo que se encogía de hombros.

—Todo se arreglará, ya verás —la animó Joss, sin soltarle la mano—. Parece un tipo afable, y estoy segura de que al final se ganará tu confianza.

Kylie no parecía convencida. En vez de eso, desvió el tema de conversación de nuevo hacia Joss.

—¿Qué tal con Dash? He de admitir que jamás lo había visto tan feliz. Está siempre de tan buen humor en el trabajo que da rabia. Todos los días, entre las cuatro y media y las cinco, sale disparado por la puerta. ¡Ni una hecatombe en el negocio conseguiría que se quedara ni un minuto más en la oficina!

Chessy rio divertida.

—Está enamoraaaaado. Es obvio. El pobre ha perdido la chaveta, como para que lo encierren.

Joss notó un intenso calor en las mejillas.

—La cuestión es, ¿y tú? —la interrogó Chessy directamente.

Joss suspiró y se frotó la cara con ambas manos.

—Sí. No. No lo sé —admitió—. Me preocupa porque

cada vez pienso menos en Carson. Antes pensaba en él todo el tiempo, ¿y ahora? Paso días enteros sin pensar en él. ¿Significa eso que soy una mala persona?

Chessy arrugó la nariz, apenada por su amiga; incluso Kylie relajó la expresión. Cada una le cogió una mano.

—No, eso no es verdad —contestó Chessy con ternura—. Amabas a Carson y él te amaba. Pero está muerto. Hace tres años que falleció, un período suficiente para dejar atrás la fase de luto. Ya es hora de que pases página y sigas adelante con tu vida. Con Dash, si él es el hombre que eliges. No tienes que sentirte culpable por no pensar en Carson tan a menudo. Es normal. Has encontrado un nuevo amor. Acéptalo, déjate llevar. No puedes vivir anclada en el pasado.

—Ya sé que te dije unas cosas terribles, Joss, y espero que me perdones. Quiero que seas feliz, de verdad, es lo que quiero. Tal como Chessy ha dicho, Carson está muerto.

A Kylie se le quebró la voz y tuvo que hacer un esfuerzo para continuar.

—Dash es un buen tipo. El mejor. Y es más que obvio que te quiere. Si él te hace feliz, entonces no lo dejes escapar. No permitas que mi opinión ni la de nadie se interponga en tu camino.

A Joss le escocían las lágrimas en los ojos. No tenía palabras para la sinceridad que veía en las miradas de sus amigas.

—Gracias —dijo al fin—. Para mí ha sido una enorme carga. Tuve pesadillas hace un par de semanas, cuando empezaba la relación con Dash, justo después de irme a vivir con él. En esos sueños, tenía que elegir entre recuperar a Carson o quedarme con Dash. Y no podía decidir —se lamentó, con una evidente nota de agonía en la voz—. Me sentía fatal porque siempre había soñado con volver a estar con Carson; habría hecho lo que fuera con tal de lograrlo. Sin embargo, en mi sueño, no optaba por esa posibilidad; dudaba porque Dash estaba allí y no quería perderlo.

—¡A la mierda con tus sueños! —exclamó Chessy crudamente—. Te joden la vida, sí, y la cuestión es que no puedes recuperar a Carson, así que era un sueño absurdo, solo la manifestación de tu sentimiento de culpa. Carson está muerto; tanto si lo eliges como si no, no volverá. No puedes recuperarlo, nunca podrás. Por consiguiente, has de decidir si te pasarás el resto de la vida llorando su muerte o si vas a asumir el control de tu futuro y no dejar escapar al hombre que te adora.

—Nadie mejor que Chessy para poner los puntos sobre las íes —remachó Kylie, divertida—. Pero he de admitir que en esta cuestión estoy totalmente de acuerdo con ella. Carson te quería, Joss, te adoraba; nadie lo ponía en duda. Y no creo ni por un instante que a él le gustara la forma en que te estás martirizando a ti misma. Él desearía que fueras feliz, y yo también quiero que seas feliz. Pero tú también has de desearlo.

Joss asintió.

—Os quiero, chicas. Estoy tan contenta de veros. Os juro que a partir de ahora no volveré a perder el contacto con vosotras. Sois demasiado importantes para mí.

—Ni se te ocurra volver a perder el contacto —murmuró Chessy—, o iré a casa de Dash a buscarte en persona y, si es necesario, te sacaré de allí a rastras. Estaba tentada a hacerlo antes de que llamaras para quedar hoy para almorzar las tres juntas, pero que conste que estás avisada, ¿eh? No tendré tanta paciencia en el futuro.

Joss y Kylie rompieron a reír a carcajadas. Joss se sentía más aliviada mientras miraba a sus dos queridas amigas. Le hacía falta eso: compartir un buen rato con ellas, escuchar sus consejos y apoyo. No se había dado cuenta de hasta qué punto la situación con Carson y Dash la había sobrepasado hasta que se había atrevido a hablar abiertamente de ello.

Después de desahogarse, sus preocupaciones se le antojaban como una verdadera chorrada. Quizá lo único que necesitaba era obtener el consentimiento de sus amigas, por más que le diera rabia la idea de no poder elegir por sí misma y seguir adelante. No era justo ni para Dash ni para ella.

—¿Cuándo le dirás que le quieres? —preguntó Chessy con curiosidad.

La pregunta sorprendió a Joss, porque todavía no se había admitido ni a sí misma la intensidad de sus sentimientos, así que mucho menos a nadie más. Pero mientras consideraba la pregunta de Chessy, se dio cuenta de que sí, que quería a Dash, quizá desde el principio.

—Me parece muy pronto —murmuró Joss.

Kylie resopló.

—¿Acaso no te enamoraste de mi hermano con la misma rapidez? Vamos, Joss, los dos os enamorasteis perdidamente. Creo que Carson perdió la chaveta antes que tú. ¡Y fíjate lo bien que os salió! Si temes que sea malo enamorarte tan rápidamente, piensa que Carson y tú todavía estaríais juntos si él no hubiera muerto. Enamorarse de buenas a primeras no significa que el sentimiento sea menos profundo. Si existe, existe.

—Un corto plazo de tiempo no significa que el amor sea más o menos real o verdadero —apostilló Chessy con dulzura—. Kylie tiene razón. Carson y tú os enamorasteis como locos; lo vuestro fue amor a primera vista, y no por ello era menos sólido, del mismo modo que tus sentimientos por Dash no serán menos intensos solo porque te hayas enamorado de él tan deprisa. Fíjate en mí y en Tate. Me pidió que me casara al cabo de... ¿qué? ¿Dos semanas después de salir juntos?

—¿Y todavía sois felices? —la interrogó Joss.

Ella y Kylie intercambiaron una mirada momentánea. Era obvio que Kylie estaba tan preocupada por el matrimonio de Chessy como Joss. Pese a que Joss no había pasado mucho tiempo con Chessy en las últimas semanas, era obvio que algo iba mal entre ella y Tate.

A Chessy se le borró la sonrisa de los labios, pero la recuperó rápidamente.

—No pasa nada. Estamos bien, solo es que nuestra relación ha cambiado. Pero eso sucede en todas las parejas. No podemos estar en una constante luna de miel. Nuestras necesidades ahora son diferentes. Tate está muy estresado a causa de su negocio; le toca viajar a menudo o ir a visitar a clientes a horas intempestivas, pero estamos bien. Todavía le amo como el primer día, y sé que él también me ama.

Joss suspiró aliviada al oír la ferviente respuesta positiva de su amiga. Kylie seguía mirando a Chessy con reservas, pero Kylie siempre se comportaba así: absolutamente leal y protectora con sus amigas, aunque su lengua la traicionara de vez en cuando. Pero Joss sabía que Kylie tenía el corazón más grande del mundo y que quería lo mejor para ella y para Chessy.

—¿Qué tal si pedimos algo de comer? ¡Me muero de hambre! —sugirió Chessy, cambiando de tema.

Joss accedió a zanjar la cuestión sobre la relación de Chessy con Tate y le hizo una señal al camarero para que se acercara a tomarles nota. Las tres amigas pidieron lo que querían y luego se pasaron el resto del almuerzo riendo y poniéndose al día acerca de sus vidas durante las últimas semanas.

Pero Joss no podía dejar de pensar en Dash. ¿Cuándo cimentaría su relación declarándole su amor con unas palabras tan simples como «te quiero»? Sí, unas palabras simples que, sin embargo, la asustaban de una forma tremenda, porque indicaban un nivel completamente diferente de vulnerabilidad para ella.

Pensaba que los sentimientos de Dash por ella eran muy profundos, quizá desde hacía mucho tiempo, a juzgar por los comentarios que le había hecho él previamente. Pero no le había dicho que la quería. Quizá solo estaba esperando a que ella se lo dijera primero. Él ya se había arriesgado mucho, y Joss podía comprender por qué no quería declararse sin antes saber exactamente lo que ella sentía por él.

Si Dash mostraba tanta paciencia mientras Joss aclaraba sus ideas, lo mínimo que ella podía hacer era dar el primer paso y sincerarse.

Pero ¿y si él no la creía? ¿Y si era demasiado pronto? ¿Pensaría que estaba tan enajenada por las circunstancias que se dejaba regir por sus emociones por encima de todo?

Joss arrugó la frente, en actitud concentrada. Chessy y Kylie la miraron con curiosidad pero ninguna dijo nada, aunque la pregunta era obvia en sus ojos.

—Se lo diré cuando no estemos haciendo el amor —declaró.

Al instante se ruborizó, al darse cuenta de que había expresado sus pensamientos en voz alta.

Chessy y Kylie rieron y Joss no pudo evitarlo y también se echó a reír, sin importarle que alguien las oyera.

—¡Buena idea! —gorjeó Chessy—. No es el momento más adecuado para decírselo; seguro que él no estará muy atento, cuando tiene la mente dominada por la polla.

—¡Por el amor de Dios, Chessy! —la reprendió Kylie.

Chessy se encogió de hombros.

—O a lo mejor sí. A veces los hombres están más receptivos cuando piensan con la polla; se obtienen mejores resultados.

—Se lo diré esta noche —afirmó Joss impulsivamente, con unas repentinas ganas de compartir sus sentimientos con Dash.

Recuperó la serenidad momentáneamente, mientras observaba a sus dos mejores amigas en silencio.

—No pensaba que volvería a encontrar el amor. Pensaba que había quemado mi único cartucho al haber encontrado a mi alma gemela: a Carson. Pero Dash... le amo. ¿Es posible hallar la perfección dos veces?

Chessy y Kylie le sonrieron con ternura.

—Tú misma acabas de contestar a tu pregunta —contestó Chessy—. Le amas. Así que supongo que sí que has encontrado a tu segunda alma gemela.

Veintiséis

*J*oss se movía con agilidad por la cocina, asegurándose de que la cena estuviera preparada en el momento justo. Dash había llamado apenas unos cinco minutos antes para decirle que en diez minutos estaría en casa, lo que significaba que solo disponía de unos minutos para poner la mesa, servir los bistecs y la guarnición en los platos, antes de ir rápidamente al comedor a esperarlo desnuda y arrodillada.

La bienvenida tendría que ser breve, porque si no se enfriaría la cena. Pero Joss tenía planes para aquella noche: quería que fuera especial, aunque eso supusiera tener que asumir momentáneamente el control de todos los aspectos de su relación.

Aquella noche Joss deseaba asumir el control, quería dirigir la situación. Una cena íntima, y luego decirle a Dash que le amaba, antes de hacer el amor. Quería que Dash estuviera seguro de ella, que supiera que no lo decía movida por la emoción del momento, porque estuviera desbordada por las circunstancias, soltando palabras que no sentía.

¿Cómo reaccionaría? No había podido quitarse esa pregunta de la mente desde el almuerzo con Chessy y Kylie. ¿Le correspondería pronunciando las mismas palabras? Sabía de todo corazón que él la quería, que probablemente hacía mucho tiempo que la quería. Joss esperaba que él encajara su declaración con ilusión y alivio, y que supusiera un paso adelante para consolidar más su relación.

La confundía el hecho de que apenas unas semanas antes se hubiera enfrentado al aniversario de la muerte de su esposo con tristeza y resignación, pensando que estaba destinada a una existencia sin amor, y que solo esperara poder llenar aquel doloroso vacío con sexo y dominación. Pero no había esperado... el amor.

Tampoco había esperado que fuera a enamorarse precisamente de un viejo amigo, del mejor amigo de su esposo.

Una amplia sonrisa risueña se expandió por sus labios. Joss sacó los chisporroteantes bistecs del horno y los sirvió en dos platos. Acto seguido, sacó las patatas y también las dispuso en los platos, después colocó los condimentos sobre la mesa.

Echó un vistazo al reloj. Apenas le quedaban un par de minutos, quizá menos, en función del tráfico. Corrió hacia la habitación y se desnudó, luego se tomó un momento para alisarse el pelo antes de bajar corriendo al salón. Justo a tiempo, porque en ese momento oyó que Dash aparcaba el coche delante del garaje.

Se sentó sobre las rodillas, con el cuerpo temblando de emoción. Los nervios la traicionaban, anticipándose a la velada. Podía ser la mejor —o la peor— noche de su vida. Rezó para que fuera la mejor.

La puerta se abrió y apareció Dash, llenando el salón con su imponente presencia. Una sonrisa se perfiló al instante en los labios de Dash cuando la vio, y avanzó a grandes pasos hacia ella, pero se detuvo justo delante y olisqueó el aire apreciativamente.

Se inclinó hacia el suelo y la ayudó a ponerse de pie. Le dio un prolongado beso, sin prisas, y le preguntó en un tono ronco:

—¿Qué has preparado, cariño? Huele fenomenal. Te lo juro, cada día me gusta más volver a casa para estar contigo. No sé cómo logras superar el día previo, pero desde luego lo consigues.

Ella sonrió de oreja a oreja y se colgó de su cuello para darle otro beso.

—Bistecs y patatas asadas. He planeado algo especial para esta noche. ¿Te importa?

Dash enarcó las cejas.

—¿Alguna pista?

Joss rio como una niña traviesa.

—Ni hablar. Tendrás que dejarte llevar.

Él le devolvió la sonrisa.

—En ese caso, me rindo. Tus deseos son órdenes.

Ella le tomó la mano y entrelazó los dedos en un gesto familiar. A menudo se prodigaban en caricias, aunque no fueran íntimas. Joss se había acostumbrado a tenerlo cerca en todo momento; le encantaban sus muestras de afecto. Le encantaba él.

Lo guio hasta la cocina, donde la mesa estaba servida, con un par de velas encendidas en el centro. Joss apagó las luces del techo; solo la tenue luz de la habitación contigua contribuía a iluminar la mesa con un romántico resplandor.

Joss se había acostumbrado tanto a ir desnuda que ni pensó en ello cuando se sentó. Todos los días lo esperaba desnuda, y normalmente cenaban juntos sin que ella llevara ninguna prenda encima.

—Permíteme —murmuró él cuando ella empezó a cortar su bistec—. Nada me encantaría más que darte de comer esta noche.

Ella se detuvo y le permitió a Dash cortar su bistec en pequeños trozos del tamaño de un bocado. Condimentó las patatas tal como a ella le gustaban y luego le dio el primer trozo de carne tierna.

Dash le daba un trocito y luego él tomaba un bocado, y así alternativamente. No conversaban. Un pesado silencio se había instalado en el comedor, pero no dejaban de mirarse, no apartaban la vista el uno del otro ni un segundo. Dash parecía intuir la importancia de aquella noche. Se podían palpar las expectativas, y él parecía tener ganas de terminar de cenar para disfrutar de lo que ella había planeado.

Joss sonrió para sí. No pensaba obligarlo a esperar mucho más rato. Normalmente miraban la televisión o una película en el salón, ella acurrucada junto a él mientras Dash le acariciaba el cuerpo o el pelo. Él decía que le encantaba estar así, con ella, simplemente tocándola, compartiendo su compañía.

Otras noches se sentaban en el porche trasero con una botella de vino y hablaban acerca de cómo le había ido el día a Dash, cómo Jensen se iba adaptando a la empresa y cómo Kylie iba poco a poco aceptando a regañadientes a su nuevo jefe.

Pero aquella noche Joss planeaba que se acostaran pronto. Deseaba estar entre sus brazos cuando le dijera que le amaba, y luego quería hacer el amor con él. Deseaba ser ella la atrevida, deseaba demostrarle todo lo que sentía por él. Solo esperaba que Dash se lo permitiera.

—Deja los platos —dijo ella en un tono ronco cuando terminaron de cenar—. Ya me ocuparé yo de la cocina más tarde. Ahora me apetece meterme en la cama contigo.

Dash enarcó una ceja y sus ojos se oscurecieron de ardor y deseo.

—Que no se diga que le niego nada a mi mujer.

Ella sonrió, permitiendo que todo el amor que sentía brillara en sus ojos. Dash debía preguntarse si había entendido bien aquel gesto, pero aquella noche Joss estaba dispuesta a eliminar cualquier sombra de duda. Había llegado el momento; era la hora de dar el paso, contener el aliento y dar el salto.

Joss le ofreció la mano, imitando el comportamiento de Dash en el pasado, cuando él le ofrecía la mano, normalmente antes de pedirle que acatara alguna de sus órdenes. Aquella noche era ella la que daba las órdenes, por más que sintiera un poco de vergüenza.

Dash la manoseó mientras se dirigían a la habitación. Era como si no pudiera evitar tocarla, como si fuera tan adicto a ella como ella lo era a él.

Cuando entraron en el dormitorio, Joss lo guio hasta la cama y lo empujó para que se tumbara. Dash la miraba sin parpadear, con flagrante curiosidad, pero se mantuvo en silencio, dando rienda suelta a Joss.

A continuación, ella se arrodilló entre las piernas abiertas de Dash y le tomó las manos.

—Hay una cosa que quiero decirte, una cosa muy importante, y quería decírtelo en el momento ideal, cuando no estuviéramos haciendo el amor, ciegos de pasión, porque quería que supieras lo mucho que estas palabras significan para mí.

La esperanza y el miedo en los ojos de Dash la acabaron de desarmar. Él la miraba como si estuviera atrapado entre las dos emociones y tuviera miedo a decantarse por la fe.

Joss se llevó las manos de Dash hasta la boca y estampó un beso en aquellas manos dóciles.

—Te quiero, Dash —susurró—. Te quiero mucho.

La alegría instantánea que afloró en los ojos de Dash fue la respuesta que Joss necesitaba. Él dejó caer los hombros y cerró los ojos para saborear el momento. Cuando los volvió a abrir, los tenía humedecidos. A Joss la impactó la intensidad de su reacción, de sus emociones.

—Oh, Joss —susurró él—. No sabes cuánto tiempo llevo soñando con este momento.

La estrechó entre sus brazos, la alzó del suelo y la sentó en su regazo, luego la acunó contra su pecho. La mantuvo fuertemente abrazada, como si temiera que fuera a escurrirse de sus brazos. La besó en la sien, en la cabeza, y luego en los ojos, en la nariz, en las mejillas, en cada centímetro de su piel que alcanzaba.

—Yo también te quiero, amor mío. Sí, te quiero; te quiero tanto que me duele el corazón. El hecho de no saber si me amabas me estaba matando; solo esperaba que tú sintieras lo mismo que yo siento por ti, que llevo tanto tiempo sintiendo por ti. ¿Estás segura, Joss? ¿Estás lista para dar el siguiente paso?

La ansiedad se extendió por la mirada de Dash mientras esperaba su respuesta. Ella sonrió, expresando abiertamente toda la fuerza de su propia alegría y alivio.

—Sí —resopló Joss—. ¿De verdad me quieres, Dash?

—Cariño, si te quisiera más, moriría de amor. No tienes ni idea de cuánto tiempo hace que te amo, de cómo sufría por ti, de cómo te deseaba con toda el alma.

—Entonces no tiene sentido que sigamos sufriendo por más tiempo —concluyó ella con suavidad—. Soy tuya, Dash, completamente tuya. Siempre lo seré, si tú me aceptas.

—¿Que si te acepto? —repitió él con incredulidad—. Cariño, te quiero de todas las formas posibles. Pero tengo que estar seguro de que esto es lo que quieres; quiero decir, no solo que me quieras a mí, sino también esta clase de relación: mi dominación, tu sumisión. Porque si no es lo que deseas a largo plazo, entonces no tiene por qué ser así. Estaría dispuesto a hacer cualquier sacrificio por ti.

A Joss se le ensanchó la sonrisa en los labios y las lágrimas brillaron en sus ojos.

—No cambiaría nada de ti, de nuestra relación. Te quiero tal como eres. Quiero que nuestra relación siga tal como está. Es lo que quiero, mi amor. Necesito tu dominación; la deseo con toda el alma. Ahora forma parte de mí, incluso diría que es la mejor parte. No cambies nunca, Dash. Nunca pienses que has de cambiar por mí, porque te quiero tal como eres.

Él la estrechó con tanta fuerza que casi la aplastó. Respiraba de forma entrecortada, sobre el pelo de Joss; temblaba pegado a ella, desbordado por la emoción. Entonces volvió a besarla, una y otra vez, como si estuviera hambriento de su amor, como si lo necesitara con tanto desespero como ella necesitaba su amor.

—Hazme el amor —le susurró Joss—. Por primera vez, hazme el amor de verdad.

—Nunca tendrás que pedirme que te haga el amor de verdad —replicó él entre susurros—, porque para mí siempre ha sido así, todas las veces que lo hemos hecho, por más extrema que haya sido la experiencia, siempre ha sido con amor, siempre. Y eso es algo que nunca cambiará.

Se revolcó con ella unos instantes en la cama, después intentó quitarse la ropa, con impaciencia, mientras Joss permanecía tumbada a su lado, esperando. La cubrió con su cuerpo desnudo, entrelazaron las piernas y acomodó su miembro erecto en el vértice de los muslos de Joss.

Aquellas palabras habían obrado un milagro. Joss no había calculado con qué intensidad, pero se daba cuenta de que todo era diferente. Tras pronunciar las palabras, entre ellos había surgido una urgencia —y ternura— como antes no había existido. Aunque Dash siempre había sido maravilloso con ella, ahora lo era mucho más.

La besó apasionadamente, le robó el aliento y luego se lo devolvió, cuando sus respiraciones se mezclaron. Le expresó su amor entre murmullos, entre beso y beso, y Joss saboreó de nuevo la exquisita sensación del verdadero amor. Jamás habría creído que pudiera encontrarlo otra vez, pero se había equivocado.

Dash era todo lo que podía pedir. Mientras pudiera tenerlo, nunca pediría nada más en la vida. Que Dios se apiadara de ella si lo perdía, porque estaba segura de que no sobreviviría a perder el amor de su vida por segunda vez.

Y el amor entre ellos era todavía nuevo, luminoso; aún tenía que crecer y madurar, igual que había sucedido con la relación entre ella y Carson. Su amor había nacido súbitamente, pero con el paso del tiempo, en lugar de debilitarse había ido floreciendo. Joss creía de todo corazón que lo mismo sucedería entre ella y Dash.

—Llevo tanto tiempo esperándote, Joss… —le susurró pegado a sus pechos.

Él dedicó toda su atención primero a un pezón y luego al otro, jugueteando con ellos hasta ponerlos dolorosamente erectos.

—Jamás imaginé que disfrutaría de este regalo: de ti, de tu amor. Es más de lo que podría soñar. Júrame que nunca me abandonarás, que siempre estarás conmigo.

—Nunca te abandonaré —prometió ella—. Siempre tendrás mi amor.

Volvió a estrecharla apasionadamente, abriéndose paso entre sus muslos con impaciencia, buscando la calidez y la profundidad de su cuerpo acogedor. El cuerpo de Dash se arqueó sobre el de ella al tiempo que se hundía lentamente en su interior. Le alzó los brazos por encima de la cabeza y le apresó las manos a Joss mientras cabalgaba rítmicamente sobre ella.

—Jamás olvidaré tu rostro esta noche —declaró él con solemnidad—. Tu expresión la primera vez que me has dicho que me amabas. La recordaré hasta el día que me muera.

—Ya, pero por favor, no te mueras pronto —apostilló Joss, presa de un profundo dolor ante tal pensamiento.

La cara de Dash se contrajo de arrepentimiento.

—No debería haber dicho eso, cariño. No lo decía en ese sentido. Jamás te abandonaré por voluntad propia, créeme.

Ella sonrió.

—Lo sé. Intentaré no ser tan sensible.

—Puedes serlo tanto como quieras. No cambiaría nada de ti, amor mío.

Dash entornó los ojos mientras se hundía unos centímetros más, con unos movimientos suaves y llenos de amor. La llenaba, luego se retiraba y con lentitud volvía a penetrarla. Joss notó cómo iba tomando forma su orgasmo, no tan explosivo como los anteriores, sino con más suavidad y lentitud, extendiéndose por sus entrañas poco a poco. Era una sensación totalmente diferente, un orgasmo emocional, y no solo físico.

Era... amor; una experiencia totalmente diferente a las anteriores con Dash.

—Fúndete conmigo, Joss. Quiero que estés conmigo, siempre.

—Estoy contigo —susurró ella—. No te contengas. Córrete conmigo.

Él bajó la frente y la pegó a la de Joss, un gesto que ella adoraba. La besó con ternura, aunque su cuerpo temblaba encima de ella. El orgasmo de Joss fue como agua de mayo; Dash le soltó las manos y ella se abrazó a él con fuerza, pegándose completamente a su cuerpo, y los dos se fundieron juntos, consumidos por los fuegos de su amor.

Pese a que era temprano, Joss no sentía ningún deseo de levantarse de la cama, ni tan solo de moverse. Estaba satisfecha con la idea de quedarse allí, entre los brazos de Dash, con aquella sensación de plenitud, de confianza en el amor que él le profesaba. El futuro se presentaba más que brillante. Joss se sentía capaz de conquistar el mundo, como si Dash le hubiera dado alas para volar.

—Quédate conmigo tal como estás: dentro de mí, deja que te sienta —le susurró mientras Dash la cubría con su cuerpo.

Él volvió a besarla y se acomodó encima de ella. Joss le acarició la espalda, despacio, arriba y abajo, hasta que los dos cayeron sumidos en un dulce sueño.

Veintisiete

*E*l sueño fue incluso más vívido que en la anterior ocasión. Pese a estar dormida, Joss gemía angustiada mientras se enfrentaba a la visión de tener a Carson y a Dash juntos, delante de ella. Los dos la miraban con expectación, los dos le pedían que tomara una decisión.

—Puedo volver a tu lado, nena —le decía Carson en su típico tono suave y meloso que siempre había usado con ella.

Joss no recordaba ni una sola vez en la que Carson le hubiera levantado la voz, ni siquiera cuando estaba enfadado. Algunas veces discutían, por supuesto, como todas las parejas, pero él jamás había perdido los nervios. Carson luchaba por controlarse y no estallar como un energúmeno, tal como su padre había hecho con tanta frecuencia.

—Podemos estar juntos de nuevo, como antes. Solo has de elegir.

Dash permanecía callado al lado de Carson, con aspecto de saber que estaba vencido. Sus ojos mostraban una clara resignación, y empezó a darse la vuelta, tal como Carson había hecho en su sueño anterior.

—¡No! —gritó Joss—. ¡No te vayas, Dash. Te quiero!

La mirada consternada de Carson le partió el corazón. Joss apenas podía creer que hubiera elegido a Dash y no a su amado esposo. La tristeza enturbió los rasgos de Carson, que miró a Dash con abatimiento.

—Cuídala —le pidió en voz baja—. Ámala tanto como yo la he amado.

—Lo haré —contestó Dash.

Acto seguido, Dash se acercó a Joss y ella dio un paso vacilante hacia él. Luego otro paso, y otro más, hasta que estuvo entre sus brazos. Cuando alzó la vista en dirección a Carson, él había desaparecido, se había diluido por completo, como si jamás hubiera estado allí.

—Carson —susurró ella con un hilo de voz—. Lo siento, de verdad, lo siento mucho.

Entonces alzó la vista hacia Dash, para mostrarle su lealtad, para indicarle que lo había elegido a él.

—Te quiero —susurró—. Es a ti a quien quiero.

Veintiocho

*D*ash se despertó perezosamente, con el recuerdo de la noche anterior fresco y vívido en su mente. Sonrió y sintió deseos de volver a hacerle el amor a Joss. Pero cuando se dio la vuelta hacia ella, se quedó helado al ver sus facciones contraídas de angustia mientras sacudía bruscamente la cabeza y un suave gemido se escapaba de sus labios.

Las siguientes palabras lo dejaron helado, sin aliento; le partieron el corazón en dos y engulleron todo el optimismo con el que se había despertado.

—Carson. Lo siento, de verdad, lo siento mucho. Te quiero. Es a ti a quien quiero.

Una rabia irracional se apoderó de él. El dolor y la traición fluyeron por sus venas. ¡Joder y mil veces joder! ¿Acaso estaría Carson siempre en medio de su relación? ¿Joss no era capaz de pasar página?

Joss entreabrió los párpados con pesadez y miró a Dash, en una soñolienta confusión. Entonces frunció el ceño cuando vio su cara sulfurada.

—¿Dash?

—Me alegro de que sepas con quién te acuestas —espetó él en un tono gélido.

A Joss se le desencajó la mandíbula.

—¿Qué? ¿De qué estás hablando? —Se colocó de lado, apoyada en un codo, con la melena cayendo en cascada sobre los hombros—. ¿Por qué estás enfadado?

El dolor y la confusión en la voz de Joss solo consiguió irritarlo más.

—No eres capaz de pasar página —bramó Dash—. Hace tan solo unas horas me decías que me amabas, pero sueñas con él. Le dices que le quieres en tus sueños y le pides perdón. ¡Joder! ¿Se puede saber por qué le pides perdón? ¿Por engañarlo? ¿Por ser desleal a un hombre muerto? ¡Pues para que te enteres, Joss, Carson está muerto, y no volverá! ¡Se fue y no volverá! ¡A ver si te enteras de una puñetera vez!

Ella se puso lívida y lo miró sin dar crédito a lo que oía.

—Nunca estaré a su altura, ¿verdad? —continuó Dash fuera de sí, dispuesto a hacerle tanto daño a Joss como el daño que él sentía—. No me gusta ser un sucedáneo del hombre al que has perdido, el hombre que no puedes tener. Sería un verdadero imbécil si continuara con este jueguecito. He sido paciente, comprensivo; te he dado todo lo que me pedías.

—Jamás has sido un sucedáneo —contraatacó ella con un hilo de voz.

—Me niego a tener una tercera persona en nuestra cama, y encima, un hombre muerto. Por lo visto, te contentarías con cualquiera, ¿verdad? Tú no quieres rehacer tu vida, solo quieres a alguien que te folle y con el que puedas jugar al juego de la sumisión. ¡Joder! ¿Te da igual estar con cualquier hombre, o es que acaso has olvidado aquella noche en The House? Es obvio que no tenías una idea específica de lo que querías y que te conformabas con cualquier polla, ¿no es así?

—¡Te equivocas! —gritó ella, con los ojos llenos de lágrimas y con un nudo en la garganta—. ¡No pienso quedarme tumbada aquí mientras me atacas de una forma tan cruel, mientras dices esas barbaridades solo para herirme!

—¡Perfecto! —rugió él sin control—. ¡Ya va siendo hora de que sufras una décima parte de lo que he sufrido yo en los últimos años! ¡Estoy cansado de mantener vivo el recuerdo de un hombre muerto! ¿Cuándo piensas aceptar que está muerto? ¡Por el amor de Dios, Joss! ¡Si incluso tu palabra de seguridad es en honor a él! ¡Como si necesitaras que él te protegiera de mí! Él está constantemente entre nosotros dos porque eres tú quien lo pone ahí, y no puedo seguir con esta mentira por más tiempo.

—¿Me estás diciendo que hemos terminado? —inquirió

ella, con la voz quebrada, tan quebrada como su corazón—. ¿Después de que te haya dicho que te quiero?

—No puedo seguir así, Joss. He esperado demasiado tiempo algo que, evidentemente, jamás sucederá. No puedo continuar poniendo mi vida en las manos de una mujer que nunca será totalmente mía. Merezco un trato mejor. Y hasta que no seas capaz de dejar el pasado atrás, para siempre, y estés dispuesta a dejarte llevar y a seguir adelante, no tendremos ninguna oportunidad.

Dash se pasó la mano bruscamente por el pelo, frustrado, cabreado y con el corazón roto.

Joss se sentó y estrechó las rodillas con ambos brazos a modo de protección. ¡Lo último que faltaba! Dash no soportaba que ella pensara que necesitaba protegerse de él, pero ¿acaso no la había destrozado, no le acababa de hacer trizas el corazón tal como ella había hecho con él?

—No puedo creer que seas tan cruel —se lamentó ella, mientras las lágrimas rodaban por sus mejillas—. Me has exigido lealtad y confianza, me has dicho que no te conformarás con menos, pero es obvio que tú no me pagas con la misma confianza que exiges. No puedo estar con un hombre que me pide que me entregue a él en cuerpo y alma pero que no me da nada a cambio, y menos aún su confianza.

—¡Muy bien, pues se acabó! —estalló él violentamente.

Dash estaba furioso; ella intentaba que se sintiera culpable, cuando no debería estarlo. Él no era quien no jugaba limpio, él no era quien se negaba a desprenderse del pasado.

—Vete —le pidió Joss en voz baja—. Lárgate. Ve a trabajar. Haz lo que sea, pero déjame sola.

—¡Te recuerdo que esta es mi casa!

Ella se puso aún más lívida. Saltó de la cama y buscó algo con qué cubrir su desnudez.

—Tienes razón, es tu casa, no la mía. Nunca ha sido mía, porque tú no me has hecho sentir como en casa. Eres tú quien erige muros entre los dos, no yo.

—¡Y un cuerno! —bramó él—. ¡No te des prisa en recoger tus cosas! ¡Me largo! ¡Tienes todo el día para hacer las maletas!

Dash avanzó hasta el armario a grandes zancadas, sacó

unos pantalones y una camisa de un tirón, sin preocuparse por ducharse. Necesitaba salir de allí antes de que hiciera o dijera algo peor, antes de que cometiera una estupidez como ponerse de rodillas y suplicarle que lo perdonara, que no le importaba si nunca llegaba a ser suya por completo, que se conformaba con lo que ella decidiera darle. Antes creía que se contentaría con solo una parte de ella, con cualquier parte, aunque no fuera su corazón. Había creído que eso era mejor que nada.

Se equivocaba.

No podía —ni estaba dispuesto a aceptar— nada menos que el cien por cien de ella.

Joss mantuvo la compostura solo hasta que Dash salió de casa dando un portazo, entonces cayó de rodillas al suelo, hundió la cara entre las manos y rompió a llorar desconsoladamente.

¿Cómo podía amarla y decirle aquellas barbaridades a la vez? Joss se había esmerado para no meter a Carson entre ellos. Desde que habían iniciado la relación, no había mencionado a Carson ni una sola vez, y eso que antes hablaban sin problemas sobre un hombre que ambos querían. ¿Pero ahora? Era como si Carson jamás hubiera existido porque nunca jamás hablaban de él.

Dash no se fiaba de ella, eso era más que evidente. Después de todo lo que él le había exigido, no le había pagado con la misma moneda. No era justo. Joss se lo había dado todo: su confianza, su amor, su sumisión. Y él le había prometido que valoraría aquel regalo, que la protegería. Sin embargo, la había destrozado con unas palabras crueles y despiadadas.

No había vuelta atrás; no se podía borrar lo que Dash acababa de decir. Las palabras resonaban en sus oídos, siempre resonarían. Por más que lo deseara, ya nunca podría borrarlas de la mente.

Tenía que salir de allí. No podía quedarse en esa casa ni un solo minuto más. Empezó a recoger sus pertenencias y a guardarlas en las maletas atropelladamente, dispuesta a borrar su huella por completo de aquel lugar.

¿Pero y los regalos que él le había hecho? Las joyas, la

ropa… Joss lo dejó todo apilado sobre la cama para que Dash lo viera cuando regresara y supiera que ella no se había llevado nada, que no quería nada, que Dash no podía comprarla con objetos materiales, no cuando ella estaba dispuesta a entregarse a él voluntariamente y sin condiciones.

Sacó el móvil y con dedos temblorosos marcó el número de Chessy. Necesitaba un hombro para desahogarse llorando, necesitaba a alguien que pudiera comprender el torbellino de emociones que la embargaban.

—¡Hola, cielo! ¿Qué tal? ¿Ya le has dado a Dash el notición?

A Joss se le formó un nudo en la garganta.

—¿Joss? ¿Qué te pasa? ¿Estás llorando? ¿Qué ha pasado? ¿Dónde estás? ¿Te encuentras bien? —se alarmó Chessy.

—Te necesito —dijo Joss entre sollozos—. ¿Estás en casa? ¿Puedo ir a verte?

—¡Por supuesto, cielo! No me moveré. Pero pareces angustiada. ¿Dónde estás? ¿Quieres que vaya a buscarte?

—No —dijo Joss con un hilo de voz—. Ya iré yo. Te lo explicaré todo cuando llegue. Dame solo media hora, ¿de acuerdo?

—Te estaré esperando —respondió Chessy con firmeza—. Pero conduce con cuidado, ¿entendido? Cuando llegues quiero que me cuentes todo lo que ha pasado, sin omitir ningún detalle, ¿me has oído?

Joss accedió y entonces colgó el teléfono. Echó un último vistazo a la casa para asegurarse de que no se dejaba nada. Después realizó tres viajes hasta el coche para transportar todo su equipaje.

Cuando hubo colocado la última maleta en el asiento del pasajero, se dio la vuelta y contempló la casa de Dash por última vez, una casa que había considerado suya por un breve y bello período de tiempo. Ahora, en cambio, representaba el mismísimo infierno.

Pisó el acelerador para alejarse de aquel barrio residencial lo antes posible. Al cabo, aminoró la marcha; no quería conducir de forma temeraria y tomar riesgos innecesarios. Propinó un puñetazo al volante en señal de frustración cuando tuvo que frenar en seco. Por lo visto, había habido un accidente un poco más adelante, y por eso había caravana. Tomó otra calle alternativa, buscando otra ruta alrededor del parque. Era un trayecto más largo, pero con las retenciones en la carretera principal, tardaría el mismo tiempo en llegar a casa de Chessy y en cambio no estaría parada en medio del tráfico.

Solo quería llegar a casa de Chessy y poder desahogarse con alguien que la quería. Se sentía como perdida en medio de una ciénaga, entre arenas movedizas. Tras una noche en la que el futuro le había parecido tan increíblemente perfecto, ahora solo veía un enorme agujero negro frente a ella, que se extendía hasta donde le alcanzaba la vista.

No vio a la niña que salió disparada y cruzaba la calle, detrás de una pelota, hasta que fue demasiado tarde. Horrorizada al darse cuenta de que iba a atropellar a la pequeña, dio un brusco giro de volante, con todas sus fuerzas, sin siquiera tener tiempo para pisar el freno.

Topó contra el bordillo con tanta violencia como para reventar la rueda delantera, y al alzar la vista vio el imponente roble en la acera. No pudo hacer nada. Su pequeño coche descapotable se estrelló contra el árbol con un abominable crujido de metal y el estridente ruido de cristales rotos. Su cabeza se propulsó hacia delante mientras el airbag explotaba en su cara. Notó un intenso dolor, y la sangre empezó a caerle por la frente, nublándole la visión.

Joss se estaba preguntando si sobreviviría justo antes de que todo se tornara negro a su alrededor y notara que se hundía lentamente en un oscuro mar sin fondo.

Veintinueve

Dash estaba apoyado en el alféizar de la ventana de su despacho, con la mirada perdida, reviviendo la bronca de la mañana una y otra vez. ¿Se había excedido con Joss? Una parte de él le decía que sí. La otra parte, la más práctica y objetiva, le decía que no, que tenía buenos motivos para estar enfadado. Pero la verdad era que no tenía ningún derecho a atacar a Joss de aquel modo, a herirla con tanta saña.

¡Pero, joder, es que ella había colmado el vaso! Lo que debería haber sido la mejor noche de toda su vida, la culminación de un sueño imposible, había terminado por convertirse en su peor pesadilla. Quizá siempre había sido una quimera, quizá Joss no estaba preparada —ni nunca lo estaría— para dejarse llevar.

¿Cómo se suponía que tenía que encajar la cruda verdad? Una semana antes, Dash habría jurado que se contentaría con una parte de ella, que estaba dispuesto a esperar, a ser paciente hasta que Joss aclarara sus ideas, y anhelaba que, tarde o temprano, ella estuviera en posición de entregarse a él en cuerpo y alma del mismo modo que él deseaba entregarse a ella.

Pero cuando Joss le dijo que le quería y después la oyó llorar por su esposo a la mañana siguiente, lo embargó una sensación fatalista al pensar que jamás sería totalmente suya. Sus esperanzas se rompieron en mil pedazos en aquel instante, y reaccionó como un animal herido. ¡Joder! ¡Es que estaba herido! Con una herida que sabía que jamás cicatrizaría.

La puerta se abrió de golpe, y Dash se dio la vuelta, furioso por la interrupción. Sorprendido, vio que Tate irrumpía con paso decidido y con cara de malas pulgas.

—¿Qué diantre le has hecho a Joss? —ladró Tate.

Dash suspiró.

—¡Vaya! ¡Veo que las noticias vuelan!

—¿Qué narices significa eso? Chessy está preocupadísima. ¿Dónde está Joss? ¿Qué ha pasado entre vosotros dos?

Dash frunció el ceño, visiblemente desconcertado.

—¿A qué te refieres? ¿Por qué me preguntas dónde está?

—Porque por lo visto tú has sido la última persona que la ha visto —dijo Tate, apretando los dientes—. Hace un par de horas Joss ha llamado a Chessy, histérica; estaba muy alterada y lloraba, pero no le ha explicado a Chessy lo que pasaba. Le ha preguntado si podía ir a verla, que necesitaba hablar con ella, y le ha dicho que no tardaría más de media hora. Aún no ha aparecido, y Chessy no consigue contactar con ella a través del móvil. También ha probado de llamarla a su casa y a tu casa. Me ha pedido que te saque de tu madriguera, aunque sea a rastras, dado que tú tampoco contestas al móvil.

Dash palideció y el miedo se instaló en su corazón.

—No sé dónde está. Estaba en casa... en la cama, cuando me he ido. —Arrugó la nariz, asustado—. Aunque yo sabía que se iría, que pensaba hacer las maletas y largarse.

—¿Y por qué iba a largarse? —rugió Tate.

—Mira, no es asunto tuyo, ¿entendido? —replicó Dash con sequedad.

—¡Y un cuerno no es asunto mío! Chessy está en casa, preocupadísima por Joss. ¡Joder! La única forma de convencerla para que se quede en casa y no salga como una loca en busca de su amiga ha sido prometerle que la encontraría yo. Joss no es la típica mujer histérica ni irresponsable, así que si estaba angustiada y ha desaparecido, eso significa que le ha pasado algo.

La sensación de miedo amenazaba con asfixiar a Dash. Sintió un escalofrío de pánico a lo largo de la columna vertebral, que lo dejó momentáneamente paralizado.

—Le he dicho unas cosas terribles —murmuró Dash—. ¡Por Dios! Cuando me he marchado, ella estaba llorando.

—¿La has dejado sola, incluso cuando la has visto tan angustiada? —le recriminó Tate, en un tono asqueado.

Dash cerró los ojos.

—Es que estaba muy cabreado.

—Mira, no te preguntaré los motivos. Lo único que me importa es que mi esposa está preocupadísima por Joss, y lo único que quiero es asegurarme de que Joss se encuentra bien. Supongo que no tienes noticias de ella.

Dash sacudió la cabeza.

—Más o menos me envió al infierno. Pero es que ya estoy en el infierno; hace años que lo estoy.

El móvil de Tate sonó y él contestó sin perder ni un segundo.

—¿Chessy? ¿Joss está bien? ¿Tienes noticias de ella?

Hubo una larga pausa y Tate palideció. Dash se apresuró a colocarse a su lado, intentando escuchar la explicación de Chessy, pero no lo consiguió; Tate tenía el teléfono pegado a la oreja.

—¡Mierda! ¡No, no te muevas de casa! ¡No, Chessy! ¡Ahora mismo voy para allá! ¡Ni se te ocurra salir de casa sola! ¡Con un accidente basta! ¡No quiero que conduzcas en ese estado alterado!

A Dash le empezaron a temblar las rodillas y tuvo que aferrarse a la mesa para no caer de bruces.

Tate colgó y acribilló a Dash con una mirada asesina.

—Acaban de llamar a Chessy desde el hospital. Por lo visto, su nombre aparecía en el móvil de Joss como la última persona con la que había contactado. Ha sufrido un accidente de coche; parece que es grave. No han querido comentar su estado por teléfono, pero le han pedido a Chessy que avise a sus familiares directos para que vayan al hospital tan rápido como sea posible.

—¡Iré yo! —saltó Dash—. ¿En qué hospital está? Llegaré antes; tú tienes que pasa por tu casa a buscar a Chessy.

Tate lo miró sin parpadear, con los ojos encendidos de rabia. Resopló y dijo:

—En el Hermann Memorial.

Dash no esperó a recibir más información. Agarró las llaves y salió disparado hacia la puerta, hacia los ascensores del edificio. Kylie lo llamó al verlo pasar por delante de su despacho, pero él no se detuvo. No tenía tiempo para dar explicaciones, aunque sabía que Kylie debería saberlo. Ya la llamaría Chessy más tarde. De momento, su único objetivo era llegar al hospital y rezar para que no fuera demasiado tarde.

Treinta

*D*ash entró corriendo en la sala de urgencias y se dirigió directamente hacia el mostrador de recepción para saber cómo estaba Joss y si podía verla. Había un policía apostado en el mostrador, y cuando oyó que Dash preguntaba por Joss, se le acercó.

Frustrado por la interrupción, Dash se apartó a un lado con el agente.

—¿Sabe cómo está? —preguntó Dash sin rodeos—. ¿Ha sido usted quien la ha encontrado? ¿Qué ha pasado?

El policía suspiró.

—¿Puedo antes saber qué relación tiene con la señora Breckenridge?

—Soy su novio —mintió—. Vive conmigo. —Otra mentira—. La última vez que la vi fue esta mañana, antes de ir a trabajar, poco antes de que pasara el accidente.

Por lo menos, la última parte de su declaración era verdad.

—¿Sabe si estaba preocupada por algo? ¿Estresada? ¿Coaccionada? —El agente hizo una pausa—. ¿Tiene usted algún motivo para creer que quisiera suicidarse?

—¿Qué? —gritó Dash con incredulidad—. ¿Qué narices está diciendo?

El policia parecía incómodo.

—No había señales de que hubiera intentado frenar. Se estrelló frontalmente contra un árbol. Circulaba a gran velocidad por una zona residencial.

—¿Y por eso cree que intentaba matarse?

—Estoy examinando todas las posibilidades. Hasta que no pueda hablar con la señora Breckenridge, no habrá forma de determinar la causa del accidente. Pero usted podría ayudarme describiéndome el estado emocional de la accidentada la última vez que la vio. Sé que es viuda. ¿Podría estar deprimida por la muerte de su esposo?

A Dash le faltaban las palabras. ¿Su estado emocional? Joss estaba angustiada, extremadamente angustiada. ¡Joder! ¡Había sido tan bruto como para echarla de casa! Y entonces ella se había desmoronado. ¡Santo cielo! ¿Podía ser verdad que hubiera intentado acabar con su vida? ¿Por qué si no chocaría de frente contra un árbol, si además conducía tan rápido y no había signos de que hubiera intentado frenar?

—No tengo ni idea —contestó Dash aturdido.

Le habría gustado defender a Joss, pero ¿cómo iba a saber lo que le pasaba por la cabeza?

La sensación de culpa era asfixiante. No debería haberla dejado sola en aquel estado. Cierto, él estaba totalmente fuera de sí, pero debería haberse calmado, y deberían haber intentado dialogar como dos adultos racionales. Pero él no se había mostrado racional, en absoluto. Tanto si Joss se había intentado quitar la vida como si no, la culpa de todo aquel desatino era única y exclusivamente de Dash.

Pero no había podido contener su furia al ver que ella era tan débil como para no renunciar a su pasado; aquella no era la Joss que él conocía, o que pensaba que conocía.

Se apartó del policía, regresó al mostrador y plantó ambas manos en el mostrador.

—Quiero ver a Joss Breckenridge. Ahora.

—Lo siento, señor. Los médicos están atendiéndola. Haga el favor de esperar en aquella sala. Le llamaré tan pronto como me indiquen que puede verla.

—¿Cómo que los médicos están atendiéndola? ¿Qué le pasa? ¿Es grave? ¿Sobrevivirá?

La recepcionista lo miró en actitud comprensiva.

—Ya sé que es muy duro tener que esperar sin saber qué sucede, pero le aseguro que los médicos están haciendo todo lo que pueden; de verdad, tan pronto como sepa algo se lo diré.

Dash alzó las manos con desesperación y arrastró los

pies hasta la sala de espera, pero no podía sentarse. ¿Cómo iba a hacerlo? Ya había vivido la misma experiencia antes, en otra ocasión, hacía tres años, en el mismo hospital, la misma horrible espera solo para al final recibir las peores noticias: Carson había muerto; no habían podido hacer nada por salvarlo, sus heridas eran demasiado graves.

Había fallecido a causa de un accidente de tráfico. Dash no había podido hacer nada para evitar la tragedia. ¿Podría decir lo mismo en el caso de Joss? ¿Acaso ella estaba tan angustiada, tan desesperada, como para haber intentado quitarse la vida estrellándose contra un árbol?

Dash no podía creerlo; imposible. Pero era lo que el policía sospechaba. ¿Por qué si no querría saber si ella mostraba tendencias suicidas? ¿Y si Dash la había empujado a hacerlo?

Finalmente se sentó y hundió la cara entre las manos. Al cabo de lo que le pareció una eternidad, una enfermera asomó la cabeza por la puerta y llamó a los familiares de Joss Breckenridge. Dash era la única persona en la sala, y se levantó de un salto de la silla.

—¿Cómo está? —preguntó.

La enfermera sonrió.

—Se recuperará. Ha recibido un fuerte golpe, pero puede verla. Está un poco atontada por los analgésicos que le hemos suministrado, pero no podíamos medicarla hasta que no tuviéramos los resultados de las radiografías y del escáner.

A Dash le importaba un comino el estado de aturdimiento de Joss; lo importante era que estaba viva.

La enfermera lo guio hasta una de las salas de examen de los pacientes y abrió la puerta para dejarle entrar. Dash contuvo la respiración cuando vio a Joss tumbada en la camilla, pálida y con moratones en el rostro. Tenía sangre seca en el cuero cabelludo y en la comisura de la boca.

Parecía tan frágil que sintió miedo de tocarla.

Avanzó hasta la cama y la furia volvió a apoderarse de él. Ella pestañeó adormilada y entonces centró la vista en Dash. Su rostro se contrajo de dolor al instante y giró la cara hacia la pared. Aquella reacción lo enfureció aún más.

—¿Estás loca o qué? —siseó él—. ¿Has intentado matarte? ¿Acaso la vida sin Carson te resulta tan insoportable que has intentado unirte a él?

Joss giró la cara vertiginosamente y lo fulminó con la mirada; el odio había reemplazado al dolor que reflejaban sus ojos apenas unos momentos antes.

—¡Vete! —masculló ella, apretando los dientes—. ¡No quiero verte! ¡No vuelvas a acercarte a mí nunca más! ¡Púdrete en el infierno, Dash! Por lo visto es donde estás más cómodo. Ni yo ni nadie podremos sacarte nunca de allí.

—¡No pienso irme hasta que me contestes! —rugió él—. Me has dado un susto de muerte, Joss. ¿Qué narices pensabas que hacías?

—¡Lo que hacía era evitar atropellar a una niña! —contestó ella en un tono gélido—. Cruzó la calle corriendo, y supe que la atropellaría sin remedio si no daba un golpe de volante. No vi el árbol, aunque, la verdad, tampoco me importaba el árbol, lo único que quería era no atropellarla. Nunca me lo habría perdonado. Estaba angustiada y conducía sin prestar la debida atención. Debería haberla visto antes, pero no la vi. De todos modos, ni se me ocurriría que esa pequeña pagara mi error con su vida.

Dash sintió que se quedaba sin aire. Tembló descontroladamente y tuvo que agarrarse a la barandilla de la camilla para no desplomarse.

—Lo siento —susurró él.

—No quiero oír tus disculpas —replicó ella con irritación—. Quiero que salgas ahora mismo de esta habitación. No quiero volver a verte nunca más. Ya has dicho todo lo que tenías que decir esta mañana. ¿Y sabes qué? Que no has dicho más que una sarta de gilipolleces. Pero no me has dado ni la oportunidad de explicarme.

—¿Explicar el qué, cariño?

—¡No me llames así! —espetó ella—. ¡Te prohíbo que me llames así, ni de cualquier otra forma cariñosa! Me he estado sintiendo tan culpable por haber olvidado a Carson, un hombre que me lo dio todo, un hombre al que amé con todo mi corazón y que me amó con la misma intensidad. ¡Era mi esposo, Dash, y tú no puedes aceptarlo! ¡Nunca lo has aceptado! Me acusas de inmiscuir a Carson continuamente en nuestra relación, pero jamás lo he hecho. Eres tú quien lo ha hecho, yo no. ¡Tú, maldito seas! ¡No eres capaz de relajarte y dejarte llevar por culpa de tus propias inseguridades!

»Hace dos semanas tuve un sueño, un sueño que me acongojó mucho, porque en él, me veía obligada a elegir: podía conseguir que Carson regresara a mi lado o quedarme contigo, pero no podía elegir. ¡Por Dios! Me sentía tan culpable... Siempre había dicho que haría cualquier cosa con tal de estar aunque solo fuera un día más con Carson... Si pudiera recuperarlo, nunca pediría nada más en la vida. Pero no lo elegí a él; dudé, y él desapareció.

Dash se sentía a punto de vomitar. Se aferró a la barandilla de la camilla con más fuerza mientras escuchaba las palabras que lo hundirían en el infierno para siempre, irremediablemente. Él había sacado conclusiones, unas conclusiones horribles, y Joss había pagado un precio muy caro. ¡Joder! Él había pagado el precio más caro, porque la había perdido cuando por fin la había conseguido. Y lo había echado todo por la borda en tan solo unos momentos, cuando simplemente podría haberle preguntado qué estaba pensando, qué había soñado.

—Y entonces, anoche, tuve el mismo sueño. Carson me habló. Me dijo que podríamos estar juntos de nuevo, pero en esa ocasión sí que elegí. —Joss hizo una pausa, sofocada—. Y no lo elegí a él. Te elegí a ti.

Dash cerró los ojos. Las lágrimas le abrasaban los párpados. ¿Qué podía decir? ¿Cómo podría compensarla por las barbaridades que le había dicho? ¿Por las brutales acusaciones que le había lanzado?

—Te lo he dado todo, Dash —prosiguió ella apenada—. Mi amor, mi sumisión, mi confianza. ¿Y tú, qué me has dado? Sexo, sí, pero no me has dado tu amor ni tu confianza. Porque no puedes amar a alguien de quien no te fías, no por completo, y desde el principio tú no te has fiado de mí. Estás poniendo continuamente a Carson entre nosotros. ¿Te das cuenta de que yo no he mencionado su nombre ni una sola vez en ninguna conversación? Antes de que iniciáramos nuestra relación, yo no tenía ningún reparo en hablar de él contigo. Él era mi esposo y tú su mejor amigo. Es normal que me gustara hablar contigo sobre él. Pero dejé de hacerlo porque sabía que no te gustaba que lo hiciera, así que dime, Dash, ¿qué diantre has sacrificado tú por mí? Porque, a juzgar por lo que veo, soy la única que ha hecho sacrificios, la única que ha transigido.

Joss se estremeció con un escalofrío y flaqueó debido al dolor que le había causado el movimiento.

—Tampoco quiero discutir contigo acerca de la barbaridad de la que me acabas de acusar. Es obvio que no me conoces, porque si no, ni por un momento habrías pensado que me estrellé aposta, especialmente teniendo en cuenta que así murió Carson. Aunque tuviera tendencias suicidas, nunca provocaría a los que me aman la clase de sufrimiento que yo tuve que pasar cuando perdí a Carson.

Cada palabra era un pequeño dardo que acertaba de lleno en su corazón. Joss tenía razón, toda la razón. Dash se avergonzaba de haber malpensado de una forma tan flagrante. Desde el principio. Sí, Joss tenía razón. No se había fiado de ella. Estaba tan inseguro de sí mismo, tan preocupado de que nunca pudiera llegar a tenerla, que cuando ella se entregó a él, no se fio de aquel regalo, porque lo aterraba la idea de perderla. Había estado tan ofuscado en sus propios temores que no había sabido apreciar el bello regalo que Joss le había entregado hasta que ya fue demasiado tarde. ¡No! ¡No podía ser demasiado tarde! No lo permitiría. Fuera lo que fuese lo que tuviese que hacer con tal de evitarlo, lo haría.

Dash abrió la boca para pedir perdón, dispuesto a ponerse de rodillas si era necesario; cualquier cosa con tal de obtener su perdón y otra oportunidad de que ella le entregara su amor. Pero la puerta se abrió de golpe y Chessy y Tate entraron a grandes zancadas.

Tate observó un momento la cara de Joss antes de mirar a Dash con el ceño fruncido.

—¿Qué demonios pasa aquí? —vociferó Tate.

Chessy corrió junto a la cama, y Tate se colocó entre Joss y Dash, obstruyéndole a Joss por completo la visión de

Dash. Chessy agarró la mano a su amiga, la que no tenía vendada. Dash no se había fijado hasta ese momento en su brazo izquierdo escayolado y se quedó helado. Ni tan solo le había preguntado cómo se encontraba, ni si las heridas eran graves. Solo se había sentido tan aliviado al saber que estaba viva que nada más le había importado.

Tate se inclinó hacia ella y la abrazó con cuidado y ternura. Joss hundió la cara en el cuello de Tate mientras le apretaba la mano a Chessy desesperadamente.

—Por favor —sollozó Joss, con la voz rota por las lágrimas—. Que se vaya. No quiero verle. ¡Que se vaya, por favor! ¡No lo soporto más!

Dash se sintió como si le arrancaran el corazón al verla suplicar, un acto que había jurado que ella nunca tendría que hacer con él.

Tate la soltó con delicadeza y se dio la vuelta hacia Dash, echando fuego por los ojos.

—¡Aléjate de ella, joder! ¡Le estás haciendo daño! De verdad, Dash, no sé qué narices te pasa, ni por qué insistes en herirla cuando es evidente que está destrozada, pero no pienso permitir que sigas haciéndolo.

—No pienso irme —replicó Dash categóricamente—. Si ella no quiere que esté en la habitación, de acuerdo, pero no me iré del hospital hasta que sepa exactamente qué le pasa y cuándo se recuperará.

—¡Se recuperará mucho más rápido si tú no la molestas! —intervino Chessy con voz furiosa—. ¡Lárgate o te juro que haré que Tate te eche a patadas!

—Pues creo que tendrás que avisar a todo el ejército para que me echen —contraatacó Dash con sequedad.

—Llamaré a los de seguridad, si es necesario —amenazó Tate—. No nos lo pongas más difícil, Dash. Mírala, mírala bien. ¿Te das cuenta de lo que has hecho? Está llorando y sufriendo. Deja de ser un maldito egoísta y por una vez haz lo correcto: ¡lárgate!

Joss tenía la cara girada hacia la pared, como si no quisiera que Dash viera sus lágrimas. ¿Pero cómo no iba a verlas, si rodaban silenciosamente por sus mejillas, como regueros de plata?

A Dash se le formó un nudo en la garganta, desbordado por la pena. Ni siquiera la muerte de Carson lo había dejado tan devastado como aquella visión: Joss tumbada en una camilla, herida, destrozada por su culpa.

Había jurado que jamás sería un motivo de dolor o de angustia para ella. Sin embargo, lo había hecho. Él era la causa de que ella estuviera ingresada en el hospital, ensangrentada, con algunos huesos rotos y moratones. Dash no sabía si algún día sería capaz de superar aquel dolor.

—Me iré —dijo sin apenas poder contener las lágrimas—. Pero no pienso tirar la toalla, Joss. Quizá pensabas que lo haría, pero no es cierto. He sido un idiota; me he comportado como un verdadero cabrón, pero te juro que si me das otra oportunidad, te compensaré. Haré que lo nuestro funcione, cariño.

Ella no se movió, ni pareció asimilar su sincera declaración. Mantenía los ojos cerrados con fuerza mientras Chessy la abrazaba y la consolaba.

—Llamaré a Kylie —murmuró Dash—. Querrá venir a verte. Ella te quiere. Yo te quiero, Joss.

Al oír aquellas palabras, Joss no pudo contenerse y se dio la vuelta expeditivamente, escupiendo fuego por los ojos.

—¡No vuelvas a decir eso nunca más! No es propio de ti, decir mentiras. Siempre has sido honesto, aunque tu sinceridad me haya partido el alma, así que ahora no cambies.

Dash apartó a Tate de un empujón y se inclinó para poder mirar a Joss a los ojos.

—Jamás te he mentido, amor mío. Y no tengo intención de empezar a hacerlo ahora. He hecho y he dicho cosas terribles. Te he hecho daño, y nunca me lo perdonaré, pero te quiero. ¡Joder! ¡Siempre te he querido! ¡Eso nunca cambiará! Me voy porque tú me lo pides, y te daré tiempo para que te recuperes, pero te juro que no pienso tirar la toalla, y no permitiré que tú lo hagas. Quiero seguir adelante con nuestra relación.

—Nunca nos has dado una oportunidad —le recriminó ella con una voz dolorosa y desgarradoramente triste.

Aquel lamento hirió a Dash en lo más profundo de su

ser y lo dejó sin palabras. Retrocedió un paso y lentamente, dolorosamente, se dio la vuelta para salir por la puerta.

Joss se equivocaba. Ella tenía razón y al mismo tiempo se equivocaba. Quizá él no había dado ninguna oportunidad a su relación, pero no pensaba renunciar. Removería cielo y tierra y bajaría al infierno, si eso era lo que tenía que hacer para recuperar a Joss.

Treinta y uno

Joss mantenía la vista fija en la ventana de la habitación de invitados de la casa de Chessy, donde se alojaba —y se recuperaba—. Kylie iba a verla todos los días después del trabajo. Tanto Chessy como Kylie estaban preocupadas por Joss, igual que Tate, y no por las heridas físicas, ya que estas no revestían gravedad y con el tiempo se curarían. Su corazón era otro tema.

El dolor había vuelto en forma de potentes punzadas, pero a Joss le faltaban las fuerzas para levantarse y tomar uno de los analgésicos que le había prescrito el doctor. Se había fracturado dos costillas y el brazo izquierdo, aunque la fractura en el brazo era únicamente una fisura, por lo que solo tendría que llevarlo escayolado cuatro semanas.

En el accidente se había golpeado la cabeza contra algo —todavía no estaba segura de contra qué— y le habían puesto unos cuantos puntos por una laceración en el cuero cabelludo. Tenía moratones en la cara y el resto del cuerpo entumecido a causa del impacto. Sentía una gran rigidez en el cuello, ya que había sufrido una leve lesión de traumatismo cervical, pero el médico la había animado al decirle que era una mujer muy afortunada.

Entonces, ¿por qué no se sentía afortunada? ¿Por qué Carson no había sido tan afortunado como ella? ¿Por qué la fortuna era una arpía tan caprichosa, como Dash la había descrito una vez? ¿Por qué ella estaba viva y Carson muerto?

No era que deseara morir, por más que Dash hubiera malpensado al principio. Sí, realmente ella era la única culpable del accidente, y le daba las gracias a Dios todos los días porque su falta de atención no le hubiera costado la vida a la pequeña que había cruzado la calle. Pero ella no se había estrellado aposta contra aquel árbol.

Debería haber permitido que Chessy fuera a buscarla, tal como su amiga se había ofrecido. No debería haberse sentado al volante de un coche en el estado emocional en el que se encontraba. «Vive y aprende». Por lo menos, Joss había sobrevivido para aprender aquella lección en particular.

—¿Joss?

Pese a oír la suave voz de Chessy a sus espaldas, Joss no podía darse la vuelta. Le dolía tanto el cuerpo que esperó a que su amiga entrara en el cuarto.

La cara de preocupación de su amiga fue lo primero que vio; luego se fijó en que Chessy llevaba un vaso de agua y el frasco de analgésicos. Se avergonzó al pensar que se sentía aliviada de no tener que levantarse para tomárselos.

—¿Te duele? —le preguntó Chessy, preocupada.

Joss asintió.

—No tenía energía ni para levantarme e ir en busca de los analgésicos. Gracias.

Chessy frunció el ceño, sacó dos píldoras y las colocó en la palma de la mano derecha de Joss. Después de darle el vaso de agua para que se las tragara, se sentó en la otomana, a los pies de su amiga.

—Estoy preocupada por ti, cielo. Tate también lo está, y Kylie. Por cierto, me ha llamado que está de camino. Pensé que sería mejor avisarte. Por teléfono parecía… decidida. No me extrañaría que tenga intención de darte una patada en el culo para que espabiles.

Joss sonrió.

—Os quiero a las dos, y a Tate también. Sois tan buenos conmigo. Me estoy comportando como un bebé. No hay ningún motivo para que no me vaya a mi casa, pero te agradezco que me dejes estar aquí. No quería estar… sola.

—Oh, cielo, es comprensible. —Los ojos de Chessy se iluminaron con afecto—. Puedes quedarte todo el tiempo que quieras. Tate está tan ocupado con el trabajo que en las últimas semanas apenas le he visto el pelo. Ya sé que suena horrible por mi parte, pero ¿sabes que desde tu accidente él ha hecho el esfuerzo de estar más en casa, y que eso me alegra? No, no hace falta que contestes; ya sé que es un pensamiento horrible, lo siento.

Joss rio.

—De ningún modo. Sé que le echas de menos. ¿Por eso eres infeliz, Chessy? ¿Por culpa del trabajo, que mantiene a Tate tan ocupado?

—Espero que solo sea el trabajo —comentó Chessy en voz baja.

Al momento, se arrepintió de las palabras que acababa de pronunciar. Desvió la vista, como si intentara evitar la inevitable pregunta en los ojos de Joss.

—¿Sospechas que te engaña? —susurró Joss—. Háblame con franqueza; sabes que no toleraré que no me cuentes algo tan importante. ¡Por Dios! ¡Tú me arrancaste hasta el último detalle de lo que sucedió entre Dash y yo!

La sonrisa de Chessy era lastimera.

—No. Sí. No lo sé. Y es precisamente eso, el hecho de no saberlo lo que me corroe viva.

—¿Has hablado con él sobre esto?

Chessy sacudió la cabeza despacio.

—¿Y si solo es fruto de mi imaginación? ¿Sabes lo que le dolería si lo cuestionara, si demostrara falta de fe en él?

—Muy bien, empecemos por el principio: ¿Por qué sospechas que te engaña? —le preguntó.

Joss estaba encantada de poder entablar una conversación sobre otro tema que no fuera su fracaso sentimental. Deseaba poder ayudar a su amiga; así, por lo menos una de ellas sería feliz.

—No dispongo de ninguna prueba sólida —admitió Chessy—. Lo que pasa es que está tan… distante. Ya sabes que mantenemos una relación dominante/sumisa, pero últimamente tengo suerte si practicamos algo de sexo vainilla; no, nuestra relación no es normal.

—¿Y no sería posible que Tate estuviera estresado por el trabajo? Desde que se marchó de Manning-Brown Financial para establecer su propia asesoría financiera ha estado increíblemente ocupado; incluso yo misma puedo verlo.

—Es más que eso —musitó Chessy—. El tipo con el que

se asoció, el que también dejó Manning-Brown para formar la compañía juntos, decidió jubilarse tan solo unos meses después de que se pusieran a trabajar juntos.

A Joss se le desencajó la mandíbula.

—¿Cómo es que yo no lo sabía? ¿Cuándo sucedió?

Chessy le asió la mano sana a Joss.

—Tú estabas ocupada con tus propios problemas. Además, no quería agobiarte con esta cuestión. La verdad es que nada ha cambiado. Tate siempre se había encargado de prácticamente todo el trabajo, pero Mark había aportado numerosos clientes, por lo que Tate está luchando por tenerlos a todos felices; no quiere perderlos. De momento, solo se ha marchado uno, y Tate no quiere que el número se incremente. Eso significa que ha de estar al pie del cañón las veinticuatro horas del día, los siete días de la semana.

Joss torció el gesto.

—No pensaba que un asesor financiero tuviera tanto... trabajo. Quiero decir, sé que no para, pero ¿qué es lo que se supone que ha de hacer fuera de las horas de actividad profesional? Ni los bancos ni el mercado de valores están abiertos por la noche durante la semana, ni tampoco los fines de semana.

—Te sorprenderías —resopló Chessy—. Lo llaman a cualquier hora del día, a veces con preocupaciones legítimas, a veces con gilipolleces. Pero la función de Tate es tranquilizarlos e infundirles confianza o planificar sus finanzas. Está en la cuerda floja porque, como ya te he dicho, no quiere perder a ninguno de esos clientes que tanto le ha costado conseguir.

—¿Piensa asociarse con alguien para aligerar la carga?

Chessy se encogió de hombros.

—No lo sé. No me cuenta nada sobre el trabajo porque no quiere preocuparme. Antes me encantaba esa actitud por su parte: cómo me protegía para que nada ni nadie pudiera hacerme daño. ¿Pero ahora? Ahora me gustaría que habláramos más, porque siento que se ha abierto una brecha entre nosotros y que cada vez se está ensanchando más. Eso no me gusta, en absoluto, Joss —se lamentó Chessy, con una evidente nota de angustia en la voz.

»Sé que probablemente me esté comportando como una tonta, y quizá esté reaccionando de forma exagerada, pero detesto esta incertidumbre. Detesto sentirme como si ya no le importara; sé que no es verdad, sé que me quiere, pero no me lo demuestra como solía hacerlo antes. Desde el primer día en que nos conocimos supe que yo era su prioridad, y aunque parezca egocéntrica, me encanta ser lo más importante para él. Me encantaba que Tate siempre me hiciera sentir... especial.

—Y ahora no te sientes especial —murmuró Joss.

Chessy sacudió la cabeza despacio.

—No soy infeliz, pero tampoco soy feliz. Y eso me corroe viva. No dejo de preguntarme si esto es lo mejor a lo que puedo optar, y si debería estar agradecida de que él todavía esté conmigo. No me gusta ese sentimiento tan egoísta de querer más.

Joss se inclinó hacia delante, sin prestar atención a la punzada de dolor en las costillas.

—No eres egoísta —replicó fieramente—. Mi querida amiga, eres la persona más altruista, más adorable y más generosa que jamás haya conocido. ¿Por qué no hablas con él sobre el tema? Expónselo tal como me lo has expuesto a mí. No puedo imaginar que Tate no te preste atención, ni que se horrorice al enterarse de tus temores. Te quiere mucho; puedo verlo en la forma en que te mira.

—¡Cómo me gustaría verlo del mismo modo que tú! —suspiró Chessy con aire melancólico—. Solo quiero que nuestra relación vuelva a ser como al principio, y quizá eso no sea posible. A lo mejor, cuando estás con una persona tanto tiempo como Tate y yo hemos estado juntos, cuando la novedad se apaga, te instalas en la tolerancia.

Joss sacudió la cabeza enérgicamente.

—No estoy de acuerdo. Ya sé que Carson y yo solo llevábamos tres años casados, pero en nuestro tercer aniversario estábamos tan enamorados como el primer año, y tú y Tate solo lleváis cinco años casados.

—Quizás tengas razón —admitió Chessy con un suspiro—. Quizá debería hablar con él, pero me paralizo cada vez que me dispongo a hacerlo. Las palabras se me quedan apresadas en la garganta, porque sé que le haré daño si le pregunto si hay otra persona. Y la cuestión es que, si no hay nadie más y simplemente está agobiado con el trabajo, mi duda podría causar un distanciamiento irreparable en nuestra relación.

Joss arrugó la nariz. Sabía que Chessy podía tener razón. Tate se horrorizaría si supiera que Chessy sospechaba que mantenía una aventura amorosa; quizá no le perdonaría que hubiera dudado de él ni siquiera por un momento. Tate era muy estricto, era un hombre extremadamente honorable y totalmente protector con Chessy. Si alguien intentaba hacerle daño, Joss sabía que Tate haría lo que fuera con tal de evitarlo, pero ¿y si era él quien le hacía daño? ¿Qué pasaba entonces?

—Quizá deberías tener un poco de paciencia, ser más comprensiva y demostrarle tu amor y apoyo. Quizás cuando se calmen las aguas en su empresa y Tate esté más tranquilo y confíe en tener la situación bajo control, vuestra relación mejore —le aconsejó Joss.

Chessy volvió a apretarle cariñosamente la mano.

—Gracias. He subido para ver cómo estabas y para animarte, no para descargar contigo todos mis problemas.

Joss sonrió.

—Te quiero, y te aseguro que no me haría ni la menor gracia si supiera que no confiabas en mí para contarme lo que te inquieta. Tú y Kylie sois mis mejores amigas, y eso nunca cambiará.

—Hablando de Kylie, mira quién acaba de llegar —dijo Chessy animadamente, con la vista fija en el umbral de la puerta.

Al instante, Chessy le lanzó a Joss una mirada suplicante, como si le estuviera pidiendo que no comentara nada delante de Kylie.

Kylie era una persona más directa, más visceral, y si pensaba que Tate podía estar engañando a Chessy, abordaría el tema con Tate sin ambages.

Joss le ciñó la mano a Chessy a modo de respuesta, una promesa silenciosa de que mantendría el secreto.

—Hola, Joss —la saludó Kylie, avanzando hacia la cama

para abrazarla, aunque con cuidado para no hacerle daño—. ¿Qué tal estás hoy?

—Mejor, ahora que mi enfermera personal me ha traído los analgésicos. Me daba mucha pereza levantarme para ir a buscarlos —respondió Joss.

Kylie sonrió y se dejó caer en la otomana junto a Chessy. Repasó a Joss con suma atención, como si pretendiera juzgar cómo se encontraba su cuñada.

—¿Qué tal el trabajo? —preguntó Joss.

De repente, como si temiera que Kylie interpretara la pregunta como una invitación a hablar de Dash, se apresuró a añadir:

—¿Qué tal con Jensen? ¿Cómo va vuestra relación?

Kylie esbozó una mueca de fastidio.

—¡Menudo dictador! ¡Que tío más inflexible!

Chessy rio.

—Cielo, acabas de describir a la mitad de la población masculina, incluidos a Tate y a Dash.

Joss se puso tensa pero procuró ocultar sus emociones al oír el nombre de Dash.

—Dash es un muerto viviente —comentó Kylie sin pensar—. El pobre no ha pegado ojo desde tu accidente. No sé por qué va a trabajar. Jensen ha de encargarse de todo, como yo, porque no da pie con bola.

Joss cerró los ojos. El dolor era tan intenso en todo su cuerpo que ni el analgésico más fuerte lograría mitigarlo. Dash la llamaba al móvil una docena de veces al día, pero ella se negaba a contestar. Sabía que se estaba comportando como una verdadera cobarde, pero no estaba preparada para hablar con él. Quizás nunca lo estaría.

Dash le enviaba mensajes de texto, correos electrónicos, y se pasaba por casa de Chessy por lo menos una vez al día, con la intención de verla. En todas las ocasiones, Tate o Chessy le habían dicho una mentira: que estaba durmiendo. Sabía que Dash no se tragaba aquella excusa, pero no quería verlo. Quizás nunca querría.

Él no se daba por vencido, pero Joss estaba familiarizada con ese aspecto de su personalidad. Dash había conseguido lo que, según él, más deseaba en el mundo. Ella se lo había dado todo; no le había pedido que cambiara porque él era la clase de hombre que deseaba: dominante. Sí, deseaba su control, pero por encima de todo, deseaba su amor y su confianza.

Quizá no lo había deseado al principio. Joss no había creído que podría volver a encontrar un amor tan puro como el que había compartido con Carson. Pero Dash la había llenado de una forma que ni tan solo Carson había conseguido, algo que le dolía admitirlo. Pero aún le dolía más haberlo perdido todo.

Había encontrado la perfección dos veces en su vida, y en ambas ocasiones se le había escapado de las manos. ¿Cómo se suponía que iba a recuperarse del duro golpe por segunda vez?

—No sé qué hacer —susurró, con evidente pena en la voz—. No se fía de mí. ¿Cómo puede decirme que me quiere si no se fía de mí? ¿Sabéis de qué me acusó?

Sus dos amigas sacudieron la cabeza. Joss no les había contado lo que Dash le había dicho en el hospital. Llevaba cuatro días en casa de Chessy, escondida, y el dolor de aquella acusación todavía le pesaba.

—Me acusó de intentar quitarme la vida. Me preguntó si me había estrellado a propósito contra el árbol porque quería morirme.

Chessy y Kylie contuvieron el aliento, pero, por suerte, ninguna de las dos la interrogó con la mirada. Gracias a Dios, ellas no creían que lo hubiera hecho aposta. Joss no podría soportar que sus mejores amigas también albergaran dudas acerca de su estabilidad mental.

—Dash me preguntó si la vida sin Carson era tan insoportable como para querer matarme y reunirme con él en el otro mundo.

—¡Virgen santa! —exclamó Chessy, con una voz bañada por la compasión y la pena—. Estoy segura de que no lo decía en serio. Le habías dado un susto de muerte, y después de vuestra pelea aquella misma mañana, seguramente se sentía terriblemente culpable. Se sentía responsable de tu accidente, porque te había dicho cosas que te habían alterado mucho.

—Te atacó de ese modo porque la alternativa era aceptar la culpa de lo que había sucedido —razonó Kylie.

—Aún he de reflexionar sobre mi futuro —farfulló Joss—, y si quiero que Dash forme parte de él. Él dice... dice que me ama y que quiere otra oportunidad. No para de llamarme, de enviarme mensajes al móvil y por correo electrónico, ha venido a verme todos los días... Afirma que no piensa tirar la toalla, pero no sé si puedo darle otra oportunidad. Sin su confianza, ¿qué nos queda? Una relación unilateral, donde yo lo doy todo y él no da nada a cambio. No, eso no es lo que quiero. Sí, deseaba un hombre dominante, deseaba ceder mi poder y mi control, pero a cambio quiero su amor y su confianza. No se puede tener una cosa sin la otra.

—En eso estamos de acuerdo —convino Chessy con tacto—. Pero la pregunta que te has de hacer a ti misma es si puedes perdonarle. Los dos estabais bajo una fuerte presión emocional. Me contaste lo que había sucedido aquella mañana y... no quiero que me malinterpretes y creas que me pongo de su parte, pero puedo comprender por qué Dash reaccionó de tal manera ante lo que él pensó que tú sentías, cuando murmuraste el nombre de Carson; puedo entender que se sintiera destrozado por la mañana, después de que le hubieras dicho que le querías.

Joss miró a Kylie de soslayo, para ver su reacción ante el comentario de Chessy.

Kylie suspiró.

—Admito que al principio tenía serias dudas sobre toda esta cuestión: sobre lo que buscabas, lo que decías que necesitabas. Pero me sentí mucho mejor cuando me enteré de que estabas con Dash, porque tenía la certeza de que él te trataría bien y porque no tendría que preocuparme por si un tipo al que no conocíamos de nada te maltrataba. Formáis muy buena pareja, Joss. Nunca te imaginé con otro hombre que no fuera Carson; parecíais estar hechos el uno para el otro. Pero tú y Dash sois... perfectos. Bueno, eso cuando a él no le da por comportarse como un verdadero gilipollas, claro.

Chessy rio y Joss sonrió al tiempo que notaba como si le acabaran de quitar un horrible peso de encima.

—¡Cómo me gustaría saber qué he de hacer! —suspiró Joss, frotándose las sienes—. Le he dado mil vueltas al asunto, hasta el punto de sentir la cabeza a punto de estallar. Tengo tanto miedo de volver a entregarle el completo control y que él vuelva a hacerme daño... Estoy harta de sufrir. Solo quiero ser... feliz.

—Tal como te dije una vez, en la vida hay que arriesgarse —apuntó Chessy con ternura—. Has de decidir qué riesgos valen la pena. Ahora eres infeliz, así que ¿qué diferencia hay entre tu estado actual y probar de nuevo con Dash? Si lo vuestro no funciona, acabarás siendo tan infeliz como ahora, ¿no es así? De un modo u otro serás infeliz. ¿Pero y si vuestra relación funciona? Existe esa probabilidad.

—Chessy tiene razón —subrayó Kylie—. Tanto tú como Dash parecéis dos muertos vivientes, la única diferencia es que él anda y tú no. ¿Cuántos días llevas encerrada en esta habitación? ¿Has salido siquiera para ir al lavabo? No puedes continuar así. Ni tú ni Dash. O bien acabáis con vuestra relación de una vez por todas, en serio, para que podáis seguir adelante por caminos separados, o bien os dais una oportunidad y lo volvéis a intentar. Nunca lo sabrás si no lo intentas.

Joss torció el gesto y suspiró.

—Tienes razón. Las dos tenéis razón. Pero ahora no puedo conducir; acabo de tomarme esos dichosos analgésicos.

—Ya te llevaré yo —se ofreció Chessy—. Solo has de decirme dónde quieres ir.

Joss aspiró hondo. En toda su vida jamás había tenido que enfrentarse a una decisión tan importante. Era sencillo y a la vez sumamente complicado. Pero sus amigas tenían razón; Joss era infeliz, pero tenía la posibilidad de ser feliz. Lo único que tenía que hacer era concederse una oportunidad: dar el paso, arriesgarlo todo, demostrarle a Dash que podía cerrar la puerta al pasado, que era él quien, en realidad, no podía cerrar esa puerta.

Con renovadas fuerzas, apartó el manto de desesperación al que se había aferrado con ofuscación durante los últimos días. No era una cobarde y tampoco era una mujer débil. Se

había enfrentado a la desolación total dos veces y había sobrevivido. Y sobreviviría de nuevo, fuera lo que fuere lo que
le deparase el futuro.

—Dejadme que me vista y luego, Chessy, si no te importa, llévame a casa de Dash —anunció Joss.

Había tomado una decisión. Pese a estar totalmente ate-
rrada, tenía que intentarlo.

Treinta y dos

—*N*o tienes que hacerlo, cielo —dijo Tate al tiempo que echaba un vistazo a Joss a través del espejo retrovisor.

Joss estaba sentada en el asiento trasero, mientras él y Chessy la llevaban en coche a casa de Dash.

—Sí, he de hacerlo —replicó Joss despacio—. Tenemos que resolver este tema, Tate. He de saber si tenemos una oportunidad o no, si Dash puede confiar en mí, si me ama.

—Bueno, no puedo alegar nada acerca de la cuestión de confianza, pero sé que ese malnacido te quiere —comentó Tate de mala gana—. Nunca he visto a un hombre tan hecho polvo por una mujer. Si no estuviera tan cabreado con él por la forma en que te trató, incluso podría llegar a sentir pena por él.

Joss sonrió con desgana.

A medida que se aproximaban a la casa de Dash, Chessy se dio la vuelta para mirar a Joss fijamente.

—No pienso dejarte ahí sin más. No quiero que tengas que depender de Dash para regresar a nuestra casa. Estaré pendiente del móvil, ¿de acuerdo? Llámame cuando estés lista para irte. Si no me has llamado dentro de una hora, vendré a buscarte. Una hora es más que suficiente para que él se rebaje.

Joss rio.

—Pareces muy segura de que Dash se rebajará.

—¡Pues claro! —murmuró Tate—. Un hombre tan desesperado como lo está él hará cualquier cosa con tal de recuperarte. Vaya, al menos así debería ser. Cuando un hombre jode el asunto como lo ha hecho él, es necesario que se rebaje, que pida perdón de rodillas.

Chessy miró a su marido de soslayo, una mirada que a Joss no le pasó desapercibida. En los ojos de su amiga se plasmaba un patente dolor, y a Joss le dolía verla así. Intentó zafarse de los pensamientos sobre Chessy y Tate; seguro que arreglarían su situación. Tate no parecía darse cuenta ni siquiera de que existiera un problema. Cuando Chessy aunara el coraje para comentarle sus sospechas, todo se solucionaría, seguro. Joss no creía ni por un momento que Tate tuviera una aventura amorosa. ¿Por qué iba a hacerlo, si tenía a Chessy?

Chessy era hermosa, inteligente, con una sonrisa capaz de iluminar una manzana entera de la ciudad. Y era totalmente sumisa; le había confiado a su marido su bienestar. Tate sería un verdadero idiota si se arriesgaba a perderla con tal de colgarse una medalla.

—Bueno, ya hemos llegado —anunció Chessy—. ¿Estás segura de que esto es lo que quieres, Joss? Todavía no es tarde para cambiar de opinión. Podemos dar media vuelta ahora mismo; solo tienes que pedirlo.

Joss aspiró hondo.

—No te preocupes; estoy lista. De una forma u otra, necesito que esto se acabe. O bien intentamos empezar de nuevo, o bien cierro el tema de una vez por todas. Pero sea como sea, no pasará de esta noche sin que haya tomado una decisión.

Dash deambulaba por el comedor, arriba y abajo, agitado. La ansiedad lo tenía agarrado por las pelotas. Cuatro días. Habían pasado cuatro putos días desde que Joss había salido del hospital, y todavía no la había visto. Había ido al hospital el día que iban a darle el alta, solo para enterarse de que ya se había marchado con Tate y Chessy. Estaba totalmente preparado para tomar cartas en el asunto, asumir el control y no ceder. Tenía la firme intención de llevarla de vuelta a su casa —la casa de los dos—, donde cuidaría de ella con esmero, hasta que estuviera completamente recuperada. Pero Chessy y Tate la habían llevado a su casa, una maldita fortaleza impenetrable en la que Dash no lograría entrar ni con toda la suerte del mundo.

La había llamado, le había enviado mensajes a través del móvil y por correo electrónico, pero no había obtenido respuesta alguna. Dash tenía la impresión de que el muro que los separaba era más grueso y compacto cada día que pasaba; con cada intento fallido de contactar con ella, Joss se escabullía más y más.

¿Qué diantre se suponía que tenía que hacer? ¿Cómo podía poner el corazón a sus pies, si no tenía acceso a ella para hacerlo? Agarró el móvil, dispuesto a llamarla otra vez, aunque sabía que ella no contestaría. Del mismo modo que no había contestado a la docena de llamadas previas que le había hecho aquel día.

La desesperación se había convertido en su constante compañera, y maldijo su lengua viperina. Si no hubiera permitido que la rabia —y el miedo paralizador— controlaran sus pensamientos y sus palabras aquella nefasta mañana... ¡Él y solo él tenía la culpa de todo! ¡No Joss, él! Él le había jodido la vida a Joss, a los dos, y había desperdiciado la oportunidad de estar con ella.

Hundió la cabeza mientras sentía un intenso ardor en el estómago, una quemazón insoportable.

Estaba tan absorto en su pena que no oyó el motor del vehículo que se detenía delante de su casa. No fue consciente de que tenía visita hasta que oyó unos golpes en la puerta.

Giró la cabeza bruscamente hacia el sonido, sin ganas de atender a quienquiera que fuese que invadía su infierno personal. Cuando oyó otro golpe seco en la puerta, más firme y más contundente que el anterior, masculló una maldición entre dientes y avanzó a grandes zancadas hacia el recibidor, con la intención de arrancarle la cabeza al pobre idiota que osaba perturbar su propia recriminación.

Pero al abrir la puerta expeditivamente, se le paró el corazón. Era Joss la que estaba de pie, con aspecto pálido y frágil, con los moratones del accidente todavía vívidos en su piel. Llevaba el brazo roto en cabestrillo, pegado al pecho de forma protectora. Pero fue la resolución en su mirada lo que lo desmontó.

Joss mantenía los labios prietos en una fina línea, y Dash

deseaba gritar «¡No!». Su corazón le decía que ella había ido a verlo para decirle que se pudriera en el infierno, que dejara de molestarla con sus llamadas, de enviarle mensajes y de ir a verla a casa de Chessy y Tate todos los días. No merecía otra cosa, pero no tenía fuerzas para oír las aciagas palabras en boca de Joss.

¡Pero estaba allí! No encerrada detrás de los muros de la fortaleza de Tate y Chessy, que actuaban como sus perros guardianes personales. Estaba delante de él, y Dash tenía la oportunidad de rebajarse ante ella y rogarle que lo perdonara.

—¿Puedo entrar? —preguntó Joss en un tono cortante al ver que él no se movía.

Dash se había quedado pasmado en el umbral, con la mente hecha un lío por todas las cosas que quería expresar pero no acertaba a ordenar.

Ella parecía súbitamente vulnerable, y sus bellos ojos reflejaban un mar de dudas y miedo. ¿Pero miedo de qué? ¿De que él la rechazara? ¿De que no la invitara a entrar?

Dash abrió la puerta de par en par, y estuvo a punto de estrecharla entre los brazos. Solo lo frenó su imagen tan frágil, con las heridas todavía visibles que le debían provocar tanto dolor. Pero la cuestión era que Joss estaba allí, cuando debería estar acostada en la cama, descansando, recuperándose.

—Joss —dijo con ronquera—. Por Dios, cariño, sí, entra, por favor. Deja que te ayude. No deberías estar de pie; deberías estar en la cama. ¿Te duele?

Los labios de Joss se fruncieron en una sonrisa irónica mientras entraba en el recibidor. Él cerró la puerta rápidamente, temeroso de que ella fuera a cambiar de opinión, o que simplemente se tratara de una manifestación de todos sus sueños que desaparecería tan pronto como se había materializado.

—He tomado un par de analgésicos hace media hora. Por eso me ha traído Tate. No quería arriesgarme a sufrir otro accidente. De todos modos, se supone que no he de conducir durante unas cuantas semanas.

La sensación de culpa volvió a asfixiarlo. Dash le tocó el

brazo escayolado, saboreando aquel breve instante de contacto. Quería hacer mucho más: deseaba estrecharla entre sus brazos, reconfortarla, solo estar con ella, lo suficientemente cerca como para olerla, acariciarla.

—Vayamos al salón —sugirió él—. Estarás más cómoda en el sofá. Puedo ir a buscar la otomana, o puedes sentarte y recostarte en el apoyabrazos, para que puedas alzar las piernas. ¿Cómo tienes las costillas? ¿Los analgésicos hacen efecto?

Balbuceaba como si estuviera atontado, pero el torrente de preguntas no cesaba. Jamás se había sentido tan inseguro en su vida, y odiaba que ella permaneciera tan callada.

Dash le tomó la mano y se alegró al ver que ella no lo rechazaba. La guio hasta el sofá y la ayudó a acomodarse, sin perderla de vista, pendiente de cualquier señal de dolor.

Joss soltó un suspiro y entrecerró los ojos mientras se recostaba en el sofá.

—¡Joder! Te duele, ¿verdad? ¿Has traído los analgésicos? ¿Cuándo te toca la siguiente dosis?

—Hay sufrimientos que ninguna medicina puede paliar —precisó ella—. Necesito hablar contigo. Necesito que… resolvamos esto. No puedo seguir así. Me está matando.

Él se arrodilló delante de ella, turbado por la tristeza que veía plasmada en los ojos de Joss. Le estrechó la mano libre entre las suyas y permaneció en aquella posición de vulnerabilidad, mirándola fijamente.

—Por favor, no me digas que lo nuestro se ha acabado, cariño. No, por favor. Si quieres puedes maldecirme, insultarme, gritarme, estás en todo tu derecho. Pero te lo pido por favor: no me abandones. Te quiero, Joss. Te quiero tanto que por las noches no puedo dormir, ni comer durante el día; no puedo trabajar, no puedo vivir. Hay un agujero profundo en mi corazón que solo tú puedes llenar.

A Joss se le curvaron las comisuras de la boca levemente hacia arriba, en una tímida sonrisa.

—Kylie dice que no vales para nada en el trabajo. Ni tan solo entiende por qué vas por las mañanas porque no das pie con bola.

—Tiene razón —admitió él con la voz ronca—. Te necesito, Joss. Eres mi media naranja. Solo me siento completo cuando estoy contigo.

—Yo también te quiero, Dash.

La sensación de alivio le provocó flojera. Estaba tan tembloroso que apenas podía mantener la posición de rodillas, pero pensaba seguir arrodillado y rogándole que le perdonara todo el tiempo que hiciera falta. Él era el dominante y ella la sumisa, pero en esos momentos era Joss quien ostentaba todo el poder. Porque sin ella, la fuerza dominante de Dash no significaba nada; sin el preciado regalo de sumisión de Joss, su dominación carecía de todo sentido. Su vida no tenía sentido.

Sin embargo, algo en la mirada de Joss hizo que se contuviera y que no dijera nada a modo de respuesta.

—Pero no me basta con que me digas que me quieres —añadió ella con suavidad—, porque no confías en mí. Y sin confianza, el amor no es suficiente. Sin confianza, entre nosotros no existe nada más que sexo y lujuria.

Dash bajó la cabeza, con los ojos y la nariz abrasados. El nudo en la garganta era tan grande que apenas podía respirar. Volvió a alzar la vista y vio la misma respuesta de tristeza en sus ojos, unos ojos que gritaban derrota. Joss iba a tirar la toalla, respecto a él, respecto a su relación.

—Eres tú quien constantemente está metiendo a Carson entre nosotros —apuntó ella sin alterar el tono de voz—. Yo no. Yo he decidido seguir adelante, Dash, cerrar la puerta al pasado. Lo decidí cuando fui al cementerio hace varias semanas. Sabía que a ti te molestaba que te hablara de Carson cuando iniciamos nuestra relación, pese a que antes no parecía importarte. Incluso comprendía por qué no querías que te recordara al hombre al que había amado, cuando me estaba acostando contigo. Tú y tus inseguridades, eso es lo que mantiene a Carson en medio de nuestra relación. He sido honesta contigo desde el primer momento, te lo aseguro. Te he dado todo lo que me has pedido, lo que me has exigido. Sin embargo, no me has pagado con la misma moneda; no me has dado tu respeto ni tu confianza. Dices que me amas, pero no creo que pueda existir el amor sin confianza y respeto.

—Por favor, no sigas —suplicó Dash—. Te pido perdón. Deja que te pida perdón, Joss.

Ella le dedicó otra mirada triste que a Dash le atravesó el corazón. ¡Cuánta resignación había en aquellos bellos ojos! Como si Joss no albergara esperanzas acerca de su futuro juntos. Dash tendría que poner toda la carne en el asador para compensar la falta de fe de Joss.

Se llevó la mano de ella a la boca y cubrió la palma abierta con besos llenos de ternura.

—Mi querida Joss. Te quiero. Te quiero tanto que ese sentimiento me está matando. Estar sin ti me mata; no puedo sobrevivir sin tu amor. No quiero vivir sin él. Por favor dame otra oportunidad. Te lo pido de rodillas, cariño; te aseguro que pienso quedarme en esta postura el resto de mi vida, si es necesario. Por favor, quédate conmigo y dame una oportunidad para recompensarte.

Dash tomó aire profundamente antes de proseguir. Quería que ella escuchara todo lo que tenía que decir, sin interrupciones.

—Tienes razón. Me sentía tremendamente inseguro. Me pillaste desprevenido, aquella noche en The House. No había planeado declararme tan pronto, y quizá era yo el que no estaba todavía preparado. Me vi empujado a actuar o arriesgarme a perderte, y esa no era una opción que contemplara. Estaba... asustado, terriblemente asustado de perderte, de no ser lo que necesitabas, de no estar a la altura de Carson. Reaccioné de forma injustificada, lo admito. Ha sido el peor error de mi vida, y he estado a punto de perderte por mi estupidez y mis celos irracionales. No volverá a suceder, Joss. Eres mi vida. Confío en ti. Dices que no lo hago, pero confío en ti. No es que no me fiara de ti, sino de mí; no creía ser lo bastante bueno para ti, como para poder hacerte feliz, tan feliz como lo habías sido con Carson, y eso me corroía, minaba mi confianza, hasta que me vi reducido a una carcasa rabiosa del hombre que necesitaba ser para ti. Tú no has cometido ningún error, en cambio, yo me he equivocado en todo.

Joss suavizó la mirada y sus ojos brillaron intensamente con lágrimas contenidas. Alzó la mano y le acarició la mejilla. Dash se quedó sorprendido al notar la humedad en sus dedos, cuando ella retiró la mano.

—Te quiero —repitió él con voz ronca—. La mañana de tu accidente fue el peor día de mi vida. Tenía tanto miedo a perderte… peor aún, que yo fuera el causante de la tragedia. Te ataqué de aquella manera, te dije esas cosas terribles porque estaba aterrado de lo que te había hecho. Sabía que yo era el único culpable, y, sin embargo, te solté esa abominable acusación. Eres la mujer más fuerte que conozco. Espero que seas lo bastante fuerte por los dos, porque soy yo el que es débil, no tú. Tú jamás.

—No sigas, amor mío —susurró Joss—. Tranquilízate, todo saldrá bien. Te quiero.

Su amor resonaba en cada una de las palabras, como un bálsamo destinado a calmar el dolor que Dash sentía en el alma. Las lágrimas rodaron libremente por sus mejillas angulosas.

Joss se inclinó hacia delante y lo envolvió con su brazo, atrayéndolo hacia sus pechos.

—No hagas eso, Joss —protestó él—. Te dolerá, y no quiero causarte más daño.

Sin embargo, ella siguió abrazándolo con cuidado, negándose a separarse de aquel cuerpo tan querido.

—La única forma de hacerme más daño es que me rechaces —alegó ella con ternura.

Dash levantó la cabeza y apoyó la frente en la de Joss. Sus respiraciones se mezclaron, igual que sus lágrimas.

—Eso nunca, cariño. Nunca te rechazaré ni te negaré nada. Te serviré el mundo en bandeja de plata. Te daré lo que quieras.

—Lo único que quiero es estar contigo —respondió ella. Te quiero a ti y tu amor, tu confianza y tu dominación.

—Te lo daré todo —prometió él—. Pero dime, ¿confías en mí como para entregarme de nuevo tu sumisión, tu corazón, después del daño que te he hecho? Quiero que sepas que jamás te obligaré a llevar ese estilo de vida si tú no lo deseas. Estoy dispuesto a hacer cualquier sacrificio por ti. Para mí no hay nada más importante que tú, solo tú, en mis brazos, en mi cama, en mi corazón. Todos los días. No me importa de qué forma; con estar contigo me basta, siempre me bastará.

Joss sonrió. Le costaba respirar a causa de los sollozos. Entornó los párpados mientras las lágrimas seguían fluyendo imparables por las comisuras de los ojos.

—Te quiero tal como eres, Dash, con lo bueno y lo malo. Supongo que no siempre será fácil, pero si me das tu amor y tu confianza, nunca te pediré nada más. Lo juro.

—Siempre tendrás mi amor y mi confianza, Joss. Nunca te daré motivos que te hagan dudar de que no me fío de ti.

Ella soltó un suspiro lastimero, y Dash reaccionó al instante.

—¡Joder! Te duele, ¿verdad? Deberías estar en la cama, y no aquí sentada, abrazándome, en una postura en la que es imposible que estés cómoda.

Joss sonrió, radiante y hermosa, iluminando cada recodo del corazón de Dash.

—No quiero estar en ningún otro sitio que no sea contigo. ¡Al cuerno el dolor! Por primera vez en una semana, no sufro, al menos no del mismo modo. El resto es solo dolor físico; ya pasará. Pero un corazón roto solo puede curarse con amor, y tú me lo has dado. Me repondré, Dash; estoy preparada para soportar cualquier adversidad, si tú estás a mi lado.

Él apresó su bonita cara entre las manos, enmarcándola al tiempo que se inclinaba para besarla reverentemente en los labios.

—Te quiero.

—Yo también te quiero —le susurró Joss—. Pero he de llamar a Chessy para decirle que no es necesario que venga a buscarme. Ella no quería que yo estuviera aquí atrapada, sin poder marcharme, así que me ha dicho que si no la llamaba dentro de una hora, vendría a buscarme.

Dash alargó el brazo para coger el teléfono y luego se lo pasó a Joss después de marcar el número de Chessy.

—Dile que pasaré por su casa a recoger tus cosas y también los analgésicos —le ordenó Dash—. Cuando acabes de hablar con ella, te llevaré a la cama —nuestra cama— y te cuidaré hasta que estés completamente recuperada.

Ella sonrió y luego intercambió unas pocas palabras con Chessy, asegurándole que todo iba bien y que Dash pasaría a recoger sus pertenencias. Cuando colgó, Dash se puso en pie y se acomodó en el sofá al lado de ella, con cuidado para no hacerle daño.

La estrechó entre sus brazos y hundió la cara en su melena perfumada.

—Te he echado de menos, amor mío. Si alguna vez había dudado de que te necesitaba, ya no me queda la menor duda. Esta última semana ha sido un verdadero calvario. Ha sido la semana más larga de mi vida, y no quiero volver a pasar por el mismo mal trago nunca más.

—Para mí también ha sido una semana interminable —murmuró Joss—. ¿Qué tal si pasamos página? Tenemos toda la vida por delante, el pasado solo nos hace daño. Ya es hora de que nos desprendamos de él, nos dejemos llevar y sigamos adelante.

—Ni yo mismo lo habría expresado mejor —gorjeó él, agarrándola por la barbilla para poder besarla en la boca—. Solo hay una cosa de la que jamás me desprenderé, Joss: de ti. Te quiero.

Ella sonrió, y Dash se sintió colmado de un cálido sentimiento de bienestar.

—Yo también te quiero.

La invitó a levantarse con cuidado, y de nuevo se arrodilló delante de ella. Joss lo miró desconcertada cuando él le tomó la mano mientras que con la otra mano hurgaba en el bolsillo. Dash sacó el anillo que había comprado justo el día después que Joss se instalara en su casa, un anillo que había guardado para regalárselo en el momento idóneo. Y no se le ocurría otro momento mejor.

—¿Te casarás conmigo? ¿Envejecerás conmigo y me amarás? ¿Tendrás los hijos que ambos deseamos con locura?

Joss resolló sorprendida, su respiración entrecortada como único sonido en medio del silencio envolvente.

—¿Quieres que los tengamos ya? —susurró en un tono tan esperanzado que desarmó a Dash.

Él deslizó el anillo en su dedo, un dedo que no había llevado ningún anillo desde que Joss se había trasladado a vivir con él. A Dash no se le había escapado ese detalle: el día que ella se había quitado el anillo de Carson. Fue un momento significativo, un momento que debería haberle indicado que Joss estaba lista para enfrentarse al futuro. Pero Dash se había comportado como un estúpido inseguro.

—Te daré todos los bebés que quieras, cuando quieras —contestó él tiernamente—. De hecho, te propongo que tan pronto como te recuperes, pongamos en práctica la receta para hacer bebés, todo el día, sin pausa.

La sonrisa de Joss lo habría vuelto a poner de rodillas, si Dash no hubiera estado ya en esa postura.

—Entonces quizá lo mejor será que nos casemos lo antes posible —apuntó ella en un tono burlón—. No me gustaría que nuestros retoños nacieran fuera del matrimonio.

—Tan pronto como puedas viajar, iremos a Las Vegas y nos casaremos de inmediato —declaró él—. No quiero que tengas tiempo para cambiar de opinión; cuanto antes, mejor. Y si te rebelas, tendré que asegurarme de dejarte preñada para que no tengas más remedio que casarte conmigo.

Joss se echó a reír y el sonido llenó el último recoveco vacío en el corazón de Dash. Era un afortunado cabrón. La mujer que amaba —el amor de su vida— le brindaba otra oportunidad para demostrarle que la amaba. Jamás le daría otra razón para dudar de él, y amaría a Joss y a los hijos que tuvieran juntos hasta el día de su muerte.

EPÍLOGO

Dash se hallaba de pie frente a la tumba de Carson. Era la primera vez que iba solo desde el día en que lo habían enterrado. En todas las visitas previas siempre había ido con Joss. Pero en aquella ocasión no había querido que ella lo acompañara, básicamente porque Joss había prometido que no volvería a pisar ese recinto, porque no quería recordar a su marido de ese modo.

Para Dash aquella iba a ser también la última visita a la tumba de su amigo. Pero necesitaba hacerlo. Joss no era la única que había sentido la necesidad de ir al cementerio para poder cerrar la puerta a su pasado. Así que Dash se hallaba de pie, ante la tumba de su mejor amigo, preparado para confesarlo todo, para asegurarle a Carson que amaba a Joss y que siempre la amaría y cuidaría de ella.

—La he jodido, tío —balbució Dash—. Bueno, seguro que ya lo sabes. Probablemente estés allí arriba, con ganas de propinarme una buena patada en el culo por todo lo que le he hecho pasar a Joss, por el daño que le he causado. Me lo merezco. Si pudiera, yo mismo me daría esa merecida patada.

Resopló despacio para recuperar la compostura. La emoción del momento lo había pillado por sorpresa y se sentía abrumado, con una fuerte presión en el pecho, fruto del arduo sufrimiento que llevaba tanto tiempo soportando.

—Te hice una promesa, y no he sabido mantenerla. Lo siento. Me brindaste un extraordinario regalo, y siempre te estaré agradecido por ello. También te agradezco tu comprensión y el hecho de que nunca me hayas juzgado.

Hizo otra larga pausa, en un intento de controlar las emociones.

—Ahora Joss es feliz. Somos felices. He hecho los deberes. Nos hemos casado. Ya sé que lo sabes, pero de todos modos tenía que venir y contártelo, para reafirmar la promesa que te hice antes de que murieras. La quiero, tío, con todo mi corazón. Gracias a Dios, no me rechazó sino que me dio otra oportunidad.

»No volveré a fallarle, te lo prometo. La amaré y la protegeré siempre, con mi vida. No hay nada que no esté dispuesto a hacer con tal de verla feliz; igual que tú, que siempre hiciste cualquier cosa para hacerla feliz.

»Espero que ahora puedas descansar en paz, Carson. Joss y yo te queremos, siempre te querremos. Pero ella tiene un gran corazón y una capacidad inagotable para amar. Ahora me quiere a mí, pero siempre te amará a ti, también, y no me importa, porque me he dado cuenta de que existe suficiente espacio en su corazón para amarnos a los dos. Aunque Joss te ame, eso no significa que me ame menos a mí. Ahora puedo aceptarlo; antes no.

Alzó la vista y contempló una nube que se desplazaba lentamente por el cielo para dar paso al sol. Los rayos iluminaron la tumba de Carson. Al instante, Dash se sintió embargado por una calidez tan hermosa que pensó que solo podía tratarse de la presencia de Carson, una presencia buena y compasiva, tal como él había sido en vida.

—He venido a despedirme, igual que hizo Joss en su día. No volveré. Es una elección que hemos tomado Joss y yo, porque no queremos recordarte así, enterrado en este recinto. Guardamos tantos buenos recuerdos de ti que esos son los que queremos mantener.

»Gracias, Carson. Jamás sabrás lo agradecido que te estoy por haber confiado en mí para que cuide de Joss. Somos felices. ¡Joder! Ella me hace tan feliz que a veces me es imposible mirarla sin postrarme a sus pies. Sé que ese sentimiento te suena; recuerdo cómo te comportabas cuando ella estaba a tu lado. Es una mujer muy especial, y los dos somos unos afortunados cabrones que nos hemos ganado su amor, su calidez y su espíritu generoso.

»Queremos tener hijos lo antes posible. Si de mí dependiera, los tendríamos ya. Es lo que Joss siempre había querido, y comprendo por qué tú no podías dárselos, aunque tanto Joss como yo sabemos que los habrías amado, protegido y que jamás les habrías hecho daño.

»Hemos decidido ponerle tu nombre a nuestro primer hijo. Nos parece justo, ya que tú fuiste quien nos unió. Tu recuerdo vivirá a través de él, y Joss y yo mantendremos vivo tu recuerdo entre nosotros. No te negaré tu espacio; eres importante para los dos, una parte esencial de nuestro pasado. Pero ahora Joss y yo queremos mirar hacia el futuro, y los dos estamos preparados para dejarnos llevar y seguir adelante con nuestras vidas.

Dash deslizó la mano suavemente por encima de la lápida e irguió la espalda.

—Gracias por amar a Joss, y por quererme a mí —susurró—. Ahora ya puedes descansar en paz; ella está en buenas manos, y yo me moriría antes de volver a hacerle daño. Te doy mi palabra. Adiós, querido amigo. Que descanses en paz con los ángeles, hasta que volvamos a encontrarnos.

Con el corazón aligerado después de haberse quitado ese gran peso de encima, Dash se dio la vuelta y regresó con paso presto al coche, donde lo esperaba su esposa. Al verlo que se aproximaba al vehículo, Joss abrió la puerta y se apeó, con una sonrisa radiante que quitaba el hipo, tan cálida que incluso el sol no podía competir con su esplendor.

Joss lo miró con ternura al tiempo que le tendía la mano, sin decir nada, simplemente ofreciéndole su apoyo silencioso con un cariñoso apretón. Mientras él la invitaba a acomodarse de nuevo en el coche, ella no desvió la vista hacia la tumba de Carson ni un momento. A continuación, Dash cerró la puerta del pasajero y se desplazó hasta el lado del conductor.

No puso el motor en marcha inmediatamente, sino que ladeó la cabeza para mirar a su esposa, su bella, adorable y generosa esposa.

—Te quiero —le declaró, todavía con un nudo en la garganta por la emoción.

Ella se inclinó sobre el asiento y le acarició la mejilla antes de darle un beso en los labios.

—Yo también te quiero, amor mío. Y ahora, ¿qué tal si

vamos a casa y ponemos en práctica la receta para hacer bebés, tal como me habías prometido?

Él rio como un niño travieso, con una repentina sensación de ser el dueño del mundo. ¿Dejarla embarazada? ¡Joder! ¡Por supuesto que sí! Joss llevaba un mes sin tomar la
píldora, y era el momento idóneo en su ciclo. Si de él dependiera, se pasarían los dos días siguientes en la cama, y haría
todo lo posible para empezar a formar la familia que los dos
tanto anhelaban.

Pero lo más importante era que Joss estaba con él, que
era su esposa, su amante, su mejor amiga, su venerada sumisa. Lo que Joss no sabía, sin embargo, era que aunque él
fuera el dominante, estaba totalmente a sus pies, agradecido
por su amor incondicional.

Ella podía haberse sometido a él, pero él siempre sería su
esclavo.

—Muy bien, pongámonos a hacer bebés —dijo él con
voz ronca—. Me muero de ganas de ver tu barriga abultada
con mi hijo, que será tan hermoso como tú. No puedo sino
imaginar lo bellísima que estarás, cuando lleves en tu vientre a nuestro bebé.

Déjate llevar

SE ACABÓ DE IMPRIMIR

EN PRIMAVERA DEL 2014

EN LOS TALLERES GRÁFICOS DE LIBERDÚPLEX, S.L.U.

CRTA. BV-2249, KM 7,4, POL. IND. TORRENTFONDO

SANT LLORENÇ D'HORTONS (BARCELONA)